Evolución

MHE

Evolución

Una aventura sobre la búsqueda del legendario tesoro de El Dorado.

César Daniel Delgado

Mundo Historial Editores

Mundo Historial Editores

Título original:
Evolución

Primera edición: julio, 2020
2020, César Daniel Delgado Figueroa
2020, Mundo Historial Editores
Con el apoyo de Ricci Producciones
Bogotá, Colombia
www.redactores.org

Dirección editorial:
Donaldo Alonso Donado Viloria

Corrección de estilo:
Donaldo Alonso Donado Viloria

Portada:
Fotografías: Dome of the Rock por Sander Crombach en Unsplash
y The Poporo Quimbaya Made of Gold.

Impresión y acabados
Editorial Nomos S.A.

Impreso en Colombia

ISBN: 978-958-48-9948-4

César Daniel Delgado (1984). Oriundo de Bogotá, Colombia. Aquejado de asma durante su infancia, por haber nacido prematuro, sanó muy pronto gracias al agua del mar.

Realizó sus estudios de primaria y bachillerato en el Colegio Champagnat de Bogotá, lugar donde nació su amor (sin ser consciente de ello en aquel momento) por la literatura, la historia y la naturaleza, temáticas que despertaron su interés instintivo por los misterios y los secretos de la humanidad.

Después, mientras estudiaba ingeniería industrial en la Universidad Javeriana (2007), se sumergió en las novelas policíacas, de suspenso y sobre enigmas combinados con historia real, obras que por fin lo motivaron a dedicarse a escribir.

Evolución (2020) es su segunda obra, una aventura de suspenso que integra historia, drama, misterios y acción. Su primera novela, *El crimen de los sabios* (2019), rompió el molde de las novelas policíacas.

Los hechos

Las referencias científicas, bibliográficas, mitológicas, a lugares y personajes históricos (incluso canciones) son reales.

Primera parte

Coro # 4

Cajamarca, Imperio Inca.

Noviembre 15 de 1532.

Si no hubiera conocido los metales preciosos, a Francisco no le cabría la menor duda de que aquellos granos amarillos constituían la mejor expresión de Dios en la Tierra. Sus manos ajadas por el constante contacto con el viento y el sol aún sentían con curiosidad el calor y la suavidad de esas partículas provenientes de la fecunda tierra del Nuevo Mundo. Sentado en medio de la noche abismal y jugando con los granos en sus dedos, solo podía pensar en que su fuerte brazo y sagacidad habían ayudado a expandir el único imperio sobre el que siempre estaría brillando el hermoso sol.

—Tengo mucha hambre —dijo ensimismado, mientras lanzaba un grano de maíz cocido a la cabeza de uno de sus cuatro hermanos.

—¡Imbécil! —espetó Gonzalo, que pisoteaba todos los granos que yacían junto a su silla—. ¿Cuándo vas a prestar atención a lo que te digo? Todos los días ves a esos bárbaros incas, con sus cuerpos blandengues. Ese maldito maíz no es bueno para nosotros. Debes comer algo de verdad —le alcanzó un plato repleto de arroz y garbanzos, provenientes del último cargamento de víveres que había llegado desde la península ibérica. Francisco aceptó de mala gana mientras reía, enfrascado en sus pensamientos.

—Blandengues, pero son nuestra arca personal —dijo en tono suave mientras saboreaba la cena. Su espesa barba negra se llenaba cada vez más de restos de comida—. Solo mira esta habitación. Vamos a ser los hombres más reconocidos y ricos del mundo cuando llevemos estas joyas ante nuestro rey.

Gonzalo le dirigió una mirada fulminante. Llevaban casi un año explorando el Nuevo Mundo y ya se sentía desfallecer. Todo había comenzado con gran esperanza, pues mientras cabalgaban y caminaban por esas tierras desconocidas para ellos los europeos, sus imponentes presencias y sus nombres se habían diseminado como un virus por el imperio inca. Cada día recibían regalos y ofrendas de mensajeros incas, mientras se adentraban en selvas, desiertos, llanuras, montañas, páramos y ríos caudalosos de la que parecía una tierra prometida. Y no eran regalos menores: hermosas piezas en oro puro, adornadas con espléndidas joyas nunca antes vistas por los Pizarro, que estaban finamente trabajadas por manos hábiles para representar costumbres y creencias del pueblo incaico. Francisco ya había mandado a fundir y a enviar gran parte de ese tesoro ante el rey Carlos I, que requería con urgencia recursos para financiar los gastos del imperio español y para aumentar su ego. Consecuencias del éxito del imperio, pensaba Gonzalo.

Y fue en esa expedición en la que se enteraron de la leyenda.

—¡Aún no tenemos lo que queremos! ¡No nos conformaremos con migajas! —Gonzalo se levantó furioso de la mesa—. Ninguna de estas miles de piezas de oro tiene la clave para hallar el tesoro del Nuevo Mundo. Si lo encontramos, vamos a volver a España y le compraremos al rey todos sus dominios. ¡Imagínatelo! ¡Seremos los reyes del mundo conocido!

—No hay prisa, hermano. Mañana lo sabremos —Francisco sorprendió a su impaciente hermano. ¿Qué tenía planeado Francisco Pizarro? Debía ser algo impresionante, pues nunca dejaba nada al azar del destino. Todo lo meditaba y planificaba detalladamente; su único signo de intuición lo expresaba cuando empuñaba con fuerza el pequeño crucifijo de madera que llevaba en su collar, cada vez que se iba a enfrentar a alguna gran aventura. Y en ese momento lo apretaba con más fuerza que nunca, de tal forma que sus nudillos enrojecieron y le provocaron a Gonzalo un dolor ajeno. Lo miró fijamente para dejar que siguiera llenando ese vacío de tiempo—. He enviado a Hernando de Soto a Pultumarca, cerca de aquí. Hay un campamento inca con millares de hombres y mujeres. Atahualpa está ahí. De Soto y nuestro hermano Hernando hablaron con él.

—¿Qué dijo ese animal?

—Mañana nos encontraremos con él, aquí en Cajamarca. Él cree que nosotros queremos entablar una amistad con ellos. Eso fue lo que le pedí a Hernando de Soto que le comunicara —Gonzalo seguía escuchando estupefacto. Ahora estarían en frente del conocedor de todas las leyendas indígenas y podrían obtener la clave que los haría más ricos—. Solo hay un problema —dijo mientras se aferraba a su crucifijo—. Ellos son más de treinta mil...

—Y nosotros menos de doscientos —completó Gonzalo.

—Nos encomendaremos al Señor y a nuestra fuerza, para derrotarlos y capturarlos sin que sepan qué sucedió —sentenció Francisco.

Sin embargo, Atahualpa pensaba hacer lo mismo.

Francisco no pudo pegar el ojo durante toda la noche. La luz del alba lo tomó por sorpresa, pues había estado planeando en su cabeza cómo iba a doblegar a los incas cuando estos sobrepasaban en número a los españoles. Sentía temor. El sudor no cesó de emanar de su cuerpo desde la conversación de la noche anterior con Hernando de Soto, cuando este le informó sobre la numerosa delegación indígena. Y ahí, recostado en su cama fue cuando descubrió la respuesta en sus propios sentimientos: miedo y temor. Infundiendo miedo y temor podría derrotar al ejército inca, capturar a Atahualpa y conocer la clave de la leyenda del tesoro que tanto les atormentaba la mente.

Cuando todavía había sol, ciento seis hombres de infantería y sesenta y dos a caballo se alistaron para entrar en Cajamarca antes de la llegada de Atahualpa y su ejército. La infantería vestía grandes armaduras y espadas de acero que retumbaban contra el suelo verde y puro de aquella bella región. Francisco hizo poner cascabeles a los caballos para generar mayor ruido y perturbación a los indígenas incas, que nunca antes habían presenciado la fortaleza y nobleza de este animal ni conocían la utilidad bélica del acero en las armas y las vestimentas. Para ellos el metal único era el oro. No entendían el significado puramente banal y utilitario que le daban los españoles a ese metal; para los incas, el oro era un objeto ritual y simbólico que le daba valor a la vida.

Antes de caer la tarde, Atahualpa entró en la pequeña ciudad cargado por varios de sus súbditos. Detrás de él venía un mar de hombres y mujeres, que los españoles que se habían apostado en una de las torres de la plaza no lograban adivinar en donde terminaba. Los europeos seguían agitados, temerosos, pero la respiración se les hizo más pausada al ver que el número de incas era muy inferior al que Hernando de Soto les había comunicado la noche anterior. Aun así, el ejército indígena era treinta veces más grande. Pero Francisco estaba seguro de que su propio miedo lo podría convertir en una oportunidad de oro.

Atahualpa descendió de su pequeño trono portátil. Iba ataviado con hermosas plumas de colores cálidos en su cabeza, que estaban soportadas por adornos dorados que resplandecían en toda la plaza de Cajamarca. Sus sencillas ropas blancas contrastaban con la luminosidad del metal precioso que cubría casi todo su moreno cuerpo. Se acercó a uno de sus acompañantes para preguntarle en dónde estaban los españoles. Recibió como respuesta lo que tanto imaginaba: estaban temerosos y se habían escondido ante la grandeza del hijo del sol y su gran ejército. Atahualpa rio como un ser humano común y corriente, tanto que una leve carcajada inundó la plaza y se replicó en su pueblo que lo escoltaba. Miró al cielo, entrecerrando los ojos para adorar a su padre y agradeció la grandeza de su pueblo y sus tierras.

De pronto, una figura oscura y regordeta apareció al frente de los incas.

Una especie de chamán, pensaba Atahualpa. Llevaba bajo el brazo un pesado bloque marrón que se enredaba con su hábito negro, que le colgaba como una sola pieza desde el cuello hasta los pies. Debajo del hábito tenía ropas blancas, del mismo color del adorno en su cabeza. Atahualpa frunció el ceño y dio un paso hacia atrás, pues por un momento pensó que ese hombre era igual o superior a él mismo. Pero inmediatamente dio dos pasos adelante, para demostrar su mandato divino. Detrás del inusitado visitante venía un pequeño hombrecillo de tez similar a la de Atahualpa. El chamán tomó el bloque y lo abrió enfrente del soberano inca.

—De parte del muy alto y muy poderoso y muy católico defensor de la iglesia, siempre vencedor y nunca vencido, el gran rey don Fernando V de España, de las dos Sicilias, de Jerusalén, de las Islas y tierras firmes del Mar Océano... —comenzó a leer el fraile Vicente de Valverde, mientras el hombrecillo traducía rápidamente a la lengua quechua— ... que Dios nuestro señor único y eterno, creó el cielo y la tierra, un hombre y una mujer de quienes nosotros y vosotros fueron y son descendientes y procreados... le ordeno que renuncie a su religión pagana y que acepte en cambio al catolicismo como su fe y a Carlos I de España como soberano —Atahualpa le dijo algo al hombrecillo que acompañaba al fraile y este tradujo con habilidad.

—Dice que es el hijo del sol y que ustedes no deben estar aquí, pues esta es tierra sagrada entregada por los dioses al pueblo inca —no sabía si había traducido bien, pero continuó con vehemencia—. Su religión no la conoce. Y ese Dios del que hablan no es el dios de los incas.

—Dios es uno solo. El verdadero. El Dios de la salvación... —contestó el fraile mientras su acompañante le traducía a Atahualpa.

Atahualpa contestó en un perfecto español, vociferando:

—¿Ese dios les dice que vengan a insultarnos? ¡Díganles a su dios y a su rey que esta es tierra del sol, consagrada a su pueblo! ¡Díganles que nos devuelvan todo lo que nos han robado durante su estancia en estas tierras sagradas! ¡Este pueblo pacífico pide respeto por...!

Un estruendo iluminó toda la plaza como un relámpago inminente en medio de una impetuosa tormenta. Cuerpos mutilados volaron por doquier, diezmando gran parte de la multitud inca. Los sobrevivientes del primer disparo de cañón empezaron a correr en todas direcciones sin reparar en los sesenta y dos caballeros montados en sendos caballos que se acercaban a toda velocidad desde todos los puntos cardinales. Atahualpa estaba congelado en el tiempo, siendo testigo de primera mano de la masacre que se estaba perpetrando. No entendía quién había creado tal destrucción en unos pocos segundos. Un ser humano no podía ser la fuente de esa energía explosiva que arremetió contra las vidas de los incas, pensaba el soberano del imperio indígena. De pronto vio en la cima de la torre de la ciudad a dos hombres que manipulaban un artefacto al parecer metálico, un tubo gigantesco que empezó a despedir más truenos que emanaban fuego y cenizas.

Más de cien hombres con armaduras metálicas y empuñando espadas y mosquetes fulgurantes arremetieron también contra cabezas, brazos y piernas incas sin ningún tipo de resistencia física. Era como introducir una navaja en mantequilla caliente. Los leves esfuerzos de los indígenas por herir a sus atacantes se veían fácilmente repelidos por la protección metálica de aquellos seres llenos de pelo oscuro en las mejillas, la quijada y la parte superior del labio. Millones de disparos herían los tímpanos de las miles de personas que trataban de salvar sus vidas, pero muchos fueron alcanzados por los proyectiles que entraban en cualquier parte del cuerpo sin ningún titubeo y destrozaban lo que encontraban en el camino.

La caballería revoloteaba alrededor de aquellos que luchaban por la salvación. El simple contacto con la piel y el sudor de los corceles hacía que los indígenas empezaran a sentir náuseas y escozor. Incluso algunos trasbocaban, y sudaban como los propios caballos, retorciéndose de dolor y muriendo fugazmente sin tener heridas en su cuerpo. Después de minutos eternos, los caballos ya no fueron necesarios para crear tanta barbarie, dado que los incas afectados por los bellos animales transmitían su dolor a cualquier coterráneo que estuviera cerca, provocando los mismos efectos adversos. Los truenos, caballos, proyectiles y espadas podían parar de asesinar, pero el mal ya estaba propagándose de forma independiente y vehemente.

En medio de la carnicería humana, Atahualpa seguía pensando cómo podía ser eso posible. Sus escoltas más cercanos estaban igual de aterrados, pero continuaban protegiéndolo ante cualquier sospecha de peligro. El humo de los mosquetes impregnó la plaza de una niebla implacable como la de una madrugada del páramo más salvaje. Un caballo gigante, de color negro nocturno, atravesó la plaza en medio de la bruma artificial. Se dirigía pausadamente hacia Atahualpa. Montado en el bello animal iba un hombre como los otros atacantes: tez morena, barba y bigotes espesos y enmarañados, con una armadura brillante que reflejaba la luna que ya hacía su aparición en aquel hemisferio. Llegó al centro de la plaza y se quedó mirando con orgullo y satisfacción a los escoltas del líder inca, que veían con ojos desorbitados y brazos temblorosos al inusual caballero.

—Estás muerto, Atahualpa —le dijo Francisco Pizarro al inca más venerado—. Entrégame la clave del tesoro.

—Sobre mi cadáver —contestó Atahualpa.

—Amén.

Desenfundó su espada y con tres movimientos hábiles despedazó a los escoltas incas. Dos brazos y tres cabezas rodaron por el suelo, justo al lado de Atahualpa. Puso su espada en el pecho del inca y apretó sutilmente mientras su caballo jadeaba en medio de la barbarie del lugar.

—No tienes salida. Tu grandioso ejército está destruido —Pizarro estaba exultante. No podía creer que tenía en sus manos al monarca del imperio más avanzado del Nuevo Mundo. Y él mismo, como representante del imperio más poderoso de Europa, se convertiría en el amo y señor del universo—. ¿Dónde está el tesoro?

—Nunca lo sabrás.

Un infante español vio a Atahualpa sin la protección de sus sirvientes y aprovechó para atacarlo con su espada. Corriendo más rápido que un caballo se abalanzó con el arma lista para volar la cabeza del soberano inca. Pizarro tomó una decisión en las milésimas de segundo que su cerebro pudo trabajar. Atahualpa intentó agacharse para evitar el golpe final de la espada del infante, mientras veía que otra espada volaba sola enfrente de su nariz. El grito sordo de la muerte ahogó la respiración del infante español, que vio la espada de Pizarro atravesando su pecho. Atahualpa quedó congelado por segunda vez y observó cómo aquel muchacho dejaba este mundo.

—Te necesito con vida —le susurró Pizarro a Atahualpa—. Cuando me digas el sitio donde está el tesoro, ya podré matarte—. Se acercó con su caballo al infante muerto y recuperó su espada.

Cuando el silencio reinó y la bruma de la pólvora se retiró, la plaza dejó ver un tapete de cuerpos humanos mutilados y moribundos. Absolutamente todos los cuerpos eran indígenas; ni una sola armadura se podía contar entre los cadáveres. Las paredes de la ciudad habían sido derrumbadas para servir de puerta de escape de aquellos que lograron evadir los disparos y las espadas. Seguramente muchos morirían después por los virus y enfermedades contraídas con el contacto animal.

Atahualpa fue encarcelado allí mismo, en Cajamarca. Pizarro necesitaba con urgencia la clave que lo llevara a encontrar el tesoro más grande de la humanidad. La leyenda era *vox populi* entre todos los inesperados visitantes del Nuevo

Mundo, por lo que no se podía permitir darle más tiempo de espera a la herramienta que aseguraría su futuro, para siempre. Expediciones por todos los rincones del continente recién descubierto tenían el mismo objetivo de Francisco, lo cual atormentaba el sueño de los Pizarro. Solo hasta que tuvo al máximo líder inca en sus manos pudo dormir tranquilo. Atahualpa, gracias a su condición jerárquica, debía tener acceso a información privilegiada.

—¿Lo has pensado mejor? —dijo Francisco entrando en la celda de Atahualpa.

—No tengo nada en qué pensar. Mi pueblo es lo único que inquieta mis pensamientos. Lo que ustedes hagan conmigo me tiene sin cuidado —Atahualpa dibujaba con sus dedos múltiples figuras de animales extraordinarios sobre la gruesa capa de polvo de las paredes de barro cocido. Como en todas las oportunidades anteriores, durante los últimos cuarenta y cuatro días de encierro, Francisco no dejaba de admirar los accesorios dorados que vestía Atahualpa. Dio la espalda al inca, pero sus ojos no se despegaron de las pulseras y collares brillantes, que le daban claridad a la habitación—. Los ojos son las puertas del alma —susurró sin mirar al español.

—Nadie puede evitar fijarse en un hombre que luce moribundo —fue lo único que se le ocurrió contestar.

—No pregunté nada; pensaba en voz alta —Atahualpa seguía garabateando bellas figuras con sus manos, mientras se alegraba de la oportunidad que saltó a su mente—. No quieres arrebatarme el alma, solo quieres lo que adorna mi cuerpo.

—Solo quiero el tesoro de la leyenda. Tú sabes dónde se encuentra: eres el soberano inca, por amor de Dios.

—Estás confundido. No puedes tener el oro de nuestro pueblo y poseer el tesoro al mismo tiempo...

—¡Imbécil, caíste! —Pizarro reía a carcajadas—. ¡Estás aceptando que sí existe el maldito tesoro! ¿Dónde está? —agarró al inca del cuello y lo arrojó contra una de las paredes— ¡Habla, maldito salvaje! —Atahualpa empezó a sangrar en la parte posterior de su cabeza. Intentó levantarse con gran esfuerzo y logró sentarse apoyando la espalda en la misma roca donde su cráneo había impactado. Estaba confundido. Rogándole al sol y a la madre naturaleza reprimió con dureza una sonrisa que lo hubiera podido delatar. Una gota de sudor frío surcó su sien derecha y alcanzó a llegar al collar de oro que llevaba desde que había sido ascendido al nivel de soberano.

—Quieres el tesoro, pero te obnubilas con el oro de mis ancestros. Vas a intercambiar el oro por tierras, alimento, animales y poder sobre tus semejantes. El oro nos fue entregado por nuestros dioses para agradecer por las bendiciones de nuestra madre Tierra, para formar vínculos de unión con nuestros hermanos, para...

—Deja la palabrería —interrumpió Pizarro—. Si tan poco te importa el metal, entonces llena esta habitación con el oro de tu imperio decadente —fue la única salida rápida que se le vino a la cabeza. El reloj nunca paraba y no quería seguir perdiendo tiempo en aquellas tierras lejanas—. Así podrás quedar libre.

«Y podré tener la clave del lugar del tesoro», pensó.

—Tienes razón, así se hará —musitó el inca. Francisco Pizarro estaba excitado por haber conseguido su objetivo. Tendría todo el oro para obtener los recursos que lo harían el hombre más importante del mundo y de paso podría buscar la clave del tesoro sin obstáculos. Atahualpa no quiso hablar más. Concluyó que no eran necesarias más palabras. Ante la respuesta esperada, es menester el silencio.

—Asegúrate de que la pieza clave esté aquí —remató el español mientras salía ansioso de la habitación. Atahualpa aún no entendía. Solo sabía que sería libre sin pagarlo caro.

—La clave está en todas partes, imbécil —dijo para sí mismo.

Al siguiente día, Atahualpa envió la orden al vasto imperio inca para que hicieran llegar todo el oro del pueblo a Cajamarca. Pocos días después, los primeros cargamentos arribaron a los aposentos de Francisco Pizarro, que procedió a llenar de piezas de oro la habitación donde se encontraba recluido Atahualpa. Solo hasta el momento en que el inca no pudiera moverse ni un centímetro, lo dejaría libre. Día y noche los españoles revisaban cada pieza con exagerado detalle, buscando la clave que los podría acercar al tesoro de la leyenda del Nuevo Mundo.

El cuarto se iba llenando mucho antes de lo previsto. Antes de que se llenara la habitación con el inca adentro, Pizarro ordenó a su ejército español la fundición de todas las piezas de oro que ya habían sido examinadas para encontrar la clave. De esta forma, los incas tendrían que seguir llenando de oro lo que parecía un barril sin fondo. Atahualpa, que era testigo de tal robo, no musitaba una sola palabra de protesta.

Durante varios meses la rutina no cambió: piezas de oro entraban en Cajamarca, se almacenaban en el resguardo de Atahualpa, los españoles las inspeccionaban y luego se fundían para utilizar el metal con objetivos mercantiles. Francisco Pizarro estaba exhausto, pero feliz. Feliz, no muy feliz. Estaba cansado de estar lejos de su tierra, luchando y vigilando a un indígena que ya le había saciado su sed de riqueza. Aún no había encontrado la pieza clave, pero ya tenía oro suficiente para que sus hijos, sus nietos y las próximas cien generaciones de los Pizarro vivieran sin tener que mover un dedo. Solo que él quería que fueran mil generaciones.

Le dio una última oportunidad a Atahualpa.

—¿Dónde está el tesoro? Trae la pieza que indica el lugar secreto —no podía caminar cómodo entre todo el oro de la habitación. Atahualpa estaba sentado sobre una silla de madera, con miles de piezas de oro alrededor que no lo dejaban respirar.

—¿No es todo esto lo que querías? Para ustedes esto es mejor que el tesoro... —respondió Atahualpa mirando al techo resplandeciente.

—Si nos diste todo esto es porque el tesoro verdadero puede llenar las casas de todo el pueblo inca.

—Tendrías que matarme a mí y a todo mi pueblo para saberlo.

—Tus deseos son órdenes, señor emperador.

El 26 de julio de 1533, Atahualpa fue llevado por los españoles al centro de la plaza de Cajamarca. Con sus manos y pies atados, en presencia de cientos de europeos barbados y algunos habitantes incas, Atahualpa fue bautizado por el fraile Valverde con el nombre de Francisco. Después se dispusieron a estrangularlo. Antes de que las cuerdas cobraran su vida terrenal, una voz gutural salió de su cuerpo maltratado.

—¡Pizarro! ¡No puedes ver más allá de lo evidente! ¡Por eso nunca encontrarán El Dorado!

Un temblor vomitivo retorció la médula espinal de Francisco Pizarro. Un minuto después, el alma de Atahualpa viajó al otro mundo en busca de la resurrección.

Dorado ensueño

El Aeropuerto Internacional El Dorado parecía un adolescente en una eterna pubertad. Crecía un poco más cada día, tanto que hasta un viajero frecuente no encontraría nada igual en sus instalaciones cuando volvía a encontrarse con esa gigante estructura metálica y transparente que le rendía un tributo a la estética, la elegancia y la sostenibilidad ambiental. La oscuridad le brindaba un toque sutil de hermetismo. Las luces brillantes, los techos tremendamente altos, los pisos elegantes y las correrías de gente le daban un aspecto de centro de entretenimiento para bohemios solitarios.

Luz estaba inusualmente exhausta. Había recorrido quince ciudades peruanas en dos semanas que le habían parecido tres minutos. Solo quería llegar a su país natal, tomarse un largo trago de vodka y meterse a la cama de su casa ubicada en las afueras de Bogotá. Lo malo era que aún tenía que cumplir un último compromiso en la capital colombiana, esa noche que regresaba desde Lima. Lo bueno era que el Aeropuerto El Dorado era una de las pocas terminales aéreas de talla internacional que estaban incrustadas en medio de la ciudad, lo que representaba una ventaja para los viajeros, que no tenían que desplazarse por mucho tiempo para llegar a la civilización, pero una desventaja para los centenares de miles de ciudadanos que habitaban en los límites de las pistas del aeropuerto y debían convivir con los inacabables y elevados sonidos mecánicos de las turbinas.

Caminó por más de treinta minutos desde que desembarcó del Airbus para llegar al sitio en donde comenzaba la fila de taxis amarillos que esperaban impacientes a los recién llegados. Luz no entendía cómo el aeropuerto podía seguir expandiéndose. Ya hace mucho tiempo que estaba rodeado por barrios tremendamente densos que bordeaban las pistas desde una distancia nada segura. Pero de algún modo que los ojos desconocedores no podían percibir, los expertos en aviación e infraestructura habían conseguido que El Dorado siguiera manteniéndose como una de las terminales de carga y pasajeros más modernas y más grandes de Latinoamérica y el mundo, conectando el norte y el centro con el sur del hemisferio y acercando al resto de continentes con la hermosa Latinoamérica.

Subió al taxi que le indicó un funcionario del aeropuerto.

—*Good morning* —dijo el taxista en un tono robotizado que demostraba que solo había practicado esa frase por muchos días. Luz lo miraba por el espejo retrovisor con sus ojos azules aguamarina, con los cuáles se habían hipnotizado algunos hombres en su pasado.

—*Good evening* —corrigió Luz. Esperó a que el conductor dijera algo.

—*Where... are... you...* —balbuceaba mientras buscaba en su diccionario español- inglés— *... going?*

Luz dejó escapar una sonrisa burlona.

—Museo del Oro, *please.*

—Esta muchacha tan linda va para un museo en el centro de Bogotá, un domingo en la noche. Muy conveniente —susurró el taxista para sí mismo mientras cerraba el pequeño libro y se disponía a arrancar.

—Gracias por creer que soy una "muchacha" —el taxista quedó pálido como un trozo de papel recién fabricado.

—Lo siento, pensé que no era de aquí.

—Tranquilo, vemos lo que queremos ver. Puede tomar toda la calle 26 hasta el centro, por favor.

—Claro que sí, señorita —otro error, pensó Luz—. Nos vamos por El Dorado.

«Dios lo oiga», pensó Luz.

La avenida El Dorado atravesaba toda la ciudad desde el nacimiento en los cerros orientales de la cordillera de los Andes hasta el occidente, donde se encontraba el aeropuerto principal. Conectaba el centro de la capital colombiana, donde en agosto de 1538, el español Gonzalo Jiménez de Quesada fundó a Bogotá, con uno de los mayores símbolos de la internacionalización y el auge colombianos: el aeropuerto El Dorado. Los siglos habían transcurrido vehementemente, pero gracias a la implacable urbanización, los casi veinte millones de habitantes de la ciudad requerían mayores espacios para transportarse. Por eso la ciudad contaba ahora con dos aeropuertos adicionales, un poco más pequeños que el principal, pero que de manera audaz y como símbolo de respeto habían sido llamados El Dorado 2 y El Dorado 3.

El taxi inició el viaje desde el aeropuerto tomando la avenida El Dorado, como se le conocía a la calle 26. Luz miraba por la ventana los escasos automóviles y las luces del alumbrado público que despejaba la avenida solitaria. Era domingo en la noche, tal vez el único respiro que tenían las calles de Bogotá de los monumentales trancones de vehículos que le revolvían el cerebro a más de uno y que incluso moldeaban el carácter de los habitantes de la ciudad. Pasaron raudos por el monumento a Isabel La Católica y a Cristóbal Colón, descubridor de América.

«Ahí comenzó todo», reflexionó Luz.

Trató de cerrar los ojos mientras se aferraba a la única maleta que llevaba, un morral deportivo que una mujer común y corriente utilizaría para un viaje de medio día. Cuando volvió a despertarse, alumbrando el taxi con sus bellos ojos que parecían dos lagunas de agua de mar, solo habían recorrido unos dos kilómetros más y atravesaban el puente sobre la Avenida Boyacá. Por sus ojos pasaron rápidamente decenas de edificios hermosos, hoteles elegantes para los millones de turistas que llegaban cada vez más a su país. Una vez atravesaron el puente de la Avenida 68, se encontró con edificios gubernamentales y más hoteles, lo que le recordaba que estaban cerca de llegar al centro de la ciudad. A su derecha divisó la ondeante y gigante bandera de los Estados Unidos, enclavada en la parte más alta de la embajada norteamericana.

«Colón, Isabel, los negocios, el gobierno, Estados Unidos. ¿Alguno no nos habrá dominado?». El cansancio a veces la hacía filosofar.

Un kilómetro después, su mirada localizó a la Universidad Nacional de Colombia, uno de los centros académicos más respetados del país. Sus finos labios esbozaron una sonrisa de esperanza. Tenía claro que el conocimiento y el estudio desinteresado eran la salvación de la humanidad. Cuando alcanzaron el cementerio central se despertó de verdad de su ensimismamiento. Ya estaban adentrándose en el centro y tenía que prepararse para el evento de esa noche en el museo. La luminosidad era cada vez más fuerte y nadie sabría si era de día o de noche, pues los imponentes edificios que rayaban entre el cielo oscuro y tapaban la luna emitían millones de radiaciones de todos los colores del espectro. Luz siempre tenía la sensación de que esas moles gigantescas iban a caerle encima de su cabeza y no habría forma de escapar.

Una vez atravesaron la avenida Caracas y dejaron el centro de convenciones Gonzalo Jiménez de Quesada a sus espaldas, el taxi tomó la carrera 13 hacia el sur, adentrándose cada vez más en las entrañas originarias de Bogotá. La ciudad estaba aún más solitaria en esta zona, lo que causó un importante nivel de ansiedad y nervios en Luz. El taxista llegó a la calle 19, límite imaginario que daba paso al centro bogotano. Giró a la izquierda, cada vez más cerca de los cerros orientales, y condujo hasta la carrera octava, por donde se dirigió de nuevo hacia el sur. Ya estaban cerca, pensó Luz. Quería llegar rápido y devolverse de igual forma a su hogar para dormir tres días seguidos.

De pronto el taxi tuvo que frenar.

Una fila de automóviles estaba enfrente de ellos. No se movía y parecía que no tenía la intención de hacerlo. Miles de pitidos salían de los vehículos y retumbaban en las paredes de aquellos edificios antiguos. Luz se sintió mejor. Había multitudes de carros, gente caminando por doquier, vendedores de música, arte, ropa, puestos de comida rápida y un sinfín de otros negocios familiares.

Luz decidió terminar el viaje y caminar. Sintió pesar por el taxista, quien tendría que aguantarse quién sabe cuánto tiempo atascado para poder volver al trabajo. Pagó en efectivo y descendió del taxi en la mitad de la carrera octava, en medio del bullicio y las luces de la calle. No le costaría caminar las tres cuadras que la separaban del museo, pues sus confortables zapatos deportivos, que ahora llevaba puestos, siempre la acompañaban en sus viajes de trabajo. Planeaba subir por la calle 16 pero estaba cerrada. Cuatro policías custodiaban la entrada a la calle.

—No puede entrar a esta calle, señorita —uno de los uniformados advirtió la intención de Luz. «Otra vez asumen», pensó.

—Pero es una calle peatonal —repuso.

—Solo cumplimos órdenes. Si quiere ir al oriente, debe tomar la Jiménez.

—Okey, gracias —se limitó a decir. La Avenida Jiménez de Quesada era el nombre sofisticado de la calle 13 en esa parte de la ciudad. Suponía caminar tres cuadras, pero un conocedor de la ciudad sabía que los axiomas matemáticos no se cumplían en las calles bogotanas. Solo una cuadra separaba a la calle 16 de la calle 13. Pero antes de emprender la ruta quería confirmar algo—. ¿Hay algún evento, un concierto o algo similar? Es muy raro ver el centro así de lleno a esta hora.

—¿No lo sabe, señorita?

—No. ¿Qué?

—Es la noche de El Dorado. La primera vez que el Museo del Oro presenta su colección completa al mundo.

No lo podía creer. ¿Tanta gente, luces y espectáculo por una auténtica obra de arte? Algo bueno estaba pasando en el mundo. Por un instante olvidó que esa noche tan especial, ella estaba invitada a ese maravilloso lugar.

Estados *Unidos* por la salvación

El canto sublime de millares de golondrinas azules atravesaba las inquebrantables paredes de acero y hormigón de la bóveda principal de la base militar de Fort Knox. El Estado de Kentucky pasaba por uno de los veranos más implacables de los últimos cincuenta años, cuyos efectos ya se sentían en la desaparición de la típica fauna y flora de la región, y en el asentamiento de nuevas especies animales. Las luces incandescentes de la sala secreta de reuniones para mandos estatales de alto nivel parecían titilar con cualquier movimiento del aire.

William Pappett se atrevió a romper la insoportable quietud.

—Es la única salida que veo a este asunto —su impecable vestido negro y la corbata azul lo confortaban del gélido aire artificial. Se quedó mirando a sus dos interlocutores esperando una respuesta. La pequeña bandera metálica de barras rojas y blancas resplandeció en su solapa.

—Es un riesgo muy alto, señor secretario. Considero impertinente tomar acciones que no estén alineadas con los principios y valores de nuestra nación —contestó Charlie Parker. Sus morenas manos estaban entrecruzadas sobre la mesa de acero inoxidable que reflejaba su cara de terror.

—¿Aún no lo entiendes, Charlie? —William estaba exhausto, pero le quedaban fuerzas para gritar—. ¡En menos de cuatro años hemos tenido dos crisis financieras! La bolsa de Nueva York es un caos, el Dow Jones cae quinientos puntos cada mes. ¡Estamos perdiendo dinero!

—Solo la gente del común pierde dinero en estos casos, señor secretario —contestó en un susurro el Director de la Oficina de Gerencia y Presupuesto de los Estados Unidos, Charlie Parker. William frunció el ceño. Respiró hondo para poder evitar la confrontación.

—Charlie, Charlie, Charlie —se levantó de la silla y empezó a caminar con actitud desafiante alrededor de la mesa. Se detuvo detrás de Charlie, que seguía mirando al frente—. ¿En qué mundo vives? —puso sus manos transparentes sobre los prominentes hombros de Charlie. Por un momento pensó que Charlie

Parker fácilmente podría haberle dado más alegrías al pueblo norteamericano si se hubiera dedicado al atletismo—. Imagínate que la persona más rica del planeta, a la que toda la gente del común admira por su poder adquisitivo, va a la tienda de automóviles a comprar un Porsche. Al momento de pagar, el vendedor de la tienda se da cuenta de que el dinero de este personaje no sirve. Es falso. ¿Qué pensaría el vendedor, Charlie?

Charlie no quiso decir nada.

—Que es un maldito fanfarrón —interrumpió Jason McFee. Su pipa aromatizaba la sala con los olores característicos del chocolate amargo.

—Como personaje acaudalado tiene muchas relaciones de negocios importantes. El vendedor de autos le contará de su bochornosa experiencia a sus amigos, a su novia, a otras tiendas de autos. Y una vez pase eso, la voz terminará por difundirse por todo el planeta —continuó William explicando, mientras seguía caminando en círculos, pero sin quitar la mirada de Charlie—. Un simple Twitter y el virus será imparable. En el término de pocos días, los ojos del mundo estarán sobre el otrora personaje millonario y admirado, para que rinda cuentas sobre su situación financiera real.

—No me trates como a un niño, eso lo entiendo.

—Lo que no entiendes es que el personaje rico será investigado, castigado y terminará acabado. Lo que para ti sería una gran victoria. Un rico menos en el mundo —el Secretario del Tesoro, William Pappett, se detuvo al lado de Charlie y le habló tan cerca que este le podía sentir el aliento— ¡Lo que no entiendes es que todos los vendedores de autos, todos los empleados de los supermercados, todos los choferes de transporte público, todos los meseros de restaurantes van a caer como él! ¡Sus trabajos dependen de lo que el rico gasta en sus pequeños negocios!

—Un momento, señores financieros —McFee dejó la pipa sobre la mesa—. Yo también estoy en esta reunión. Diríjanse con palabras que yo entienda.

—Señor McFee, lo que dice el secretario Pappett es sencillo —Charlie se adelantó a explicarle con más tecnicismos, mientras William volvía a tomar asiento—. Nuestro país es el más rico del mundo. O debería decir, tiene las mayores cantidades de recursos, distribuidos en pocas manos. ¿Cómo se mide esa riqueza? Por las reservas internacionales. Las reservas son la cantidad de dinero que un país tiene en el banco, por así decirlo.

—¿Dónde está ese dinero? —preguntó Jason, como si fuera suyo.

—Pues estamos sentados encima de más del cuarenta por ciento de las reservas de los Estados Unidos —dijo Charlie.

Jason se quedó mirando perplejo al corpulento afroamericano.

—Pero aquí *solo* hay oro. No hay billetes.

—Fort Knox representa el mayor tesoro en oro del mundo, en realidad —aclaró Charlie antes de continuar—. Las reservas internacionales no solo se componen de papel moneda o billetes, como usted les dice. Más del setenta y dos por ciento de las reservas de los Estados Unidos están representadas en oro. Son más de ocho mil toneladas —McFee hizo una cara de terror—. ¿Por qué tanto? Porque el oro es más confiable que el dólar y otras monedas. Cuando hay crisis y las bolsas del mundo caen, el oro sigue firme e incluso sube su precio.

—Ok. Pero hay algo que no entiendo —McFee volvió a chupar de su pipa—. Nuestras mayores reservas son oro. Pappett dice que nuestra bolsa de valores está cayendo. Y tú dices que al oro eso no le importa. Entonces, ¿cuál es el maldito problema? ¿Por qué me metieron en esto?

«Soy muy bueno explicando. Este animal entendió», pensó Charlie.

—Para que el mundo se asegure de que el personaje rico en realidad es rico, las autoridades revisan de vez en cuando parte de su dinero y así controlan que no sea falso —Charlie retomó la analogía de Pappett—. Toman pequeñas cantidades de sus billetes y las revisan. De la misma forma, el oro de las reservas internacionales de cada país es analizado para probar su pureza, a través de auditorías específicas que se realizan sobre pequeñas cantidades del metal.

—Continúa —dijo McFee mientras aspiraba de su deliciosa pipa.

—Dados los últimos problemas financieros sucedidos en nuestra bolsa de valores y en nuestra economía, se acerca una auditoría más exhaustiva sobre nuestro oro.

—En realidad, van a revisar casi todo el oro que tenemos —completó el Secretario del Tesoro.

—¿Quiénes *van* a revisarlo? —la pipa parecía influir positivamente en la actitud de Jason McFee.

—Gente de afuera. Gobiernos europeos y organismos multilaterales, principalmente. Los más grandes del mundo. Quieren asegurarse de que el personaje rico con el que hacen negocios sigue siendo rico —recalcó William Pappett—. Y aunque controlamos de cierta forma a cada uno de ellos, no podemos tapar el sol con un dedo.

—Sigo sin entender el maldito problema. Somos ricos y solo van a revisar nuestro oro. No se lo van a robar. No pueden.

Charlie se adelantó a Pappett, que quería decir algo.

—En toda la historia de nuestra nación, nunca se ha realizado una auditoría independiente y completa de las reservas de oro estadounidenses. Pero no podemos negarnos más. El mundo sospecharía. Empezarían a desconfiar.

—¿De qué demonios sospecharían? Es oro, por amor de Dios.

—Jason, los índices bursátiles siguen cayendo y van a provocar otra crisis económica —Charlie parecía asustado mientras explicaba—. Nuestras reservas internacionales son el único indicador que soporta a la economía estadounidense y a nuestra posición dominante. El mundo sabe, por nuestras reservas, que tenemos toda la capacidad para comprar lo que quisiéramos en el extranjero, para financiar guerras y el comercio internacional, para respaldar el dólar y los depósitos de los bancos, para sostener al gobierno y las instituciones financieras.

—Y la mayoría de nuestras reservas son oro —el humo de la pipa cubrió el rostro de Jason McFee—. ¿Existe algún problema con nuestro oro? —La pipa seguía funcionando en su cerebro.

—El oro estadounidense es de muy mala calidad —sentenció Charlie.

—Como el dinero falso del personaje millonario —susurró Pappett.

McFee quedó helado en su asiento. La pipa cayó de sus manos y rebotó contra la mesa metálica. Un extenso suspiro llenó toda la sala del aroma a chocolate.

—Somos pobres. Todos —dijo McFee mirando fijamente su reflejo en la mesa—. Ahora entiendo tu afán, William. ¿El presidente sabe de esto?

—Por supuesto. Yo solo he sido el diseñador del plan.

—¿Qué podemos hacer? —preguntó Jason McFee.

—Es simple —William volvió a levantarse para caminar por el salón—. Aún tenemos un mes para que llegue la auditoría externa a Fort Knox, West Point, la Casa de la Moneda en Denver y la Reserva Federal de Nueva York. Los sitios donde tenemos el oro. El oro impuro. Lo único que necesitamos es conseguir oro puro para reemplazar nuestras actuales reservas internacionales.

—¿Lo único? ¿Y dónde piensas encontrar ocho mil toneladas de oro puro en menos de un mes, después fundirlas y volverlas lingotes? —gritó McFee.

—Exactamente es ahí donde necesito tu ayuda. Jason, como director de la CIA, conoces nuestros métodos. Tenemos que tomar las medidas más drásticas para salvar nuestro pellejo.

—Reitero que esa no es una opción, señor secretario —dijo indignado el director Charlie Parker—. Podemos cambiar nuestro oro con otros bancos centrales y obtener dólares y euros. Muchos menos de los que quisiéramos obtener, pero tenemos que jugar limpio.

William saltó a carcajadas.

—Si quieres salvar al vendedor de autos, deja que yo maneje esto —le dio un toque en el hombro a Charlie—. No entiendo cómo llegaste hasta el cargo que ostentas, con esa solidaridad desbordante.

—¿Qué piensas hacer, William? —preguntó el director de la CIA.

Una canción empezó a reproducirse en la sala en conjunto con una vibración inquietante. William Pappett, Secretario del Tesoro de los Estados Unidos, comenzó a buscar algo en su saco. Por fin encontró su teléfono celular.

El *ringtone* seguía sonando.

Exit: Light.

Enter: Night.

Take my hand.

We're off to never-never land.

—Hola. Excelente. Pueden continuar —una sonrisa se dibujó en su rostro.

McFee y Parker se miraron con cara de duda, sin planearlo.

—Ya lo había pensado y hoy empezamos a ejecutar el plan. Por eso solicité a tus mejores y más *herméticos* hombres, Jason.

—Lo que sea por nuestro país —dijo McFee—. ¿Qué haremos?

—Adueñarnos del tesoro más grande del mundo. Mil veces más grande que Fort Knox. Vamos a encontrar el tesoro de El Dorado.

Formalidades

Su corazón latía con mayor frecuencia, al mismo ritmo de sus apresurados pasos. Inició caminando, una vez dejó atrás al policía que le entregó tan buena noticia, pero en menos de diez metros sus ansias inundaron su cerebro y comenzó a marchar, casi tan técnicamente como en unos juegos olímpicos. La carrera octava estaba atestada de vehículos y gente. No se podía distinguir a simple vista dónde terminaba la acera y dónde empezaba el asfalto. Decidió acelerar el paso. Solo consiguió roces y choques cada vez más frecuentes y fuertes con las otras personas que iban y venían por el costado oriental de la calle, así que tuvo que acomodarse a la velocidad media de ese mar humano.

Decidió colocar el morral sobre su pecho, para no perder de vista la poca ropa que había empacado para su viaje. Así se sentía más segura en medio de centenares de desconocidos que invadían su espacio personal. Una vez más en la vida iba a experimentar toda la emoción explosiva que siempre brotaba de su cuerpo al presenciar el arte más puro y simbólico de la existencia humana.

Por fin alcanzó la avenida Jiménez y se detuvo un momento para admirarla.

La recordaba exactamente como la tenía ante sus ojos, a excepción de la multitud que revoloteaba por todas partes, las luces de colores y la música de todos los géneros posibles mezclada en el aire. Miró hacia las montañas orientales que se asomaban detrás de los edificios del centro bogotano. El cielo estaba limpio y despejado, alumbrado intensamente por una luna llena descomunal que presentaba un tono amarillento inusual. Luz tomó un respiro y miró su reloj. Eran las siete y treinta de la noche. En media hora se iniciaría el espectáculo.

Luz apresuró de nuevo el paso hacia el oriente. Sus ajustados *jeans* azul claro le rendían honor a los gemelos y cuádriceps, frutos inevitables de las largas caminatas que su trabajo le obligaba a mantener. Cualquier obsesionado con los gimnasios envidiaría tal culto al cuerpo humano. Mientras caminaba sin apartar la vista de los edificios circundantes, pasó rauda por puestos de venta de jugos naturales, frutas, artesanías, hamburguesas, perros calientes, ropa y accesorios de belleza. Recordó que en la acera de enfrente, desde hace muchas décadas, se comercializaban esmeraldas a plena luz del día. Las esmeraldas más bellas del mundo. Pero nunca lograrían el esplendor y simbolismo del oro ancestral.

Veinte metros de caminata le bastaron para alcanzar la escultura del expresidente colombiano Carlos Lleras Restrepo. Se quedó mirándola y su boca hizo un gesto de "a quién le importa". Cuando logró observar más allá de la estatua de bronce quedó perpleja con el hermoso edificio que brillaba bajo la luz de la luna.

El Palacio de San Francisco, obra de arte neoclásico del siglo XX, era la mejor muestra de la lucha eterna del Estado y la Iglesia. Los franciscanos poseyeron estos terrenos en la época colonial, como parte del programa de evangelización española del Nuevo Mundo. Construyeron iglesias y un claustro en el corazón de la otrora nueva ciudad. Pero en 1861, el general y presidente de la entonces *independiente* Confederación Granadina, Tomás Cipriano de Mosquera, decretó la expulsión de los jesuitas y la apropiación de los bienes de otras comunidades religiosas. El presidente ordenó trasladar todos los bienes de la Iglesia a posesión del Estado, entre ellos el claustro de San Francisco. Años después, allí se instaló el Estado Mayor de Cundinamarca, el gobierno del Estado que albergaba a la capital colombiana. Y en 1917 se diseñó ese bello edificio que sus ojos admiraban sin prisa y que fue hermosamente construido, a tal punto que fue declarado monumento nacional en 1984, un año maravilloso.

A Luz le llegaron a la mente bellas notas de esa década.

Listen to your heart, when he's calling for you.

Listen to your heart, there's nothing else you can do.

Su cerebro reptil la llevó unos metros más adelante, mientras seguía tarareando la canción de Roxette. Ya se acercaba a la carrera Séptima, pero antes notó con el rabillo del ojo izquierdo que el templo de la esquina estaba abierto al público y decidió entrar a orar, a su manera. La Iglesia de San Francisco, el templo católico más antiguo que se conservaba en Bogotá, parecía una mina de oro que deslumbraba a todo aquel que se acercaba a visitarlo. Luz ingresó y se sentó en una de las últimas filas de las bancas de madera rústica que le imprimían un aire de antigüedad venerable y humildad a aquel bello recinto. Cerró sus ojos y dejó libre a su cerebro. En su mente solo aparecieron frases de agradecimiento por todas las experiencias vividas, buenas y malas. Y también pidió, de forma inusual y sin planearlo, por su vida y su seguridad. ¿Por qué estaba pensando en eso?

Sus pensamientos tomaron otro rumbo. Abrió los ojos muy despacio. El amor por el arte y la historia le permitió recordar que aquella hermosa iglesia tenía un techo en madera muy peculiar, una armadura mudéjar, de las mejores del antiguo dominio español en América. Una de las miles de herencias de los europeos, pero que en realidad provenía de los admirables estilos artísticos musulmanes. El retablo de estilo renacentista, aquel muro situado detrás y a los lados del altar, estaba lleno de esculturas e imágenes de santos y apóstoles, todos bajo la luz de Jesucristo guiando al mundo. Así como el techo, el retablo era la pieza artística religiosa más representativa del antiguo virreinato de la Nueva Granada.

Tres minutos después, Luz se levantó de su asiento y se dirigió de nuevo hacia la calle. Se topó con unos carteles llenos de información a la entrada de la iglesia. Su curiosidad insaciable le obligó a quedarse a leerlos. Miró el reloj. Todavía tenía tiempo. El texto más extenso hablaba de la historia del templo. La iglesia se había terminado de construir formalmente a través de una ampliación realizada en 1611 sobre el terreno donado a los franciscanos por el arzobispo Juan de los Barrios, en la margen derecha del río Vicachá, luego llamado río San Francisco. En 1785 quedó casi destruida por un terremoto, lo que implicó su reconstrucción. Luz se enteró de algo que desconocía. La iglesia de San Francisco constituía un conjunto único con la iglesia de La Tercera y la iglesia de La Veracruz, a dos cuadras de allí. Anteriormente, estas tres iglesias, el convento y los claustros adyacentes formaban un complejo religioso que fue dividido por la acción implacable e interesada del Estado.

Al salir del templo, Luz pudo por fin llegar a la carrera Séptima. Al otro lado de la pequeña avenida se alzaba el edificio del Banco de la República, el lugar donde había nacido el Museo del Oro. Afortunadamente el museo creció tanto que después le erigieron un edificio propio que albergaría las más bellas piezas del arte precolombino. El edificio del banco había generado gran discusión política y social al momento de su construcción, ya que su estilo "moderno" contrastaba con el arte colonial de la Iglesia de San Francisco. Al final, la carrera Séptima sirvió de división imaginaria entre el arte pasado y el actual, entre la Iglesia, el Estado y el poder económico. Luz pensó por un momento que ninguno de los tres conseguiría, ni les interesaba, imitar al que podría considerarse el patrono de esa calle, San Francisco de Asís, que siendo hijo de un rico comerciante italiano pasó a vivir bajo la más estricta pobreza y dedicado al estudio de los Evangelios.

Luz se dispuso a cruzar la calle para ver más de cerca las esculturas realizadas en relieve que adornaban la fachada inferior del Banco de la República, pero algo llamó su atención de nuevo. Las huellas indelebles que rememoraban las épocas del tranvía que sirvió como medio de transporte emblemático de la capital. Esos rieles antiguos, que parecían hundirse cada año entre los ladrillos de la calle adoquinada, se resistían a quedar olvidados y querían recordarles a quienes los pisaban que fueron testigos del inicio de la época de la Violencia en Colombia.

Y Luz, como persona conocedora de su propia historia, no era la excepción. El gentío y el ruido ensordecedor de la calle no fueron obstáculo para que recordara aquel día fatídico, el 9 de abril de 1948, cuando la esperanza de un pueblo fue acallada por balas infames de represión. Jorge Eliécer Gaitán, aquel político que no parecía serlo, fue asesinado al otro lado de la avenida Jiménez y su muerte provocó la revuelta popular más impresionante en estas tierras, conocida como El Bogotazo, hecho que marcó el principio de décadas violentas y dramáticas que rayaban en lo fantasmagórico. Luz quiso ir hasta el sitio donde había caído Gaitán y en el que hoy reposaban algunas placas que conmemoraban ese nefasto día, pero el mar de gente era denso como el metal y el tiempo apremiaba.

Por fin reemprendió la caminata sin pensarlo dos veces. Dio tres pasos apresurados que no le dieron tiempo para fijarse en la persona que venía de frente. El choque fue estruendoso. El hueso de su hombro izquierdo golpeó al hombre en el esternón, haciéndole perder el aire.

—¡Lo siento! Estaba distraída. ¿Está bien? —Luz trató de consolarlo mientras el hombre tomaba un poco de aire. Estaba encorvado mirando hacia los rieles del tranvía.

—Tranquila —se levantó lentamente ayudándose en los brazos de Luz. Sus miradas se encontraron—. No fue nada. Fue mi culpa, estaba mirando para otro lado —Luz notó un leve acento extranjero en su voz. Pero no le prestó atención. Por un instante pensó que era un hombre muy atractivo. Lo agarró con más fuerza para ayudarlo a levantar.

—Discúlpame —ya le tuteaba—. Que te vaya bien. Hasta luego —El hombre, de cabeza rapada y barba abundante pero pulcra, quedó un instante hipnotizado con el mar de sus ojos.

—Adiós. Gracias. —contestó el hombre mientras ambos se alejaban sonriendo.

«Todo pasa por algo», pensó Luz, rememorando una frase de su padre.

Siendo más precavida, llegó al otro lado de la calle y por fin pudo apreciar los relieves dedicados a la agricultura, la ganadería, la ingeniería y la industria que estaban tallados en las paredes exteriores del edificio del Banco. Pensó que era un resumen muy acertado de la evolución del desarrollo humano. Se arregló mejor el morral, que volvía a tener en la espalda, pero que se había desacomodado gracias al agradable encuentro con aquel hombre. ¿Cuál sería su nombre? ¿Por qué no le preguntó?

«¿En qué estoy pensando? Concéntrate», se recriminó.

Miró de nuevo su reloj. Faltaban ocho minutos para las ocho.

Caminó hacia el norte, dirigiéndose hacia el parque Santander, aquel espacio continuo al Banco que también tenía de vecino al Museo del Oro. Pero no pudo proseguir su camino. Tal como en la calle 16, cuando bajó del taxi, el paso estaba cerrado. Entre la torre de la iglesia de San Francisco y la esquina norte del edificio del Banco había una hilera de vallas metálicas que bloqueaba el paso al parque y por ende al museo. Varios policías y personal civil vigilaban a todas las personas cercanas. Sin embargo, su angustia desapareció cuando divisó un pequeño pasadizo entre las vallas por el que algunas personas muy elegantes hacían fila para ingresar al parque. Ese era el filtro de entrada. Mientras caminaba hacia la fila donde solo estaban cuatro personas, buscó la boleta de ingreso que le habían enviado días atrás.

La encontró fácilmente en la pequeña cartera que llevaba dentro de su chaqueta de cuero. Estaba intacta, como nueva. Los dos hombres delante de ella vestían esmoquin negro y la mujer que los acompañaba traía un vestido largo de color rojo pasión y relucía hermosas alhajas plateadas en su cuello.

«¿Será la fila correcta?», pensó Luz mientras repasaba sus zapatos deportivos, sus *jeans* y su chaqueta. Leyó con detalle la letra pequeña de la invitación: "Traje formal", decía en unos caracteres minúsculos. «Mierda», susurró. Rápidamente llegó a las vallas metálicas y un hombre con uniforme negro, con un logo dorado en su abrigo, le solicitó la boleta.

—Buenas noches —dijo Luz mientras le acercaba la invitación y miraba hacia el cielo, tratando de evadir lo inevitable.

—Buenas noches —contestó el joven, mirándola de arriba abajo—. Lo siento, pero no puede ingresar con ese atuendo. La invitación dice claramente: traje formal.

—Esto es formal para mí —dijo Luz sonriendo.

—No la puedo dejar ingresar. Son órdenes.

—Por favor, acabo de llegar a la ciudad —suplicó honestamente—. Vengo directamente desde el aeropuerto. No tuve tiempo de cambiarme. Por favor, déjeme ingresar. Es muy importante para mí.

—Lo siento. Por favor deje pasar a los demás.

—Recibí la invitación cuando estaba fuera del país y solo llevo esta maleta de viaje. No tuve tiempo de conseguir un mejor atuendo. Por favor. Déjeme hablar con el encargado.

—Lo siento, señorita. Por favor retírese —el joven le solicitó el pase de ingreso al hombre de frac que estaba haciendo fila detrás de Luz.

—Okey, gracias —se limitó a decir con pesar.

Empezó a voltearse lentamente para volver sobre sus pasos.

De pronto una mano pesada le agarró uno de sus hombros.

—¡Un momento! Por favor, déjela entrar —gritó un hombre de esmoquin negro y corbatín gris mirando al joven de la entrada—. Ella viene conmigo.

Grandes casualidades, grandes vivencias

—¡Dios mío! Hace tiempo que no te veía —Luz le dio un dudoso y fuerte abrazo a ese hombre elegante que parecía venir a salvarla—. ¿Cómo me reconociste?

—No fue difícil. Creo que nadie más en el mundo tiene un morral brillante con la cara de ese robot que siempre te ha gustado —le dio un beso en la mejilla y un abrazo más allá de lo fraternal. Era muy delgado y espigado, con unas gafas de carey que le daban un aire de sabiduría. Salomón apartó a Luz de la fila, que ya estaban estorbando, para seguir saludándose.

—No es un robot, Salomón. Es *Darth Vader*.

—Nunca pude grabarme ese nombre. Eres la única persona a la que le gustan los personajes de ficción antiguos —contestó con su característico tono de barítono—. ¿Cómo va todo? Veo que sigues con tus caminatas y charlas arqueológicas —agregó mientras contemplaba su esbelta figura.

—Es el único trabajo decente que me ofrecen. Y me alcanza para sobrevivir —dejó que la frase calara en la mente de su interlocutor, mientras apreciaba el magnífico vestido negro y los zapatos brillantes de Salomón—. Desafortunadamente no me alcanza para conseguir un buen vestido.

—Luz Morángel, no has cambiado —dijo Salomón sonriendo—. Así que también vienes al evento del museo —Empezó a rascarse la pierna con el periódico enrollado que llevaba en la mano derecha.

—Venía. ¿No viste que me acaban de echar?

—No, conmigo eso no pasará —Salomón le guiñó uno de sus ojos color miel. Se acercó al joven de la entrada—. Hola, ¿cómo estás? Soy Salomón Salas, del Banco de la República. Esta es mi invitación—. Le acercó la boleta al joven. Era un pase de cortesía para invitados especiales o VIP: *Very Important Person*. Le pidió a Luz la de ella y también se la acercó al guardián de la puerta—. Y aquí está la de la señorita, que viene conmigo.

—Señor Salas, no puedo dejar ingresar a su acompañante. No está arreglada para la ocasión —contestó con leve timidez en la voz.

—Trabajas para el museo, ¿cierto? —el joven asintió ante la afirmación de Salomón—. Sería una pena tener que contarle al director Medina lo abochornados que estamos en el Banco con la actitud del personal de nuestro museo.

—Mmm... pero son las reglas.

—Okey. Mañana no tendrás reglas que seguir —Salomón se quedó mirándolo por encima de sus anteojos—. ¿Nos vamos, Luz?

El muchacho vio que la fila seguía creciendo. Los policías no se inmutaban. La gente parecía impacientarse con cada segundo que pasaba. El reloj ya casi marcaba las ocho. Salomón agarró a Luz del brazo y se dispuso a marcharse. El joven prefirió no jugar con su suerte.

—Esperen. Sigan, por favor —se limitó a decir.

—Gracias —contestó Luz mientras cruzaba las vallas metálicas que la separaban de la felicidad. El joven no quiso mirarla a los ojos, tal vez por miedo a ser hechizado. Salomón acompañó a la hermosa mujer mientras clavaba su mirada en la nuca del guardia. Al traspasar la barrera le dio dos palmaditas en un hombro.

—Buena suerte, muchacho —Salomón se despidió con ironía.

De pronto, un nuevo mundo surgió en la oscuridad de la ciudad ante esos dos pares de ojos inquietos. Parecía que el Parque Santander estaba bastante preparado para recibir las fiestas navideñas. Pero faltaba mucho tiempo para esa tradicional época. Los frondosos árboles iluminaban la plaza con sus luces verdes, rojas, azules y blancas que prendían y apagaban a ritmos caóticos que parecían armonizar el ambiente. Cientos de personas, debidamente vestidas, caminaban y se tomaban fotografías en cualquier parte del parque. Luz empezó a caminar sin decidirlo. Estaba extasiada con el espectáculo que resplandecía ante sus ojos.

Millares de cables luminosos de color dorado nacían de las copas de los árboles que rodeaban la plaza y viajaban sin cesar hasta el centro del parque, justo encima de la cabeza de Francisco de Paula Santander. En ese punto medio exacto, una gran esfera dorada semejaba al bello sol, el astro rey que le daba la vida a todos los seres vivientes. Aunque la noche era cada vez más profunda, en el Parque Santander se vivía un ambiente diurno que alejaba todos los pensamientos propios de la oscuridad citadina.

Luz y Salomón subieron los escalones que daban acceso al parque, topándose con dos filas laterales de réplicas gigantes de piezas del museo. Notas musicales revoloteaban por el lugar, originadas desde puntos desconocidos para los visitantes. El sonido de gaitas, tambores, flautas de millo y clarinetes impregnaban de alegría y movimiento a todos los presentes, que charlaban alegremente mientras la cumbia colombiana hacía mover hasta a los árboles antiguos.

—Hermoso —dijo Luz Morángel mirando hacia las luces doradas que rozaban el cielo.

—No se podía esperar menos en un día tan especial, ¿no crees? —contestó Salomón al tiempo que trataba de adivinar con sus ojos lo que Luz estaba admirando.

—Gracias, Salomón. De no ser por tu ayuda me habría perdido este espectáculo.

—Para eso son los amigos. Por algo te encontré hoy. Tenías que estar aquí —Salomón seguía viendo al cielo, mientras se rascaba por quinta ocasión con el periódico que aún tenía en sus manos.

—Es impresionante —Salomón no sabía si Luz lo había dicho por el espectáculo de luces y música del parque o por él mismo. Sus ojos volvieron a mirar en línea horizontal. Se quedó mirando a Salomón—. Hacía mucho tiempo no te veía. ¿Tal vez unos diez, once años?

—No recuerdo bien. Creo que fue un poco antes de que abandonaras la universidad —Salomón cerró la boca. Vio que Luz salía de su trance lumínico y sus gestos comenzaron a mostrar cierta hostilidad. «Creo que metí la pata», pensó.

—Tal vez —contestó brevemente—. Y no entiendo cómo un estudiante de arqueología llega a trabajar en un importante cargo en el Banco de la República —su tono viajaba entre la jovialidad y el sarcasmo—. ¿O le mentiste al muchacho de la entrada?

Salomón explotó en una carcajada.

—No sería capaz de mentir de esa forma —se acomodó sus gafas con la mano izquierda—. Entré a estudiar arqueología por distraerme un rato. Mi papá casi que me obligó a ir a la universidad o me cortaba los fondos, ¿entiendes?

—¿Y solo se te ocurrió estudiar arqueología?

—Le quise dar gusto a mi papá en una sola cosa. No en todo. Además, si no hubiera estudiado esos seis semestres, jamás te habría conocido. Y no estaríamos en este evento.

—Debiste haber pensado en ti, no en tu padre —contestó Luz mientras seguían caminando—. La vida da muchas vueltas —la arqueóloga reflexionó pensando en el pasado.

Una camarera les acercó una bandeja repleta de copas de vino blanco. Cada uno tomó una.

—Salud —dijo Salomón. Bebió casi toda la copa de un trago—. Creo que maduré un poco. Me retiré de arqueología y decidí ingresar a Finanzas. Esa era mi vocación. Y aquí estoy, trabajando como jefe de la Unidad de Asuntos Internacionales del Banco.

—Qué bien. Eres afortunado. Tú decidiste no terminar arqueología. Yo no terminé por la decisión de otros —contestó Luz apesadumbrada. Acabó la copa de vino sin parar.

Salomón prefirió callarse por un rato y tomó a Luz del brazo. Se adentraron en el parque para seguir admirando las luces y los colores de la plaza. Luz había recordado, como hacía mucho tiempo no lo hacía, su paso infortunado por la universidad. Sintió escalofríos, pero decidió olvidarlo todo de nuevo. Había pasado mucho tiempo. Decisiones implacables e intereses que aún no comprendía la habían alejado de su sueño de ser arqueóloga profesional. Sin embargo, su entereza, disciplina y constancia la habían convertido en una de las mejores arqueólogas del mundo. Bueno, por lo menos ella creía eso, aunque nadie se lo hubiera dicho. «Nadie me lo diría», pensó. «Mucho menos si no tienes un título universitario». Trabajaba en lo que le gustaba, y eso era un milagro en esos tiempos. Respiró hondo y empezó a recordar cosas del parque.

Luz sabía que el Parque Santander se llamaba en sus inicios *La plaza de las hierbas*, pues allí se encontraba la plaza de mercado central de la región. El sitio de encuentro de la naciente sociedad colombiana. Eso fue mucho antes de que llegaran los españoles al Nuevo Mundo. Pero todo cambió con la Conquista: las costumbres, la religión, la cultura, la comida, la vida. El oro se convirtió en muerte y dinero. *La plaza de las hierbas* cesó su importancia social y económica cuando en 1550, en nombre de Dios y el rey de España, el obispo Juan de los Barrios trasladó el mercado a la Plaza Mayor y ordenó allí mismo la construcción de la primera catedral de la ciudad. La Plaza Mayor era el centro político de la ciudad, así que era más conveniente para los españoles tener todo controlado en un mismo sitio. Después de la independencia, la Plaza Mayor pasó a honrar al Libertador de América, y hoy se conocía como la Plaza de Bolívar, tal vez el lugar insignia de la capital colombiana.

Luz se acercó a la estatua de Francisco de Paula Santander, presidente de la República de la Nueva Granada, aquel país joven que comprendía a las actuales Colombia y Panamá. La rivalidad que Santander tuvo con Bolívar sería eternamente reflejada en esas dos plazas bogotanas, distanciadas solo por quinientos metros de ladrillos, asfalto y antiguos rieles. La Plaza de Bolívar tenía la Catedral, la Alcaldía, el Palacio de Justicia y el Congreso de la República. En cambio, el Parque Santander tenía lo más bello. El Museo del Oro.

Se dispusieron a entrar en ese magnífico edificio.

—¿Estás leyendo las noticias al finalizar el día? —Luz sorprendió a Salomón con la pregunta.

—¡Oh, no! Tengo una rasquiña insoportable en mi pierna y este periódico fue lo único útil que encontré para calmarla —Luz lo miró con inquietud—. Pero no creas que soy un desentendido e ignorante. Aproveché para leer algunas cosas.

—Sí, claro —contestó Luz con picardía—. ¿Me podría contar alguna de esas cosas, señor Salas?

—Aparte de lo común, hay una historia intrigante de un neurólogo colombiano que hizo un descubrimiento fabuloso en medio de una persecución del asesino de un sacerdote y varios científicos. Brillante.

—Parece toda una aventura. ¿No hablan del evento de hoy?

—Claro, mira la página central —Salomón Salas desplegó el periódico mientras caminaban junto a la fuente de agua ubicada entre Francisco de Paula Santander y el Museo del Oro. Una foto gigante de la balsa muisca acaparaba las dos páginas centrales del periódico. *La fiesta de El Dorado*, rezaba el titular encima de la foto.

Luz Morángel sintió que se desmayaba.

—Tengo náuseas.

—¿Hace cuánto no tomabas licor? —preguntó Salomón, tratando de cooperar. Se sentaron en el borde occidental de la bella fuente dorada. Otra mesera apareció milagrosamente con vino y agua—. Señorita, un vaso con agua, por favor —se lo acercó a Luz.

—Gracias —tomó con ansias el agua helada—. Me siento mejor.

—¿No estarás embarazada? —bromeó Salomón. Luz sintió un escalofrío que le congeló el hueso occipital. Sus mejillas se sonrojaron, haciéndola más atractiva.

—No lo creo, a menos que haya sido el Espíritu Santo —ambos rieron estruendosamente—. Creo que mi mente ya está sesgada.

—No te entiendo.

—Disculpa, son tonterías de arqueóloga. Cada vez que veo esa imagen de la balsa muisca asociada con El Dorado, siento rabia.

—¿Solo por eso? —contestó Salomón mientras la intentaba abrazar.

—La gente no entiende. La balsa *no* representa a El Dorado.

Salomón sonrío y la abrazó.

Hacia lo desconocido

Su pecho se movía profusamente con cada bocanada de aire que lograba aspirar a través de la boca y la nariz. Escuchaba los fugaces latidos del corazón en su cabeza, mientras un punzante dolor le rasgaba la garganta y los pensamientos. Volvió a tomar aire y cerró los ojos. Era increíble todo lo que estaba sucediendo. Luego de pensarlo durante las últimas dos horas, tomó el teléfono y esperó que le contestaran.

—*A sus órdenes, Tutor* —una voz rígida dio rápida respuesta.

—¿Ya están preparados? —el Tutor prefería las frases cortas y genéricas, pues desde hacía mucho tiempo ya no solo las paredes escuchaban. La tecnología y los egos crecientes de los seres humanos habían convertido al mundo en una red invisible de transmisión de información.

—*Es cuestión de una hora, Tutor. Estamos terminando de alistar las maletas* —el hombre hablaba el mismo idioma de su Tutor—. *Los pasajeros ya están llegando. Es cuestión de minutos que iniciemos el viaje.*

El Tutor frotó sus pectorales con las yemas de los dedos de su mano derecha sin dejar de lado el celular. El dolor iba desapareciendo.

—Muy bien —el Tutor vio una botella de ron en la licorera que estaba cerca de su escritorio. Se levantó suavemente y caminó tres pasos. Sacó un vaso alargado de cristal—. Recuérdame el objetivo del viaje —no quería dejar nada al azar. Confirmar la meta final era su forma preferida de corroborar que sus subordinados habían entendido el mensaje.

Sacó tres hielos de la pequeña nevera que yacía muy bien camuflada entre los muebles de madera y los metió en el vaso. Abrió la botella de ron y vertió el líquido ámbar hasta la mitad del camino.

—*Encontrar la pieza y al traductor. Eso nos llevará a la ubicación de la salvación.*

—Tiene mi autorización para iniciar —el Tutor sonrió y colgó el teléfono.

Volvió a abrir la nevera para sacar una botella plástica de Coca-Cola. Llenó la restante mitad del vaso con las burbujas sonoras del líquido negro. Revolvió con un movimiento circular de su mano y tomó un sorbo. El dolor desapareció.

«Cuba libre», pensó. «Elaborado con un ingrediente que es símbolo de los norteamericanos». Solo pudo reír con lo irónica que sonaba toda la operación que se avecinaba.

Inmersos en
la caja blanca

El mareo ya había cesado. Salomón ayudó a levantar a Luz Morángel, al mismo tiempo que volvía a rascarse la pierna con el periódico que acababan de revisar. El reloj de Salomón ya marcaba las ocho en punto de la noche. El evento comenzaría en cualquier momento.

—Tenemos que entrar ahora —le dijo a Luz.

Se acercaron al bello edifico blancuzco que albergaba al Museo del Oro de Bogotá. El edificio rectangular había sido inaugurado en 1968, cuando la impensable cantidad de piezas de oro, piedra, plata, textiles y cerámica de las culturas precolombinas ya rebasaba la curiosidad de la gente y la capacidad del museo originario, ubicado en un salón del Banco de la República. El primer piso, que servía como entrada, estaba conformado únicamente por paredes de vidrio que dejaban atisbar levemente el intrigante interior de un tesoro inimaginable. Cualquiera que se acercaba al edificio no lograba razonar cómo esos paneles cristalinos eran capaces de soportar la enorme masa rectangular enchapada en mármol que había sido concebida como una caja imparcial que contenía los más grandes tesoros de esa parte del hemisferio. Una caja que internamente se dividía en tres pisos que estructuradamente contaban la historia de los antepasados del Nuevo Mundo y el significado ritual y simbólico del oro y las riquezas de estos pueblos ancestrales.

Las luces del parque Santander iluminaban el mármol de la fachada con esferas y puntos de infinidad de colores, pero que siempre dejaban el dorado en la retina de los visitantes. Tres grandes reflectores de luces blancas y amarillas revoloteaban en la entrada del museo, proyectando las siluetas de los gigantes árboles del parque en la hermosa pantalla de mármol. Las sombras de los seres humanos que caminaban por el lugar quedaban relegadas por la majestuosidad de las ramas y los troncos, que empezaron a bailar al son de un viento gélido que provenía de las montañas orientales de la ciudad y se inmiscuía por las calles que vieron nacer a Bogotá.

Germán Samper Gnecco había sido el artífice de aquella obra de arte que resguardaba la olvidada historia de colombianos y suramericanos. En los colegios y universidades era costumbre enseñar la historia del país y del hemisferio desde un punto de partida demasiado reciente, que dejaba sin contexto las realidades de la actualidad. A los niños les contaban historias que iniciaban en 1810, cuando se produjo la independencia de Colombia frente al imperio español. O más bien de Francia, pues en ese momento los Bonaparte gobernaban a España. A los alumnos más afortunados les hablaban desde octubre de 1492, cuando el italiano Cristóbal Colón llegó a América proveniente de España. A partir de ese momento se desarrollaban todas las lecciones de historia que buscaban explicar la sociedad y los comportamientos de los hombres y mujeres contemporáneos, pero omitiendo casi todo lo sucedido desde ese año hasta 1810. Olvidaban tajantemente, nadie sabe si por represión política o religiosa, los siglos anteriores al "descubrimiento" de América, cuando surgieron los distintos pueblos aborígenes americanos, que experimentaron diversos niveles de desarrollo y moldearon significativamente a la sociedad latinoamericana actual. El encuentro con el imperio español fue un hecho trascendental, de innegable significado en la historia mundial, que partió los libros en dos. Desafortunadamente solo nos quedamos con la segunda parte.

Luz Morángel y Salomón Salas se acercaron a la entrada de vidrio.

Otro hombre, con iguales prendas que el muchacho de las vallas del parque, recibía a los invitados con un saludo y revisaba sus tiquetes de ingreso. La fila empezó a crecer profusamente, pero no era un problema, pues el ingreso se realizaba eficientemente. Luz estaba ansiosa por entrar y volver a ver todas las piezas maravillosas del museo. Era como repetir por quincuagésima vez la saga de *Star Wars*. Nunca te cansabas, a pesar de que sabías lo que iba a pasar.

—Sus tiquetes, por favor —el hombre les pidió con amabilidad las boletas.

«Otra vez no», pensó Luz. Salomón le entregó lo que solicitaba, mientras lo miraba de frente a los ojos.

—Aquí tiene —el hombre revisó el tiquete VIP y después escaneó a Luz con la mirada—. Ella viene conmigo —el hombre volvió a mirar la boleta.

—Sigan, por favor —les devolvió los tiquetes.

—Qué alivio —le susurró Luz a su acompañante.

—No es tan joven como el primero. Creo que ya entiende.

Pero la burocracia no terminaba ahí. Un detector de metales y tres personas de seguridad estaban requisando a todos los visitantes. Luz ya estaba impaciente. «Quiero entrar ya». Caminaron cinco pasos y se encontraron con ese nuevo obstáculo. Un guardia les hizo una señal para que pasaran por el detector.

—Uno por uno, por favor —les indicó cuando quisieron pasar juntos.

Luz pasó primero y nada sucedió. Luego cruzó Salomón. Tampoco se activó el pitido. Millares de murmullos ya se lograban oír desde aquel sitio. Miles de personas se encontraban subiendo a los pisos superiores de la caja de mármol. Estarían observando toda la colección del museo y Luz estaba atrapada en la fila de requisas. «Rápido, por favor. Ya quiero estar arriba». Esperó a que Salomón la alcanzara y se dispuso a partir corriendo hacia las escaleras que daban al segundo piso.

—¡Un momento, señorita! —uno de los guardias la detuvo con la voz.

«¿Y ahora qué?».

—Déjeme revisar su morral —el guardia señaló hacia la espalda de Luz.

—Okey —Luz se quitó el morral de los hombros y lo entregó al guardia. La cremallera estaba tensa y no cedía fácilmente. El guardia observaba a *Darth Vader* con inquietud, mientras sumergía sus manos en las prendas de viaje de la arqueóloga. Frunció el ceño. Su brazo estaba totalmente incrustado en el morral.

—Acabo de llegar de viaje. Vengo del aeropuerto —trató de explicar la cantidad de ropa que llevaba.

—¿Y qué es esto? —el guardia sacó una caja cilíndrica de color plateado. Tenía unos cincuenta centímetros de alto. La puso sobre una mesa metálica donde al parecer se revisaban los objetos sospechosos. Luz sentía que toda la gente que estaba entrando al museo la condenaba con la mirada.

El guardia abrió la caja y sacó una botella con una tapa negra.

—Es pisco. Vengo del Perú —dijo Luz para explicarse.

Salomón la miró incrédulo.

—No sabía que te gustaba la bebida.

—Solo cuando estoy estresada.

—Por favor, manténgala en su lugar —el guardia devolvió la botella a su empaque y la metió en el morral—. La puede llevar en su maleta. Pero le advierto: no se pueden tomar bebidas alcohólicas en este sitio, así que manténgala donde está.

—Claro que sí. No se preocupe.

—Afuera estaban dando vino —dijo Salomón.

—Ya están en el museo —acotó el guardia—. Sigan, por favor.

Luz por fin pudo contemplar sin preocupaciones el Museo del Oro. Los vidrios que servían de paredes y fachada del primer piso la hacían sentir como flotando en el aire. Aunque podía divisar el Parque Santander a través de los cristales transparentes, sentía un ambiente totalmente diferente ahí dentro. Afuera: la vida terrenal, la política, la economía, la iglesia. Adentro: el conocimiento, la majestuosidad, la belleza, el cosmos mismo. Pero al final todo se conjugaba, lo externo e interno, para conformar el significado de la vida. No había tiempo ni espacio en ese lugar.

Salomón la sacó de sus pensamientos.

—¿Qué hacías en Perú?

—¿Cómo? —preguntó Luz. Estaba desubicada.

—El pisco.

—¡Oh! Sí. Trabajando, ya sabes. Ahora estoy dando charlas teóricas de arqueología en diferentes eventos de universidades e institutos menores de arqueología. Los que todavía confían en mí —sonrió sin querer. Ambos empezaron a caminar hacia las escaleras. Se encontraron con una figura de la cultura San Agustín, representación del sitio arqueológico más espectacular de Colombia, declarado Patrimonio de la Humanidad en 1995.

—No pensabas tomarte el pisco tú sola, ¿o sí? —Salomón tenía una habilidad innegable para obtener la información que quería, sin demostrar el menor interés.

—No sé, a veces es necesario. Pero no es mi estilo. A mi esposo le encanta, así que le traje esta botella.

—Te casaste. ¿Y tienes hijos? —parecía desilusionado.

—Sí, una niña. Amelia —Luz no quería hablar de sus asuntos personales. Solo quería devorarse el museo. Pero tendría que acomodarse a Salomón por el resto de la noche. Si no hubiera sido por él, no podría disfrutar de la noche dorada—. ¿Y tú? ¿El Banco y las finanzas te permitieron tener una familia?

—Nunca encontré a nadie que me interesara —se quedó callado por tres segundos. Ya estaban subiendo las escaleras hacia el segundo piso—. Me dediqué tanto a mi trabajo que perdí el sentido del tiempo.

—Es una opción de vida.

—Creo que fue la mejor elección.

Mientras subían al segundo piso, Luz miró hacia abajo. Sus múltiples visitas al Museo le recordaron que en el sótano estaba la sala de exposiciones temporales. Por los carteles adosados a las paredes brillantes camino hacia el piso superior se enteró de que la exposición actual estaba dedicada a las culturas mesopotámicas. La sala del sótano tenía una altura impresionante a pesar de encontrarse por debajo del nivel del suelo, permitiéndoles a los espectadores olvidar que se encontraban en las grutas del mundo. Por costumbre se tenía como verdad que cualquier espacio debajo de los niveles terrenales debía ser oscuro, pequeño, húmedo y tenebroso, como un parqueadero subterráneo. O como el infierno. Pero el sótano del Museo del Oro controvertía todas esas concepciones. Era esplendoroso, cálido y, sobre todo, humano.

Antes de llegar al segundo piso, un cartel digno de un estreno cinematográfico rezaba: «Bienvenidos a la colección de orfebrería prehispánica más grande del mundo».

Luz sintió ganas de llorar.

Júbilo y aflicción

Cuando sus zapatos deportivos tocaron las baldosas relucientes del segundo piso, todo fue júbilo y ansiedad. La boca medio abierta delataba sus relucientes dientes, que hacían un acompañamiento perfecto para esos labios rosados y el cabello negro medio alborotado. Salomón la miró de soslayo y sintió satisfacción al sentirse como parte fundamental de que ella estuviera experimentando tanta felicidad.

—Puedes cerrar la boca —Salomón le jaló la chaqueta.

Luz Morángel no le prestó atención. Seguía maravillada ante la radiación dorada que emanaban todas las paredes del Museo.

—¡Es hermoso! ¡Nunca lo había visto con tanto esplendor! —su emoción se sintió en todo el piso.

Varias personas que servían como guías esa noche estaban alentando a los elegantes visitantes a conocer toda la colección expuesta en las vitrinas. Los espacios estaban atestados de esmóquines, vestidos largos brillantes y cabellos plateados. Luz se acercó al cubo de vidrio que tenía más cerca. Olvidó que venía acompañada. Su mirada aguamarina se perdió en el resplandor de esa pieza dorada.

«Hermoso», pensó de nuevo.

Una niña estaba igual de asombrada a ella. Trataba con sus pequeñas manos de alcanzar el borde donde empezaba el vidrio para alzar más su mirada. Le recordó a su propia hija.

—¿Te gusta? —le preguntó Luz.

—¿Puedo jugar con ese caracol? —la niña señalaba con esperanza hacia la pieza de oro.

—¿Cómo sabes que es un caracol? —aún no sabría leer, de eso estaba casi segura. Luz consideraba a los niños como adultos maduros que aún no estaban sesgados por la educación formal. Le agradaba sostener conversaciones normales con ellos. Como con su hija.

—Yo vi uno parecido en Cartagena. Pero no brillaba tanto —un hombre se acercó a la niña y le acarició el cabello.

—Mi amor, vamos —el hombre se dirigió después a Luz—. Disculpe, ella es muy curiosa.

—Ojalá nunca pierda ese don —el hombre sonrió y agarró el brazo de su hija para llevarla a otro sitio—. Y para que nunca lo haga, déjeme explicarle a su hija.

—Claro —el hombre se quedó mirando con sorpresa a Salomón que ya se acercaba.

—Preciosa, ¿quieres saber cómo nació este caracol? —la niña abrió los ojos y sonrió de oreja a oreja—. Pues hace mucho, mucho tiempo, una persona encontró un caracol en el río, así como tú encontraste uno en Cartagena—. La niña dejó escapar un leve suspiro de asombro—. Tuvo un cariño inmenso por esa obra de arte de la naturaleza. Lo cuidó por mucho tiempo y se convirtió en su compañero de vida—. Salomón y el padre de la niña hicieron un gesto de ignorancia y complicidad masculina—. El río no solo le dio a su amigo, sino que también le regaló el elemento más precioso del mundo: el oro. Todo lo que ves aquí, en este museo, todo eso que brilla, es oro, preciosa.

—Linda historia —susurró Salomón.

—Así que esta persona entendió que los animales, el hombre y los metales preciosos eran una sola cosa. Eran parte de la naturaleza. Entonces, quiso unir para siempre el oro trabajado con sus manos con el caracol —Luz estaba más encantada que la niña—. Tomó siete láminas de oro y envolvió al caracol para crear ese vínculo de unidad. Y esa es la pieza que ves acá.

—¡Qué chévere! ¡Quiero hacer lo mismo, papi! —todos los adultos cercanos rieron efusivamente—. ¿El caracol sigue adentro? —preguntó la niña. Era la única que tenía dudas.

—Muy buena pregunta, preciosa. Esto fue hace mucho tiempo. Los animales y los seres humanos desaparecemos con el tiempo. El caracol pasó a ser parte de la tierra. Se unió a la naturaleza, al cosmos—. «Como cuando mueren los caballeros Jedi», pensó—. Pero el oro permaneció y eternizó su forma.

—¡Papi, vamos a conocer todos los juguetes de oro!

—Muchas gracias, hasta luego —se despidió el hombre.

Luz sonrió mientras se despedía de la niña. Salomón estaba impresionado.

—Debes ser una excelente maestra. De eso no tengo la menor duda —le ofreció el brazo para que lo tomara de gancho. Luz accedió y siguieron explorando el lugar.

El segundo piso del museo estaba compuesto por dos salas de exposiciones fenomenales. *El trabajo de los metales* era la primera. El caracol era el ejemplo perfecto del significado de esa sala. La sala pretendía contar la historia de las técnicas de los pueblos aborígenes americanos para obtener y trabajar el oro. Luz y Salomón estaban recorriendo todo el piso con rígida obediencia. Luz conocía con detalle cada una de las piezas expuestas. Pero en esa noche tan especial, sus ojos estaban observando piezas inéditas. De eso estaba segura. Y eso la alegraba.

El esplendor incesante del sol era imposible de ignorar. Su inmenso poder dorado llenaba de vida a todo el planeta, sin excepción. Los pueblos prehispánicos, dos mil quinientos años antes de la llegada de Colón y al igual que otros pueblos alrededor del mundo, le rendían tributo solemne a dicho poder natural. Y cuando descubrieron que los ríos, esos manantiales de agua pura que complementaban la vitalidad, traían en sus corrientes esas hermosas piedras doradas, entendieron que el grandioso sol había dejado sus semillas en la tierra para que el ser humano las admirara. El oro tenía el mismo color del sol.

Pero algo estaban omitiendo. Si el río les daba esas piedras de oro, ¿cómo harían para compensar el favor recibido por el sol? El oficio de orfebre se convirtió en uno de los más apreciados en el mundo americano. El oro se obtenía de las aguas de los ríos más caudalosos y extravagantes de la Tierra. Después se fundía en crisoles, a una temperatura de 1.064 grados centígrados, para obtener el líquido dorado que podía adaptarse a cualquier forma deseada. Y con esta materia prima los orfebres utilizaban dos técnicas excluyentes: el martilleo en yunques o la fundición a la cera perdida. Así diseñaron y manufacturaron todas las piezas que se encontraban en esa sala y en todo el Museo. Pectorales, diademas, narigueras, cascos y otros objetos servían como atuendo de los soberanos y altos jerarcas políticos y religiosos de los pueblos prehispánicos.

El único objetivo de estos atuendos era reflejar el poder del sol a través del oro. Los máximos soberanos eran considerados hijos del sol y el color del oro era la forma de lograr ese vínculo natural con el astro rey.

Luz y Salomón se acercaron a la segunda sala del piso. *La gente y el oro en la Colombia prehispánica.* En esta sala se podía recorrer a Colombia desde hacía 2.500 años hasta la Conquista europea. Piezas de oro, cerámica, piedra y textiles se exponían como flotando milagrosamente en el espacio, gracias a los soportes que eran invisibles para el espectador. Las diferentes culturas indígenas prehispánicas que poblaban la actual Colombia estaban representadas en la exposición, demostrando la enorme y diversa riqueza multicultural del país, que incluso hoy en día muchos no entendían ni respetaban. Culturas calimas, muiscas, quimbayas, zenúes, taironas, de Nariño, Tumaco, San Agustín, Tierradentro,

Chocó y Tolima conformaban el crisol cultural que le dio forma a la sociedad colombiana, enclavada entre montañas, valles, litorales, playas, desiertos, selvas y páramos.

Luz estaba encantada, tanto que Salomón pareció desaparecer para ella.

—¿Vamos al tercer piso? Creo que allá comienza el evento —Salomón la apresuró.

—Okey, vamos —dijo Luz. Esperaba volver a dar un paseo por las salas del segundo piso después del evento.

Comenzaron a subir las escaleras acompañados de un río humano denso y pesado que tenía una velocidad inherente a su volumen. Decenas de extrañas miradas curioseaban con la vestimenta de Luz, pero ella no parecía sentirlas. La dopamina estaba en su punto más alto, lo que obligaba a su mente a continuar sumergida en la obra de los orfebres americanos.

—Parece que pasaras más tiempo acá que en tu propia casa —Salomón quería entablar algún tipo de conversación. Cada frase iba acompañada de la subida de un escalón.

—Lo mismo dice mi hija —Luz notó que estaba incomodando a varias personas con su morral brillante—. Son los gajes del oficio. Me apasionan estas culturas, así como mi familia. Afortunadamente, para todo hay tiempo. Para todo lo importante.

—El tiempo es oro —remató Salomón Salas.

Por fin llegaron al tercer piso.

A Luz pareció caérsele el alma.

La bóveda estaba cerrada.

—¡No puede ser! ¡La sala está cerrada! —el encantamiento de Luz empezó a desfallecer—. Es la sala más bonita del Museo —dijo tratando de enviarle el mensaje a todos los presentes.

De pronto una voz calmó su inquietud.

—Señoras y señores. Los invitamos a pasar al cuarto piso para la apertura del evento. Después podrán visitar la sala de *Cosmología y simbolismo* del tercer nivel —una mujer con rasgos asiáticos y acento bogotano anunciaba la noticia desde un atril elevado.

Un piso más los llevaría al Exploratorio. Luz nunca había estado en ese lugar, pero lo conocía por referencias bibliográficas. Cuando ingresaron al cuarto piso creyeron estar viajando hacia otra dimensión. Miles de imágenes de piezas ancestrales de oro eran proyectadas por todas las paredes, el techo y el suelo del cuarto piso. Salomón y Luz empezaron a caminar sobre esas figuras transparentes y amarillentas que se confundían con el humo que empezó a salir de unos pequeños equipos ubicados en el piso.

—Parece una pista de baile —dijo Luz.

—Pero no hay una gota de licor —ambos rieron con el comentario de Salomón.

Unas figuras de tamaño real representaban a los indígenas prehispánicos enfrascados en sus quehaceres diarios. Orfebrería, rituales, celebración. La vida era más simple en esos tiempos. Y más feliz, pensó Luz. Al fondo del salón cientos de sillas estaban ya ocupadas por los visitantes que habían llegado temprano. Una imagen gigante de la balsa muisca con la frase "La noche de El Dorado" adornaba la pared del fondo, camuflando de paso el pequeño atril que se hallaba en medio de la tarima. Luz no quería perder tiempo, así que llevó a Salomón a uno de los pocos puestos que aún quedaban libres.

Y fue muy oportuno.

Las imágenes dejaron de revolotear y unas notas tenebrosas empezaron a brotar de las paredes. La luz comenzó a atenuarse levemente sin borrar totalmente las identidades de los visitantes del Museo. De pronto una voz de ultratumba comenzó a hablar.

—Muy buenas noches. Bienvenidos a la mágica noche de El Dorado. Un espectáculo nunca antes visto en el planeta Tierra.

Luz estaba emocionada. Salomón parecía empezar a disfrutarlo.

—Señoras y señores. Con ustedes, el director general del Museo del Oro. Démosle la bienvenida al señor Omar Medina.

Una lluvia atronadora de aplausos retumbó en la sala.

Un hombre de mediana estatura y cabello blanco grisáceo de abundante volumen apareció en la tarima. Llevaba un esmoquin negro perfectamente acompañado de una corbata dorada sobre su camisa blanca. El chaleco negro partía la corbata justo al mismo nivel del pañuelo, también dorado, impecablemente puesto en el bolsillo superior de la chaqueta. Mientras recibía los inacabables aplausos, se dirigía cortés y mecánico a cada esquina del salón, intentando saludar a la mayor cantidad de gente posible. De pronto, el director Omar Medina saludó con la mano en la dirección de Luz. Ella se congeló por un momento. ¿Me está saludando? En un milisegundo se dio cuenta de que Salomón estaba devolviéndole el saludo. El director dirigió la mirada hacia la mujer que acompañaba a Salomón, y su risa bien practicada se desvaneció. Pero pronto volvió a aparecer cuando terminaba de saludar al resto del salón.

—¿Lo conoces? —le preguntó Luz.

—Por supuesto. El Museo pertenece al Banco —Salomón seguía aplaudiendo al director.

—Claro, lo olvidaba.

—¿También lo conoces? ¿O esa mirada fue pura casualidad?

—Creo que me odia. Desde que salí de la universidad he tratado de conseguir trabajo en el equipo de arqueólogos del Museo. Pero Medina siempre ha negado mis solicitudes. Así como las de examinar ciertas piezas del Museo.

—¿En serio? ¿Por qué se negaría a tu talento?

—Cree que estoy loca. En esencia siempre se justifica diciendo que mi talento no está soportado por un cartón universitario —volvió a recordar esas duras épocas.

—Entiendo —Salomón no quiso ahondar más la herida.

Los aplausos cesaron y Omar Medina se plantó erguido ante el atril.

Un foco reluciente iluminó su cara y su tronco.

Comenzó a hablar con envidiable elocuencia.

—Somos los seres humanos más afortunados en la historia de la humanidad. Hoy, por primera vez en siglos, podremos ver con nuestros propios ojos el mayor tesoro de la humanidad —el silencio se apoderó de inmediato de todo el Museo. Una pausa breve que pareció eterna permitió que el mensaje se clavara en todos los cerebros presentes en la sala. Luz no sabía si aplaudir o permanecer callada—. Hoy será la única oportunidad de apreciar la gran riqueza de simbología y cultura que nuestros sabios ancestros dejaron para las sociedades futuras. ¡Bienvenidos a El Dorado!

Miles de luces y fuegos artificiales iluminaron la sala. Desde el techo de la caja blanca de mármol emergieron millones de juegos pirotécnicos que adornaron el centro de Bogotá. La fiesta era impresionante. Nadie dejaba de aplaudir.

Luz parecía indignada. Sus sentimientos eran agridulces. Salomón pudo notarlo en su profunda mirada.

—Por lo menos dale el crédito. Estoy impaciente por saber qué va a decir.

—Está engañando a todo el mundo. Aquí no está El Dorado —dijo Luz.

—Parece que el odio entre ustedes es mutuo —Salomón seguía aplaudiendo—. Espera que termine para que lo puedas juzgar.

La sonrisa de Omar Medina se podía ver a kilómetros de distancia.

Por fin los aplausos amainaron y pudo proseguir.

—El Dorado, señoras y señores. La leyenda vive entre nosotros —volvió a hacer una pausa, esta vez más breve—. Todas las piezas de oro que adornaban a los hijos del sol, todas las piezas que colgaban de árboles para brillar con el astro rey, todas las piezas que ornaban los templos indígenas, todas las piezas sumergidas en ríos y lagunas que recibían los rituales más esplendorosos, todas las piezas que acompañaban a los muertos en su viaje a la eternidad. Todas esas piezas componen la más grande colección de oro del mundo. ¡Y hoy las podrán apreciar en el Museo del Oro! ¡El museo más bello del mundo!

Los vítores volvieron a estallar.

«En eso sí tiene razón. Es el museo más bello», pensó Luz.

—Pero detrás de un gran tesoro hay un enorme sacrificio —Medina cambió su voz hacia un tono de pesar. El silencio era perfecto en la sala—. En efecto, El Dorado es el tesoro más grande y hermoso de la humanidad. Sin embargo, *nunca* conoceremos su máximo esplendor. ¿Por qué? —preguntó retóricamente a la audiencia—. En el siglo XV, los españoles llegaron por primera vez a estas fértiles tierras. Su temprano desarrollo militar y marítimo, originado en puras ventajas geográficas, les permitió atravesar el océano antes que nuestros ancestros. Y lo que hallaron superó su imaginación.

Medina levantó la cara y barrió la sala con sus ojos negros.

—Encontraron abundancia. Abundancia de cultura, simbología y respeto. Los españoles, a pesar de su supuesto mayor desarrollo como sociedad, solo enfocaron sus ojos y sus manos hacia la abundancia del metal dorado. Para los indígenas el oro significaba el vínculo ritual con el dios Sol; para los nuevos visitantes de América era la perfecta oportunidad para llenar las arcas vacías del imperio español. La abundancia era tanta y la oportunidad tan latente que el oro se convirtió en la única herramienta que permitió revivir y fortalecer el poder de la Casa de Habsburgo. Mucho oro fue fundido y enviado a España. No lo volveremos a ver jamás.

Caras de tristeza inundaron el Exploratorio.

Luz parecía ceder al encanto de Medina. Asentía levemente con su cabeza mientras seguía escuchándolo con atención.

—El oro los cegó a tal punto de llevarlos a vilipendiar las creencias y costumbres indígenas —prosiguió Medina con vehemencia—. En nombre de un nuevo Dios llamaron diabólicos y bárbaros a nuestros ancestros —otra pausa avivó la inquietud—. Lo más triste es que aún hoy, nosotros mismos, los descendientes de estos pueblos, usamos el término *indio* para referirnos a una persona que consideramos ignorante o grosera. Así demostramos nuestra propia ignorancia. Nuestro individualismo arrogante. Así estamos condenados al fracaso como sociedad.

Un asomo de lágrimas invadió los ojos de Luz.

—Y así nació la leyenda de El Dorado —el director subió un tono más—. No sabemos exactamente cómo, pero surgió esta bella historia de un lugar oculto en América que resguardaba los más grandes tesoros de los pueblos indígenas. Los españoles desecaron lagunas, abrieron huecos en las montañas en busca del tesoro. Pero nunca lo encontraron. Y apareció de nuevo nuestro egoísmo. Ya no éramos solo descendientes de indígenas. Los españoles también se convirtieron en parte de nuestra raza y de la cultura. Y quisimos emularlos en las décadas posteriores. Nos encargamos de buscar por nuestros propios medios y para el beneficio individual, el tesoro escondido. La naciente sociedad colombiana también asaltó cementerios, templos, ríos y montañas en busca de El Dorado —Medina ya estaba alzando sus brazos y expresando desazón con sus manos—. Algunos encontraron fortuna y desarrollaron sus propias colecciones privadas. El metal más precioso del mundo, las semillas del sol, se volvieron mercancías.

Algunos aplaudieron suavemente. Otros discutían las frases del director. Pero todos estaban conectados con él.

—Pero la esperanza volvió a renacer —Omar Medina pronunció con delicadeza y firmeza cada sílaba—. En marzo de 1939, el Ministerio de Educación remitió una nota al Banco de la República —Salomón sintió orgullo. Levantó un poco más su cara ovalada—. El Ministerio, en un noble acto de sociedad, le suplica al Banco que trate de comprar, para efectos de conservación, los objetos de oro o plata de nuestros indígenas precolombinos. Pero la carta no se quedó en un simple pedido en el aire. De forma audaz, gracias a Dios, enseñaban la primera pieza que podría ser objeto de adquisición por parte del Estado —Luz sintió una descarga eléctrica en la espalda. Estaba emocionada—. Una pieza que estaba en venta en el mercado privado y que corría el riesgo de quedar en manos de un desconocido. Una de las piezas más bellas del mundo.

«La más bella. La clave», reflexionó Luz.

—El Banco atendió con responsabilidad dicha solicitud —Medina miró hacia el sector donde se encontraban Luz y Salomón—. Y adquirió ese objeto dorado de vientre de globo y cuello esbelto, coronado por cuatro esferas, sobre una fina base de filigrana fundida. Lo que a primera vista parecía un jarrón de oro se convirtió en la pieza clave de nuestra historia —«Así es», pensó Luz de nuevo—. El 22 de diciembre de 1939, el Banco de la República adquirió la pieza que inició todo esto. La pieza que nos devolvió la esperanza. ¡El poporo quimbaya! —las luces reaparecieron en el escenario—. ¡Señoras y señores, con el poporo, la primera pieza de oro del Banco, nació el gran Museo del Oro!

La pólvora retumbó en el parque Santander. Serpentinas blancas y doradas cayeron del techo, inundando al Exploratorio. Los aplausos semejaban una lluvia torrencial de la selva amazónica.

—Tu amigo está equivocado —Luz intentó decirle a Salomón por encima de los atronadores aplausos. Él se acomodó sus lentes en un movimiento instintivo para tratar de escuchar mejor. Aún seguía rascándose la pierna. Con un gesto le demostró a Luz que quería conocer la razón de aquella afirmación—. Antes del poporo quimbaya, el Banco de la República ya tenía en su poder 14 piezas de oro. En realidad, el poporo es la número 15, no la primera. ¿No te parece extraño?

—¿Por qué la carta del Ministerio, entonces?

—Excelente pregunta, mi querido Watson —Luz enarcó las cejas.

El director Medina aplaudía también. Hizo un gesto para que los demás se detuvieran y pudiera continuar.

—A principios de 1940, en la sala de juntas del Banco de la República comenzó entonces la operación del Museo. En ese año, gracias al arduo trabajo del Banco por identificar y adquirir las colecciones privadas de oro indígena, ya se conservaban casi dos mil piezas dispuestas en múltiples vitrinas. Pero en cierto modo seguían siendo privadas, pues aunque pertenecían al Banco y por ende al Estado colombiano, no se les permitía el acceso a ellas a ningún ser humano. En 1944 se dio un pequeño paso: la colección se expuso al mundo. Al 1 % del mundo. Solo presidentes, altos dignatarios, jefes de estado, diplomáticos e invitados especiales podían admirar las piezas de nuestros indígenas.

Murmullos de sorpresa surgieron. Parecía que nadie lo sabía.

—La colección creció con relativa rapidez y al terminar 1943 tenía casi 3.500 piezas. Era necesario un nuevo espacio para la cultura prehispánica. La famosa Reforma de 1958 trasladó el Banco de la República a un nuevo edificio, construido a pocos pasos de aquí, en un lote donde había funcionado el Hotel Granada, incendiado en los hechos violentos de El Bogotazo, en 1948. El creciente Museo del Oro se instaló en el sótano de ese edificio y por primera vez abrió sus puertas al público en general, en julio de 1959.

La muchedumbre aplaudió de nuevo.

—La magia era imparable y siguió multiplicándose de forma exponencial. Debíamos rendirle mayor respeto y culto a tan majestuoso tesoro, representación de la cultura de nuestros antepasados y vínculo de nuestra humanidad —Omar Medina estiró los brazos hacia el cielo—. En una muestra de sabiduría, el Banco decidió construir un cofre sin igual para resguardar los tesoros precolombinos, que en los años sesenta ya llegaban a las 10.000 piezas. Así nació este bello recinto de mármol que descansa en cristales límpidos y que desde 1968 atesora el mayor patrimonio del Nuevo Mundo y que tres años después ganó el premio de la IV Bienal Colombiana de Arquitectura.

Las dos primeras filas de hombres y mujeres se pusieron de pie. Inmediatamente, el efecto se replicó en todo el salón.

—Desde que los tesoros precolombinos se conservan en este recinto, nunca se había exhibido la totalidad de la colección —Medina levantó la cara y no pudo contener la emoción—. ¡Hasta el día de hoy! ¡El Dorado, señoras y señores! ¡La leyenda vive entre nosotros! ¡Hoy todos podrán apreciar la leyenda viva, de primera mano! ¡El Dorado, señoras y señores! ¡La leyenda vive entre nosotros! ¡El mundo será testigo de la obra más grandiosa y brillante del mundo! ¡El Dorado, señoras y señores! ¡La leyenda vive entre nosotros! ¡Más de 30.000 piezas de oro esperan ser adoradas por nosotros! ¡Más de dos mil años de historia humana reflejadas en el metal brillante! ¡El Dorado vive!

La multitud enloqueció.

Los juegos pirotécnicos hicieron temblar la tierra. Todo el centro bogotano se iluminó con los rayos dorados del fuego. En el Exploratorio había celebración. Parecía una fiesta de fin de año. Todos se abrazaban con todos. Aplausos y gritos alborotaban los tímpanos. Era una locura elegante.

La única aguafiestas era Luz Morángel.

—¿Qué te pasa, Luz? ¿No te parece maravilloso? —Salomón tenía su cabeza y sus hombros repletos de serpentinas.

—Es publicidad engañosa. Es mentira. El Museo del Oro no tiene El Dorado.

Karma

Luz pensaba que había sido afortunada al quedar estratégicamente ubicada en la parte trasera del salón del Exploratorio. Estaba lo más lejos posible de Omar Medina y sería una de las primeras personas en salir del cuarto piso para presenciar el supuesto tesoro de El Dorado.

Medina había cerrado su atractivo discurso con una inevitable invitación. El tercer piso ahora sería abierto para que los asistentes apreciaran la majestuosidad pura de la obra de los orfebres indígenas. Podrían observar toda la colección del Museo sin ningún tipo de restricción. Eso sí, bajo todas las medidas de seguridad posibles, aunque eso no lo advirtió el director Medina. Cualquiera lo podía suponer sin temor a equivocarse.

—¿Vas a ver la colección o prefieres irte a descansar? —le preguntó Salomón a Luz mientras descendían las escaleras que conducían al tercer piso.

—Ni loca me voy a perder este *espectáculo* —Luz llevaba sus dos manos metidas en los bolsillos de la chaqueta. El frío atravesaba sin piedad entre las paredes de mármol del Museo y congelaba los huesos.

—¿Todavía crees que es un show mediático? —Salomón entendió el tono que había utilizado Luz—. Es el director del Museo del Oro. Alguien en su posición no jugaría con su altísima reputación.

—Me parece inconcebible que pueda atraer a tanta gente con una mentira. Pero me alegra que podamos ver toda la colección —ya se estaban acercando al tercer nivel.

—Entonces, según tu opinión ¿dónde está El Dorado, profesora Luz Morángel?

—Nunca lo sabremos. Se perdió en el tiempo. Es un misterio. Pero eso a ti no te interesa —sus labios dibujaron una expresión de inconformidad premeditada. Salomón quiso saber más.

—¿Nos queda alguna esperanza de que puedas dejar en ridículo a Omar?

—La única esperanza está enfrente de nosotros.

Las pesadas puertas del piso tres estaban abiertas de par en par. La bóveda, como se le conocía a esa sala, estaba resguardada por unas puertas de seguridad que cualquier banco millonario envidiaría. Es decir, cualquier banco. Luz y Salomón era los primeros visitantes que ingresaban a la sala de exposición del piso.

La sala de *Cosmología y simbolismo* estaba plenamente iluminada, pero no había ninguna fuente de luz artificial que sustentara esa condición. La magnitud del tesoro expuesto reflejaba el brillo del metal precioso sobre todos los puntos cardinales. Luz volvió a olvidar el pasado y a su acompañante. Estaba hipnotizada de nuevo por la magia del momento. Sus pasos imitaban la reverencia con la que sus ojos contemplaban las piezas prehispánicas que los indígenas construyeron hábilmente para expresar la forma en la que veían el mundo y el universo. Hace más de dos mil años. En un continente maravilloso.

Luz desconocía muchas de las piezas que opacaban el iris azul de sus ojos impresionados. Y aunque obtenía placer con las nuevas experiencias culturales que hacían exaltar a su cerebro, ninguno de esos artefactos antiguos le entregaba información extraordinaria que pudiera cambiar su forma de entender las milenarias costumbres indígenas. Es más, la clave del camino hacia El Dorado se afianzó con mayor ahínco en su cabeza. No le cabía la menor duda. Sintió alegría al darse cuenta de que su juicio profesional estaba alineado con la realidad mitológica de sus ancestros.

Collares, orejeras, brazaletes, cinturones, coronas y narigueras de oro evocaban la relación pura de los caciques y soberanos indígenas con el dios Sol, aquel que iluminaba el mundo para hacer crecer la vida. Pectorales hermosos con forma de ave representaban la transformación del ser humano en un ser capaz de alcanzar el mundo superior que resguardaba el secreto de la mitología precolombina. Máscaras doradas, finamente detalladas, reflejaban el autoconocimiento del hombre y su sociedad. El mundo estaba representado por diferentes visiones y piezas complejas que parecían provenir del más allá. Calima, San Agustín, Tierradentro, Cauca, Tolima, Quimbaya, Zenú, Muisca, Tairona y otras culturas ahora conexas exponían sus obras más célebres para explicarles a los seres contemporáneos la verdadera forma de vivir.

Salomón interrumpió los sueños de Luz.

—Oye, yo he visto esta figura —señaló hacia una vitrina y se quedó reflexionando por un momento. Luz dirigió su mirada hacia la pequeña pieza fabricada en cerámica que representaba a un hombrecillo sentado en actitud de cavilación—. Si no estoy mal, fue en París.

—¿Te refieres a *El pensador*? ¿La escultura de Rodin?

—¡Claro! ¡Ese es! Pero, ¿cómo es posible que los indígenas copiaran a Rodin?

Luz quiso pegarle un puño.

—Mira a tu alrededor —dijo Luz Morángel en tono regañón—. Hay decenas de piezas similares. Nuestros indígenas entendían la noción del pensamiento y la reflexión profunda del hombre, hace más de dos mil años. Tu amigo Rodin hizo esta escultura a principios del siglo XX. Me gusta su trabajo, pero creo que no fue muy original.

—Interesante —apuntó Salomón.

—Deberías conocer mejor tu historia, no la de París.

Salomón se sintió abochornado. «Esta mujer es candela», concluyó.

El gesto de incomodidad se desvaneció al instante de la cara de Luz. Habían llegado al lugar más hermoso del Museo.

La puerta estaba abierta. Ella no dudó en ingresar.

La Sala de la Ofrenda era el clímax de la belleza. Era un espacio perfectamente circular que albergaba más de ocho mil piezas de oro protegidas por vidrios y luces azuladas que semejaban el agua. El sol y el líquido esencial. Los pilares de la vida humana, la fauna y la flora. Luz y Salomón giraron sus cabezas y sus cuerpos, dando vueltas sobre sí mismos en más de siete oportunidades. Hacia cualquier ángulo que se dirigieran, el brillo del oro inundaba las paredes y sus mentes.

—El salón Dorado —susurró Luz mientras admiraba la sala.

Decenas de personas revoloteaban por el recinto, todos con la boca abierta y los pensamientos en suspensión. De pronto, la sala se oscureció totalmente. Luz se agarró del brazo de Salomón. Un instante después, millares de luces de colores empezaron a jugar en las paredes y el suelo del salón, revelando el espectáculo dorado del tesoro indígena. Las expresiones de admiración inundaron la solemnidad del lugar. Cantos en lenguas indígenas complementaron el hermoso espectáculo milenario. Las voces de los koguis, indígenas de la Sierra Nevada de Santa Marta, alzaban cantos sagrados que veneraban todos los objetos dispuestos en el círculo mágico. Objetos fabricados por sus ancestros hace muchos siglos.

—Espectacular —espetó inconscientemente Salomón.

Luz recreó en su mente la ceremonia de la ofrenda, aquel acto simbólico de los pueblos indígenas que se intentaba reproducir artísticamente en el salón Dorado. Su mente viajó al universo, las estrellas, el cosmos. El sol iluminando la Vía Láctea, llenando de vida y pasión al planeta Tierra. Miles de indígenas vestidos con sus mejores ajuares cantaban y bailaban alrededor de las lagunas profundas clavadas en las montañas heladas. El cacique viajaba en una balsa natural acompañado de sus guardianes y otros líderes sociales. El oro brillaba en todo su cuerpo, en busca del poder del Sol. El pueblo arremolinado a la orilla de la laguna entonaba con alegría las notas más profundas que conectaban el cuerpo y la mente con la naturaleza divina. Todos arrojaban el semen del dios Sol, el fruto de la vida, hacia las aguas. El oro llovía por doquier para agradecer al padre dorado por la vida y la prosperidad.

Su sueño terminó cuando tropezó.

En toda la mitad de la sala se encontraba, enclavada en el suelo, una vitrina circular que contenía más elementos de orfebrería. Las luces también adornaban este espacio que parecía adentrarse en las profundidades más oscuras de la tierra. Luz se alejó un poco para no pisar el borde metálico con el que sus zapatos deportivos habían chocado. Y desde ahí pudo ver a un grupo de gente reunida alrededor de un objeto que ella no alcanzaba a divisar. De pronto, un joven se apartó del grupo y dejó ver por un instante el centro de atracción de esa muchedumbre.

Ahí estaba el mayor símbolo de la ofrenda.

Sin vitrinas. Sin restricciones.

La balsa muisca original, en todo su esplendor.

Luz se acercó también. La balsa muisca simbolizaba la ceremonia de la ofrenda que acababa de recordar. La ceremonia que dio origen a la leyenda de El Dorado. De nuevo sintió algo de náuseas al ver esa hermosa pieza de orfebrería elaborada a partir de la fundición a la cera perdida. Varias figuras humanas, entre la que sobresalía la del cacique indígena, viajaban en la balsa de oro para desarrollar la ceremonia más luminosa del mundo. Sin duda era una obra de arte, así como Medina era un símbolo de distracción de la verdad.

«¿Cómo podré mostrarle al mundo la verdad?», Luz se preguntó.

Siguió observando la balsa y a los múltiples espectadores que se acercaban peligrosamente al pedestal que la sostenía. No había vidrios ni separaciones. La vista podía entrar directamente al oro. Era un día especial, diferente. Pero eso no implicaba violar la seguridad. Decenas de sensores minúsculos rodeaban a la balsa. La vista estaba libre, no así las manos.

Luz quiso salir de allí.

Levantó la mirada y sin quererlo atisbó su mayor sueño.

La respuesta a la verdad.

Al otro lado de la sala, en un pedestal idéntico al que contenía la balsa, Luz divisó la clave. La razón de ser de su existencia. El poporo quimbaya.

Parecía que todo el mundo estaba perplejo con la balsa muisca. El poporo no tenía tantos visitantes. Salomón, que no se había despegado un minuto de Luz, trató de vislumbrar qué estaba mirando ella. También vio el poporo. La pieza que había dado inicio al Museo del Oro.

Luz se acercó a la pieza dorada, seguida de Salomón.

—¡El poporo está aquí! —le dijo entusiasmada a su acompañante—. ¡Sin vidrios! ¡Sin obstáculos! ¡Es divino! —siempre lo había visto detrás de una pantalla gruesa de vidrio, expuesto en la sala de *Cosmología y simbolismo*, pero ahora lo tenía a veinte centímetros de su cara, sin filtros, sin maquillajes.

Luz Morángel estaba atónita. Uno de los mayores símbolos colombianos, impreso en monedas y billetes, la pieza constante en sus sueños y pesadillas, la ficha clave en sus estudios, su mayor ilusión. Sí, el poporo estaba desnudo frente a ella. Luz sintió caer una lágrima de su ojo derecho.

Salomón le pasó el brazo por encima de sus hombros y la consoló.

«Si solo pudiera tocarlo», pensó. Pero estaba repleto de sensores y había cámaras de seguridad en el techo. Medina tendría una buena razón para no dejarla volver a pisar de nuevo el Museo. Nunca más.

El gentío estaba concentrado en la balsa.

—¿Por qué les gusta tanto? —dijo Luz para sí misma.

—Es más bonita que esta pieza, ¿no crees? —Salomón sintió que volvía a meter la pata.

—Menos mal no te dedicaste a la arqueología.

Un hombre se acercó al poporo. «Por fin alguien que aprecia la belleza», la arqueóloga sonrió. También lo miraba con inquietud. Llevaba un abrigo gigante, del mismo tamaño de su cuerpo. El hombre la miró y sonrió. Ella le devolvió el gesto.

Un pitido empezó a sonar. Luz pegó un leve brinco de susto.

El gigantón buscó en su abrigo y sacó un teléfono celular. Contestó y se alejó un poco para hablar.

«Qué buen celular», pensó Luz. «Tiene señal dentro de esta bóveda».

De pronto una explosión lejana interrumpió los cantos koguis.

Las luces se apagaron.

La oscuridad fue total.

Luz sintió nervios. La cara comenzó a rascarle sin piedad. Un intenso escozor le recorría la nariz, el cuello y la espalda.

Sintió que las náuseas volvían con mayor intensidad y empezó a desfallecer. Logró mantenerse por unos eternos veinte segundos. Pero el dolor era incontrolable.

—¡Ayuda! —fue lo único que pudo decir antes de caer.

La hora de la verdad

La camioneta aguardaba sigilosamente en la oscuridad. Miles de luces multicolores centelleaban en el cielo bogotano. La cara de Delta se iluminó de color dorado cuando estallaron los últimos fuegos artificiales.

«Hermosa noche», pensó.

—¿Cómo va todo, Gamma? —le preguntó a la mujer que estaba en la parte trasera.

—Está en posición —Gamma revisaba las pantallas instaladas en el vehículo. Su cabello rubio que rayaba con el blanco del cielo de invierno estaba recogido con una cuerda verde.

—¿Alfa o el objetivo? —Delta era el líder de la operación. Apretó los dedos contra el volante recubierto de cuero mientras admiraba los últimos fogonazos que bajaban acompañando a las estrellas.

—Ambos están en la sala —Gamma tecleó en el celular.

—Avísale a los demás. Empieza la acción.

Gamma tomó el celular y marcó el número indicado.

—Llegó la hora de la verdad —susurró y colgó.

Delta respiró profundo y recargó su revólver.

Museo en llamas

Una sensación de desconcierto mezclada con gritos y pasos apresurados le impedía reconocer la realidad del momento presente. Abría y cerraba los ojos muy despacio, en un intento testarudo de avisarle a su cuerpo que despertara y así asegurarse de que estaba metida en una terrible pesadilla. Pero el cerebro es la máquina más poderosa del mundo. Incluso en los momentos más lúcidos y con la total disposición de *estar* en el presente, un ser humano no podría asegurar qué era realidad y qué era un largo sueño. Tal vez todas las experiencias almacenadas en nuestra cabeza son recuerdos de vivencias dentro de un escenario onírico del cual despertaremos al dejar el mundo terrenal.

«¿Dónde estoy?», Luz trató de vislumbrar a través de su vista nublada.

Empezó a despertar del letargo. Veía miles de figuras de color negro, blanco y rojo que se movían frenéticamente, como descendiendo a los subniveles más profundos del infierno. Su brazo derecho estaba sobre los hombros de un personaje desconocido con unas gafas de carey. Respiró muy hondo, hasta que sus pulmones quedaron repletos de aire caliente. Su mente empezó a despejarse y todo fue más claro. Trató de vocalizar unas sílabas, pero su lengua no respondía a cabalidad.

—Luz, despierta ¿Estás bien? ¿Me escuchas? —el hombre de las gafas le hablaba como con una voz de ultratumba.

«¿Quién me habla?», caviló.

Una mesera asustada sostenía una bandeja repleta de vasos con agua helada. Estaba aterrada. Parecía que no pretendía evacuar el Museo con los demás visitantes. Salomón agarró un vaso y le acercó la refrescante bebida a Luz. La fuerza del instinto de supervivencia hizo que agarrara el vaso con propiedad y se engullera el líquido de un solo trago. Por fin sintió que el alma le volvía al cuerpo. Salomón tomó otro vaso y Luz repitió la operación.

—¡Dios mío! ¿Qué sucedió? —pudo gritar con todas sus fuerzas.

—Tenemos que evacuar. Sigue bajando, yo te ayudo —Salomón la tomó de la mano y siguieron descendiendo. Ya estaban saliendo del segundo piso hacia las escaleras que conectaban al primer nivel. Un río humano bajaba descontroladamente. Los sentidos de Luz se activaron. Una alarma incesante sonaba por todo el Museo. Luces rojas y blancas revoloteaban por los techos y paredes. Todos los asistentes tenían cara de preocupación y espanto.

«Por favor, evacúen el Museo», hablaba una voz por unos parlantes adosados a los techos.

—¿Qué pasó? No recuerdo nada —preguntó Luz.

—Un incendio en el cuarto piso. Al parecer algo estalló. ¿No lo recuerdas? —ya estaban llegando a la primera planta. Las puertas de vidrio se habían abierto de par en par para dar paso a la muchedumbre. Incluso otros cristales se habían adecuado para brindar más vías de escape. Luz entrecerró los ojos para tratar de recordar. No lo consiguió. Salomón lo notó de inmediato—. Estábamos en la Sala de la Ofrenda. ¿Recuerdas?

—¡Mierda! ¡Claro! —al parecer las conexiones cerebrales se reactivaron en la cabeza de Luz—. Estaba viendo el popóro quimbaya cuando un estruendo hizo apagar todo. No recuerdo más.

—Parece que te asustó mucho. Casi te desmayas en la mitad del salón —Luz empezó a recordar mejor con el relato de Salomón—. Alcancé a agarrarte y como pude te saqué de ahí. ¿Seguro no estás embarazada? —volvió a bromear.

Luz atisbó una pequeña sonrisa.

—Larguémonos de aquí. Quiero irme a casa —Luz no deseaba otra cosa.

«La noche de El Dorado fue un total fracaso», pensó Luz, que no sabía si reír o llorar.

«Medina estará hecho una furia», ese pensamiento la hizo sonreír.

«¿Qué estoy pensando? Todo esto es terrible. Ojalá ninguna pieza haya sufrido con la explosión o el incendio».

Volvieron a pasar cerca de la figura de la cultura San Agustín. El frío nocturno comenzaba a sentirse sin piedad, pues entraba como un flujo imparable que golpeaba directamente en la cara. Todo aquel que salía a la intemperie se aferraba con vehemencia a los abrigos y bufandas. El personal de seguridad del Museo, que unas horas antes requisaba y vigilaba con rigurosidad a todo visitante, ahora estaba dando vía libre y haciendo señas innecesarias con las manos, como avisándole a un conductor cuando está manejando en reversa.

Luz quería largarse de una vez. Estaba exhausta y el cansancio le estaba pasando factura. ¿Por qué se había desplomado en medio de la Sala de la Ofrenda? ¿Se había intimidado con la majestuosidad de las joyas? ¿Sus nervios se exacerbaron al presenciar en vivo y en directo a su mayor admiración? ¿El poporo influía tanto en su forma de actuar? Seguro que sí. Había sido la pieza con la que había soñado en los últimos quince años.

Fue amor a primera vista. Siempre había visto el poporo en monedas y billetes, en fotografías y una que otra vez en la televisión. Le parecía bonito, nada más. Pero cuando empezó a estudiar arqueología y se adentró en la historia de los pueblos indígenas de este lado del mundo, entendió la simbología del oro para esas sociedades. Comprendió la cosmología, las costumbres, la ritualidad y la conexión con la naturaleza. Y conoció como nadie la leyenda de El Dorado. El tesoro más grande de la humanidad. El tesoro maldito. El oro había sido el motivo principal del maltrato a los pueblos prehispánicos. La búsqueda de El Dorado se convirtió en la obsesión de los "conquistadores", a tal punto que movieron cielo y tierra, literalmente, para hacerse poseedores de una riqueza material que no tenía precio ni valor comercial para los indígenas ancestrales. Pero nadie lo encontró. Nunca. Mucho menos Omar Medina, que ahora se autoproclamaba el redentor de los indígenas.

La leyenda se convirtió en una obsesión profesional para Luz Morángel. Incluso llegó a invadir su vida personal. Toda su vida. Le quería demostrar al mundo que una arqueóloga no se hacía con un diploma universitario, que por cierto no tenía. Quería demostrar que su ahínco y el trabajo duro la harían llegar lo más cerca posible del tesoro de El Dorado. De esa forma, personas como Omar Medina, los directivos de la universidad donde alcanzó a cursar cinco semestres de arqueología y los de las otras instituciones que le negaron el acceso a estudiar no tendrían más opción que aceptar que se habían equivocado.

Sus estudios la llevaron a una conclusión basada en hechos e intuición profesional. Pocos datos respaldaban sus hipótesis. Pocos era un decir, en realidad no había datos que la protegieran. Pero ella estaba segura de que había una pieza que tenía la clave para llegar a El Dorado. La pieza que había desmenuzado en su cabeza y sobre la cual no le cabía la menor duda. La pieza que debía tener la clave, el mapa. El poporo quimbaya. Si solo pudiera tenerlo en sus manos por cinco minutos. Pero estaba condenada a seguirlo estudiando a la luz de la teoría y el análisis puro.

Por fin pasaron por el detector de metales. Llegaron de nuevo al iluminado Parque Santander. Camiones de bomberos acababan de llegar apresurados al costado norte del Museo. Las sirenas sonaban y las luces azules y rojas relumbraban toda la calle. Todos los elegantes visitantes que se agrupaban cerca de la estatua de Santander levantaban sus cabezas hacia el cielo. Una nube de humo gris se levantaba desde la parte superior de la caja de mármol. Chispas azules repiqueteaban con el aire. Algunos cables se estaban achicharrando, lo que hacía parpadear las bombillas colgadas sobre los árboles del parque.

—¡Vámonos, Salomón! Tengo miedo.

—Mi carro está cerca. Te acerco a tu casa —la agarró del brazo y salieron trotando hacia el estacionamiento más cercano, a cuatro cuadras hacia el norte.

Un pitido infernal emergió del Museo. Una alarma. Pero diferente.

«No es la alarma de evacuación», pensó Salomón.

—Algo extraño está sucediendo. ¡Larguémonos! —exclamó Salomón en medio del bullicio.

No es el poporo

El personal del Museo había iniciado la evacuación de los visitantes inmediatamente después del estruendo que sacudió el cuarto piso. Las llamas estaban consumiendo sin piedad el escenario sobre el cual había hablado el director. Algunos empleados estaban aturdidos. Afortunadamente no hubo muertos ni heridos de gravedad.

La planta eléctrica de respaldo había arrancado automáticamente, unos treinta segundos después de que la energía hubiera sucumbido ante la explosión. Por primera vez en la historia se activaron los planes de emergencia y atención de desastres en el Museo del Oro. Los bomberos ya habían sido alertados, así como las ambulancias y la policía.

—Parece que la explosión fue en uno de los cuartos de los equipos eléctricos —informó a través del radio uno de los supervisores de mantenimiento a la sala central de monitoreo del Museo.

—¿Un corto? —le preguntaron por el mismo medio.

—Solo lo sabremos cuando apaguen las llamas y revisemos —aprovechó para *cobrar* lo que había advertido la semana anterior—. Les dije que esos juegos pirotécnicos desde el techo no eran una buena idea.

Nadie le contestó.

El plan de emergencias del Museo no solo incluía actividades planeadas para salvar la vida de los seres humanos. También establecía procedimientos para revisar y salvaguardar las piezas expuestas en las vitrinas. Cualquier avivato podría aprovechar el desorden para apropiarse de algún elemento dorado.

Dos funcionarios ataviados con guantes, computadores portátiles y dos maletines plateados ingresaron a la Sala de la Ofrenda, la prioridad en este tipo de situaciones. Inspeccionaron las vitrinas con detalle quirúrgico. Todo en orden. Después se acercaron al círculo central ubicado en el suelo. Impecable. Solo faltaba resguardar las dos piezas más importantes. La balsa muisca y el poporo quimbaya.

—Desactivar los sensores en el sector CD-84 —dijo uno de ellos por el radio. Las pequeñas luces del pedestal se apagaron al instante.

Levantaron la balsa del pedestal y la examinaron detenidamente. Perfecta.

La metieron en uno de los maletines. Esposaron el maletín a sus muñecas.

Después revisaron el poporo.

—¿Qué pasa? —preguntó el empleado que estaba abriendo el maletín al ver la cara de su compañero.

—Mis guantes. Están manchados —le mostró las manos a su amigo y una cara de terror abismal.

—¿Qué le hiciste al poporo?

—¡Este no es el poporo original! ¡Activen la alarma de seguridad! ¡Ahora! —gritó a través del radio.

Oscuridad cíclica

El ruido ya se encontraba a muchos metros de distancia, no así las llamas. Una tensa calma reinaba entre los automóviles estacionados a lado y lado del pequeño garaje sin techo que servía de parqueadero público. Un lugar muy típico del centro de Bogotá. Sin embargo, la estela de humo aún podía divisarse con claridad escalando en el cielo estrellado.

Luz y Salomón ingresaron al estacionamiento. Dentro de la chaqueta del esmoquin buscó impaciente las llaves del automóvil y el tiquete para realizar el pago respectivo. Sacó una billetera de cuero café, regordeta de tantos papeles y documentos, que parecía que iba a estallar en cualquier momento. No había billetes, de eso estaba segura Luz. Por fin encontró el papel del parqueadero. Después sacó las llaves del carro.

—Bueno, ya podemos irnos —Salomón oprimió el botón de la alarma y el último vehículo, relegado a la pared del fondo, encendió tres veces unos bombillos amarillentos y emitió el mismo número de pitidos.

—Por fin —susurró Luz—. Te espero aquí en la entrada —. Apostaba a que el vehículo estaría literalmente pegado a los automóviles vecinos. Sería muy incómodo entrar con su maleta de viaje.

Salomón asintió. Se acercó a una pequeña ventana y le pagó al vigilante del lugar. Luz no alcanzaba a divisarlo. Al parecer estaba sentado en una silla demasiado baja para que la cara llegara al nivel de la ventana. El ahora empleado del Banco de la República se metió en su lujoso vehículo, un Maserati de color azul rey que rugió como un avión cuando Salomón lo encendió. Muy despacio se acercó a la entrada. Luz tomó la manija de la puerta del copiloto y procedió a abrir.

Algo llamó su atención.

Una camioneta negra frenó en seco enfrente de la entrada del parqueadero.

Dos personas encapuchadas bajaron velozmente con dos pistolas automáticas y le apuntaron a la cara. Luz quedó petrificada.

—¡Quietos! —gritó uno de los vándalos. Era la voz de un hombre con raro acento— ¡Bájese! ¡Ahora! —se dirigió al cóstado del chofer. El otro encapuchado se acercó un poco más a Luz sin dejar de apuntarle. Salomón bajó con las manos en alto.

—Tranquilos, llévense el carro. Pero no nos hagan daño, por favor —Salomón estaba a punto de llorar.

«Qué noche», pensó Luz. «Un incendio y ahora un robo».

El vigilante del parqueadero salió de su escondite con una escopeta.

—¡Fuera de aquí, imbéciles! —gritó al tiempo que empuñaba la vieja arma.

No le dejaron que terminara la frase. Un disparo silencioso se clavó en su frente. El encapuchado que apuntaba a Luz le había disparado con grandiosa habilidad. Luz estaba aterrada.

—Si no quieren que les suceda lo mismo, suban a la camioneta —Luz identificó una voz gruesa, pero sin duda femenina. Su acento tampoco era originario de este lado del mundo.

—¡No, por favor! —gimió Luz—. ¡Llévense todo y déjennos en paz!

—¡Por favor! ¡No nos hagan daño! —la apoyó Salomón.

—¡Suban ya, malditos hijos de puta! —el hombre encapuchado les señaló la camioneta con la pistola.

—¡No, Dios mío! ¡No! —Luz estaba a punto de llorar.

Un disparo rompió el pavimento, a dos centímetros del zapato de Luz. Se calló.

—Suban o no fallaré —dijo la mujer de negro.

Luz y Salomón se acercaron a la camioneta.

—Están equivocados. Sea quien sea al que buscan, no somos nosotros —Salomón quería negociar lo innegociable.

—Eso está por verse —dijo el hombre armado.

Un golpe seco del arma en la nuca tumbó de inmediato al gigante Salomón. Luz dejó escapar un leve gemido. Un hilo de sangre emanó del cráneo del financiero. Otro encapuchado salió de la camioneta, lo alcanzó a recibir antes de que cayera al suelo y lo metió.

—Siga, señorita —dijo el hombre que golpeó a Salomón.

—Que Dios los perdone —fue lo único que alcanzó a decir Luz antes de que la golpearan en la cabeza.

Todo fue oscuridad. Otra vez.

Pistas (muy) evidentes

La policía había llegado justo después de los bomberos. El incendio ya estaba controlado. La evacuación había sido un éxito, sin importar que hubiera tomado más de treinta minutos. Ninguna pieza del Museo había sido maltratada por el calor, las llamas o el humo. Pero una pieza se había extraviado. La más importante.

Dos policías se encontraban en la sala de monitoreo del Museo, un lugar que servía de centro de control de todo lo que sucedía dentro de la caja de mármol. Desde ahí tenían ojos y oídos en todos los rincones.

—¿Dónde estaba expuesto el poporo? —preguntó uno de los uniformados. Trataba de mirar en cualquiera de las veinte pantallas gigantes que recubrían las paredes del lugar.

—En la Sala de la Ofrenda. Aquí, en la pantalla 9 —un empleado del Museo le mostró la sala, con múltiples imágenes que provenían de diferentes cámaras ubicadas en diversos sitios del salón Dorado.

—¿Tienen imágenes del momento del robo? —preguntó el otro policía.

«Qué pregunta tan estúpida», pensó el hombre que les explicaba ante las pantallas.

—Si fuera tan fácil no los habríamos llamado, señores —Omar Medina apareció de repente con cara de pocos amigos—. Mucho gusto, Omar Medina, director del Museo —les apretó las manos—. En el momento de la explosión toda la energía se perdió. Incluso las cámaras dejaron de funcionar. El que hizo esto sabía muy bien dónde golpear nuestro sistema de seguridad.

—Pero podemos ver quién estaba en la sala justo antes del corte —sugirió un empleado del Museo—. Así acotamos la búsqueda.

Los dos policías se miraron con sorpresa.

—Eso sería muy interesante —apuntó Medina.

—Por favor, busque ese video —ordenó el policía de mayor rango.

No tardó más de diez segundos en encontrarlo. Llegó al momento del apagón y retrocedió treinta segundos. Una mujer de aspecto deportivo estaba muy cerca del popolo. Detrás, más distante, un hombre de gafas y esmoquin parecía acompañarla. Un grupo grande de personas admiraba la balsa muisca. Un hombre con abrigo se acercó, miró a la mujer y se retiró. Después todo fue oscuridad.

—Tuvo que ser esa mujer. Ahora debemos averiguar quién es —dijo el policía.

—¡Es la mujer del pisco! —gritó uno de los presentes en la sala—. Ella traía una botella en la maleta. Yo la requisé. Pero no sé cómo se llama —dijo entristecido.

—Luz Morángel —dijo Omar Medina—. Maldita perra.

¿Qué le parece,
Luz Morángel?

Los tableros blancos estaban repletos de símbolos y bellos garabatos que solo las mentes adiestradas en el arte de la historia y la cultura podrían apreciar para entender mejor el contexto de acontecimientos que trataban de responder a las necesidades del presente, lograr los intereses del futuro y evitar los errores del pasado. Ella escribía con dedicación sobre su cuaderno rigurosamente ordenado por temáticas, épocas y culturas. Resaltadores de diferentes colores y olores pretendían facilitar, a través de convenciones mentales, las búsquedas de información valiosa.

El profesor dejó de escribir en el tablero y comenzó a ojear una pila inmensa de hojas blancas que ya estaban repletas de letras, números y símbolos. Cada vez que su boca se movía, una persona del salón se levantaba y recibía una de las hojas. Algunos volvían a sus puestos con cara de frustración, otros de satisfacción, otros de vergüenza, otros de indiferencia, otros de sorpresa. Ella estaba segura de que su rostro reflejaría confianza. Al fin escuchó su nombre y se puso de pie. Caminó lentamente y estiró su brazo al llegar cerca del maestro. La hoja tenía un número rojo en la parte superior derecha. No lo podía creer. Era injusto. Arrugó la hoja en forma de esfera, la tiró al suelo y le pegó una cachetada al profesor.

Dos hombres con batas blancas entraron al salón y le impusieron una camisa de fuerza mientras gritaba improperios. El profesor sangraba profusamente por la nariz. Cogió la hoja arrugada del piso y se limpió la cara ensangrentada. Su mirada de éxito no la cambiaba por nada. Ella seguía gritando y revolcándose hasta que uno de sus guardias le asestó un golpe en la cara.

Despertó sobresaltada. Tenía el corazón en la boca.

Otra pesadilla académica.

Empezó a ubicarse. Estaba sentada en una silla bastante rígida. Quiso tocarse la cara para comprobar si el sueño había traspasado la realidad. No pudo. Sus manos estaban atadas a su espalda. Unas sombras negras la observaban desde lejos. Eran cinco siluetas difusas que se movían y emitían extraños sonidos. El morral estaba cerca a sus pies. Entonces recordó todo.

Sí estaba en una pesadilla.

A su lado izquierdo, en la misma posición, estaba Salomón. Al parecer había despertado primero que ella. Tenía la ropa empapada y un charco de agua debajo de la silla indicaba que lo habían bañado a la fuerza, tal vez para despertarlo o curarle la herida de la cabeza.

—¿Salomón, estás bien? —le preguntó con voz débil.

—Gracias a Dios estás bien —eso no era del todo cierto—. Sí, estoy bien. Con una jaqueca horrible, pero vivo. ¿Dónde estamos?

Uno de los encapuchados, ya sin máscara, se acercó a la pareja.

—Los tortolitos ya se despertaron —el acento norteamericano era inconfundible. Luz no quiso mirarlo a los ojos—. Llegó la hora de trabajar. ¡Omega, Gamma! Traigan las herramientas. ¿Por qué no me miras a los ojos, muñeca? —le susurró al oído a Luz. Su aliento era caliente y olía a huevo podrido.

Luz no dijo nada. Lo miró por dos milisegundos con el rabillo del ojo. Quedó helada. Lo volvió a mirar con plenitud. Sus ojos casi estallan.

—¿Me reconoces, preciosa? —Delta inundó el lugar con estruendosas carcajadas. Su cabeza rapada y la barba abundante no dejaban ninguna duda. Era él. El hombre al que casi le rompe el pecho cuando cruzó la carrera Séptima.

«Todo pasa por algo». Ahora sí lo comprobó.

—¿Quién demonios eres? ¿Qué quieres de nosotros? —Luz lo increpaba tratando de zafarse para incrustarle un puño en la cara.

—No te hagas la loca —Delta empezó a caminar alrededor de sus dos rehenes—. ¡Prendan el maldito televisor! —gritó dirigiéndose a los otros cuatro criminales. Un televisor con pésima señal empezó a emitir imágenes y sonidos borrosos—. Tú sabes algo que nadie más conoce.

Salomón la miró extrañado.

—¡No sé de qué demonios hablas! ¡Maldito hijo de puta! —escupió tan fuerte que la cara de Delta quedó impregnada de saliva. Delta se limpió con sigilo. Con rapidez descargó su mano derecha en la cara de Luz. La silla se levantó cinco centímetros y volvió a su puesto original.

—Compórtate, *fucking bitch* —le advirtió. El labio empezó a sangrarle a Luz.

—¿Qué quieren? —Salomón trataba de negociar para salir rápido de esa horrenda bodega abandonada. Omega y Gamma llegaron con una mesa metálica casi vacía. Un par de atornilladores, unas pinzas, un taladro y un martillo yacían sobre el acero inoxidable.

—Es sencillo. Queremos lo mismo que tú has querido por años —Delta se dirigió a Luz. Agarró el martillo y lo probó contra la mesa. Un golpe secó se expandió por las paredes del viejo almacén.

—Habla claro, estúpido —Salomón le gritó al que parecía el líder del grupo. Delta lanzó el martillo contra la espinilla derecha del único hombre en esmoquin. Salomón gimió con profundo dolor.

—¡Malditos! —Luz estaba aterrorizada— ¡Sáquennos de aquí! ¿Qué quieren?

—Toda la vida has estado corriendo detrás de él y no lo has encontrado —Delta se acercó a Luz y le acarició el cabello. Ella retiró la cara con rudeza—. Ahora nos ayudarás a buscarlo y nos lo entregarás. Después podrás irte al infierno.

Luz no dijo nada. Salomón tenía la cabeza entre las piernas. Se mordía los labios por el intenso dolor de la pierna.

—Es sencillo, preciosa —Delta le acarició la mejilla recién golpeada—. Nos ayudarás a encontrar El Dorado.

Luz lo miró desconcertada. Por un instante olvidó su peligrosa situación.

«¿El mundo se enloqueció hoy? ¿Por qué todos hablan de ese tesoro?». Luz no dejaba de sorprenderse.

—Siglos han pasado y nadie lo ha encontrado —Luz escupió sangre al piso—. Miles de hombres han malgastado sus vidas tras esa leyenda. ¿Y esperan que un empleado de un banco y una arqueóloga *amateur* les digan dónde está? Buena suerte.

«¿Por qué el maldito sabía que esa era una de sus obsesiones?». Luz llegó a esa tenebrosa conclusión.

Delta miró a Omega. Ambos rieron.

—Antes, nadie tenía el mapa. La pieza clave —dijo Omega. Era otro norteamericano, pero de cabello café ondulado, piel morena y ojos rasgados. Un leve bigote asomaba en su labio superior.

Omega se acercó al morral de Luz y lo colocó sobre la mesa metálica. Lo abrió con desesperada lentitud.

«¿Qué piensa hacer?», pensó Luz. Salomón solo miraba inquieto.

Comenzó a sacar camisetas, blusas, pantalones y medias. En el fondo estaba la ropa interior. Sacó una tanga negra. Se quedaron mirándola eternamente. Los ojos se les perdieron en las piernas de la arqueóloga. Omega se guardó la tanga en un bolsillo del chaleco que llevaba puesto.

—Ahí no está la clave, tarado —Luz ya no sentía miedo. Omega y Delta rieron.

Por último sacó una caja cilíndrica. La dejó sobre la mesa.

—Tómense esa botella si les da la gana. ¿Qué demonios buscan?

Omega buscó la cara de otro de sus compinches, sentado en la parte trasera de la bodega. Alfa asintió y Omega replicó el gesto.

Abrió la caja y metió la mano. Una sonrisa infantil se dibujó en su rostro.

«Malditos alcohólicos pervertidos», decía Luz en su cabeza.

De pronto un brillo sin igual resplandeció en la bodega.

Era como si un rayo de luz rompiera la profunda noche.

Luz sintió desfallecer. También quiso gritar.

Solo pudo sentir emoción y temor.

El poporo quimbaya estaba frente a ella de nuevo.

Salomón estaba boquiabierto.

—¿Qué le parece, Luz Morángel? —dijo Delta con total calma.

Requisa al conocimiento

Cinco autos de policía y dos del departamento de inteligencia (más bien de ignorancia, diría Luz Morángel) corrían a toda velocidad por la Autopista Norte de Bogotá. La alarma de robo del Museo del Oro estaba conectada al sistema de atención de emergencias de la ciudad, pero quienes trabajaban allí día y noche jamás previeron que algún día se activaría, y menos para avisar de un caso real de delincuencia premeditada. En menos de diez minutos se habían alistado todos los hombres y vehículos para tratar de esclarecer el robo del poporo quimbaya, pieza insignia de la patria. Sin embargo, los periodistas de radio y televisión habían sido más rápidos que los policías, como de costumbre.

Los canales de todo el país y varios de los medios de comunicación más importantes del mundo transmitían la noticia de última hora: la noche en la que se celebraba el regreso de El Dorado había sido empañada por la misteriosa desaparición de la pieza que dio inicio, hace ya muchos años, al museo más bello del mundo. Todos los periodistas entregaban con plena seguridad las más increíbles hipótesis, clarividentes y disímiles, de los hechos ocurridos en la caja de mármol del Parque Santander: conspiraciones del gobierno español para hacerse de nuevo con el tesoro precolombino, una estrategia de publicidad del Banco de la República para atraer la atención de los jóvenes, un autorrobo ejecutado por empleados del Museo para posteriormente solicitar un rescate millonario por la pieza, hasta versiones de una desconocida maldición indígena que había revivido espíritus ancestrales que se llevaron el poporo al más allá. Decenas de asistentes al evento del Museo, así como simples caminantes de las calles bogotanas eran entrevistados sin cesar, aumentando la ambigüedad de lo ocurrido y levantando un velo que parecía alejar a todos de la verdad. Pero no cabía la menor duda de que millones de televisores estarían encendidos para apreciar tal espectáculo.

Las cámaras de seguridad del Museo no habían dejado la menor duda. La mujer de *jeans* y chaqueta, con ojos fulgurantes que alumbraban con el color del cielo, había robado el poporo. O por lo menos era quien estaba cerca a la pieza antes de que desapareciera. No fue necesario hacer una revisión de sus rasgos faciales en los archivos digitales de registro de personas. En menos de un segundo, el director del Museo la había reconocido. Un cotejo rápido del nombre con la base de datos de la Registraduría Nacional les había dado todo: nombres completos, estatura, lugar de nacimiento y edad. «Se mantiene en forma», pensó el guardia que le había requisado el morral a la entrada. Diez segundos después tenían a la mano su historial financiero, educativo y laboral. Y lo más importante: la dirección de su casa en las afueras de Bogotá.

Obtener las órdenes de captura y allanamiento contra Luz Morángel había sido cuestión de tres minutos. Todas las pruebas eran claras y soportaban la decisión de irrumpir sin piedad en el hogar de la arqueóloga, para hacerla pagar por todos los daños producidos. Esa misma noche los medios de comunicación le mostrarían al mundo la cara de la delincuente que intentó quedarse con la pieza de oro que representaba el valor de las culturas prehispánicas y los esfuerzos por conservar el patrimonio histórico de la humanidad.

Las sirenas azules y rojas seguían sonando cuando los vehículos se estacionaron enfrente de una pequeña casa de estilo colonial rodeada de un pequeño bosque de eucaliptos. En un suspiro, más de veinte hombres uniformados, fuertemente armados, descendieron y llegaron a la puerta de roble que custodiaba la entrada. Ni siquiera pensaron en tocar u oprimir el timbre.

—Derríbenla —dijo uno de los policías, encapuchado con prendas verdes.

Otro policía llevaba un mazo gigante de acero que tenía agarrado con unos guantes negros que parecían la herencia de algún caballero de la mesa redonda del rey Arturo. Balanceando el pesado cilindro de acero para aprovechar la gravedad y la inercia, golpeó dos veces la madera de la puerta. Solo pudo hacerle un rasguño. Tres golpes más no hicieron mayor daño. Los demás hombres esperaban mirándose el uno al otro.

«¿Toda la casa es una caja fuerte?», pensó uno de los presentes.

El comandante del operativo no aguantó más. Tenía que dar resultados, no importaba el costo.

—Retírese, sargento —le dijo al hombre del mazo. Alistó su ametralladora y apuntó al cerrojo. «Que no haya nadie *inocente* detrás de esa puerta, por favor», intentó orar. Después descargó cinco segundos de balas sobre la puerta. Volaron miles de pedazos de madera. Dos policías recibieron esquirlas de roble en la cara y el pecho, pero afortunadamente sus cuerpos estaban bien protegidos.

Una patada fue suficiente para abrir la puerta.

Ingresaron a la casa de Luz Morángel.

Todo estaba a oscuras. Los lentes infrarrojos fueron suficientes para dar toda la visibilidad posible a los policías y el personal de inteligencia que empezaban a franquear la entrada para ingresar en la guarida de la posible ladrona de joyas históricas. Todos apuntaban con sus armas hacia el horizonte esperando el ataque instintivo y fugaz del animal perseguido. La sala y el comedor estaban repletos de polvo acumulado. El comandante pasó un dedo enguantado sobre el vidrio de la mesa y dejó una marca indeleble. Miró su dedo más de cerca. La casa parecía estar desolada desde hace un buen rato. «Varios días», pensó, mientras un grupo de hombres ingresaba a la impecable cocina. El primer piso estaba *limpio*, según el argot policíaco.

Seis policías se quedaron en el primer nivel, vigilando. Los demás subieron para terminar la operación. Solo tres puertas tenían que ser revisadas, lo cual les tomaría poco tiempo. En la primera encontraron una habitación común y corriente: cama semidoble, dos sillones blancos y un espejo para admirar el cuerpo entero. *Limpio*, fue la conclusión después de escarbar todos los espacios del cuarto. La segunda puerta correspondía al baño principal. *Limpio*. La tercera puerta tenía que ser la clave. Todos se sintieron como unos estúpidos al encontrarse con una pequeña biblioteca en madera repleta de libros de historia, arqueología, filosofía y arte. No había nada en esa casa.

—¡Mierda! —gritó el comandante. Pateó una caneca de basura ubicada junto a un escritorio de madera—. Avísenle al comando general. No hay nada ni nadie en este lugar.

—Sí, señor —tres voces respondieron en coro.

—Vámonos —dijo tajantemente.

Los hombres bajaron sus armas y empezaron a descender al primer piso. Sus miradas apuntaban al suelo en busca de consolación. O por lo menos para encontrar el tiempo perdido. Se reunieron en la sala para iniciar el éxodo hacia la central de policía y esperar nuevas órdenes. El comandante miraba hacia todos lados. Algo no estaba bien.

—Falta un hombre —dijo oteando por doquier. Las cabezas empezaron a moverse frenéticamente. Todos querían comprobar la teoría del comandante. De pronto una voz surgió de las alturas.

—¡Señor! ¡Creo que encontré algo! —todos subieron al segundo nivel a la velocidad de la luz. Uno de los policías se había quedado en la biblioteca admirando una imagen desconocida—. Miren —les dijo a sus compañeros cuando llegaron corriendo al recinto sagrado. Señaló con su arma un cuadro enclavado en medio de una de las estanterías—. Me pareció extraña una foto metida entre todos estos libros, así que me acerqué a mirarla. ¿Ven ese pequeño botón debajo del cuadro?

Un suspiro de admiración al unísono rebotó en las paredes de la biblioteca. Ninguno sabía que la foto correspondía al fundador y director del Musée de l'Homme de París, el antropólogo francés Paul Rivet. Sus teorías sobre el origen de los indígenas americanos eran tal vez las más aceptadas por el mundo científico y académico para explicar los flujos de poblamiento de América desde el continente asiático y las islas del Pacífico. Había venido a Colombia justo después del inicio de la Segunda Guerra Mundial, logrando una influencia notable en la arqueología colombiana, a tal punto que promovió la fundación del Instituto Etnológico Nacional en 1941, hoy conocido como el Instituto Colombiano de Arqueología e Historia. Sin duda Luz Morángel era una admiradora de su trabajo.

El comandante oprimió el botón con la punta de su ametralladora.

Un golpe secó sonó detrás de la foto.

Una abertura vertical apareció en la estructura de madera de la biblioteca. Era una puerta secreta. «Ahí se esconde», pensó el comandante exultante con el hallazgo. Con su mano derecha se acercó al borde recién aparecido y haló con todas sus fuerzas. Sus subordinados apuntaban las armas con recelo. Un leve haz blanco aclaró la biblioteca. Los infrarrojos ya no eran necesarios. La tenue luz de la luna iluminaba el cuarto secreto de Luz Morángel.

Sin dudarlo un segundo se adentraron en la sala.

Lo que vieron los dejó estupefactos. Y felices.

Un bombillo de luz blanca se activó automáticamente.

Era un cuarto de tres metros de ancho por cinco de largo. En el centro estaba ubicada una mesa metálica que sostenía un computador portátil y un montón de libros abiertos y rayados. Adosadas a las paredes se encontraba una hilera de repisas, también metálicas, repletas de hojas, cuadernos y más libros, todo perfectamente organizado. También había objetos extraños para los nuevos visitantes, como un microscopio, brochas, elementos cortopunzantes y una cafetera automática. Toneladas de información para investigar y hundir a la arqueóloga Luz Morángel.

Pero lo más impresionante estaba a la vista de cualquier mortal.

Las paredes estaban atestadas de afiches.

El comandante sonrió. No cabía la menor duda. Luz Morángel era el cerebro detrás de todo el robo.

Fotos diminutas, medianas y gigantes llenaban las paredes de la sala. En blanco y negro y a color. Resoluciones bajas y extremadamente buenas. Miles de imágenes de la misma figura. El poporo quimbaya. Sin duda la arqueóloga estaba obsesionada con la pieza de oro. «Lo de *arqueóloga* también es una farsa», recordó el comandante. En la pesquisa instantánea realizada a sus datos personales se habían topado con uno nada menor: Luz Morángel no tenía ningún título universitario que respaldara lo que tanto proclamaba. Otro indicio que reforzaba las sospechas que caían sobre ella.

Los ojos del comandante y su equipo recorrían todos los afiches. Fotos de la parte superior, de costado, en diagonal, brillantes, borrosas, recientes y antiguas. El poporo en múltiples dimensiones. También observaron imágenes diferentes, al parecer de grupos musicales. Había un afiche de cuatro hombres sobre un escenario, junto a un piano, guitarras y una majestuosa batería. *Queen*, decía en letras doradas. «¿Qué será eso?», pensó uno de los policías. Otra imagen de un artista soplando una trompeta que parecía de oro a pesar de estar a blanco y negro, le produjo cierta sensación de misterio a otro uniformado. *Miles Davis*, rezaba en letras amarillentas.

No importaba. Tenían una prueba contundente.

Una casa llena de imágenes del poporo quimbaya.

«Esto le encantará a la prensa», pensó el comandante.

Supuestos sobre el poporo

Salomón se recuperó de inmediato del golpe en la pierna que ya había parado de sangrar. Luz imaginó su casa y la sala clandestina en donde adoraba trabajar ensimismada en la investigación del poporo quimbaya. La clave de El Dorado. No había tardado mucho en darse cuenta de que era más productiva al trabajar sola, aislada de las distracciones del mundo. Por eso había construido ese magnífico salón que le brindaba privacidad y la alejaba un poco de la cruda realidad.

—¡No es posible! ¡Ese no es el poporo! —Luz gritaba como loca. Las lágrimas empezaban a brotarle y rodaban por sus mejillas—. Es imposible sacarlo del Museo.

Delta y los demás norteamericanos reían a carcajadas.

—Entonces, ¿qué es esto? —Delta cogió el poporo y lo acercó a cinco centímetros de la cara de Luz. Lo había visto tantas veces que era innegable. Parecía tan exacto como la pieza original.

—No pudieron sacarlo del Museo. Es imposible —repetía como un loro.

—¿Crees que te trajimos hasta acá, te encerramos y amarramos como un perro, solo para jugar con una pieza falsificada? ¿De verdad lo crees, preciosa? —Delta dejó el poporo otra vez sobre la mesa.

Salomón estaba asustado. Miró a Luz.

—¿Cómo lo sacaron del Museo? ¿Y por qué lo tenían en mi maleta? —Luz pareció aceptar lo que decía Delta.

—Te vamos a sacar de la duda, solo porque tú nos sacarás de las nuestras. Es un negocio —Delta se sentó sobre la mesa y volvió a coger el poporo—. Fue muy sencillo —jugó con la pieza de oro como si fuera un juguete infantil. Le contó los detalles pertinentes.

Luz recordó sus sensaciones en aquel momento.

De pronto Alfa, el grandulón, se acercó a la mesa.

—¡Tú, maldito! ¡Te acercaste al poporo cuando yo estaba ahí! —lo miró con desprecio—. Me drogaron en ese momento y me desmayé —siguió cavilando como si estuviera sola en el lugar—. Entonces tomaron el poporo en medio de la confusión y lo metieron en la caja del pisco. Pero no es posible...

Salomón le leyó la mente.

—Cuando volvió la energía el poporo estaba en su sitio —Salomón miró a Luz y después a Alfa—. Luz tiene razón, ese no es el poporo.

—Nuestro amigo Alfa es un artista del engaño —Delta le pasó un brazo por la espalda al grandulón—. Dejó en el museo una réplica que él mismo construyó. La que llevaba dentro del abrigo. Fue un intercambio veloz.

—¿Y por qué lo escondería en mi morral? —Luz seguía buscándole inconsistencias a la historia de los verdaderos delincuentes.

—Eres inteligente, preciosa —respondió Delta—. Porque tu morral tenía la facilidad para evitar los detectores de metales a la salida del Museo. Yo mismo te instalé el dispositivo cuando nos conocimos fortuitamente. No puedo olvidar esa linda mirada cuando me chocaste en la calle —le mostró un chip minúsculo pegado al costado de su morral, que se camuflaba perfectamente con el color—. Además, yo te di la primera dosis de alcaloide en la calle. Alfa la complementó en el museo.

«¿O sea que no estoy embarazada?», pensó Luz.

Recordó los mareos y los encuentros casuales con sus captores durante esa noche. Habían planeado hasta el más mínimo detalle. Eso quería decir que la tenían vigilada desde el momento en que llegó al centro de la ciudad. O peor aún, desde que bajó del avión. Un escalofrío eléctrico recorrió su espalda sudorosa.

—¿Y qué tiene que ver Salomón? ¿Por qué no lo dejan ir? —quería seguir indagando por cosas que no la iban a ayudar—. Solo me necesitan a mí.

—¿Cómo podíamos separar a una pareja tan linda? —Delta se acercó y se agachó para mirarla de frente—. Digamos que es un comodín. Un alto directivo del Banco de la República siempre será de gran ayuda ante cualquier eventualidad. Fue mala fortuna el que estuviera contigo toda la noche —le acarició un muslo a Luz y se retiró.

Salomón estaba demacrado. Su piel tenía un tono excesivamente blanco y sus ojos parecían perdidos en el horizonte.

—Ahora es tu turno, preciosa —el barbudo se sentó de nuevo en la mesa y volvió a juguetear con el poporo—. Aquí está el poporo. Es hora de que nos des el mapa de El Dorado.

—No sé de qué hablan —se limitó a contestar mientras fijaba sus ojos en el inigualable brillo de la pieza.

—¿No sabes? —Delta sacó su pistola automática y la apuntó a Salomón—. Habla o tu amigo muere hoy mismo.

Luz no tenía otra opción. Se quedó en silencio organizando sus pensamientos.

—¡Habla, maldita sea! —gritó Delta. Un disparo irrumpió en la charla. Luz cerró los ojos y trató de mirar a su compañero. Un hueco profundo apareció en el suelo, a tres centímetros del pie derecho de Salomón—. La próxima vez no fallaré. Háblanos de este maldito florero de oro.

—¡Por favor, Luz! ¡Cuéntales lo que sabes! —suplicó Salomón a punto de llorar.

—No es un florero, estúpido —le dijo Luz a Delta.

La arqueóloga había visto y estudiado el poporo quimbaya por muchos años. No lo podía negar, sí parecía un florero para cualquier observador desprevenido. La pieza de solo 23,5 centímetros de altura tenía forma de jarra, ancha en la parte inferior y que iba reduciendo su diámetro para formar un cuello esbelto y delgado. La parte superior de la "jarra" estaba coronada por cuatro esferas doradas que le daban la identidad pura.

—A mí me parece una botella —Omega se atrevió a participar de la discusión.

—Imbécil, es una lámpara —le respondió Alfa.

En esos momentos se acercó Gamma, la mujer del pelo blancuzco.

—Yo creo que es un recipiente para las frutas —interrumpió con su voz autoritaria—. Las esferas de arriba son representaciones de las frutas de este lado del mundo.

Luz no aguantó más.

—¡Pero si lo han dicho mil veces toda la noche! ¡Es un poporo, por Dios! —olvidó que estaba en una situación inesperada, pero tenía que aprovechar la ocasión para educar. Se removió un poco en la silla tratando de zafarse de las cuerdas. Tomó dos bocanadas de aire y prosiguió—. Durante décadas se especuló sobre la función de esta bella pieza. Así como ustedes, miles de estudiosos y personas del común pensaron que era un vaso, una botella e incluso una lámpara —todos prestaban atención a la clase de la arqueóloga—. Después de muchas investigaciones sobre las culturas y costumbres de nuestros indígenas, y comparando piezas similares, se encontró que era un recipiente para almacenar cal.

—¿Para qué demonios usaban la cal? —se apresuró a preguntar Delta.

—Los poporos tienen un alfiler que los atraviesa de arriba abajo —Delta revisó el poporo por la parte superior y sacó una vara de oro que estaba incrustada en todo el medio. Los gestos de impresión fueron universales en la bodega. Luz se sentía exultante a pesar de estar presa de los norteamericanos—. Con ese alfiler se extraía el polvo de cal del recipiente y se metía en la boca —Omega estaba tocando con sus dedos la punta del alfiler, pero los retiró con asco una vez Luz explicó su funcionalidad—. En la boca, los indígenas tenían hojas de coca que masticaban junto con la cal.

—Drogadictos —dijo Gamma.

Luz la miró con rabia.

—¿Me drogaron dos veces hoy y ellos son los drogadictos? —Luz quería aclarar, como siempre le tocaba, el significado de esa costumbre indígena—. La hoja de coca era sagrada para los indígenas. Masticarla junto con la cal generaba sustancias que les daban mayor lucidez y los acercaban al estado más puro de meditación —«De eso estoy seguro», pensó Delta—. La hoja se utilizaba en los rituales indígenas, obviamente sin ningún tipo de químicos ni sustancias artificiales, para tratar de entender la naturaleza y los regalos del dios Sol. Otra cosa es la cocaína, esa maldición del hombre "civilizado", que vio en la hoja y la mezcla de químicos un camino de diversión y muerte. Esa es la droga que seguramente ustedes se meten en las narices todos los días.

Delta y Omega se rascaron las fosas nasales como un acto reflejo.

—Luz, no entiendo algo —Salomón se veía mejor y estaba atento al relato—. Si los poporos eran elementos comunes en los pueblos indígenas, ¿por qué este podría ser especial?

«Por fin alguien pregunta algo interesante», dijo Luz con la mirada.

—Es verdad —dijo Omega. Delta asintió y se quedó mirando a Luz.

—Los poporos que conocemos tienen una característica común: están fabricados en calabazo, un fruto que tenía una forma similar a la de un poporo fabricado por el hombre. Excepto este —dijo Luz sin quitarle los ojos al poporo quimbaya—. Está completamente fabricado en oro. ¿Por qué?

—Porque es especial —respondió Gamma.

—Okey. Si es tan especial, ¿por qué nadie le ha puesto los ojos encima? ¿Por qué crees que la clave de El Dorado está en este poporo? —Delta retó los conocimientos de Luz.

—La leyenda de El Dorado nació en la época de la Conquista española de América —Luz necesitaba dar mayor contexto—. Todos los hombres llegados al Nuevo Mundo buscaron con determinación el mapa del tesoro, que según los relatos indígenas estaba escrito en algunas piezas de orfebrería. Por ejemplo, Francisco Pizarro capturó a Atahualpa, el soberano inca, y le pidió todo el oro del reino, solo para encontrar la pieza clave. Ha sido el mayor rescate de la historia de la humanidad. Se estima que los incas les entregaron oro equivalente a 647.000 millones de dólares de la actualidad.

«Eso es igual al Producto Interno Bruto de Arabia Saudita». Salomón tenía esos datos tan claros como el agua cristalina. «O más del doble que el de Colombia».

—Pero nunca la encontró. Nadie la encontró. Y la leyenda no murió nunca, ni siquiera cuando los españoles dejaron de gobernar en estas tierras.

Luz seguía recordando detalles y continuó la charla.

—Incluso los propios habitantes de Colombia se enfrascaron en la búsqueda del tesoro. En 1856, después de desecar la laguna de Siecha en un intento por encontrar oro indígena, unos campesinos encontraron una balsa muisca de oro puro que representaba el famoso ritual de El Dorado, aquel en donde se vertía oro en cantidades al agua mientras el cacique iba recorriendo la laguna sobre una balsa.

—La balsa muisca del Museo —dijo Salomón.

—No, esta es diferente. Esta tenía diez figuras humanas; la más grande tenía siete centímetros de altura y estaban sostenidas por una base circular de 17 centímetros de diámetro. Esta balsa llamó la atención de personajes oscuros en todo el mundo por alguna razón particular.

«El Dorado», concluyeron todos rápidamente.

—¿Por qué dices que la balsa *tenía* diez figuras? —Omega quería saber más.

—Por algún interés especial que ustedes se imaginarán, la pieza fue llevada a Alemania en la década de 1880. Iba a ser expuesta en el Museo Etnográfico de Berlín. Pero misteriosamente desapareció en un incendio en el puerto de Bremen.

¿Un incendio accidental?

—Nunca se supo más de esa hermosa pieza. El Museo del Oro aún no existía y no se pudo proteger ese patrimonio —dijo Luz al borde del llanto—. La balsa muisca, muy parecida a la hallada en Siecha, fue encontrada en 1969, en el municipio de Pasca. Esta vez se pudo proteger la pieza y el Museo la conservó.

—Si las balsas muestran el ritual de El Dorado, ¿por qué la clave no está ahí? —quiso saber Delta, el líder de sus secuestradores.

—Eso es lo que todos piensan y por eso me han tratado de orate —Luz seguía recordando detalles—. Primero que todo, los indígenas eran muy sabios. Eran simbolistas. La clave debe ser simple y no puede estar a la vista de las mentes apagadas —Delta se sintió aludido—. Las balsas que muestran el ritual de forma tan directa solo serían otra más de las formas que los indígenas encontraron para engañar a los españoles y hacerlos ir por el camino equivocado.

«Ver más allá de lo evidente», dijo Atahualpa.

—En 1890 se encontró un gran tesoro de la cultura quimbaya, la misma que creó el poporo de oro. Este tesoro estaba compuesto por cascos, una diadema, poporos y decenas de otros objetos hermosos. Fue hallado cerca al municipio de Filandia, en el departamento del Quindío.

—¿También le sucedió algo extraño? —preguntó Salomón.

—Dos años después se conmemoraban cuatro siglos del descubrimiento de América, por lo que los reyes españoles organizaron una exposición de historia americana en su país. Nos robaron y después trataron de celebrarlo —Omega se acercó a Luz y cortó las cuerdas que le atrapaban las manos. Ya parecía inofensiva. Ella se acomodó mejor y siguió contando—. Otra vez, movidos por intereses oscuros, pusieron sus ojos en el tesoro recién encontrado en Colombia. Y encontraron una vía legal para hacerse con él.

—¿Qué hicieron? —preguntó Gamma.

—Colombia inició una disputa limítrofe con Venezuela. Nadie sabe cuál con claridad, pero tal vez fue alimentada por los mismos reyes españoles, quienes aún tenían la potestad de dar su veredicto en estos casos. La reina española María Cristina de Habsburgo falló a favor de Colombia. Misteriosamente, la única forma que encontró el gobierno colombiano para agradecer dicho fallo (aún no sé por qué tenía que agradecerlo) fue regalarle el tesoro quimbaya a la reina. El presidente Carlos Holguín entregó así un tesoro invaluable.

—Ellos sabían que ahí podía estar la clave... ya habían intentado con la primera balsa y seguramente creían que tenía que estar en una pieza de ese tesoro quimbaya... —Delta reflexionó, demostrando un poco más de cerebro que sus compinches.

Salomón recordó un dato que Luz le había enseñado ese día.

—El poporo quimbaya fue obtenido para su conservación por solicitud del Ministerio de Educación al Banco de la República —Salomón miraba hacia el piso—. Pero, en el Museo me dijiste que antes del poporo quimbaya, el Banco ya tenía en su poder 14 piezas de oro. El poporo es en realidad la pieza número 15. Algo sabían...

—Exacto —remató Luz—. ¿Por qué el Banco conservó catorce piezas antes de dar a conocer el poporo? Esta pieza debe tener algo especial.

La clave. El mapa.

—Okey, me convenciste. Tenemos la pieza. ¿Dónde está el mapa?

Luz quería saberlo también.

Todos los años de estudio le daban alguna pista.

—Lo importante de un poporo no es la pieza como tal. Es la cal. La clave debe estar en el interior, como la cal que ocupaba cada uno de estos recipientes.

—¿Estás segura? —Delta alistó su revolver de nuevo—. Ya hemos cometido muchos delitos. No quiero dañar una pieza que es patrimonio mundial para completar mi hoja de vida —Los norteamericanos explotaron en tremendas carcajadas.

No, no estaba segura.

¿Qué pasaría si dañaban la pieza al revisarla y no encontraban nada?

Sería asesinada.

Pero no había otra opción.

Su mayor sueño estaba enfrente suyo, listo para ser examinado.

—No perdemos nada comprobando —logró decir.

Delta sonrió.

Alistó las herramientas para despedazar el poporo.

Toneladas de aire

William Pappett estaba ansioso. Los televisores de medio planeta estaban sintonizando la noticia del día, que ya era tendencia mundial por encima de los muertos en las múltiples guerras entre Oriente y Occidente, la hambruna que devastaba las almas de la infancia cada vez más pequeña y los eternos e imperantes casos de corrupción que involucraban a empresarios, a políticos e incluso a fuerzas del orden.

Se sentía orgulloso y nervioso al mismo tiempo. Gran parte de los acontecimientos de esa noche habían sido concebidos por su creatividad un tanto retorcida. Eso le llenaba el pecho de aire triunfal. Sin embargo, el objetivo final aún no se alcanzaba y eso le ponía los pelos de punta. La puerta de su despacho sonó cuando se estaba preparando para salir hacia su casa.

—Siga —se atrevió a decir sin mayor precaución. Estaba en uno de los edificios más seguros del mundo, a altas horas de la noche. Cualquiera que fuera el visitante nocturno, tendría que ser alguien conocido.

No se equivocó.

Una sombra ingresó en la oficina. No lograba distinguir bien su cara, pero la magnitud de los hombros y el tórax le dieron una luz de esperanza.

—¿Charlie? —preguntó intentando identificar al personaje. Entrecerró los ojos para romper la tenue oscuridad del lugar—. ¿Eres tú?

—Parece que todo te ha salido a la perfección —contestó una voz de hombre que se acercaba al escritorio donde permanecía Pappett. El secretario por fin reconoció a su inesperado interlocutor.

Respiró con alivio.

—¿Qué haces aquí, querido Charlie? —se levantó y rodeó la mesa del escritorio. Le acercó una silla a Charlie Parker. El Director de la Oficina de Gerencia y Presupuesto de los Estados Unidos hizo un ademan de rechazo. Pappett se sentó sobre el borde de la mesa de madera, sin quitarle los ojos de encima al *entrometido negro,* como solía decirle en su mente.

—Estás jugando con fuego —empezó a recitar Charlie—. Un fuego que no podrás detener y que nos quemará a todos. No solo a los norteamericanos comunes y corrientes, incluso a ti y a tus amigos empresarios. Tienes que parar esto.

William Pappett dejó escapar una leve carcajada.

—¿De verdad crees que tenemos otra salida a esta crisis?

—Tiene que existir un camino *políticamente correcto* —dijo Charlie. Los políticos usaban ese término para referirse a medidas que sonaban dulces al oído de las masas, pero que no representaban el camino más adecuado. Utilizó esas dos palabras para entablar confianza con su interlocutor.

—El oro es la clave del presente. Y del futuro, Charlie —el secretario se levantó y empezó a caminar alrededor de Parker—. Todos apoyaron a Nixon cuando olvidó el oro y convirtió nuestra moneda en el ícono mundial del poder. Pero ya todos sabemos que esa decisión nos llevará a la tumba.

Charlie Parker sabía mejor que nadie a qué se refería. El oro se había convertido desde hacía muchos siglos en la moneda por excelencia en el mundo. La sociedad humana le había dado un valor prominente por sus inigualables ventajas de facilidad de manipulación, durabilidad, distinción y belleza. Y también por su relativa escasez, que cualquier economista explicaría como un fenómeno de baja oferta, que combinada con la alta demanda incrementa su interés y su precio. El oro es un metal inigualable pero imposible de crear. Las cantidades de oro en el planeta son finitas.

Cuando las sociedades crecieron y evolucionaron (¿evolucionaron?), y las redes de comercio se hicieron cada vez más complejas, se tomó una decisión por practicidad que cambiaría el rumbo de la humanidad. Los gobiernos adoptaron el famoso patrón oro. En términos sencillos, cada país emitiría monedas y billetes propios, mucho más fáciles de intercambiar y manejar, que estarían respaldados por el oro almacenado en las arcas públicas. Es decir, los billetes y monedas circulantes en la economía no tenían valor en sí mismos; el valor se lo brindaba el oro que respaldaba ese papel. Como el oro es finito en el mundo, también lo es el de cada país. Así, los billetes y monedas que se fabricaban también debían ser limitados.

Este sistema monetario propendía por la eficiencia de los intercambios comerciales, a la vez que mantenía la confianza en el mundo. Pagar con un billete era lo mismo que pagar con oro, el método de pago más usado en la historia de la humanidad.

Pero las guerras mundiales llegaron y cambiaron todo. Todo.

Al finalizar la Segunda Guerra Mundial, los países vencedores definieron cómo manejar el mundo, dentro de lo cual cabía esperar que definieran las reglas de juego del sistema monetario y financiero mundial. Fue así que se establecieron los Acuerdos de Bretton Woods, en 1944, donde se creó el Banco Mundial y el Fondo Monetario Internacional. Y aprovechando su posición dominante desde entonces, Estados Unidos logró que se proclamara al dólar estadounidense como la moneda de referencia para el comercio internacional. Moneda que seguía respaldada por el oro norteamericano.

Otra guerra cambió todo de nuevo.

La Guerra de Vietnam, en la que Estados Unidos se inmiscuyó y no solo absorbió miles de vidas de jóvenes norteamericanos y vietnamitas. Eso no le importaba al gobierno. También requería "inversiones" por miles de millones de dólares. Dólares que eran finitos, pues el oro estadounidense era finito. Para poder imprimir todo el dinero que necesitara, sin restricciones, el presidente Richard Nixon eliminó el patrón oro en 1973. De esta forma, el oro no sería el límite para emitir papel moneda. Solo la voluntad política lo sería, la cual podría ser tan flexible como los negocios lo exigieran.

Como el dólar era y sigue siendo la moneda de referencia mundial, no pasó mucho tiempo para que el resto de los países abandonaran el patrón oro. El dólar pasó a tener un valor que estaba basado solo en la confianza percibida en la economía estadounidense. Y aunque la confianza es un valor humano muy importante, sigue siendo un criterio para regir los destinos aleatorios de la economía mundial.

Desde entonces, los gobiernos y sus bancos centrales están en la capacidad de imprimir billetes a su antojo, sin ningún respaldo real. Son simples papeles con un valor impregnado por decreto, como dirían los economistas vanguardistas. Esta facilidad de crear dinero de la nada les permitió a los políticos manejar las economías según sus intereses personales más ambiciosos. No importaba si se generaba una crisis, siempre podían imprimir más papel moneda para aliviar las penas de los pobres bancos privados. Pero que hubiera más dinero disponible hacía que los precios subieran como por arte de magia. Y nació la inentendible inflación.

Antes de las guerras mundiales el término era desconocido. Incluso puede que no existiera en el léxico económico. ¿Qué es la inflación? En palabras sencillas: una subida generalizada de los precios que al final resulta en que la gente del común, los pensionados, los trabajadores, todos, adquieren menos cosas (menos bienestar) con el mismo dinero. Cada vez se necesita más para comprar lo mismo. Charlie recordó cuando su abuela le contaba que había comprado su casa (mansión extravagante, pensaba él) en 150 dólares. Hoy una casa similar podría costar cinco mil veces más.

La inflación, como muchas cosas en la vida, existe porque maltrata a los humanos comunes y corrientes, pero beneficia a los dueños de altísimos capitales. ¿Por qué sigue existiendo? La inflación es la forma más fácil (o facilista) de pagar las deudas estrambóticas. Gracias a ella el ser humano común compra menos con el mismo salario, pero los gobiernos y los ricos pagan relativamente menos por las deudas millonarias que apalancan sus fortunas.

¿Un jugador de fútbol realmente cuesta 200 millones de dólares o es pura inflación?

Todas las crisis económicas podrían explicarse por este fenómeno de emisión incoherente, corrupta y antitécnica de papel moneda y su efecto inflacionario, que no tenía descanso. Por eso el dólar estaba perdiendo toda la credibilidad y la confianza del mundo. El oro, cuyo valor dependía del mercado y se le escapaba a la politiquería rampante, volvía a tomar protagonismo. Es el mejor instrumento para protegerse contra el papel moneda y la inflación. No se deja impactar por los políticos incompetentes y sus intereses creados.

—El oro está resurgiendo como la mejor moneda e inversión —dijo Charlie para sí mismo—. Por eso Rusia y China están extrayendo y comprando oro en proporciones nunca antes vistas. Pero esa no es razón para mandar a unos lunáticos a robar tesoros extranjeros.

—Charlie, Charlie —Pappett le dio dos palmaditas en el hombro derecho—. La producción de oro está estancada en todo el mundo e incluso puede que disminuya. El papel moneda crece a cifras de dos dígitos cada año. Es elemental. El precio del oro subirá como cohete...

—Pero nuestro oro vale una mierda... —Charlie no dejó terminar al Secretario del Tesoro.

—Exacto, no hay más salidas, Charlie. El oro volverá a ser protagonista y nosotros no tenemos ni una migaja pura que valga la pena usar para aprovechar esa oportunidad.

—Tenemos que cambiar el sistema monetario. Somos los Estados Unidos de América. Podemos hacerlo. Esa es la salida —Charlie no le prestó atención al comentario de Pappett.

—Ya no hay tiempo, Charlie.

—Algo se me ocurrirá —contestó. «Algo legal, claro», pensó.

—Haz lo que te plazca, pero no interrumpas los *planes* de esta nación —sonó como una advertencia—. No te conviene. A nadie le conviene.

Charlie se volteó y se marchó a toda prisa.

Y hablando de planes, ¿qué estaría haciendo Jason McFee?

Una llamada inesperada

El cielo nocturno estaba más despejado que lo acostumbrado por aquellas semanas otoñales. El Tutor desbloqueó el teléfono celular y un menú de funciones digitales aparecieron en la límpida pantalla.

Se quedó pasmado contemplando las aplicaciones del celular.

Marcó el número otra vez.

—*La pieza y el traductor están juntos, Tutor* —le respondieron al instante.

—Todo el mundo lo sabe. La clave llegará a su debido tiempo.

Colgó y respiró hondo.

La tecnología. Guardó su celular y se dispuso a descansar.

Lo merecía.

Violencia cultural

Iban a cometer un crimen cultural e histórico, pero era la única oportunidad de saber si todos los años de estudio, obsesión, insomnio y persistencia habían valido la pena. El poporo no sería fácil de abrir, pues aunque solo pesaba 777,7 gramos, la dureza del metal dorado era otra de las cualidades que lo hacían el más apetecido del mundo.

777,7. Un número mágico.

Luz entró en pánico cuando Delta agarró el poporo con sus manos gigantes. Era la hora de la verdad. En unos instantes todos sus sueños e ilusiones podrían quedar desbaratados sobre el suelo. O, por el contrario, le demostraría al mundo que tenía razón y que el poporo era la clave de El Dorado.

—Trae la pulidora, Omega —gritó Alfa. Diez segundos después estaban conectándola para hacerla funcionar. Todos estaban expectantes ante lo que iban a encontrar.

Antes de activar el equipo, Delta miró a Luz y la sentenció.

—Si aquí no hay nada, ambos amanecerán "durmiendo" en un río —prendió la pulidora. El disco empezó a girar a toda velocidad. Parecía un avión en pleno despegue. Salomón sentía que eran sus últimos minutos en la Tierra.

Omega sostenía el poporo horizontalmente, dejándole el camino despejado a Delta para que incrustara el disco en la parte ancha de la pieza. Chispas azuladas empezaron a brotar del choque con el oro puro. «Que el dios Sol nos perdone», rezaba Luz. La pulidora seguía girando y parecía que hería el metal. De pronto un golpe estruendoso los puso en alerta. El disco se rompió y voló por los aires, hasta quedarse clavado en el techo de la bodega.

—Esta mierda no sirve —espetó Delta. Dejó la pulidora en el suelo y cogió su pistola—. Tíralo hacia arriba. Vamos a jugar a tiro al blanco.

«¿Qué demonios hace?», pensó Luz.

Omega obedeció inmediatamente. Lanzó el poporo a cinco metros de altura. Volaba como un dron dorado de extraña silueta. Los cinco norteamericanos y los dos rehenes miraban la pieza en cámara lenta mientras ascendía hasta casi tocar las luces fluorescentes colgadas con cables metálicos. Las cuatro esferas hacían que el movimiento parabólico se distorsionara por la irregularidad del peso repartido en la pieza de oro.

Luz cerró los ojos y agachó la cabeza.

Cinco proyectiles salieron de la pistola cuando el poporo alcanzó la máxima altura. El humo del arma dejó en tinieblas el horizonte. En la bodega resonó lo que sería un golpe metálico y doloroso para cualquier amante del arte y la cultura. El poporo había caído por fin al suelo. El sonido que produjo hacía pensar que estaba muy maltratado.

Luz volvió a abrir los ojos, esperando encontrar el menor daño posible.

El poporo yacía en el suelo helado.

Todos los disparos habían impactado en el metal.

Estaban perfectamente alineados sobre la costura de oro de la parte ancha de la "jarra".

«Este tipo es un peligroso profesional», fue la rápida afirmación mental de Luz.

El poporo estaba debilitado, sin duda. Delta se acercó y lo levantó del suelo, pero aún estaba caliente por el roce de las balas. El oro también es un excelente conductor eléctrico y del calor. Física ondulatoria. El gigantón apartó la mano como respuesta automática de un instinto de supervivencia antiquísimo que le alertó sobre el peligro del contacto impuro entre la piel y el metal ardiente. Batió la mano derecha en un intento fútil por transferir el dolor quemante al aire denso de la bodega.

Salomón miraba con preocupación la increíble escena. El Banco de la República había perdido la pieza que representaba el lado humano de la entidad financiera. El poporo estaba casi partido en dos. Unas pequeñas hebras de oro que parecían languidecer conformaban la única conexión entre las dos mitades doradas. Luz solo esperaba tener la razón. De otro modo sería autora intelectual de un acto catastrófico y depredador sobre la cultura.

Delta utilizó un trapo sucio que estaba en el suelo, un objeto que hacía parte de la bodega, y por fin pudo asir con fuerza el poporo. Parecía que recogía un ave víctima del entretenimiento de hombres desocupados. Lo tiró sobre la mesa. Luz sintió que le habían dado un golpe de gracia. Los cinco norteamericanos se reunieron en torno a la pieza y observaron maravillados el fulgor del metal precioso. Por lo menos eso era lo que Luz estaba admirando.

—Ya lo podemos abrir. Debemos aprovechar el calor del metal —dijo Gamma cuando encontró unos alicates gigantes.

—Ahora —fue la orden de Delta.

La mujer del cabello nevado agarró el poporo con la punta de la herramienta, que estaba recién desempacada. Con un movimiento fuerte y seco logró romper una de las delgadas hebras de oro que representaban el único obstáculo sólido entre cada uno de los orificios causados por las balas.

Todos los extranjeros rieron.

La segunda hebra cedió, esta vez con más resistencia. El oro se estaba enfriando y endureciendo con rapidez.

Delta se dio cuenta de la progresión y apresuró a Gamma con un gesto.

La tercera crujió bajo el filo del alicate.

Dos movimientos más lograron romper la cuarta.

El poporo estaba a punto de ser partido en dos partes.

La última varita luchó con toda su dureza, pero las fuerzas de Gamma, Delta y Omega, reunidas alrededor de los mangos de la herramienta, lograron por fin separar las dos mitades doradas.

«Todo está consumado», pensó Salomón.

Luz Morángel no lo podía creer. Ahora tenía dos piezas ante sus ojos, símbolo de la destrucción de las culturas que tanto admiraba. Un par de lágrimas sinceras brotaron y bañaron sus mejillas. Y sintió más dolor cuando no pudo identificar ninguna señal, la clave, dentro del poporo. Esperaba que la distancia que la separaba de la pieza fuera la explicación de su corta visibilidad.

Delta revisó el interior de los dos pedazos.

Hizo un gesto de frustración mezclado con rabia.

—¡Aquí no hay nada! ¡Eres una puta mentirosa! —una mirada asesina le congeló los huesos a Luz.

Salomón estaba a punto de estallar de pánico. Iban a matarlos.

—Déjenme revisarla —dijo Luz, mientras movía con dificultad sus pies—. Se necesita de un ojo experto para reconocer las señales ocultas.

«Ver más allá de lo evidente», dijo Atahualpa.

Luz solo quería ganar tiempo y tocar con sus manos la majestuosa pieza.

Delta dudó un segundo.

—Desátenla —refunfuñó. No tenía otra salida.

Una vez libre de las cuerdas, se puso de pie con un miedo terrible. Se acercó con pasos nerviosos a la mesa y tomó la parte superior del poporo. Estaba temblando. Por fin su sueño más preciado se hacía realidad, en circunstancias bastante indeseables. ¿Por qué tenía que ser de ese modo?

Recordó la letra de una canción.

Careful what you wish, you may regret it.

Careful what you wish, you just might get it.

En el día menos esperado, el poporo estaba en sus manos.

Ella estaba secuestrada y la pieza destrozada.

Decidió echarle un vistazo al interior. Colocó las cuatro esferas contra la mesa y escudriñó con total detenimiento la superficie interna del recipiente. Con los dedos índice y corazón recorrió toda la pieza, en busca de algún relieve o irregularidad planeada por los indígenas. No encontró nada. Luz pensaba que si los arqueólogos la vieran ejecutando tal ejercicio de exploración, no dudarían en desterrarla del mundo científico. Pero no tenía herramientas, solo su ingenio.

Repitió la operación cinco veces. No había nada.

—Debe estar en la otra mitad —dijo para sí misma, tratando de darse ánimos.

Delta la miró con desdén.

Luz agarró la otra mitad, la parte ancha del poporo. Repitió la misma operación sobre el oro de las entrañas de la pieza dorada. Los nervios no la dejaban pensar y sentir con claridad. Era absoluto. No había nada, ningún indicio ni señal que mostrara el camino a El Dorado.

Se levantó sin decir palabra.

Todos entendieron el mensaje.

—No hay nada —sentenció Luz—. No hay nada—. Estaba estupefacta.

Delta alistó el revólver y le apuntó a la cara.

—No te servirá de nada quedarte con el secreto. Lo encontraste y no quieres decirlo —quitó el seguro del arma y le puso el cañón en la sien.

—¡No la maten! ¡Ella no sabe! Si lo dice es porque es así —Salomón imploraba desde su posición. Hacía muchos años que no hablaba con Luz. Las pocas veces que interactuó con ella en la juventud fueron suficientes para ganarse su total confianza. Ella era sumamente honesta y eso no se olvidaba con facilidad.

Luz imaginó que era su fin como ser humano. Ya podía recrear en su cabeza con lujo de detalles el funeral al que asistirían todos sus familiares, tal vez en unos dos o tres días, si es que encontraban su cuerpo esa noche. No le importaba irse del mundo, pues había hecho lo que más le apasionaba. Pero dejar a Amelia, su hija, sin la compañía constante de su madre, la volvía loca. Ni en el otro mundo estaría tranquila ante esa situación tan dramática.

Cerró los ojos esperando el disparo fatídico y cerró los puños con fuerza para no sentir tan duro el golpe. Clavó sus uñas en la piel de sus palmas.

Abrió los ojos súbitamente.

Delta se asustó y dudó en disparar.

—¡Puede haber una solución! —Luz gritó para evitar la muerte. Pronto se desvaneció al caer en cuenta de la situación que estaba viviendo. Recordó que las yemas de los dedos eran excelentes sensores de temperaturas, pero no muy buenas para detectar rugosidades mínimas. Y a los indígenas sí que les podían gustar los mensajes escondidos en pequeños relieves.

Metió de nuevo su mano en la parte inferior del poporo, pero esta vez usó sus uñas para sentir el metal.

«Aquí debe estar, aquí debe estar, aquí debe estar», decía mentalmente con los ojos cerrados.

De pronto un desperfecto hizo temblar sus dedos.

La uniformidad del oro se interrumpía de repente.

Luz volvió a pasar las uñas y lo sintió.

«Dios mío, lo tengo», susurró.

«Soy un genio», gritaba su alma.

Revisó con sus ojos el sitio donde se sentían las estrías. No lograba identificar nada extraño. Debía de ser un grabado muy fino. Hizo una circunferencia con los dedos y se encontró con otra interrupción, justo a ciento ochenta grados de la que había encontrado antes. Siguió palpando y volvió al sitio inicial.

Eran dos mensajes.

Pero no los identificaba a simple vista.

—¿Tienen lápiz y papel? —preguntó Luz. Se oía muy segura.

—Lo encontró —susurró Salomón.

Los secuestradores no entendían.

—¡Necesito un lápiz y una hoja de papel! ¡Ahora! —todos salieron corriendo a buscarlos.

Un minuto después tenía dos hojas de papel blanco y un lápiz envejecido sobre la mesa. Tomó el martillo y despedazó el lápiz hasta conseguir polvo de mina negra, de grafito. Untó sus dedos con el polvo y seguidamente volvió a manosear delicadamente la superficie interna del poporo, con especial ahínco en las zonas estriadas. Unas figuras empezaron a revelarse ante los ojos de los presentes.

Repitió el ejercicio tres veces.

Lo que sus ojos veían era de no creer.

—¿Eso es el mapa? —preguntó Alfa.

Luz no prestó atención. Tomó una hoja de papel y la empujó contra una de las superficies rugosas con ayuda de las palmas de las manos. Era como una prensa humana que trataba de imprimir una placa de oro sobre un papel.

«Es como imprimir billetes», pensó Salomón.

Con la otra hoja hizo lo mismo, pero en la superficie de enfrente.

Estaba extasiada.

No lo podía creer.

Había retratado las figuras internas del poporo.

—No parecen un mapa —se apresuró a decir Beta, el más tímido de los cinco norteamericanos.

—Luz Morángel nos dirá qué son —respondió Delta con cara de alivio.

Luz no entendía el mensaje.

Pero estaba muy feliz.

Toda la vida había estado en lo correcto.

Cogió las dos hojas y repasó las dos figuras impresas con el grafito.

—Hermoso —fue lo único que pudo decir.

Dos visiones

El traslado hacia la estación central de la policía le había parecido de una eternidad abrumadora, como si el tiempo se confabulara para proteger a quienes obraban con plena voluntad e intención de hacer daño a la sociedad. Su cerebro recorría una y otra vez los hechos acaecidos en el Museo del Oro, tratando de identificar alguna pieza de información adicional que complementara el caso. Pero siempre llegaba a la misma conclusión.

Todo estaba bastante claro.

—¿Cómo conoció a la sospechosa? —el agente le preguntó cuando ya se encontraban sentados en el despacho de investigaciones de la policía.

—Es difícil olvidar a alguien que genera tanta incomodidad —contestó Omar Medina con total serenidad. Dejó que las palabras calaran en su interlocutor—. ¿Tiene un cigarrillo?

El agente le acercó una cajetilla sin despegarle la mirada. Medina tomó un cigarrillo y lo prendió con un encendedor que llevaba en el saco.

—Es el efecto de las grandes mentes al desafiar el *statu quo* —el agente quiso enfrentar al director Medina. Por su vasta experiencia sabía que era la forma más fácil de encender el cerebro emocional de cualquier persona y así le respondería con lo más profundo de los sentimientos. Con la verdad.

Medina realizó una mueca de desaprobación mezclada con sorpresa.

—Y ese es el error típico de los ignorantes —dijo Omar Medina después de aspirar la primera bocanada de humo—. ¿Sabe en qué se parecen un loco y un genio? En que tienen visiones del mundo diferentes a las aceptadas por la mayoría. La diferencia es que el genio sustenta su intuición con datos y hechos rigurosos. El loco es un charlatán sin fundamentos.

—Entonces usted cree que Luz Morángel es una loca...

«Es un tipo muy sagaz», aceptó Medina.

—¿Usted confiaría la salud de sus hijos a una persona que no tiene permiso para ejercer la profesión de médico? —Medina empezó a levantar la voz—.

¿Creería en las teorías que pueda inventar sobre la salud humana? Claro que no —se apresuró a contestarse él mismo, pues no quería darle tiempo al agente para que respondiera con alguna frase filosófica.

—El loco podría ser uno mismo, no el supuesto médico —el comentario del agente llenó de ira a Medina.

—Luz Morángel no terminó sus estudios universitarios de arqueología. ¿Por qué? No creo que haya sido por ser la mejor estudiante.

—Pudo tener problemas económicos, como la mayoría de los jóvenes en el mundo.

—Eso puede ser cierto —aceptó Medina—. Entonces, ¿por qué ninguna otra universidad la quiso recibir en sus aulas? No creo que haya sido por ser un genio. No lo creo, agente.

«Esa es información nueva», pensó el agente.

—¿Cómo sabe todo eso, señor Medina? —preguntó mientras anotaba en una libreta diminuta forrada en cuero negro.

—La señorita Morángel ha solicitado trabajo en el Museo del Oro en un sinfín de oportunidades. Siempre ha deseado hacer parte del equipo de arqueólogos que realizan investigaciones sobre las culturas precolombinas a través de las piezas y artefactos de oro que posee el Museo —Medina chupó de nuevo el cigarrillo—. Sus solicitudes han sido rechazadas igual número de veces. No aceptamos personas que no sean profesionales universitarios.

—Bill Gates y Steve Jobs no terminaron la universidad —respondió el agente.

—Agente, la arqueología no necesita nada de intuición ni vocación empresarial. La buena arqueología se logra estudiando, investigando y analizando con ojo de científico preparado —Medina vio que el agente no se inmutaba—. Además, son las reglas del Museo. Punto.

El agente revisó unas notas y preguntó de nuevo.

—Que alguien tenga el sueño de trabajar en el Museo del Oro y decida enviar miles de solicitudes de empleo, aunque dispendioso, no tiene nada de malo, ¿no le parece? —el agente tenía la mirada clavada en sus apuntes—. ¿Por qué llamarla *maldita perra*? Esas fueron las palabras que usó al reconocerla en el video.

Medina sintió un espasmo en su cuello.

—Luz Morángel se ha encargado de decirle a todo el mundo que puede encontrar El Dorado —respondió con seguridad—. Según sus "teorías", la clave del tesoro está en el pop[o]ro quimbaya, lo cual es una locura —aprovechó para desviar un poco la conversación—. Hoy nos demostró que estaba obsesionada con la pieza. Ustedes mismos encontraron su laboratorio personal lleno de imágenes del popo[o]ro. Y vimos cómo lo robó. Es una maldita... por querer violar el elemento insignia de nuestro Museo —omitió la segunda palabra.

—Lo entiendo —por fin el agente parecía aceptar algo. Revisó de nuevo los apuntes—. Pero hay algo que no me queda claro. Si Luz Morángel no es bien recibida en el Museo, ¿cómo logró entrar al evento? Los tiquetes de ingreso estaban dirigidos a personas específicas.

—No todas, señor agente —respiró hondo y pensó en la pregunta. No se había planteado esa cuestión—. Algunas boletas las entregamos a personas importantes, pero las demás las regalamos a asociaciones profesionales, académicas y culturales para que las repartieran entre sus miembros. Luz Morángel pertenece a alguna de ellas, estoy seguro.

—Okey —el agente anotó—. Una última cosa. ¿Conoce al hombre que se acercó a Luz Morángel antes de que la energía se cortara en el video?

—No, señor agente —su expresión ya era más natural y segura—. El hombre que estaba junto al popo[o]ro no lo conozco —se rascó la nariz—. Pero al tipo de gafas ubicado detrás de ella sí lo reconozco. Trabaja en el Banco de la República, en la Unidad de Asuntos Internacionales, si no estoy mal.

—En efecto —repasó el agente en los apuntes—. Es Salomón Salas, el jefe de esa unidad. Varios testigos los vieron juntos visitando el Museo. También cuando salieron al momento de la evacuación.

«¿Qué estaba pasando?», reflexionó Omar Medina.

—El automóvil del señor Salas fue encontrado en un estacionamiento cercano al Museo —prosiguió el agente—. El dueño del establecimiento fue asesinado.

—Maldita perra... —susurró Medina.

—Dos testigos presenciaron los hechos. Luz Morángel y Salomón Salas fueron secuestrados por criminales encapuchados. Se los llevaron en una camioneta.

—No puede ser... —el cigarrillo se le cayó inconscientemente de las manos.

El agente cerró su libreta y se levantó de la silla. Le extendió la mano a Medina para despedirse y estrecharon las manos con firmeza. El agente le mostró la salida y el director entendió la orden. Ya quería irse a casa.

Antes de que Medina cruzara la puerta, el agente se despidió.

—Por cierto, señor Medina, Edgar Allan Poe decía que la ciencia no nos ha enseñado aún si la locura es o no lo más sublime de la inteligencia. Hasta luego.

Medina reprimió el impulso de romperle la cara.

La cruz y el felino

Es tan simple y por eso es tan bello.

Luz tenía las palmas de las manos apoyadas sobre la mesa de acero inoxidable y su cara se reflejaba un tanto distorsionada gracias a las luces de la bodega que empezaba a oler a humedad putrefacta. En su cabeza estaban almacenados cientos de miles de símbolos antiguos, precolombinos especialmente, que empezaron a revolotear como mariposas amarillas en la enrevesada red neuronal de su cerebro inquieto.

Observaba una y otra vez las hojas blancas con las impresiones grisáceas que había tomado con sus manos y su ingenio infinito. Sabía lo que significaban por separado. Pero aún no lograba conectar los puntos que le permitieran vislumbrar El Dorado, sin el menor atisbo de dudas. En esencia, ese era el trasfondo del arte y la cultura del mundo: conectar significados, contextos, costumbres, pinturas y piezas del diario vivir para entender la complejidad de la realidad humana. Complejidad que el ser humano siempre, por los siglos de los siglos, había querido entender y tratar de imitar a través de las innumerables ramas del arte.

Delta estaba concentrado en los ojos azules de Luz Morángel, tratando de adivinar si existía algún signo de esperanza que reprimiera por un momento la impaciencia que estaba iniciando su ascenso visceral. Cuando le habían ordenado liderar la operación de esa noche tenía muy claro que en la guerra, como en la vida, lograr un objetivo de gran valor conllevaba un gran esfuerzo y significaba atravesar situaciones jamás previstas, impredecibles, pero en mayor medida retadoras. Así se medía el coraje de un ser humano.

De todas maneras, las instrucciones que había recibido eran sumamente exactas y concretas, lo cual era un alivio para cualquier cerebro cuadriculado como el suyo. Robar, secuestrar e interpretar. Su experiencia previa en los primeros dos puntos sobrepasaba los requisitos del proyecto que tenían en curso, pero el último implicaba contar con la ayuda de un tercero. Luz Morángel. Y todo parecía indicar, dada su interpretación *a priori*, que el camino para obtener el tesoro no estaba escrito de forma directa.

«Esto tomará más tiempo de lo que pensé», dijo para sí mismo.

Salomón seguía atado a su silla, sin poder observar lo que el resto tenía ante sus ojos, lo cual lo ponía nervioso. Si lograba ver el mapa que Luz muy hábilmente había impreso, su sufrimiento podría ser olvidado por unos segundos y llenaría su cuerpo de calma. Los cinco secuestradores y su antigua compañera de estudios bordeaban la mesa que ahora servía para inspeccionar documentos antiguos.

Luz levantó las hojas para dejar que la luz artificial atravesara los dibujos y así podría detallar con precisión las formas impresas.

En cada mano tenía una hoja.

Inclinó la cabeza hacia arriba, como un médico tratando de explorar una radiografía difusa.

Desde ese punto Salomón pudo ver las dos imágenes.

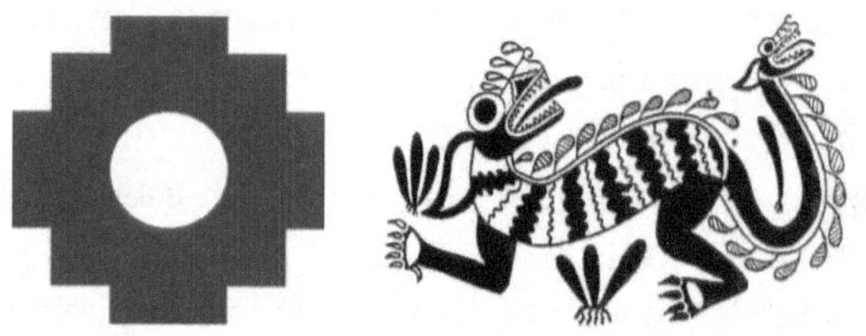

—Dios mío —dijo en un susurro inaudible.

Delta volvió a apuntarle a Luz con el revólver.

—¿Sí sabes qué son esas mierdas? —el estadounidense estaba a punto de explotar. A Luz no le gustó para nada el comentario.

—Ustedes deberían saber eso mejor que yo. Si no, ¿para qué me secuestraron?

Delta se quedó sin habla. La maldita tenía razón.

La orden había sido clara: Luz Morángel es la única persona que puede hallar el mapa y descifrarlo.

—¿Dónde está el tesoro? —preguntó Omega con su raro acento norteamericano.

—¿Qué esperaban? —Luz cada vez se sentía con mayor fuerza para enfrentarlos. Al fin y al cabo, la necesitaban más que ella a los demás presentes—.

"¿Conduzcan hasta este sitio, caven y saquen el tesoro?". Si fuera tan sencillo, hasta ustedes solos lo podrían hacer.

Omega lanzó un escupitajo totalmente voluntario al suelo.

—¿Qué significan las figuras? —preguntó Delta en tono conciliador.

—Su significado individual no es difícil de comprender —Omega, Delta y Gamma sonrieron—. Lo complicado radica en entender la interrelación entre los dos símbolos... Y lo más importante: interpretar cómo esa conexión muestra un camino hacia El Dorado.

Echó una ojeada a la primera figura.

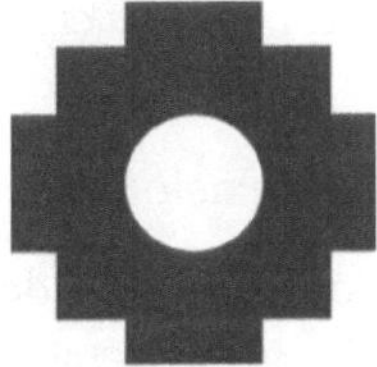

—Este símbolo es uno de los más importantes en las culturas precolombinas de América —dijo Luz al señalar con el dedo la hoja blanca manchada de polvo gris sobre la mesa—. Se llama chacana.

—¿Qué significa? —preguntó Gamma.

—Parece una cruz... —se atrevió a conjeturar Beta, un norteamericano de piel amarillenta y cabello liso inmanejable.

—La cruz cuadrada de los Andes —complementó Luz. Trataba de encontrar en su mente toda la información que conocía del símbolo—. Aunque el significado literal de la palabra es escalera... en lengua quechua.

Luz siguió meditando.

Recordó de inmediato lo que observó en su reciente visita al Perú. Había visto la chacana hace solo una semana en unas piedras talladas cerca de Cajamarca, la ciudad donde fue capturado y asesinado el último soberano del imperio inca: Atahualpa, y por la misma razón por la que ella se encontraba ahora secuestrada: la búsqueda del oro de El Dorado. ¿Terminaría como Atahualpa?

La chacana estaba cerca de Cajamarca. ¿Era algún indicio?

—Una escalera... ¿hacia dónde? —interrumpió Alfa.

—No es una escalera en particular —Luz se sentó un momento en la silla en la que antes la tenían amarrada. Comenzó a cavilar sin pretensiones—. Muchos pueblos indígenas utilizaron este símbolo en multitud de sitios y piezas de arte antiguo.

—¿Y si la combinamos con el otro dibujo? —preguntó Salomón desde la lejanía.

«Por fin hay alguien inteligente», pensó Luz.

—Seguramente tienes razón, Salomón. Pero primero debemos entender bien este símbolo —Luz se rascaba la cabeza—. La escalera o cruz cuadrada con centro circular tenía significados variables entre los pueblos indígenas: algunos la consideraban una referencia al Sol, otros simplemente la asociaban con una representación geométrica del universo y casi todos como un símbolo matemático que restauraba el orden.

—Sol y universo... están muy relacionados —contestó Salomón.

—Sí —respondió Luz en seco—. A pesar de las diversas definiciones del símbolo, había algo en común en las interpretaciones de nuestros ancestros.

—¿Cuál es? —preguntó Delta con signos de desesperación.

—La chacana trata de explicar el cosmos. Integra lo masculino y lo femenino, lo superior y lo inferior, los cielos y la tierra, la materia y la energía, el tiempo y el espacio. El cosmos está basado en el balance.

La vida es balance.

Luz recordó también cómo la chacana servía como calendario y pronosticador de los climas y temporadas de los pueblos precolombinos.

—Todo esto permitía a nuestros pueblos indígenas representar la unión entre lo humano y lo divino. Entre nosotros y el sol.

—¿Solo eso? —inquirió Delta.

—¿Les parece poco? —respondió indignada.

Estaba claro. O por lo menos eso creía Luz Morángel.

La chacana era un camino, una ruta para lograr el balance.

Conectar lo humano y lo divino.

¿Lo humano es divino?

Pero, ¿cómo encajaba eso con la leyenda de El Dorado?

Recordó la sugerencia de Salomón, después de explicar sus conclusiones de la chacana a los alumnos obligados.

—Todo debe estar en plena armonía. El otro dibujo debería darnos más luces.

—Sin dudas es un animal —planteó Alfa.

—Cualquier humano que no esté ciego lo puede deducir —contestó Luz.

—¡Un dragón! —gritó Delta.

—«Ver más allá de lo evidente, por Dios» —dijo Luz para sus adentros—. Es el animal más venerado por nuestros indígenas. El felino más grande de América. El majestuoso jaguar.

Este hermoso animal había sido representado por los indígenas con diferentes medios y con diversos significados. Un animal nocturno de piel manchada, como el cielo de la noche con las estrellas, la luna y las nubes frías. Un símbolo perfecto del cosmos y sus enigmas. Sus habilidades físicas le permiten correr a gran velocidad, nadar sin problemas por los ríos, trepar árboles gigantes con la ayuda de sus garras y arrastrarse por la tierra para camuflarse en la naturaleza. Los ancestros americanos le concedían a esa gama de fortalezas la capacidad de viajar por todos los niveles del universo. Los mismos escalones representados en la chacana.

Por eso los soberanos vestían su piel y usaban sus colmillos y garras para llenarse del poder natural del jaguar, con el fin de transitar por los caminos desconocidos de la identidad humana. Incluso reformaban sus cráneos para parecerse cada vez más al progenitor y protector de los pueblos: el padre jaguar.

—Entonces, ¿estamos buscando un camino de balance, que tenga al jaguar como símbolo de entrada? —preguntó Beta después de la explicación de la simbología del jaguar en las culturas precolombinas. Parecía el único criminal con algo de raciocinio.

—Algo así... —respondió Luz.

La chacana era un camino.

El jaguar era cosmos, poder y protección.

Un camino hacia el cosmos.

—No suena como algo muy específico, ¿o sí? —preguntó Omega.

Luz no respondió. Seguía pensando.

Lugares con chacanas existían por montones en toda Suramérica. Petroglifos, esculturas, relieves sobre el suelo. El símbolo cósmico por excelencia de los aborígenes americanos estaba representado en innumerables sitios. No tenían que buscar el símbolo como tal, sino un lugar que lo representara. ¿Y el jaguar cómo encajaba en todo eso?

Existía un volcán en Ecuador que tenía el nombre de Chacana. Pero eso sería muy obvio. No. Tenía que pensar de forma sencilla y pura, como lo harían nuestros antepasados. Su mente recorrió templos, valles, ríos, caminos polvorientos, ruinas, piezas de oro, esculturas, el cielo, la tierra, el mar y el fuego.

De repente se detuvo y abrió más los ojos.

—Creo que lo tengo... —dijo Luz.

—¿Dónde está el tesoro? —preguntó Delta sin dejarla terminar.

Un camino hacia el cosmos. Una chacana y un jaguar. Tenía que ser un lugar que transportara a las mujeres y a los hombres hacia los conocimientos más profundos de la vida y la espiritualidad.

La respuesta le parecía tan obvia, que no entendía todo lo que había pasado ese día tan oscuro.

El imperio inca fue el mayor de su clase en esta parte del mundo, hasta que llegaron los españoles. Y su centro más importante era ampliamente conocido por la humanidad. El centro de la chacana, el orificio de la mitad.

Una obra maestra de la ingeniería precolombina. Allí los incas rendían culto al aire, al cielo, a la tierra, a la luna, al fuego, al sol y a los animales, entre ellos el jaguar. El hermoso jaguar. Desde ese sitio también analizaban y estudiaban el clima, escrutaban el cosmos y sus estrellas y dilucidaban las incógnitas más grandes del universo. Allí vivían en paz, sembraban y cosechaban alimentos y comerciaban entre iguales. Un sitio con todas las dimensiones, un lugar integral, como la chacana.

Luz lo dijo con nervios en la voz.

—Tenemos que ir a la ciudad sagrada de Machu Picchu.

Yo, el paciente Tutor

La madrugada estaba dominada por una gélida neblina que recubría con suavidad todas las cosas que encontraba a su paso. Las manecillas del reloj parecían detenerse a cada segundo. Le dio dos leves golpes al vidrio protector, tratando de despertar a la máquina del tiempo, pero para su pesar el lujoso artefacto estaba en perfecto estado.

Respiró profundo y se sentó lentamente en un sofá gris que había heredado de sus antepasados. A pesar de la prolongada edad del mueble, la comodidad que brindaba no podía ser igualada por ningún otro mobiliario casero de última generación. Pero lo que más le gustaba era que sentía una gran calma cuando se sentaba allí, acompañado de cualquier preocupación banal.

Cerró los ojos y cuando los volvió a abrir, el reloj revivió.

El celular repicó al instante.

—*Hay novedades, Tutor* —le comentaron al otro lado de la línea.

La novedad y la innovación eran palabras hermanas que solo podía asociar con progreso. Pero en aquella situación podría significar el más rotundo de los fracasos. El Tutor perdió un pedacito de la esperanza.

—Siga —ordenó para apurar las noticias.

—*Debemos esperar. La traducción ha finalizado, Tutor.*

Una leve tensión de las comisuras de los labios adornó su cara.

—¿Por qué esperamos?

—*Hay que llegar al punto exacto, Tutor* —la voz del otro lado carraspeó antes de proseguir—. *Y tener certeza de que es el sitio correcto.*

—La paciencia es la virtud de los vencedores —dijo y colgó.

Zumbidos reflexivos

Su cabeza le estaba dando mil vueltas a todos los datos, imágenes y textos que lograba recordar y que de alguna forma podían conectarse con la chacana, el jaguar y Machu Picchu. La ciudad más esplendorosa del imperio inca era considerada patrimonio de la humanidad por la Unesco. Y no podía ser de otro modo, pues representaba el símbolo de la majestuosidad y sabiduría de los antiguos pobladores del continente americano. Sin embargo, había algo que no le encajaba del todo. Pero no sabía qué era.

El avión privado despegó treinta minutos después de la revelación que hizo Luz Morángel a sus secuestradores norteamericanos. Luz divisó las luces amarillas y blancas que resplandecían en el horizonte bogotano mientras recordaba que solo unas pocas horas antes había llegado al aeropuerto del que ahora salía rumbo al mismo país que había visitado en las últimas semanas.

«Es como devolver el tiempo», pensó.

En cuestión de segundos, Delta había ordenado el traslado de su equipo y de sus dos rehenes hacia una camioneta roja que tenían estacionada cerca de la bodega donde habían destrozado el poporo quimbaya. Salomón le había dicho a Luz, esperando que nadie lo escuchara, que ojalá los subieran al vehículo que utilizaron los "gringos" cuando los secuestraron, pues la policía seguramente ya lo tenía identificado. Pero se desilusionó cuando los metieron en la camioneta roja que los llevó hasta el aeropuerto El Dorado.

El avión estaba preparado para el despegue cuando entraron a uno de los hangares exclusivos para aeronaves privadas. «Esta gente debe tener muchas influencias», había pensado Luz al darse cuenta de lo fácil que había sido el acceso hasta ese sitio. En la cara de Salomón pudo notar el mismo sentimiento de desazón jerárquica, esa emoción que surge cuando el ser humano entiende que se está metiendo con alguien que tiene las conexiones suficientes para hacer lo que se le dé la gana.

Los habían sentado uno frente al otro, separados por una mesita de madera lacada que lo único que tenía eran las huellas circulares de dos vasos de whisky que muy posiblemente habían degustado los secuestradores antes de llegar a

Bogotá para robar el popor. Al otro costado del avión, en dos sillas y una mesa iguales, se encontraban Delta y Gamma discutiendo amigablemente en un inglés tan rápido y coloquial que a Luz se le hizo imposible entender las temáticas que trataban.

Alfa, el gigantón que Luz había conocido en la Sala de la Ofrenda del Museo, bebía cerveza en compañía de Beta. Estaban sentados en la parte posterior del avión y jugaban con el popor semidestruido sobre una mesa circular, donde también reposaba el alfiler de oro que servía para sacar la cal del recipiente dorado. Omega estaba ubicado en una silla amplia y cómoda, muy cerca de la cabina del piloto. Limpiaba su ametralladora con un pedazo blanco de tela raída, sin quitarle los ojos de encima a Salomón y a Luz.

Salomón miraba por una de las ventanillas hacia la oscuridad de la madrugada. Pronto amanecería en Colombia y no se iba a perder ese espectáculo a diez mil pies de altura. Luz seguía cavilando en los símbolos impresos por ella en las hojas de papel y en su conclusión acerca del sitio donde se ubicaba el tesoro. Quiso olvidarlo por un momento y miró a Delta y Gamma charlando.

«¿Quiénes son?», pensó.

Delta era un norteamericano de pura cepa, como acostumbraba a decirle su padre cada vez que le enseñaba a utilizar un arma de fuego en los campos del Estado de Alabama. Empezaron matando patos, después venados y siguieron con toda clase de animales silvestres. Pero Delta solo sintió satisfacción cuando con sus propias manos y un bate de béisbol le destrozó la cara a un negro que estaba coqueteándole a su hermana menor. Desde ese día comprendió que detestaba a los *cerdos oscuros*, como les decía, y aprovechaba cualquier oportunidad para demostrar el odio que guardaba contra cualquier persona que no tuviera la tez pálida y la arrogancia rampante de su propio ser. Fue reclutado por un grupo de operaciones de inteligencia del gobierno, para salvarlo de la cárcel. Fue acusado de asesinar a un grupo de estudiantes universitarios que acababa de ganar una competencia nacional de física cuántica. Todos tenían rasgos de otras partes del mundo, pero eran norteamericanos.

Luz analizaba el cabello de Gamma.

Después de haber vivido y estudiado en más de treinta ciudades diferentes, Gamma tomó la decisión que cambiaría su vida. Se dedicó a vender drogas en los parques y en las calles cercanas a colegios y universidades. Nunca había probado ninguno de los productos que comercializaba, pero le encantaba la facilidad con la que sus bolsillos se llenaban de dinero. El dinero que le permitía adquirir lo último en la moda y humillar a las hijas de sus vecinos, que asistían fielmente a las clases académicas y a la iglesia. El día que su madre descubrió su extraña fuente de ingresos se le vino el mundo encima. La obligó a acudir a la misa del domingo para expiar sus pecados; aceptó a regañadientes, pero no dejó pasar la oportunidad para lucirse. Ingresó a la catedral con el pelo blanco como la nieve, producto de la decoloración eterna que se autoinfligió con una solución de alcaloides. A partir de ese momento todos sabrían quién era ella.

Luz vio a Salomón absorto en la panorámica nocturna y echó un vistazo a la parte trasera, donde el gigantón jugaba con el poporo.

El cuerpo largo y musculoso le otorgaba tremendas ventajas en el juego, la confrontación física e incluso en el amor. Todo el mundo admiraba la corpulencia de Alfa desde que estaba en la pubertad, pero él solo lo consideraba una carcasa que escondía un talento inigualable. Sus padres, originarios de Camerún, habían llegado a los Estados Unidos en busca de una buena educación para su único hijo. Personas similares a Delta habían convertido en un infierno la vida de su familia y la suya propia. Entendió que no podía volver a su país con el rabo entre las piernas. Así que decidió afrontar la adversidad con cabeza fría e inteligencia, no con fuerza bruta, como habían hecho con él mismo. Aprendió las maromas más intrépidas e ilegales para estafar a los blancos, que se creían más talentosos que los demás. Pero su desbordante inteligencia se convirtió en brutalidad. Así se transformó en un maestro del engaño.

Alfa trataba de reparar el poporo y Beta lo ayudaba en su cometido. Intentaron encajar los dos fragmentos separados a la fuerza, para devolverle algo de su esplendor. Mientras Alfa buscaba ensamblar el poporo, Beta cogió el alfiler dorado y lo metió en el orificio destinado para tal fin, ubicado en el centro de las cuatro esferas superiores de la pieza.

Luz empezó a hablar para sí misma.

—¿Por qué una pieza de la cultura quimbaya hablaría de Machu Picchu? —susurró mientras se tocaba la barbilla.

Delta la observó y siguió hablando con Gamma.

—Puede ser que todas las culturas precolombinas conocían de alguna forma la ubicación de El Dorado... o por lo menos compartían la clave. La chacana y el jaguar —se respondió a sí misma.

—¿Qué dices? —preguntó Salomón.

—Y cada cultura dejó la clave incrustada en las piezas que fabricaba... —Luz continuó su autorrespuesta sin reparar en Salomón.

—Luz, ¿me oyes? —le puso una mano a cinco centímetros del rostro—. ¿Estás aquí?

Luz Morángel se despertó del letargo.

—Disculpa, me estaba preguntando porqué una pieza de la cultura quimbaya hablaría de Machu Picchu...

A Salomón le surgió la pregunta reveladora.

—¿Cuántos años tiene el poporo?

Luz se quedó congelada. No lo había pensado.

—¡Mierda! —gritó instintivamente. Se puso la mano derecha en la boca—. ¡Por eso algo no encajaba! El poporo fue fabricado tres siglos antes de Cristo... pero Machu Picchu fue construida en el siglo XV.

—O sea que es imposible que el poporo haga referencia a algo que no existía... —dijo Salomón.

—Exacto...

—Estamos viajando al sitio equivocado —repuso el hombre con voz de barítono—. ¿A dónde deberíamos ir?

—No tengo la menor idea —Luz sintió que iba a ser asesinada una vez les contara a sus captores la noticia. Y lo peor es que no encontrarían El Dorado, su sueño.

—Tenemos que encontrar la respuesta rápido... o moriremos —advirtió Salomón con tristeza.

Atando los puntos

Delta notó la cara de preocupación de Luz Morángel. No le gustaba en absoluto. Decidió dejar que el tiempo corriera para comprobar si era un estado emocional pasajero o en realidad correspondía a un miedo trepidante.

Luz observaba con intensidad el poporo en manos de Alfa. Quería acercarse y examinarlo con más ahínco, pero la delataría por el error que había cometido al ubicar el sitio del tesoro en la más importante ciudad inca. Beta seguía metiendo y sacando el alfiler dorado en medio del poporo, imitando con premeditación un movimiento sexual. Una varita que atravesaba verticalmente la pieza quimbaya.

Empezó a rememorar otros sitios emblemáticos de los incas, los muiscas, los chibchas, los quimbayas, los taironas y el resto de culturas precolombinas. Nada cuadraba con la chacana y el jaguar.

Conectar lo humano y lo divino.

—En cualquier sitio antiguo se combina lo humano y lo divino —dijo al fin—. Es imposible saber cuál alberga El Dorado.

El alfiler subía y bajaba dentro del poporo.

Alfa y Beta reían mientras manipulaban las piezas.

Las cuatro esferas superiores le daban acceso al alfiler.

«Vuelve a lo simple, Luz. Haz preguntas tontas», pensaba.

El poporo quimbaya era único. Lo había estudiado tanto que ya no recordaba lo básico.

Un poporo común y corriente no estaba adornado por cuatro esferas. ¿Por qué?

—¿Son parte del mapa, de la clave? —volvió a hablar.

—¿A qué te refieres? —le preguntó Salomón. Dirigió la mirada hacia donde apuntaban los ojos de Luz—. Claro, en el poporo están los símbolos grabados...

El alfiler subía y bajaba dentro del poporo, a punto de estallar.

—El alfiler ingresa al poporo —seguía Luz hablando para sí misma—. Entra en medio de las cuatro esferas... desciende hasta el fondo... donde está la chacana, el camino... y el jaguar, el cosmos...

Salomón se calló y empezó a entender.

—Ingresar en medio de las esferas... bajar y encontrar el camino que conduce al cosmos... —intentó resumir Luz.

Un haz de luz blanca iluminó su cerebro.

Cuatro esferas. Un camino central.

Era un sitio hermoso. La divinidad en la Tierra.

Sin duda era la respuesta.

—Tenemos que cambiar de rumbo —dijo Luz—. ¡Tenemos que cambiar de rumbo! —gritó al entender en dónde se hallaba.

—¿Qué está diciendo? —Delta se levantó apurado.

—Machu Picchu no es el sitio... —Luz les comentó el error que Salomón le había ayudado a identificar y sus nuevas conjeturas.

—¿A dónde vamos, entonces? —preguntó Delta.

—Lo tenía en mis narices y no lo entendí... ¡El poporo también es parte del mapa!... ¡no son solo los símbolos!... ¡el poporo tiene la clave de la ubicación!...

—¿Dónde es, maldita sea?

—Es más cerca de lo que pensaba... aquí mismo, en Colombia.

Luz les dio el nombre del sitio exacto.

Delta corrió hacia la cabina para avisarle al piloto el nuevo destino.

—Espero que no te vuelvas a equivocar —remató Delta, mostrándole el arma reluciente.

Barruntos

El sol empezaba a despuntar por las llanuras verdosas, espantando las últimas gotas de lluvia del torrencial aguacero que inundó el horizonte y produjo los sonidos más escabrosos que jamás había escuchado y que no lo dejaron pegar el ojo. Solo pudo dormir cuarenta minutos intermitentes, un descanso natural que le exigía el cerebro para seguir funcionando correctamente.

Se asomó a una de las ventanas del tercer piso de su casa para observar un nuevo panorama. Ya estaba cansado de la oscuridad, las estrellas y el silencio profundo interrumpido esporádicamente por los mugidos de las vacas y el cantar de los ruiseñores. En realidad, pensaba que los sonidos emitidos por los animales hacían parte integral de la quietud de la madre naturaleza.

«Así debo actuar, tan natural que sea imperceptible», pensó.

El plan que le habían explicado el día anterior parecía perfecto. Justo y necesario. Salvar a su país de cualquier amenaza era la prioridad de su trabajo, independientemente de quiénes eran los protagonistas. Siempre había pensado lo mismo durante sus más de treinta años de trabajo al servicio del gobierno. Ahora que vislumbraba su retiro forzoso, recordaba que nunca había recibido una distinción personal por sus esfuerzos.

«No lo puedo permitir. Esta es mi última oportunidad».

Estaba convencido de que el trabajo en equipo era esencial para lograr las mayores victorias, aquellas que habían hecho grande a su patria y a su carrera. Pero eso implicaba que los reconocimientos fueran también grupales, no individuales. El orgullo se perdía, la moral se destrozaba, las ganas de seguir mermaban.

No podía permitirlo más. Mucho menos cuando un oficinista, un hombre que nunca había estado en el frente de guerra, se llevaría todos los honores. «Pappett me está utilizando… pero es por el bien del país», reflexionó.

Preparó su primera pipa del día. Chocolate con yerbabuena era la mezcla perfecta. Aspiró el delicioso aroma impregnado en la madera curada de la pipa.

—Es mi equipo… es mi futuro… es la inmortalidad —dijo Jason McFee.

Caminando sobre un océano verde

En pocos minutos el día empezaría a clarear y el miedo que sentía Luz Morángel disminuiría un poco más, pues volar en medio de la noche no era una de sus actividades favoritas. Contemplar la naturaleza desde el cielo era para ella una de las experiencias que la hacían pensar que la divinidad era verdadera. Dios, Madre Naturaleza, Alá, Baal. No le importaba el nombre que se le diera. Lo cierto es que el espectáculo que iban a presenciar era lo más bello que podía existir.

El avión se dirigía rumbo al sur, sobrevolando el departamento del Huila, en el momento en que Luz entendió la clave de El Dorado. Cuando Delta le avisó al piloto del nuevo rumbo, la aeronave dio un giro brusco hacia la izquierda que hizo revolcar todos los objetos y a todos los que iban en el lujoso avión. Luz quiso creer que el punto donde habían girado correspondía a la ubicación del Parque Arqueológico de San Agustín, solo por darle un aire de simbolismo a ese momento del viaje.

—¿Cómo es que identificaste el lugar tan fácil? —le preguntó Salomón a la distraída Luz que miraba por la ventana del avión.

—No fue nada fácil —respondió sin voltear la cara—. Hay que conectar muchos datos para llegar a un modelo que explicara los símbolos… y al poporo.

—Un modelo sencillo… —completó Salomón.

—Si un modelo no es sencillo no es un modelo —dijo Luz.

Salomón reflexionó y siguió hablando.

—No tenía idea de que ese lugar existiera. Y menos en Colombia. De verdad que eres una maestra de la arqueología…

—Me gusta mucho; es todo —respondió sin emoción.

—Pues Medina debería meterse todos los cartones universitarios de sus arqueólogos por el culo y besarte los pies —dijo Salomón muy animado.

Luz dejó escapar una sonrisa sincera.

—Todavía existen personas que califican a los demás por la cantidad de títulos que tienen pegados en la pared... Aunque encontremos El Dorado, el director Medina seguirá odiándome —Luz repasó sus pensamientos—. Incluso creo que me odiaría aún más.

—Si lo encuentras, las mejores universidades del mundo querrán darte el título de arqueóloga sin pensarlo...

—Eso es lo que menos me importa ahora —sus ojos azules empezaban a hacerse más visibles con el amanecer. Su cabello negro, atractivamente alborotado por el agite del día, contrastaba con su piel inmaculada. La mirada la tenía perdida en las profundidades del cielo repleto de motas de algodón blancuzcas que no dejaban apreciar el paisaje que sobrevolaban con urgencia.

Salomón sintió que los motores reducían el ruido y el estómago le indicó que descendían levemente, pero sin pausa. Estaban llegando a la ubicación de El Dorado. Las ventanas mantenían un contacto directo con las nubes. Un ser humano que estuviera experimentando por primera vez un viaje en avión, sin duda pensaría que la aeronave se había detenido en la mitad de la nada, estacionada sobre un colchón de aire que pronto expulsaría una lluvia torrencial. La única señal de movimiento la daban unas gotitas de agua que se habían condensado sobre el plástico de la ventana y corrían despavoridas hacia la parte trasera del avión.

Un golpe seco los levantó de los asientos.

Un cambio atmosférico generó una fugaz pero miedosa turbulencia.

Luz se agarró fuertemente de los apoyabrazos de las cómodas sillas en cuero y cerró los ojos con todas las fuerzas de su alma.

El avión volvió a estabilizarse.

De pronto, una luz inmaculada y pura ingresó por las ventanillas y llenó de claridad la parte interna del aparato volador. Todos se levantaron de sus asientos para observar la fuente de tan fulgurante llama de albor. Luz era la única que permanecía en su asiento, ajena al repentino movimiento de sus acompañantes, que recorrían el entorno con expresiones de asombro, novedad y hasta miedo. Ella seguía con los ojos en total oscuridad, orando para pedir por una prolongada y próspera vida en la Tierra. Delta, Gamma y Salomón tenían las manos sobre las cejas, pues sus ojos aún no estaban acostumbrados a la luz natural del sol, mucho menos en un lugar donde el cielo parecía un océano límpido y pulcro, un gran lienzo sin mancha que sostenía al mundo conocido.

—Por Dios… esto es impresionante… —susurró Gamma sin quitar la vista del horizonte que lograba acaparar desde las alturas.

—¿Estamos sobrevolando un mar de color verde? —preguntó Omega, que mantenía la boca abierta, tanto que la saliva inquieta amenazaba con escurrírsele por las comisuras de sus labios. Nadie reparó en la pregunta, pues la concentración mental estaba totalmente dirigida a la naturaleza circundante.

—Es la selva más hermosa que he visto —dijo Salomón, sentado de vuelta en su puesto.

—No logro ver en dónde acaba o en dónde empieza… —concluyó Beta.

Luz terminó su oración y abrió los ojos. Se encontró con un panorama increíblemente maravilloso. Era sin duda algo más hermoso que el poporo, la pasión de toda su vida. Una eterna planicie repleta de árboles idénticos y perfectamente agrupados llenaba el horizonte de un color verde tan precioso que era imposible que fuera creado por el hombre. El resplandeciente astro rey comenzaba a despertar por el oriente, mostrando gamas nunca antes vistas de colores rojos, naranjas y violeta que bañaban sin cesar toda la selva húmeda del Amazonas. El borde que delimitaba el cielo y la selva inmarcesible era casi imperceptible, pues el tono celeste de los cielos se fusionaba sin razón aparente con la grandeza de la floresta y producía un degradé de matices que generaba una transición perfecta entre la Tierra y el cosmos.

Conectar lo humano y lo divino.

El avión descendió un poco más, permitiendo que los pasajeros detallaran con cuidado la perfección de la madre naturaleza hecha realidad. Sin excepción, todos los seres humanos, los vivos y los de pasadas generaciones, habían expresado la admiración que sentían por la belleza de algún paraje natural. Al pasar los años, las sociedades crecieron, progresaron y en cierta medida evolucionaron sus métodos de pensamiento. No obstante, esta evolución era inversamente proporcional al amor por la naturaleza. El cerebro humano era cada vez más avanzado (o, más bien, estaba lleno de información, pensaba Luz), pero al parecer eso implicaba que la naturaleza, la fuente de todas las cosas, fuera relegada de la racionalidad. Afortunadamente quedaba el instinto y la intuición, características esenciales de un ser humano en todo el sentido de la palabra. Características que cada vez caían en una mayor oscuridad con el transcurrir del tiempo.

«Aquí el tiempo se congela», reflexionó Luz Morángel al divisar por enésima vez la selva, el cielo y el sol. Habían recorrido varios minutos y sentía que estaban en el mismo lugar. En realidad, era un océano verde infinito.

Un río de color lechoso apareció entre la selva, como una serpiente titánica que viajaba en busca del desayuno del día, interrumpiendo con hermosura la tersura del bosque húmedo. Tenía miles de curvas y sinuosidades extremas, como si el cauce quisiera bañar con sus aguas la mayor cantidad de tierra posible. Como la selva, la serpiente de agua se perdía en el horizonte sin perder sus caminos enrevesados e imposibles de entender. «Parece un río de capuchino frío», pensó Alfa.

Luz olvidó por completo el poporo y toda la situación forzada que estaba viviendo. Sin duda ese era el lugar que marcaban los ancestros precolombinos. Mientras tanto, recordó que aquel segmento de la selva amazónica estaba prácticamente inexplorado, lo cual representaba un alivio para el planeta. Era un lugar casi desconocido para el mundo. Lo más probable es que se volviera un secreto a voces si descubrían el tesoro en ese bello sitio. Luz no sabía si eso sería malo o bueno. Malo, porque millones de personas querrían conocerlo y el turismo exagerado traería consecuencias irremediables al ecosistema. Bueno, porque el mundo entendería que el paraíso, el cielo, la divinidad, estaban aquí mismo, en el planeta Tierra.

Un lugar temporal y eterno. Ese pensamiento le hizo recordar algo que podría ayudarla a ella y a Salomón a salir del embrollo en el que se hallaban.

—¡Miren! ¡Hay una ciudad cerca! —gritó Omega, señalando hacia la parte derecha del avión—. ¿Hacia allá debemos ir? —preguntó dirigiéndose a Luz.

Delta aguzó la mirada y vio lo mismo que Omega.

—Omega tiene razón. Hay unas construcciones en el horizonte.

Luz se levantó del asiento y se dirigió al otro lado del avión. «¿Qué están viendo estos imbéciles? Estamos en la selva. Siendo estrictos, estamos en la mitad exacta de la Amazonia colombiana. El centro de la vida». Salomón la acompañó y revisó el panorama desde una de las ventanas traseras del avión. La arqueóloga observó con detenimiento la selva, el océano verde, impresionada de nuevo por la mitad de naturaleza que se estaba perdiendo por quedarse en un solo costado de la aeronave. A lo lejos, el horizonte de la planicie se veía entrecortado por decenas de siluetas rocosas cuadradas y rectangulares. Debían ser construcciones gigantescas, al poderse ver desde un avión y con tanta distancia lineal de diferencia. La observación de Omega tenía cierto sentido: era como reconocer una ciudad moderna por el perfil de sus rascacielos y edificios emblemáticos. Las siluetas estaban espaciadas por leves haces de luces, ofreciendo un espectáculo natural de claridad y oscuridad que contrastaba con el brillo dorado que el sol le comenzaba a entregar a los árboles del tapete selvático.

—Sí, hacia allá debemos ir —dijo Luz—. El sitio exacto está ubicado entre esas mesetas.

—¿Mesetas? ¡Pero si son edificaciones gigantes! —Omega no lo podía creer.

—Son mesetas en roca conocidas como tepuyes. Son formaciones enormes, planas en la parte superior y con paredes rectas, como un edificio.

Todos estaban anonadados mirando por las ventanillas.

—¿Qué tamaño tienen? —preguntó Salomón.

—Las que estamos viendo pueden llegar a tener ochocientos o novecientos metros de altura... —dijo Luz con aire de misterio. Parecía como si nadie le hubiera entendido—. Es tres veces la altura de la Torre Eiffel —Salomón fue el único que abrió los ojos y tragó saliva con evidente impresión en su rostro. Luz cayó en cuenta sobre su audiencia—. O diez veces la Estatua de la Libertad, en Nueva York.

El murmullo de admiración fue instintivamente consensuado.

—Son las formaciones más antiguas en el planeta —susurró Luz—. El origen de la vida.

Salomón seguía mirando el horizonte y rápidamente tuvo una duda profunda.

—¿Alguien vive en esta selva? —le dijo a Luz. Ella lo miró con recelo—. Me refiero a si hay personas, grupos, alguna presencia humana, ¿me entiendes?

—Solo tribus indígenas desconocidas —respondió—. Nadie más. Este sitio es considerado uno de los lugares más inaccesibles y desconocidos del planeta...

Salomón se lo temía. Delta pareció entender el punto.

—No podemos aterrizar —dijo con su acento norteamericano, más marcado que el día anterior. Luz negó con la cabeza.

Luz volvió a recordar algo que los podría salvar.

Estaban sobrevolando un lugar inaccesible, inexplorado y conocido de forma precaria por pocos humanos. El Estado colombiano lo protegía como uno de sus más preciados tesoros naturales, entre los millares que se daba el gusto de hospedar. El turismo y la presencia de personas diferentes a los indígenas que habitaban la zona estaban prácticamente restringidos y limitados a investigadores que se podían contar con los dedos de una mano.

—Usaremos los paracaídas —sentenció Delta después de reflexionar.

Luz tenía un as bajo la manga. Sabía que, por ser un área protegida, el espacio aéreo de la zona estaba vetado para cualquier aeronave.

—Mantengan la altura, no pueden bajar mucho... estrellaríamos con los tepuyes —advirtió con susto en la voz.

—Le avisaré al piloto —Delta se dirigió a la cabina.

«Excelente», pensó Luz.

Dos vigilantes opuestos

Las botas de cuero reposaban brillantes sobre la mesa de madera lacada que reflejaba las bombillas del salón hermético donde había trabajado durante los últimos quince años y medio. Estaba sentado sobre una silla reclinable, con los pies totalmente estirados, el talón derecho sobre el empeine izquierdo para lograr una mayor comodidad.

El sargento Flores jugaba con una pelota de espuma, las que llamaban antiestrés, en una simulación perezosa de un juego de squash sobre la pared blanca de la pequeña oficina que compartía con el soldado Bohórquez. La pelota salía de la mano derecha de Flores, pegaba en la pared, rebotaba en la mesa y regresaba en una perfecta parábola a la palma abierta de donde había salido. Así por los siglos de los siglos.

—¿Viste el partido de fútbol? —le preguntó el sargento Flores al soldado.

—¿Anoche? —quiso saber Bohórquez. El soldado estaba leyendo una novela histórica acerca de las guerras mundiales del siglo XX, un ladrillo de papel de más de mil páginas de iluminación. Vestía un uniforme militar que relucía y se veía como nuevo, pero ya tenía más de mil posturas—. No, sargento.

Flores se levantó del asiento, tambaleándose por la falta de equilibrio a la que nunca había podido acostumbrarse. Le faltaba el brazo y la oreja del costado izquierdo, producto de un enfrentamiento bélico en épocas de la violencia colombiana. Caminó dos pasos con sigilo y le lanzó la pelota de espuma en la cabeza a Bohórquez.

El soldado sintió que despertaba de un sueño y volvía a la realidad.

—Deja de desperdiciar tu tiempo —le espetó el sargento—. El pasado no existe. Y el futuro tampoco.

Bohórquez se quedó mirándole el muñón izquierdo.

—Perdón, sargento —respondió con nerviosismo.

—¿Otro libro de guerras? —Flores se acomodó la boina en su cabeza rapada con visos de canas. Después se rascó el espacio donde alguna vez tuvo su oreja izquierda.

—Sí, sargento.

—¿De dónde se les ocurren tantas historias? —dijo al observar el gran volumen del libro que el soldado tenía entre las manos.

—La historia se repite una y otra vez, sargento —el muchacho se atrevió a contestar con plena convicción.

—Ahí sentado no vas a lograr que deje de hacerlo —el sargento frunció el ceño y se acercó a la máquina de café, al otro lado de la sala, para servirse el infaltable café oscuro de cada hora. El soldado no quiso responder. Hay confrontaciones que es mejor no iniciar. Rebajarse al nivel de un adversario insensato es ofrecer todas las garantías para perder una batalla.

El sargento Flores sorbió el café con celeridad y se sirvió otro de inmediato. El soldado continuó leyendo, intentando retomar en su mente las imágenes que estaba creando cuando el sargento lo había interrumpido.

De pronto un pitido agudo de alarma inundó la habitación.

—¿Qué es eso? —preguntó el sargento Flores.

—Es la alarma del radar de vuelo —contestó el soldado, que volvía a abandonar el libro.

Era tremendamente extraño.

—¿Seguro?

El soldado se acercó a la pantalla de un computador de pantalla gigante que mostraba un mapa geográfico de Colombia y un montón de puntos, triángulos y cuadrados diminutos de diversos colores que se movían en miles de direcciones con delicada rectitud. Bohórquez tecleó unos comandos y esperó la respuesta del programa informático.

El mapa hizo un acercamiento automático a una zona geográfica del sur de Colombia. Las figuras de colores desaparecieron. A excepción de una. Un triángulo de color rojo se movía sobre el mapa y titilaba incesantemente.

—Este es el origen de la alarma —señaló el soldado con el dedo sobre la pantalla.

—Una aeronave sobre espacio restringido —el sargento dudó por un momento—. Esto nunca había ocurrido. ¿Será un error?

—Que no haya ocurrido nunca no es sinónimo de falsedad.

El sargento veía cómo el triángulo se movía tres milímetros más. Levantó un teléfono que tenía al lado y oprimió un botón rojo.

—Habla el sargento Flores, del control aéreo militar en Villavicencio. Detectamos una aeronave sobre espacio restringido —esperó diez segundos mientras le hablaban.

El sargento concluyó:

—Está volando sobre Chiribiquete.

El lugar más bello del universo

Podría decirse que era uno de los lugares naturales más antiguos del mundo, una formación geológica con más de 1.800 millones de años de vida. Millones de años. Resultaba irónico que, a pesar de su eterna vitalidad y hermosura sin comparación, la Serranía de Chiribiquete fuera descubierta gracias a un accidente, en épocas avanzadas del desarrollo humano. La naturaleza guardaba un secreto infranqueable que aún no quería develarle al ser humano, cuyo progreso acelerado estaba destruyendo la fuente de la vida. La naturaleza es sabia y seguramente, en su incesante maestría, quería atesorar con vehemencia el lugar más bello del planeta.

Aquel milagro sucedió a finales del octavo decenio del siglo XX, cuando Carlos Castaño Uribe, un antropólogo colombiano, viajaba en una avioneta hacia Leticia, en el extremo sur de Colombia. Una tormenta inesperada obligó al piloto a desviar el camino hacia lo desconocido. En el horizonte empezaron a emerger varios conjuntos de edificaciones naturales (los tepuyes) separados por verdes valles colmados de selva virgen y ríos de todos los colores. Una serranía nunca antes vista por el hombre moderno.

Varias tribus indígenas ancestrales sí conocían aquel secreto sin igual de la madre naturaleza, poblaciones que aún habitaban ese paraíso terrenal y se aislaban con empeño y con razón del ser humano progresista y "evolucionado". Un famoso astrofísico estadounidense decía que si en realidad existiese una civilización extraterrestre realmente inteligente, no tendría interés en contactar con nosotros, los terrícolas. De igual modo, los sabios indígenas de Chiribiquete no verían mayor atracción en la modernidad arrasadora del hombre "civilizado".

Las gestiones oportunas del descubridor de aquella maravilla mundial lograron que Chiribiquete fuera incluido en el Sistema de Parques Nacionales Naturales de Colombia, título que lo delimitó como un área protegida, la más grande de Colombia y una de las mayores de América.

El Parque Nacional Natural Serranía de Chiribiquete, como se le conoce formalmente desde entonces, es el más grande y el más majestuoso de los 59 parques naturales de Colombia. Cincuenta y nueve universos distintos que demuestran la inimaginable diversidad biológica y cultural del país suramericano. En alguna charla de arqueología, Luz Morángel había dicho que *La guerra de las galaxias*, su película favorita, bien podría haber utilizado los parques naturales de Colombia como inspiración para crear más de cincuenta planetas totalmente diferentes y usarlos como locaciones de la historia de los Jedi.

Este universo dentro del planeta Tierra llamado Chiribiquete ya contaba con más de cuatro millones de hectáreas de extensión, después de varias ampliaciones de la zona protegida del parque, triplicando así el tamaño del Parque Nacional Serengeti, el más reconocido de África y tal vez del mundo.

«Hasta el día de hoy», pensaba Luz. A partir de ese día, Chiribiquete se convertiría en una referencia mundial. «Si es que de verdad encontramos El Dorado», reflexionó.

Más de treinta años después de su descubrimiento fortuito, Chiribiquete dio un paso triunfal para asegurar aún más su conservación y protección, la que la madre naturaleza tanto reclama. En julio de 2018, Chiribiquete fue designado como Patrimonio Natural y Cultural de la humanidad por la Unesco. Es decir, es de los pocos lugares que es extremadamente excepcional en dos dimensiones: la naturaleza y la cultura.

La naturaleza maravillosa y sin igual de Chiribiquete era incuestionable.

Sin duda, su impacto cultural era mucho más impresionante.

—¿Más de cuatro millones de hectáreas? —gritaba Delta por encima del ruido de las turbinas que se colaba por la puerta que acababa de abrir para saltar desde las alturas. Como él, todos los tripulantes ya tenían ataviados sendos maletines anaranjados que estaban amarrados con esmero al tronco y la cintura, así como unas gafas que les cubrían la mitad de la cara.

Salomón se había visto obligado a guardar sus costosos anteojos en el bolsillo de su camisa. «Y yo que decía que era inaudito que un agente como James Bond se la pasara en esmoquin disparando, conduciendo y volando a toda velocidad», pensó. Todos tenían cara de excitación, excepto Luz y Salomón, dos personas que jamás habían usado un paracaídas. Y no pensaban usarlo nunca. Hasta ese día.

—¿Y dónde demonios tenemos que bajarnos? ¡Es como buscar una aguja en un manjar! —complementó Delta, mientras revisaba el panorama verdoso y repleto de mesetas gigantescas que aparecía bajo sus pies. Estaba agarrado del borde de la puerta que dividía el terreno firme del aire.

—En un pajar —lo corrigió Salomón. Delta se volteó para asesinarlo con la mirada—. Se dice: como buscar una aguja en un pajar —Delta maldijo en su fuero interno. Luz no pudo evitar una carcajada infantil.

—¡El poporo lo muestra con claridad! —respondió Luz, intentando hacerse entender en medio del ruido del aire y los motores. Su cabello negro jugueteaba aleatoriamente con el viento veloz, tapándole media cara y tratando de inmiscuirse entre sus labios. Con la mano izquierda recogió el cabello y lo mantuvo atrapado, al mismo tiempo que se aferraba con la otra mano para no caer accidentalmente al vacío—. ¡Chiribiquete tiene unos cuarenta tepuyes! ¡Las mesetas rocosas que ahora vemos de cerca!

—¿Vamos para uno de los tepuyes? —interrumpió Beta. Su sagacidad lo hacía resaltar entre el grupo de criminales.

—¡Sí, así es!

—¿Cuál de todos? —preguntó Delta.

—¡Existe un tepuy muy particular, una formación geológica perfecta! ¡Por eso el poporo también es parte del mapa! ¡Nos muestra el tepuy que debemos encontrar!

Delta le indicó con la mano que prosiguiera.

—¡Las cuatro esferas del poporo y el alfiler que entra en el medio! ¡Un tepuy que tiene una oquedad, un hueco natural en el medio y por el cual debemos descender!

—¿Y las cuatro esferas? —quiso saber Salomón.

—¡Cuando supe que teníamos que venir a Chiribiquete, la imagen del tepuy se me vino a la cabeza de inmediato! ¡Cuando lo vean, descubrirán que en la parte superior del tepuy, alrededor del hueco circular, hay cuatro puntas que lo protegen!

De pronto Gamma soltó un grito.

—¡Miren allá! —señaló con un dedo, por encima de la cabeza de Delta—. ¡Tiene que ser esa meseta!

Tenía razón. Delta corrió hacia la cabina del piloto para que hiciera la aproximación. Un tapete de copos impregnados de todas las gamas del color verde conformaba un valle incesante que en un punto empezaba a tomar altura, formando una pendiente un tanto imperceptible. A medida que la inclinación del terreno aumentaba, los árboles iban desapareciendo y una monstruosa pared de piedra emergía de la selva, como un clavo enterrado sobre una pared límpida.

La pared subía hasta lo más alto del cielo y terminaba en una meseta poblada de vegetación. Era como si el tapete verde hubiera existido primero y los tepuyes fueron emergiendo desde el centro de la Tierra, rompiendo la regularidad del suelo y llevándose consigo el verdor a la parte más alta de la gigantesca piedra, lo que le daba un toque de majestuosidad al paisaje.

Un gran hueco, perfectamente circular, horadaba el tepuy en toda la mitad, hasta profundidades que no se podían distinguir a simple vista, ya que un bosque encerrado había crecido dentro del orificio de piedra. Viéndolo desde arriba, el tepuy parecía una estrella irregular de cuatro puntas con un adorno interno que ofrecía un símbolo admirable.

Una chacana.

Una equis muy singular. La forma más fácil de marcar una ubicación.

Delta volvió corriendo a reunirse con todos de nuevo.

—¡Saltamos cuando dé la orden! —ordenó—. ¡La arqueóloga va conmigo! ¡Gamma, tú vas con James Bond! —las carcajadas resonaron a pesar del bullicio mecánico del avión y el roce del viento en los oídos.

La aeronave se acercaba cada vez más al bello tepuy. Delta agarró a Luz y le sujetó un arnés que los unía, un cordón umbilical que los haría hermanos durante unos segundos en el aire. La arqueóloga rezaba como nunca lo había hecho en su vida. Pensó en su hija y su esposo, sus familiares y toda su vida. Se moría de miedo. «Pero entraré en Chiribiquete», se dijo a sí misma para consolarse.

Una fuerte turbulencia estrujó el avión con severidad, haciendo caer al suelo a todos los ocupantes. Por fortuna ninguno cayó fuera de la aeronave. La voz del piloto sonó por los parlantes:

—*Hay una corriente de aire inusual alrededor de la meseta...* —también era norteamericano, dedujo Salomón—. *No puedo sobrevolarla... es una corriente muy extraña... nunca había visto algo similar...*

«La energía del cosmos», pensó Luz.

—¡Estamos en la mitad del mundo! —empezó a explicar Luz—. ¡La línea del Ecuador atraviesa Chiribiquete! ¡Aquí la energía es diferente!

La mitad del mundo. La mitad de la Amazonia colombiana.

—¡Saltaremos cerca de la meseta y llegaremos a pie! ¿Entendido?

Todos asintieron.

Delta dio la orden.

Saltaron sin pensarlo.

Desde el cielo, y olvidando por completo que estaba pegada a otro cuerpo a través de un arnés, Luz admiraba, absorta, la inmensidad de la selva. Ese tepuy parecía fabricado directamente por manos divinas. Era tan singular su estructura que tenía un nombre que lo distinguía. Se llamaba El Estadio, el tepuy más representativo de Chiribiquete.

Frente a frente

Las mesas de los dioses. Así llamaban los indígenas a los tepuyes de Chiribiquete. No existía una expresión más adecuada para describir la particularidad y omnipresencia de aquellas formaciones rocosas repletas de vida silvestre, fauna y flora.

Las historias de amor, drama y naturaleza caracterizaban a la mitología indígena y su descripción de la creación del mundo. Tal como todas las religiones. Según los ancestros indígenas, El Estadio era una huella inequívoca del dios Sol sobre la Tierra. El Sol, creador de todo, buscaba un lugar íntimo, secreto y armonioso para entregarle todo su amor a la Luna. En esa búsqueda utilizó su gran báculo dorado para explorar la Tierra, hasta que encontró Chiribiquete. Ese fue el lugar elegido para entregarle su amor a la Luna, sobre aquellas mesetas, planicies sin fin y en los huecos gigantescos que su báculo produjo en la inspección del mundo. El Estadio era producto de esa exploración del padre Sol.

La Luna, como todo en el universo, había sido creada por el Sol. Era su hija. Así que se había cometido un incesto. El dios Sol no aguantó la culpa por su comportamiento y se condenó a no volver a verse, nunca más, con la Luna. Así se creó el día y la noche, espacios diferentes para dos dioses que se amaban.

Aquella relación, sin embargo, engendró un hijo.

Un hijo que llevaba en su piel el color dorado del padre, contrastado con los tonos blancos de la madre. Este hijo representaría el equilibrio, el día y la noche, el orden y la superioridad entre todos los seres vivos.

Era el jaguar, el hijo del Sol y la Luna.

—Por eso el jaguar es sagrado —les contó Luz cuando ya estaban listos para emprender el camino hacia El Estadio. Los siete expedicionarios habían caído minutos antes sobre un río de color negro transparente, que afortunadamente no llevaba un caudal extremo. Desde el aire habían avistado un lugar propicio para aterrizar, un camino de piedra grisácea pintada de tonos cafés que en realidad conformaba el lecho de un río con bajo nivel. A ambos lados del lecho pedregoso discurría una corriente paciente y ordenada que bañaba los gigantescos árboles que conformaban el límite del río.

El Estadio se encontraba a unos siete kilómetros de distancia, según el ojo experimentado de Beta.

Los padres de Beta habían arribado muy jóvenes a Hawái, después de escapar de su hogar en el continente asiático. Keisuke, el papá de Beta, era un físico brillante, reconocido como una de las mentes más adelantadas del mundo científico. Cuando lo incluyeron a la fuerza en un proyecto de desarrollo de armas nucleares, su respuesta fue automáticamente expresada: no había estudiado tanto ni se había devanado los sesos para crear muerte en la humanidad. Lo quisieron obligar asegurándole que si no participaba, su familia sería eliminada de la faz de la Tierra. Dos días después estaba a bordo de un barco que atravesaría el océano Pacífico, con su esposa y un bebé de cinco meses de edad. El muchacho creció en un ambiente educado pero despiadado. Su inteligencia superior, heredada pero bien trabajada por la disciplina, le hizo ganarse prontamente el odio de sus compañeros de clase. La rabia y la desesperanza le colmaron la paciencia. El día menos pensado se enlistó en el Ejército, en una búsqueda desesperada de fuerza física y acceso a educación armamentista. Cuando su padre se enteró, un infarto fulminante le apagó el alma.

En el Ejército conoció a Omega.

Víctima de abusos de toda clase por parte de su padrastro, Omega odiaba más a su madre. Ella había llevado a ese tipo a la casa un mes después de la desaparición de su padre biológico, muerto en circunstancias desconocidas que Omega no se atrevía a investigar. La fuerza física y la voluntad que ganó en la pubertad no solo le permitieron enfrentarse al acompañante de su madre, sino aprovecharse de cualquier jovencita que atrapaba desprevenida en las calles desoladas del barrio donde vivía. Incluso en la escuela a la que asistía esporádicamente tenía varios objetivos en mente, pero el que más apetecía era el más difícil: la maestra de matemáticas. El día que decidió seguirla hasta la casa y atacarla, se sintió como un dios omnipotente. Había logrado someter a una mujer mayor, con senos grandes, curvas pronunciadas y una madurez sexual que lo enloquecía. No pudo volver a la escuela. Tenía que escapar. La única persona que le ofreció una salida fácil fue su padrastro. Lo llevó al Ejército. Allí se dejó crecer el bigote.

Iniciaron la expedición.

El camino era fangoso, los pies se enterraban tres centímetros con cada pisada que daban. Les llevaría casi dos horas llegar hasta El Estadio. La temperatura rondaba los cuarenta grados centígrados, aunada a una humedad que se pegaba a todas las partes de cuerpo. Afortunadamente Salomón había dejado el saco del esmoquin en la avioneta, pero los pantalones de paño y los zapatos de cuero lo tenían desesperado.

La luz inclemente del sol selvático se había casi extinguido gracias a los árboles tupidos de veinte metros de alto que conformaban el tapete verdoso de Chiribiquete. Pequeños haces luminosos lograban entrar a las profundidades de la selva, por donde caminaban los expedicionarios.

—No sé qué le ven a este lugar —dijo Delta, que encabezaba la caravana de caminantes. Estaba empapado en sudor. Una cascada de agua salada le pegaba la barba a la cara y la ropa al cuerpo—. Es un infierno.

—Para su información, si no fuera por lugares como este, el planeta sería insostenible —Luz no aguantaba los comentarios inapropiados sobre la naturaleza—. Este lugar caluroso, permite que se regule el clima en el mundo... es un pulmón gigantesco... purifica el agua y el aire que entran a este espacio. Pero qué van a saber ustedes de aire puro, si se la pasan fumando porquerías.

—¡Eso es verdad! —Alfa complementó con una risotada.

Un kilómetro más adelante se encontraron con otro río, un poco más caudaloso que el anterior. Sus aguas eran de diversos tonos rojos, producto de minerales propios de la geología milenaria de esa parte del planeta. Delta tomó un poco del agua cristalina entre sus manos y se lavó la cara. Todos lo imitaron, incluso atreviéndose a beber de aquel manantial impoluto que seguramente ningún ser humano había tocado nunca. Nunca en la historia.

Algo llamó la atención de los caminantes. Cruzar el río era cuestión de trescientos metros de caminata sobre un caudal aceptable que les llegaba hasta la cintura, como lo pudo comprobar Gamma al meterse de lleno al río. A pesar de la frescura que le daba el agua rojiza, un silbido líquido la puso en alerta. En la mitad del río se veían unas burbujas explosivas, como si la tierra estuviera hirviendo. Gamma se acercó un poco más para observar. Caminó entre las aguas, acercándose a la fuente de la reverberación.

De repente unas sombras enormes emergieron de las profundidades.

Gamma gritó aterrorizada.

Agachó la cabeza, protegiéndose con las manos y dejó que pasara lo que tenía que pasar. Los demás norteamericanos gritaban despavoridos.

Luz y Salomón estaban felices.

Una docena de delfines rosados jugueteaba, saltaba y silbaba alrededor de Gamma, formando una especie de círculo protector alrededor de la mujer del cabello blancuzco.

—Guau —fue lo único que dijo Salomón.

—Nunca había visto algo así —Luz cogió agua del río y se lavó la cara. Se aseguró de lavar bien su pelo—. Debe ser la primera vez que estos delfines ven a un ser humano.

—No conocen el peligro —agregó Salomón. Estaban de pie a la orilla del río, bajo un sol inclemente y resguardados a la sombra de árboles gigantes—. Solo quieren conocerla.

Luz sabía que Chiribiquete era considerado por los indígenas el centro de la vida, un centro de energía pura. Por esta razón los indígenas que habitaron y aún vivían en la serranía, decían que era un sacrilegio ingresar en las profundidades del ahora Parque Nacional. La energía y la fuerza de la naturaleza en este punto del planeta eran imposibles de ser entendidas y controladas por un ser humano. Tal vez ellos estaban profanando los ríos y a los delfines, que no conocían la maldad humana.

«Por eso aquí está El Dorado. Es tierra sagrada», pensó Luz.

Los delfines terminaron su ritual y volvieron al fondo del río. Gamma se sentía desconcertada, pero al mismo tiempo reconfortó su cerebro una sensación indescriptible de descanso y paz. Los demás la alcanzaron y se dirigieron hacia la otra orilla del río escarlata. Ya habían recorrido medio camino. Pronto estarían *ad portas* de El Estadio. Y de El Dorado.

Al llegar al otro lado se encontraron con un panorama extraño. Cientos de nutrias, no podían saber con exactitud cuántas eran, se refrescaban y bebían agua en un vado del río. Miles de pájaros multicolores revoloteaban por los árboles y bajaban y subían a toda velocidad, sin interrumpir a las nutrias sedientas. Papagayos y algunas especies de colibríes eran los únicos animales que Luz podía distinguir entre las cantidades exorbitantes de aves extrañas que planeaban por doquier. Todos se acercaron con pasos lentos hasta llegar a terreno firme. Algunas nutrias los miraron de reojo y después siguieron en su actividad natural.

Se adentraron de nuevo en la selva y siguieron caminando.

Para nadie era un secreto que Colombia es uno de los países más diversos del mundo en cuanto a flora y fauna se refiere. Los pocos investigadores que habían accedido a Chiribiquete decían que en cada exploración del terreno, por muy corta que fuera, con total seguridad se podía encontrar una nueva especie animal o vegetal. Dicha riqueza no se explicaba con justificaciones divinas. Chiribiquete era una zona privilegiada por su ubicación en todo el centro del planeta, sobre la línea del Ecuador, donde convergían el escudo Guayanés, la cordillera de los Andes, las llanuras del Amazonas y la Orinoquía, creando así una pintura integral de ecosistemas y hábitats diferentes, creando el paisaje más hermoso jamás visto.

Después de cuarenta minutos de caminata, el grupo se detuvo de nuevo en otro río, blancuzco como la leche. Ya estaban muy cerca de El Estadio, a unos dos kilómetros. Decidieron caminar sobre unas grandes piedras ovaladas de vetas doradas y negras, como ágatas blancas de tamaño colosal. Iban en una fila disciplinada, cada uno separado del otro por máximo tres metros de longitud. Cada uno iba sobre una piedra, esperando a que el de adelante avanzara para atreverse a saltar a la siguiente.

A mitad del camino oyeron un sonido indiscutible.

Un rugido gutural.

La fila se congeló de inmediato. El sonoro correr del agua lechosa y su choque con las piedras se oía en la inmensidad, acompañado del cantar de aves exóticas y de los gemidos de animales terrestres sin identificar. Luz, que iba detrás de Delta, volteó la cabeza para mirar hacia atrás. De allá provenía el sonido.

Salomón y Gamma la imitaron y soltaron un grito.

—Chhhhhhsss —Luz los motivó a callarse—. Quédense quietos —dijo en un susurro que parecía un estruendo en aquella selva inhabitada.

Un jaguar se acercaba por detrás del grupo.

Movía las patas lentamente, sin despegar los ojos del grupo de extraños. Sus pesadas garras rebotaban con el agua del río y salpicaban las piedras que ya habían recorrido. Alfa era el último de la fila, el más cercano al jaguar. Se agachó para mostrar y demostrar que no era un peligro. En realidad, quería sacar un arma para matar al bello animal.

—¡Levántate! —le dijo Luz. Los demás la miraron.

—¡Estás loca! —gimió Alfa. Estaba hecho un manojo de nervios. No sabía si correr o quedarse ahí. Unas lágrimas empezaron a brotar de sus ojos.

—Es un animal hermoso —dijo Salomón.

—¡Levántate! ¡Tienes que hacerte ver grande para espantarlo! —los demás seguían erguidos, no por el consejo de Luz, sino porque estaban hechos piedra, como las que estaban pisando.

Alfa no aprovechó su altura y se mantuvo agazapado.

El jaguar levantó sus noventa kilos de peso y saltó sobre el gigantón.

Luz cerró los ojos y se mantuvo erguida. El resto la imitó.

Dos minutos después el gran felino se internó en la selva, llevándose a su presa entre las fauces. El grupo había perdido un miembro.

—Dios mío —dijo Delta. La pesadumbre y la rabia le hicieron rechinar los dientes y derramar unas pequeñas lágrimas, que, para fortuna de su orgullo, se camuflaron con el sudor producido por el clima tropical. Como líder adiestrado en los ambientes más hostiles, tenía prohibido mostrar signos de debilidad. Pero, ¿quién dijo que llorar era un símbolo de fragilidad, cuando en realidad era el mecanismo más fuerte para expresar el apego herido sobre los lazos de hermandad pura, los mismos que cohesionaban y hacían fuerte a su grupo? Tragó saliva, intentando devolver el tiempo, pero solo consiguió acrecentar el vacío en su pecho. Lidiar con esas pérdidas no era algo que enseñaban en la academia militar. Gamma tenía desgarrada el alma. Habían perdido a un hermano, de los que uno escoge en la vida.

«Uno menos», Luz dijo para sí misma. Se sintió mal al alegrarse por la muerte de un ser humano. La desazón le duró cinco segundos al recordar que estaba secuestrada y que en cualquier momento podían asesinarla.

Pasados cinco minutos, cuando el agua del río ya había limpiado la sangre vertida sobre una de sus piedras, los ahora seis exploradores llegaron a la otra orilla del río. Se sentaron a descansar y a comer. Lo que habían visto no tenía comparación y necesitaban darle un respiro a la mente y al cuerpo.

Saboreando un sándwich de jamón y queso, sentada a la orilla de un río selvático, Luz le contó con detalles a Salomón, y de paso a los demás, cómo logró deducir que Chiribiquete era el lugar indicado.

La chacana. El jaguar.

Un camino hacia el cosmos.

El jaguar era el rey de la serranía.

Concebido por el Sol y la Luna en ese sitio. En El Estadio.

Por eso Chiribiquete también era llamada "La maloca del jaguar".

Ganaron la cima del tepuy

Los anclajes herían la piedra virgen de las paredes abismales de El Estadio, sosteniendo las gruesas cuerdas que cruzaban los arneses ajustados a los cuerpos sudorosos. Por fortuna, Luz Morángel tenía una experiencia importante en el arte de la escalada, situación en la que sintió mayor comodidad que lanzándose de un avión en pleno vuelo. La arqueología, como cualquier otra profesión, contenía muchas tareas emocionantes, pero en no pocas ocasiones implicaba ejecutar una carga, a veces excesiva, de actividades colaterales que no gustaban mucho. Este era el caso de la escalada.

Ya habían trepado veinte metros, después de caminar en absoluto silencio desde el río donde Alfa había muerto. El último tramo de la caminata abarcó un bosque tremendamente denso, donde la distancia entre cada árbol era tan pequeña que tuvieron que pasar de costado entre los troncos, tocando con el pecho y la espalda la superficie húmeda de la madera rugosa. El cantar de las aves y el sonido rítmico de animales terrestres desconocidos inundaban el aire.

Cuando se encontraron con la pared de piedra del tepuy indicado, la chacana natural, Salomón pensó que era el final del camino. No había forma de franquear aquel obstáculo impenetrable. En la cúspide de esa meseta rocosa se encontraba el hueco circular por el que tendrían que descender para hallar el tesoro más fabuloso del mundo.

«Entra en medio de las cuatro esferas... desciende hasta el fondo... donde está la chacana, el camino... y el jaguar, el cosmos...». Luz dedujo las instrucciones, según su análisis de las pistas del poporo.

Ya habían trepado veinte metros de altura, distancia suficiente para observar el paisaje magnífico de la naturaleza creada por la propia energía del universo, cuando una enorme gota de agua golpeó las gafas de protección de Delta. El norteamericano dirigió la cabeza hacia el cielo y no vio ninguna nube amenazadora. Sin explicación aparente, un torrencial aguacero se desató sobre la serranía.

«No puede ser. Ahora vamos a caer», fue lo primero que pensó Gamma.

Siguieron subiendo con determinación para llegar lo más pronto posible a la cima. Las lluvias amazónicas solían tener duraciones prolongadas y no podían esperar a que el cielo decidiera cerrar el grifo. El sol no había mermado su intensidad lumínica y continuaba alumbrando y calentando el ambiente circundante. El agua era peligrosa para un escalador que se encontraba en medio de una pared de piedra, pero la hidratación y el súbito descenso de la temperatura reconfortaron a los exploradores. Un estruendo hizo temblar levemente las paredes de piedra, haciendo vibrar los anclajes. Todos se detuvieron para entender qué estaba sucediendo. ¿El tepuy estaba protestando por las lesiones provocadas por esos humanos ambiciosos? ¿La pared se derrumbaría como una señal de la naturaleza de que aquel sitio era prohibido?

Los seis pares de ojos no podían creer lo que vieron.

Dos cascadas de agua pura iniciaron su descenso por las paredes del tepuy, justo a ambos lados del grupo explorador. Caía con una fuerza descomunal un par de caudales vigorosos que llegaban a las faldas de la meseta y se sumergían en el bosque, formando dos ríos temporales que serpenteaban entre los árboles y desembocaban en el río lechoso donde se habían encontrado con el jaguar.

Los rayos del sol ingresaban afilados entre las corrientes verticales de agua y explotaban en millones de haces de luces con gamas de colores inentendibles, generando un millar de arcoíris reflejados en las piedras de color castaño claro del tepuy.

Luz no cabía de la emoción. Delta y los demás se quedaron apreciando aquella fantasía lumínica.

—Vamos. Tenemos que llegar a la cima. Estamos en terreno peligroso —advirtió la arqueóloga. Delta se sacudió y siguieron subiendo por la pared, guiados por las cascadas coloridas.

Beta y Omega subían con un afán impertérrito, intentando comprimir los segundos que los separaban del tope de la meseta, un objetivo que estaba tan cerca, que las manecillas del reloj corrían impacientes al mismo compás de las manos y los pies de los escaladores improvisados. Delta estaba unido a Luz Morángel a través de una cuerda que amarraba los dos arneses, en un intento por ayudarla, a pesar de que la arqueóloga era quien llevaba la batuta del grupo, como si aquel lugar fuera de rutina para su cerebro. Gamma, una mujer tan vehemente como Luz, aprovechaba su preparación física para remolcar al banquero de las gafas, que volvían a acompañar a Salomón como herramienta vital para apreciar la naturaleza circundante.

La lluvia cesó al mismo tiempo que el grupo conquistó la montaña rocosa, que dio paso a una corona plana repleta de vegetación brillante por el rocío de las aguas cristalinas que acababan de bañar el ambiente. Pequeñas hileras verticales de vapor viajaban hacia el cielo. Delta solo pudo imaginar que esa llanura semejaba un baño turco gigante de tapete verde y techo azul eterno.

Caminaron hacia el centro, hasta que dieron con el borde del hueco central del tepuy más hermoso de Chiribiquete, si es que se podía decir que existía uno mejor que otro. La verdad es que todos eran tan impresionantes, que era imposible determinar cuál era el más bello. Eran hijos de la naturaleza, y como todos los hijos, poseían personalidades propias y características particulares, pero al final, todos eran amados por igual.

Habían llegado al centro de El Estadio.

El agujero del poporo entre las cuatro esferas.

El círculo medio de la chacana.

Como el alfiler de la pieza de oro, ahora debían descender más de cincuenta metros entre la cavidad del tepuy, un círculo perfecto de la naturaleza de unos ciento ochenta metros de diámetro. Echaron una ojeada cuidadosa hacia el interior de la cavidad y confirmaron lo que habían visto desde el avión unas horas antes. El hoyo estaba colmado por un bosque denso y milenario que no dejaba ni un solo milímetro para husmear hasta el suelo. Emergía de las profundidades como un corcho de una botella de vino de piedra.

Las especies de plantas, flores y arbustos que llenaban la oquedad abarcaban decenas de variedades muy diferentes a las que ya habían visto en su breve exploración del Parque Nacional. El Estadio no solo representaba una pieza nacida de la sabiduría del cosmos, representada en la singularidad de su geometría, sino que era la cuna de la vida de géneros desconocidos de la flora mundial. Fue un gran tesoro el haber encontrado El Estadio, descubierto por el explorador Patricio von Hildebrand, un sitio emblemático que marcaba el hogar de El Dorado.

Volvieron a clavar unos nuevos anclajes sobre la piedra de la meseta, muy cerca de las aristas del hueco central. Luz no olvidaba un documental televisivo que había disfrutado en una noche de insomnio en su casa, después de que su cerebro solo emitiera imágenes del poporo quimbaya cuando trataba de conciliar el sueño. Hablaba de Chiribiquete y dedicó diez minutos completos a El Estadio. El narrador contaba que aquel tepuy era para los indígenas el centro del universo, un portal para viajar hacia el otro mundo.

Un camino hacia el cosmos.

Esta vez la aventura extrema fue más sencilla, lo cual no significaba que infundía menos temor. Descendieron por cuerdas que recorrían toda la pared interior del círculo pedregoso. La oscuridad hizo su aparición cuando dejaron atrás las copas de los árboles más grandes, adentrándose de nuevo en una selva inexplorada de la cual brotaban gotas gigantescas de agua, rezagos de la lluvia torrencial que acababa de finalizar.

En breves minutos lograron tocar suelo firme.

El follaje infranqueable y la humedad repentina del cielo generaban una sensación de frío extremo que los trasladó mentalmente a otro lugar del planeta, una especie de teletransporte mágico más rápido que la velocidad de la luz. Las raíces de los árboles brotaban del suelo fangoso como anacondas monumentales que se entretejían en complejas redes de madera verdosa.

Delta estaba apresurado. Quería salir pronto con el botín.

—¿En dónde está el tesoro? —preguntó mientras inspeccionaba la selva del tepuy con recelo.

Luz recorrió con sus ojos el muro de piedra por el que habían descendido. Analizó después el interior, la floresta impenetrable.

—Los símbolos estaban gravados en las paredes internas del poporo. Deberíamos buscar en las paredes de piedra, en el interior del círculo.

—Gamma y Beta, vayan por allá —dijo Delta dirigiéndose a Gamma y señalando a su izquierda—. Los demás iremos hacia el otro lado. Si alguien encuentra algo, que se detenga. Tarde o temprano cerraremos el círculo y nos encontraremos de nuevo.

—¿Cómo vamos a saber si encontramos algo? —replicó Beta—. Ustedes tienen a la arqueóloga...

Delta se sintió como un tonto. Volteó a mirar a Luz en busca de respuestas.

—No se preocupen. Lo sabrán. Sin duda existirá un símbolo o marca imposible de ignorar —respondió instintivamente. Esperaba tener razón.

Los dos grupos pusieron manos a la obra.

Caminaron durante más de veinte minutos, sin despegarle la mirada a la piedra circular. Luz sentía que estaban en el lugar correcto. Los minutos corrían, las piernas no se detenían y no pasaba nada. El otro grupo estaba en la misma situación.

Advirtió que pronto habrían recorrido ciento ochenta grados, la mitad de la circunferencia. Si se encontraban con el otro grupo en ese punto, significaba que no había nada que indicara el lugar del tesoro.

Sería una decepción.

De pronto tropezó con una raíz invisible de un árbol de madera brillante.

Cuando se levantó, ayudada gentilmente por Salomón, vio algo que la llenó de adrenalina.

«Aquí tiene que ser», pensó.

Delta y Omega notaron la actitud de Luz Morángel y dirigieron la vista hacia el mismo sitio.

Lo que percibieron los dejó sin aliento.

Hubo una leve confusión

Los segundos parecían horas y no había recibido nuevos reportes que le aseguraran que tenía el control del plan esbozado con tanta rigurosidad. Un nuevo día adornado por un sol intenso y quemante auguraba noticias esperanzadoras.

Decidió sumergirse en el trabajo que lo esperaba todos los días, sin falta. Se acomodó en el escritorio y encendió su computador. Quería despejar la mente y dedicarse a problemas diferentes y dejar que el universo se las arreglara para darle lo que tanto buscaba.

Dos minutos después, cuando leía las noticias en internet, una llamada lo ilusionó. Contestó de inmediato.

—Ha pasado mucho tiempo. ¿Cómo van las cosas? —sonó como una orden más que una pregunta.

—*Hubo una leve confusión con la traducción, Tutor* —la respuesta produjo una corriente de nerviosismo en el Tutor—. *No se preocupe, el sitio exacto ha sido revelado.*

Sintió un gran alivio.

—Espero que no sea una nueva confusión.

—*Lo más probable es que sea el sitio correcto, Tutor.*

—Solo necesito una probabilidad: el ciento por ciento.

Colgó y siguió trabajando en otros asuntos. Pero la mente no le permitió concentrarse.

Internados en las cavernas

Los haces de luz blanca de las linternas rebotaban en las murallas parduzcas repletas de figuras zoomorfas y símbolos ancestrales de un brillo rojizo muy similar a la sangre humana. El techo abovedado de las cavernas también estaba adornado con imágenes antiguas realizadas por el hombre, aunque se encontraba a más de diez metros de altura en las secciones más profundas.

Jaguares, árboles, serpientes, ríos, el sol, reptiles, el mismo hombre y símbolos no reconocibles a primera vista. Pinturas impregnadas en los muros de piedra que formaban un conjunto de cuevas entrelazadas que seguramente los indígenas utilizaban para guardar un secreto.

Luz había dado con la entrada a las cavernas del tepuy cuando atisbó una puerta, sin duda natural, labrada por siglos de corrientes de agua que discurrían entre la meseta y su oquedad central. Consistía en un triángulo rústico de dos metros de altura y una abertura leve que el hombre moderno, con su típico abdomen pronunciado gracias al sedentarismo, no lograría franquear con facilidad. Sobre la punta superior del triángulo estaba pintado un jaguar diminuto de color escarlata, el hijo del Sol.

Cuando el grupo se reunió de nuevo, ingresaron sin pensarlo dos veces a las profundidades que escondía el tepuy. Adentro todo era inmensidad, un espacioso camino aplanado cuyo final no se lograba identificar con la iluminación de las linternas que afortunadamente llevaban dentro del equipo de exploración. Sobre ambos lados del camino agreste se levantaban gigantes columnas en piedra, distanciadas con simetría arquitectónica, que vigilaban la entrada a múltiples habitaciones, cavernas ornadas con el arte más primitivo de la humanidad.

Delta ingresó a una de las cavernas y se tropezó con algo bajo sus zapatos.

—Creo que aquí hay algo —pronunció entusiasmado. El resto de linternas apuntaron hacia su ubicación al mismo tiempo. Cientos de restos vidriosos estaban repartidos por el suelo.

—Fragmentos de cerámica —dijo Luz. Se agachó junto a Delta y agarró un pedazo de lo que pudo ser un jarrón antiguo. Vestigios de piezas de la cultura circundante—. Parecen de tiempos inmemoriales...

—No buscamos cerámica... Solo oro —gritó Omega—. ¿Dónde está el maldito oro? —apuntó su arma que tenía incorporado un tubo que emitía una luz blanca.

—Estamos en el lugar correcto —dijo Luz para escabullirse—. Miren las pinturas de las paredes... son pinturas rupestres.

—¿Qué tienen que ver con El Dorado? —quiso saber Gamma. Su cabello resplandecía más que las luces artificiales dentro de las cavernas.

—En Chiribiquete existen más de setenta mil pinturas antiguas dibujadas sobre las rocas. Son expresiones indígenas milenarias...

—¿Cómo lograron pintar en semejantes alturas? —indagó Salomón al percatarse de los altos techos de las cuevas rocosas. Siempre tenía la pregunta correcta a flor de piel.

Todos apuntaron las linternas hacia arriba.

—Es todo un misterio —dijo la arqueóloga—. Hay pinturas localizadas en paredes de roca de los tepuyes, a más de trescientos metros de altura. Ni siquiera con la tecnología moderna se pueden explicar con contundencia los métodos que usan los indígenas para llegar a esas elevaciones.

Beta creyó escuchar un error gramático.

—¿Usan o usaban?

—Se han encontrado pinturas muy recientes. Es decir, que aún los indígenas de la zona siguen pintando estos símbolos —seguía admirando y tratando de descifrar alguna clave en los dibujos—. Chiribiquete es el único lugar en el mundo en donde los pueblos indígenas aislados siguen manteniendo las tradiciones pictóricas más antiguas. Por eso la serranía tiene la mayor cantidad de pinturas rupestres de América.

—¿Incluyendo estos? —inquirió Salomón de nuevo sin despegar la mirada del techo.

—Creo que somos los primeros seres humanos modernos en estar en esta caverna —con los dedos índice y corazón de la mano derecha ilustró unas comillas en la palabra *modernos*—. Con este descubrimiento, debemos estar frente de la mayor colección de arte rupestre del mundo.

—Sigo sin entender la relación con el oro —aclaró Delta.

«Yo tampoco lo tengo claro», se sinceró la arqueóloga.

—Estas pinturas no son dibujos inocuos. Nos ayudan a entender las costumbres de las tribus indígenas precolombinas —fue lo primero que se le vino a la mente. Después remató de manera triunfal—. De alguna u otra forma debieron plasmar en la roca sus rituales adornados con oro y las explicaciones de su veneración hacia el metal... y tal vez nos reafirmen que este es el lugar indicado.

La explicación pareció satisfacer a Delta. Salomón intuyó con precisión que Luz Morángel no estaba tan segura de sí misma.

El grupo continuó adentrándose en las entrañas del tepuy; se dividió de nuevo y cada integrante se dedicó a examinar las diferentes bodegas rocosas que la naturaleza había creado durante siglos de tierra, agua y fuego. Las imágenes rojizas cercanas a la entrada triangular representaban principalmente animales y la naturaleza tan heterogénea y ordenada de la serranía, con pocas referencias a la relación del hombre con aquellos elementos del cosmos. Las pocas figuras que estaban asociadas con el cuerpo humano retrataban las actividades primigenias del hombre: la caza y la recolección. La vida consistía simplemente en buscar el sustento diario para la sobrevivencia, y los animales y las plantas proveían el alimento necesario para nutrir la chispa iniciadora de las sociedades más desarrolladas.

Cuando la luz de la entrada triangular ya no podía divisarse con claridad, Luz identificó nuevos patrones en los trazos impregnados en los techos de las bóvedas rocosas. Vio lo que parecían ser representaciones artísticas de los rituales indígenas llevados a cabo en los ríos, lagunas y montañas del continente americano. Cientos de personajes ataviados con trajes, cascos y plumas motivaban a la imaginación a recrear los cientos de colores que aquellas escenas poseían, a pesar de que todas las figuras estaban magistralmente delineadas con el mismo tinte escarlata.

Pero lo que más llamó la atención de Luz fue un grabado en la piedra.

Beta parecía haber visto lo mismo en otra caverna.

—¡Vengan! ¡Creo que encontré algo! —la piel amarillenta del norteamericano contrastaba con la luz blanca de la linterna que alumbraba la cúpula de la caverna. Salomón llegó primero al punto. Detrás arribó Luz, que comprobó que era el mismo tallado que había encontrado al otro lado del camino central de la caverna.

Con el haz de luz artificial de la linterna, Beta y Luz recorrieron una delgada línea labrada en la piedra que corría horizontal por el techo y viajaba ininterrumpidamente hasta que se perdía de vista en el fondo de la cueva. No tendría más de cinco centímetros de ancho; era un canal minúsculo imperceptible que recorría con total rectitud las cúpulas rocosas del interior del tepuy. Luz conjeturó que debían existir varios canales similares, pues ella se había topado con otro cuando Beta había pegado el grito descubridor.

—¿Hasta dónde llegará el canal? —preguntó Salomón. Todo el grupo se encontraba junto de nuevo.

—Tenemos que averiguarlo —dijo Delta.

Caminaron a marchas forzadas, inmersos en la oscuridad cada vez más tenebrosa y esotérica, sin perder de vista la línea acanalada que subía y bajaba al compás de las curvas suaves de las cavernas pedregosas. Omega se encontraba detrás de Luz. Llevaba la única lámpara cilíndrica que no señalaba la piedra sino los *jeans* de la arqueóloga.

Diez, veinte, treinta. Luz iba contando las inmensas cavidades que iban dejando atrás. La línea seguía serpenteando en las alturas y parecía que no había final para aquel camino. Cuarenta, cincuenta. Una sospecha inusitada afloró en la mente de Luz Morángel. «¿El Dorado, el tesoro más grande del mundo, pudo haber ocupado todas estas bodegas naturales?». Era un lugar perfecto para atesorar tal cantidad y calidad de piezas. «Entonces, ¿por qué está desolado?».

Un frío intenso le recorrió la espalda.

Sintió un golpe en el trasero.

Cuando volteó, vio la cara de Omega mientras este se pasaba la lengua por los labios y no le despegaba la mirada del pantalón.

—¡Hijo de puta!

Salomón se percató del acto abusador y le asestó un puñetazo en la cara al norteamericano. Sus nudillos se clavaron en el bigote puntudo, una serie de pelos acerados más afilados que una aguja. El hombre de los ojos rasgados salió volando y cayó al suelo. Un hilo de sangre comenzó a brotar de su boca. Intentó levantarse cuando sintió una punzada en el muslo izquierdo. Y otra y otra. Luz Morángel le estaba pateando el trasero.

Omega intentó levantarse y agarró el arma, preparado para disparar. Delta se abalanzó sobre su compañero para evitar una tragedia. Omega entendió el mensaje y dejó el arma en el suelo. Delta se relajó y se retiró. En ese momento, Omega aprovechó para abalanzarse sobre Salomón; lo tacleó igual que en un juego de fútbol americano. Lo agarró por las costillas y lo lanzó al suelo.

Dieron vueltas y más vueltas sobre el gélido suelo de piedra. No paraban de lanzarse puñetazos infructuosos mientras rodaban sin cesar.

Sin querer, chocaron contra un obstáculo de piedra que los obligó a separarse. Delta y Gamma llegaron para detener a Omega, que estaba empapado en sudor y con la nariz sangrante. Salomón estaba intacto. Los anteojos fueron los únicos afectados. La lente derecha presentaba una leve grieta diagonal.

—¡No la vuelvas a tocar, maldito hijo de puta! —espetó Salomón, amenazándolo con un dedo rígido. Luz se acercó a su compañero y le devolvió la linterna que había dejado caer por defenderla.

—Muchas gracias —le dijo y le dirigió una mirada de agradecimiento.

Salomón sonrió. Vio la expresión de Luz, gracias a la iluminación de la lámpara y se dio cuenta de algo sorprendente. Por encima de sus cabezas, sobre la cúpula pedregosa, vio decenas de canales labrados hábilmente. Iguales al que habían perseguido, pero esta vez eran varios que se topaban en todo el centro del techo. Justo en el punto donde llegaban todas las líneas, un amplio círculo estaba tallado en la piedra.

El sol.

Omega y Delta olvidaron el impasse al observar la silueta magnífica, una circunferencia perfecta de la cual emergían cientos de líneas, rayos que corrían en las alturas, en todas las direcciones. El hombre calvo y de la barba abundante identificó una única línea labrada que salía del círculo, bajaba por la columna donde antes habían chocado Omega y Salomón Salas. Metió un dedo en el canal y se untó de una sustancia líquida y pegajosa. Se llevó las manos a la nariz e identificó un elemento conocido.

Combustible.

Sacó un pequeño encendedor y lo prendió. Luz creía que era el elemento que utilizaba para prender las pipas de narcóticos que fumaba. Lo acercó al canal.

Una llama nació en la piedra.

Viajó por el canal, subió el techo y llegó al círculo central.

El círculo se iluminó e irradió de luz todas las líneas acanaladas que surgían de allí. En menos de veinte segundos, todas las cavernas estaban iluminadas por los rayos resplandecientes del fuego protector.

El sol.

La oscuridad desapareció casi por completo y pudieron divisar todo el camino que habían recorrido y el que tenían por delante y a todos lados. Al parecer se encontraban en el punto central de la caverna, donde el astro rey iluminaba con fuerza todo lo que alcanzaban y no alcanzaban a observar.

«El oro es el sol», pensó Luz.

No le cabía la menor duda. Estaban en el sitio que albergaba El Dorado.

Luz imaginó al inca Atahualpa, recluido en su habitación repleta del oro indígena para satisfacer la sed de poder de Francisco Pizarro. El soberano inca no tuvo mayor problema en entregarle miles de piezas al español. Mientras veía que la habitación se llenaba gracias al oro de su pueblo y era desocupada por los conquistadores, tal vez se regocijaba con saber que en Chiribiquete estaba toda la riqueza de El Dorado.

Todas las cavernas que veía debieron estar repletas de oro; millones de veces el cargamento entregado a Pizarro. "Debieron". Luz cayó en cuenta y Delta la despertó:

—¿Dónde está el *fucking* tesoro? ¡Aquí no hay nada!

Era una excelente pregunta.

Luz buscaba alguna señal por toda la cueva del sol, como se le había ocurrido llamarla, algo que le salvara el pellejo. Las pinturas rupestres también aparecían en partes del techo y en las paredes de la caverna. Pero la nueva luz del fogoso sol les brindó otra información.

El suelo de la cueva del sol tenía otras pinturas rojizas.

En realidad, era la misma figura repetida cientos de veces.

Figuras que no parecían rupestres.

Luz se agachó y observó uno de los dibujos.

—Esto es imposible —susurró.

—¿Qué es, Luz? No parece indígena —le preguntó Salomón, que se acomodó las gafas para evitar la grieta del lente.

—Un escudo español... —cerró los ojos y vio a Francisco Pizarro—. Bueno, en realidad es musulmán.

Todos estaban examinando los dibujos clonados.

—En realidad, podría decirse que español y musulmán son casi lo mismo —remató Luz.

Detallaron la figura con la mirada.

—¿Español y musulmán? Eso no tiene ningún sentido —dijo Salomón.

—Tiene todo el sentido —respondió Luz con un brillo en los ojos.

SEGUNDA PARTE

Coro # 3

Bética, Reino visigodo de Hispania.

Julio de 711.

Algarabía total. Miles de guerreros a caballo revoloteaban por doquier sobre las tierras planas y verdosas del sur de la península ibérica. Otros tantos de pie, sosteniendo sendas lanzas y fuertes espadas, conformaban descuidadamente decenas de pequeños grupos donde se contaban historias de las prostitutas de la noche anterior, de las apuestas que iban a jugar más tarde y del licor que beberían mientras jugaban. Una hilera de árboles gigantes y sus majestuosas sombras proveían un bálsamo para aquellos soldados que habían preferido tomar la siesta antes que enfrascarse en discusiones banales que podrían desencadenar una lucha fratricida.

Don Rodrigo continuó cabalgando, abriéndose paso entre aquel desorden de gente, armas y sudor. En medio del jolgorio, algunos soldados de infantería levantaban la mirada para escrutar su cara, pero fueron pocos los que reconocieron al rey visigodo y su pequeño ejército personal. Vestía una túnica roja adornada con bordes de oro que le llegaba hasta las pantorrillas y le cubría todo el cuerpo. Sobre el hombro izquierdo, la túnica se recogía para dejar ver sus ropas y su cinturón dorado, sobre el cual llevaba una larga espada de mango brillante. Una corona de oro, con incrustaciones de piedras preciosas, le apretaba el largo cabello oscuro que le cubría la nuca y alcanzaba a tocar el borde superior de la túnica. La poblada barba de color castaño no podía esconder su preocupación y enfado.

«¿Es Jesucristo?», oyó que alguien susurraba en medio del tumulto.

Aguzó la mirada hacia el sur, recorriendo con sus ojos marrones la orilla del río. Divisó al bando enemigo, a unos mil metros de distancia. A pesar de la lejanía, era inevitable reconocer las filas inmejorablemente alineadas de hombres y caballos. La perfección era tal que no parecía un batallón creado por el hombre, sino una formación propia de la naturaleza.

Apretó los puños sobre las riendas de su caballo y escupió hacia el suelo.

Volvió a revisar su ejército y por fin reconoció a la persona que buscaba. Estaba sobre un caballo blanco, charlando animosamente con otros caballeros a la orilla del río cristalino. No habían reparado en su llegada, así que se acercó haciendo que su caballo retumbara con los cascos en el suelo arenoso que protegía al río.

—¿Así es como piensan proteger mi reino? —gritó don Rodrigo al grupo de caballeros.

El hombre del caballo blanco volteó la cara y reconoció al recién llegado. Sus dos acompañantes también lo identificaron, ya que sus ojos reflejaron la sorpresa y sus rostros palidecieron a pesar del calor.

—¿Tu reino? —contestó el caballero con vehemencia—. Querrás decir el reino de mi hermano Witiza.

Don Rodrigo sonrió mientras se rascaba la barba.

—¿Por qué no lo has entendido aún, Sisberto? —don Rodrigo se paseó con el caballo entre los tres señores. Su corcel era mucho más grande y hermoso—. Yo fui elegido rey de los visigodos después de la muerte de Witiza.

—Achila fue nombrado rey. Tú le robaste el trono a sangre y fuego... —dijo Sisberto.

—Comprando a los nobles y a los sacerdotes —remató Oppas, el otro caballero.

El rey volvió a reír, esta vez con estrépito.

—Achila tenía solo diez años de edad. Carecía de la capacidad para gobernar el reino más importante del mundo —don Rodrigo seguía pavoneándose—. No somos como el resto de los imperios, donde los reyes se escogen por sangre real, por herencia —Sisberto y Oppas, hermanos de Witiza, se retorcían de furia—. Los visigodos somos más avanzados, escogemos como rey al hombre más fuerte, al más capaz. Aunque...

Dejó la frase entrecortada en el aire para que entrara con ahínco en sus cerebros.

—... pareciera que no somos un imperio que se respete —dijo el rey señalando con su brazo derecho el desorden de las tropas visigodas.

—Hablas de respeto cuando no has respetado a tu propio pueblo —espetó el tercer caballero. Llevaba un casco metálico puntiagudo que hacía juego con una barba negra enmarañada.

—Querido Olbán, no mezcles tus dolores personales con el amor al reino —le respondió don Rodrigo, lamiéndose el labio superior con su larga lengua. De esa forma Olbán recordó el abuso del rey sobre su hija adorada.

—Te vas a arrepentir muy pronto —dijo Olbán. Era el gobernador de Septem, una ciudad visigoda sobre las costas del continente africano.

Don Rodrigo no reparó en el comentario.

—Hace dos semanas me enteré de esta invasión leve de nuestros enemigos —esta vez señaló al grupo ordenado en la lejanía—. Mientras luchaba en el norte, confiaba en que pronto repeleríamos este ataque. Pero es indiscutible que no han sido capaces de proteger al reino.

—Estabas peleando en el norte por tu corona, mientras nosotros estábamos aquí en el sur preservando a nuestro pueblo —respondió Oppas, furioso.

—Si estos imbéciles siguen avanzando y nos derrotan, ya no habrá pueblo que proteger, ni corona para gobernar... ustedes serán súbditos de un régimen despiadado y sin misericordia... todos morirán...

—Lo dices como si no fuera a pasarte nada a ti —habló Sisberto.

—Soy el rey, protegido por Dios. Pase lo que pase, siempre estaré en sus manos —miró a los tres caballeros en busca de respuestas. Decidió motivarlos—. Si no peleamos juntos, todos moriremos. Si peleamos juntos, tal vez también vayamos a reunirnos con el Señor. Pero nuestras familias quedarán salvadas. No caerán en manos de estos salvajes, que solo buscan arrebatarnos todo lo que hemos construido por siglos.

Los tres hombres se miraron el uno al otro.

—Me odian y yo a ustedes —continuó el rey visigodo—. ¿Qué prefieren? ¿Seguir viviendo en este reino que ya conocen y disfrutan, a pesar de las diferencias que tenemos? ¿O caer en manos de hombres violentos e inhumanos que no quedarán tranquilos solo con matarnos en el campo de batalla, sino que abusarán y aniquilarán a nuestras familias?

Sisberto fue el primero en reflexionar.

—Pelearemos como pueblo que somos. Pero no creas que después de la victoria nuestra relación va a cambiar.

—La guerra contra un adversario extranjero siempre unirá a los pueblos —dijo Oppas—. No importa el sufrimiento interno.

Olbán no se inmutó.

A pesar de su posición social, el rey Rodrigo acercó su mano derecha para estrechar la de Sisberto. El hermano de Witiza lo miró y le apretó la mano enguantada.

—¡Venceremos! —dijo el rey.

—Ojalá —susurró Sisberto.

El rey nunca había escuchado esa palabra. No le importó.

Entonces se dispusieron a enfrentar al enemigo.

Táriq ibn Ziyad, un enviado de Dios, daba órdenes con determinación y sin demostrar una pizca de miedo. Su barba rojiza ya empezaba a presentar unos rayos blancos que habían aparecido durante las últimas tres semanas de intenso fragor, sin que se diera cuenta. Un gigantesco turbante blanco arremolinado sobre su cabeza contrastaba con la piel morena ajada por el incesante contacto del viento marítimo y el golpeteo de los átomos de oro provenientes de la arena característica del Mediterráneo.

Se sentía como un verdadero líder, un embajador infalible del mensaje del profeta y su Dios. Aunque era un bereber de pura cepa, nacido y criado en las faldas de las montañas del norte de África, amigo del desierto y el sol, creía profundamente en el mensaje transmitido por Abraham, Moisés y Jesucristo hacia el mundo envuelto en tinieblas. Un mensaje que ya empezaba a difundir en Hispania.

Táriq desembarcó días antes en el sur de la península, acompañado por más de cinco mil guerreros bereberes, y ya había tomado las ciudades de Carteia y Iulia Traducta, sitio que después renombraron como Al-Ŷazira al-Jadra. El lugar al cual habían llegado por primera vez estaba conformado por una playa pedregosa bordeada por aguas verdosas que iban oscureciéndose al adentrarse en las profundidades del mar. Una señal del cosmos le mostró a Táriq el sitio perfecto para ingresar a territorio visigodo: una piedra gigantesca de forma triangular que apuntaba al cielo azulado, repleta de copos de vegetación que intentaban cubrir el color gris de la roca. Después de haber pisado tierra firme sin ningún tipo de contratiempo, el general bereber del Califato Omeya bautizó aquel sitio como Jabal-Táriq, *la montaña de Táriq*.

Vio su reflejo en la espada curva y recordó, como siempre antes de una batalla, las razones divinas que lo habían llevado hasta ese sitio específico, mientras observaba al ejército visigodo y su rey inmersos en los preparativos finales.

En menos de cien años, todas las ciudades de Arabia y la península arábiga, el Cáucaso, Transoxiana, Siria, Egipto, Mesopotamia, Persia y el Magreb pasaron a ser parte del Califato Omeya. Más de quince millones de kilómetros cuadrados de extensión, el imperio más grande del mundo hasta la fecha.

El imperio musulmán.

Todas las ciudades se fueron uniendo al mensaje de Dios. La Meca, Medina, Damasco, Bagdad, Kufa, Ispahán, Jerusalén, Alejandría, El Cairo, Trípoli. Todas vieron crecer a los seguidores del profeta y conocieron su mensaje. La península ibérica iba a ser la siguiente conquista, un nuevo territorio para difundir el mensaje de Alá, aquel que Mahoma recibió del arcángel san Gabriel y que dejó escrito en el Corán en el año 610.

Ahora era el turno de los visigodos.

—¡La infantería, adelante! —vociferó Táriq al ejército musulmán. Miles de soldados con espadas curvas, lanzas alargadas y escudos redondos ornados con bellos arabescos se ubicaron en frente del batallón—. ¡Arqueros, atrás de la infantería!

Táriq vio con satisfacción que sus órdenes se cumplían y dio un mandato final.

—¡Caballería, preparados en la retaguardia! ¡Alisten los acicates!

Del otro lado, los visigodos se alertaron.

—Están alistándose para atacar —pronunció Sisberto.

—Orates. Pusieron la infantería en frente del batallón... vamos a despedazarlos —el rey don Rodrigo se acercó a su ejército, que ya estaba en posición de ataque. Los berrinches y la relajación habían cesado con el temporal pacto entre nobles—. ¡Caballería! ¡Al frente! —el rey vio que Sisberto, Oppas, Olbán y otros nobles comandaban cada uno su propio grupo de caballeros, tal como lo dictaba la regla de la nobleza aliada.

Táriq clavó sus ojos en el hombre de la túnica roja que se veía a lo lejos. El rey Rodrigo sintió un punzón en la espalda y miró con odio al ser del turbante blanco.

—¡No hay otro vencedor que Alá! —exclamó Táriq.

—¡Dios conceda vida al rey! —rugió Rodrigo.

La batalla estalló.

Los jinetes visigodos arrancaron al mismo tiempo y lograron alcanzar una velocidad nunca antes vista. El ejército musulmán no se inmutaba. Los caballos recorrieron la mitad del espacio en cuestión de segundos y eran animados por sus amos al ver que la infantería musulmana, de frente a ellos, no se movía. El rey Rodrigo estaba exultante. Sería una masacre muy fácil de ejecutar.

De pronto, una lluvia de flechas empezó a caer sobre el ejército visigodo.

Los arqueros del califato, ubicados detrás de la infantería, disparaban cómodos y protegidos hacia los jinetes y sus bellos animales. Parecía una plaga de langostas y serpientes que volaba por el cielo en forma parabólica y descendía presurosa sobre armaduras, pieles, cabellos y carne. Caballos y guerreros caían como piezas de dominó en una mesa enclenque, dejando una estela de sangre que mezclaba los líquidos de todos los seres humanos y corceles heridos.

Las saetas se tomaron una pausa. Don Rodrigo imaginó que estaban preparando el próximo ataque y pudo darse cuenta, gracias al momento de reflexión, que las bajas no eran significativas. Dio la orden para enviar su infantería, detrás de los caballos, y mandó arremeter con toda la fuerza.

—¡Caballería! ¡Ahora! —exclamó Táriq.

Los soldados bereberes partieron de la parte trasera del pelotón, todo lo contrario de los visigodos, y cabalgaron con mucha mayor rapidez. Los habitantes de la península aguardaban la afrenta directa con los caballeros, pero su sorpresa fue total al notar que ninguno de los jinetes musulmanes se dirigió contra la caballería visigoda. Los bereberes salieron por los flancos del batallón, como evitando la lucha cuerpo a cuerpo, y siguieron en línea recta hacia el lugar donde había estado aguardando el ejército visigodo antes del inicio de la batalla.

«¿Qué demonios hacen?», pensó don Rodrigo en medio de la lucha. Solo se le ocurrió una idea instintiva.

—¡Ataquen de frente a la infantería!

La infantería musulmana se levantó y esperó el ataque. El rey vio a sus aliados transitorios cabalgando con vehemencia, todos con las espadas batiéndose en el aire a punto de aniquilar a los soldados bereberes. Don Rodrigo escuchó lo que parecía un chiflido humano. Volteó su cabeza a la derecha mientras su caballo corría a toda velocidad y vio que Olbán le hacía señas a alguien.

De pronto, toda su alma se vino al suelo.

Los caballeros de Sisberto, Oppas y Olbán frenaron y se apartaron del grupo visigodo, dejándolo en una desventaja infranqueable contra los arqueros y soldados musulmanes de a pie. El rey tuvo un ataque repentino de rabia y tristeza, pero mantuvo las agallas para seguir luchando con el resto de su ejército. Los hermanos de Witiza y el gobernador se unieron a la caballería bereber, pero no tuvieron la fortaleza para atacar a su propio pueblo. Solo dejaron al rey visigodo diezmado y sin defensa.

Táriq, que vio toda la escena, agradeció al cielo y siguió luchando.

La caballería musulmana había rodeado a la infantería visigoda y la atacaba por detrás, demostrando una táctica militar mucho más avanzada o, por lo menos, desconocida para las típicas formaciones europeas. Esta nueva forma de pelear, aunada con la traición de los nobles visigodos, produjo el mayor desastre de una confrontación humana.

Los visigodos fueron arrasados.

Miles de hombres y caballos inertes rellenaban el valle caluroso a las orillas del río, que empezaba a teñirse de rojo con las innumerables vertientes de fluidos que emanaban de las mutilaciones injustificadas. Los únicos seres originarios de la península que aún seguían con vida eran los nobles visigodos que tenían todo planeado para traicionar al rey.

Táriq se acercó y les habló con las pocas palabras que sabía del idioma de la península.

—¿Dónde está el rey?

—Debe de estar entre los cuerpos —contestó Oppas.

—Mis hombres solo encontraron su caballo. Su cuerpo no aparece —unos cincuenta caballeros bereberes rodearon a los visigodos traicioneros.

—Tal vez se lo llevó el río —conjeturó el gobernador Olbán.

—No importa, este reino ahora es nuestro —dijo Táriq con gran satisfacción en su rostro.

—Y nuestro —dijo con rapidez Sisberto—. Anoche pactamos con ustedes que dejaríamos solo a Rodrigo para asegurar su caída, con la única condición de mantener nuestras propiedades y nuestro derecho al trono.

—¡Solo por eso fue que los dejé entrar a la península sin ningún obstáculo! —remató Olbán.

Táriq les sonrió a sus soldados, quienes le devolvieron el gesto.

Sisberto notó la desazón. Miró a su hermano y al gobernador, que estaban temblando de miedo. Sentía ganas de vomitar. Oteó el campo de batalla lleno de muerte y desolación. Su propio pueblo, destruido por su interés personal.

Una lágrima brotó de su ojo derecho.

Oppas y Olbán tenían las caras y las barbas repletas de llanto.

Una lluvia de ajonjolí comenzó a caer desde los árboles que los resguardaban del sol.

—No hay otro vencedor que Alá —dijo Táriq, rascándose la barba rojiza.

La península tenía un nuevo rey.

Comentarios de Luz Morángel

El astro rey, coronado por una infinidad de rayos que se confundían en un único resplandor, mutaba sus increíbles colores en una procesión parsimoniosa, encantadora y misteriosa, que resultaba imposible reconocer con exactitud el punto de inflexión que demarcaba el pasado y el presente.

Admirar al sol siempre resultaba esperanzador para el futuro. Es imposible sentir un ápice de miedo, ansiedad o incluso una leve preocupación al percibir la piel bañada por su regocijo cálido y la luminosidad siempre acertada, que aunque siendo una sola en cada momento, se adapta a la perfección a las emociones de cada ser viviente que tiene la oportunidad de contemplar el cielo, el lienzo del cosmos. La naturaleza es perfecta y tal vez por eso no se puede mirar de frente al sol. Es un símbolo de profundo respeto.

El sol y la luna eran testigos complementarios de la historia del mundo. Bajo su luz y sus sombras habían pasado absolutamente todos los acontecimientos del planeta Tierra, desde la conversación banal de tres minutos entre dos amigos que solo se habían visto una vez en la vida, hasta la guerra más atroz y gigantesca entre pueblos numerosos, arrebatando miles de vidas y trasladando el poder entre gobernantes egoístas. Sin embargo, todas las situaciones, sin importar su duración y profundidad, cambiaban el curso de la humanidad.

Así se sentía Luz Morángel. Creía que el tiempo inclemente volaba a la velocidad de su pensamiento. Pero también estaba inmersa en un espacio eterno, inmarcesible, un centro de paz y contemplación que la llenaba de fortaleza. En Chiribiquete, la naturaleza y el tiempo eran inconmensurables, se encontraban por fuera de los límites del razonamiento humano, aquel que iba apagando, con el paso del tiempo y del progreso, la capacidad de asombro y la pasión por lo simple, que casi siempre era lo más hermoso.

Veinticuatro horas antes, la arqueóloga finalizaba su visita al Perú, después de participar en múltiples charlas sobre las culturas precolombinas y desarrollar pequeñas exploraciones que resultaron infructuosas desde el punto de vista científico. Generalmente, el aprendizaje es más profundo y duradero, es real, cuando se cometen errores involuntarios. Tomó el avión de regreso a Colombia y sintió una bonita agitación en su cuerpo al reconocer que se dirigía directamente a su hogar. La esperaba su colchón, su almohada y su espacio. Su familia cercana, su esposo y su hija Amelia, llegarían un día después, al terminar su periplo por la finca de la madre de Luz.

Aunque antes tenía que hacer una pequeña parada en el Museo del Oro.

Había recibido la invitación en Lima, capital del Perú, a través de una asociación de arqueología e historia precolombina a la cual pertenecía. Cuando la tuvo en sus manos no pudo reprimir un grito de sorpresa y felicidad sincera, aleada con escepticismo: El Dorado sería expuesto. La balsa muisca, impresa en tonos grises en el fondo de la invitación, una pieza sin igual, le producía náuseas. Y no porque fuera un símbolo perverso, sino porque Luz amaba al poporo quimbaya y estaba convencida de que la clave del tesoro se hallaba en el recipiente para almacenar cal.

Y por eso había sido tratada como orate.

La balsa muisca de Siecha se perdió en un incendio misterioso en Berlín, el tesoro quimbaya fue regalado incomprensiblemente por el presidente Holguín a la reina de España y el poporo quimbaya era en realidad la pieza número quince. ¿Por qué?

Porque alguien buscaba algo. El poporo quimbaya era la clave.

«Ver más allá de lo evidente», había dicho Atahualpa.

Y para su humilde orgullo, tenía toda la razón. La chacana y el jaguar estaban grabados en el interior de la pieza precolombina, y en conjunto con el mismo poporo mostraban la ruta hacia el cosmos.

La chacana es una escalera, una ruta, para conectar lo humano y lo divino. El jaguar era cosmos, poder y protección.

Así llegaron a Chiribiquete, La maloca del jaguar. El poporo, parte integral del mapa, mostraba el sitio exacto: el centro de la chacana, el orificio por donde subía y bajaba el alfiler de oro, coronado por cuatro esferas gigantes.

El tepuy más hermoso del mundo: El Estadio.

Encontrarse a Salomón Salas, su otrora compañero de universidad, que ahora trabajaba en el Banco de la República, resultó ser una bendición para poder entrar al Museo del Oro y llegar hasta donde habían llegado. Luz se sentía angustiada y la embargaba una terrible pena al reconocer que por su culpa, Salomón estaba metido en todo ese embrollo, secuestrado por los cinco norteamericanos. Bueno, ya eran solo cuatro. Sin duda la buscaban solo a ella, pero se reconfortaba cruelmente por tener un compañero de cautiverio, alejado del quinteto de criminales que la había drogado y la amenazaba constantemente, un hombre valeroso que se enfrentó a Omega, por defenderla, en la cueva del sol.

¿Quiénes eran realmente estos secuestradores?

¿Para quién trabajaban?

Y lo peor de todo, ¿cómo conocían su amor por el poporo quimbaya?

Develando a
la arqueóloga

Un nuevo amanecer, hito inconfundible del principio de un día, casi siempre avivaba la esperanza de un cambio positivo, representaba otra oportunidad que brindaba la vida para corregir los errores y retomar tareas pendientes.

La noche anterior había sido, sin lugar a equivocarse, la peor de su existencia. No fue capaz de pegar el ojo, cavilando alrededor de todas las circunstancias casi irreales que cayeron como un balde de agua y hielo sobre su espalda desprotegida. Sentía que era un ser incapaz, que toda su reputación estaba desparramada por el sucio suelo del dolor. Tantos años de trabajo, esfuerzo, sudor, insomnio y sacrificios se derrumbaron en un segundo.

Llegó al Museo antes del mediodía. La sensación de tener el control era más grande que la humillación que le provocaba el desorden, el olor a quemado y la desazón plasmada en las caras de todos los empleados que estaban ayudando a recoger los últimos vestigios de la terrible noche de El Dorado.

Vestía unos *jeans* azules y una camisa blanca sobre la que llevaba un buzo negro de lana. Era la primera vez en su vida que vestía ese tipo de pantalones y no usaba corbata para asistir al trabajo. Parecía que una fiesta de adolescentes hubiera tenido lugar en el Museo: pisos sucios y malgastados, paredes golpeadas y rayadas por el toque involuntario de manos inquietas, papeles dorados regados al azar.

Omar Medina se rascaba la cabeza, metiendo sus dedos entre la abundante mata de cabello blanco grisáceo, que ya tenía menos visos oscuros. Llegó al tercer piso, a la sala de *Cosmología y simbolismo*, pero no pudo entrar, pues estaba cerrada por cintas de la policía local.

«¿Se perderá para siempre?», pensó, contemplando la sala desierta. Tenía las manos en los bolsillos del pantalón, resignado por el futuro incierto del popa, del Museo y de él mismo. La pieza que representaba la protección de los tesoros precolombinos saqueados por el imperio español, el símbolo de la cultura y la longevidad ancestral. Esa pieza inigualable, custodiada por décadas, había sucumbido en el que se pensaba el día más glorioso para el Museo y bajo la administración de Omar Medina. En diez, cincuenta o mil años, nadie diría que la culpa recaía en una arqueóloga sin prestigio.

La historia diría que el poporo se perdió en su período como protector del Museo.

«Es una vergüenza. Eso no pasará», dijo en voz baja.

«Tengo que limpiar mi buen nombre».

Subió al cuarto piso, aunque no quería presenciar el lugar de la explosión. Tenía que hacerlo, pues su oficina se encontraba en ese nivel, muy cerca de la sala donde leyó el discurso magistral, preparado minuciosamente durante un año entero. Nadie recordaría una sola palabra de lo que dijo, gracias a Luz Morángel.

El personal de mantenimiento del Museo se confundía entre los técnicos electricistas, arquitectos e ingenieros externos que evaluaban los daños causados a la infraestructura ennegrecida y mancillada, una caja de mármol herida desde el corazón. Ninguno reparó en la llegada del director, tal vez porque el cerebro instintivo de todo el mundo ya lo tenía encasillado como un hombre que nunca dejaba el traje y la corbata, ni siquiera si asistía a un partido de fútbol en el estadio Metropolitano Roberto Meléndez, de Barranquilla, a las dos de la tarde.

Abrió la oficina y se sentó frente al computador.

—No me voy a quedar cruzado de brazos... —susurró mientras tecleaba en el lujoso aparato, una máquina de última generación que lo conectaba con información infinita del mundo científico.

Recordó su charla con la policía, la noche anterior. Había meditado en su cama todas las alternativas que tenía, hasta que en medio de la madrugada llegó a la solución más simple, que generalmente es la mejor: escudriñar la información que seguramente tenía en su poder y que ayudaría de alguna forma a hundir a Luz Morángel. Y a recuperar el poporo.

Ingresó a la base de datos de Talento Humano del Museo, donde se almacenaban, entre otra información, el historial de las vacantes de empleo, los registros de las personas que aplicaron a esos trabajos y, lo más interesante, sus hojas de vida (*currículum vitae*) detalladas. Datos confidenciales y, por lo tanto, muy interesantes.

En el buscador ingresó una frase: "Luz Morángel".

En menos de un segundo aparecieron más de veinte resultados, todos sobre la misma persona.

«Es persistente la condenada», gimoteó.

Abrió un archivo que contenía toda la información personal y profesional de Luz Morángel.

Datos de residencia, estudios, edad, idiomas, trabajos y publicaciones científicas. Omar Medina nunca había leído con detalle todo ese cúmulo de información. La reconocía, claro está, pero solo había echado una ojeada de alto nivel. El currículum incorporaba archivos anexos, algunos artículos y publicaciones, autoría de Morángel, que trataban una única temática: el oro precolombino. «Esto no es sorpresa», pensó Medina. La curiosidad histórica lo motivó a devorarse todos los párrafos escritos por la supuesta arqueóloga.

Los títulos eran muy sugestivos: "El Sol, el primer y único dios de la humanidad", "Historia y significado del poporo quimbaya", "La orfebrería muisca y su relación con los rituales andinos", "El misterio de la pérdida de la balsa muisca de Siecha", "Similitudes entre las costumbres y la forma de trabajar el oro en los pueblos suramericanos antes de la Conquista", "El tesoro quimbaya en manos españolas", "Pintura, música y oro en la América ancestral". Y los que más llamaron su atención: "El Dorado: ¿realidad o certeza?", "¿Por qué el oro?: el valor que le asignó el hombre", "Nadie ha visto El Dorado" y "El Dorado: ¿un tesoro malinterpretado?".

Medina no pudo reprimir una sensación de auténticos celos y rencor egoísta al sumergirse en el material científico y literario producido por la arqueóloga. No le cabía la menor duda, era de una calidad excepcional. Sin embargo, eso no le quitaba el título de ladrona y criminal. Se adentró, sin reparar en el tiempo, en las letras y los párrafos profundos de los extensos artículos, y para su sorpresa halló datos, hechos e incluso conjeturas estructuradas y fundamentadas que rebatían paradigmas de las culturas precolombinas.

—Tiene talento... incluso le sobra para dedicarse a robar —mencionó el director.

Al finalizar la lectura, volvió a la página de datos personales.

—Es un buen material; mucho más para alguien que no finalizó sus estudios universitarios...

Tuvo una idea.

Revisó la sección de estudios.

El nombre del colegio estaba allí, acompañado de la fecha de grado.

Y más abajo, el dato que buscaba.

El nombre de la universidad, solo con la fecha de inicio.

—De aquí te despidieron... ¿Por qué?

La caída de Luz Morángel estaba cerca.

Imprimió unos datos y se fue para su casa.

El Museo debía recobrar su esplendor.

El plan de escape

Un baño refrescante de esperanza inundó el cuerpo de Luz Morángel.

—¿Cómo íbamos a sacar el tesoro desde el fondo del tepuy? —Gamma estaba enfurecida a un nivel tan estruendoso, que su cabello blancuzco parecía que cambiaba de color— ¿Y cómo pensabas sacarlo de Chiribiquete? ¿Por arte de magia?

Delta seguía con la mirada perdida en el horizonte, su mano derecha haciéndole sombra a la cara para evitar la luminosidad incesante del sol en pleno cénit. Intentaba buscar respuestas en la inmensa selva amazónica, repleta de sabiduría y experiencia, pero no lograba vislumbrar el paso que debía dar a continuación. Omega, vigilante, apoyaba sus ojos en los visores calientes de unos binoculares negros que hacían juego perfecto con su bigote de alambre, un poco hinchado por el puñetazo de Salomón. Beta caminaba de un lado para otro, sin despegarse de la ametralladora que apuntaba amenazadoramente al suelo rocoso de la planicie superior de El Estadio.

Luz había decidido sentarse en medio de la vegetación, sobre una roca helada, muy cerca del borde de la oquedad circular del tepuy. La escalada de retorno sobre la pared interna resultó ser más intensa que la subida realizada por la cara exterior, aquella donde brotó un río a la vez amenazador y agradable. Salomón, bañado en un manantial de sudor salado, apoyaba su espalda contra la de la arqueóloga, tratando de recuperar el aliento perdido en la aventura.

Todos esperaban la respuesta para salir de Chiribiquete.

—¿Alguno de ustedes sabía de antemano que tendríamos que venir a una selva impenetrable? —indagó Delta, que al tiempo lanzó una mirada terrorífica a cada uno de sus compañeros de equipo. Nadie se la sostuvo—. Entonces, dejen de lloriquear y pensemos cómo salir de aquí.

Beta se atrevió a preguntar.

—Algún modo de transporte está pensado para sacar el tesoro... sea donde sea que lo hubiéramos encontrado —todos guardaron silencio—. Esperamos encontrar una cantidad inimaginable de oro, en algún lugar... ¿cómo la íbamos a sacar?

—Nos encargaremos de resolver las preguntas a su debido tiempo —contestó Delta un poco más relajado—. No hemos encontrado nada, así que limitémonos a resolver el aquí y el ahora.

Luz le lanzó un codazo amistoso a Salomón. El hombre del traje de esmoquin, ya un tanto macerado, se volteó y le habló al oído.

—No saben qué hacer.

—Creo que pronto saldremos de este lío —contestó Luz en el mismo tono.

Siguieron escuchando la discusión de los norteamericanos.

—¿Dónde está nuestro avión? —inquirió Omega.

—¡Imbécil! ¿Crees que puede aterrizar en esta roca o sobre la selva?

Salomón sonrió y le habló de nuevo a Luz.

—¿Tú lo crees? Estamos en medio de la selva, en un lugar inhóspito… ¿quién demonios sabe que estamos aquí?

—Espero que mi plan haya funcionado…

—¿Cómo? ¿A qué plan te refieres?

De pronto, Omega lanzó un grito de terror.

—¡Un helicóptero! —ajustó sus binoculares y los apuntó hacia el norte. Los otros tres criminales se pusieron al lado del hombre de piel morena y trataron de identificar el avistamiento—. No es uno cualquiera, parece un *Black Hawk*.

—Ese es mi plan —le dijo Luz a Salomón.

Delta vio una oportunidad de oro.

Fuego en el horizonte

El estrépito mecánico de las hélices acaparaba, como una licuadora voladora descomunal, no solo el aire interno de la aeronave, sino que parecía invadir los sonidos propios del movimiento de los árboles, el andar de los ríos y el excelso canto de animales misteriosos. Para los tres ocupantes, vestidos con el mismo atuendo camuflado, el exuberante mundo bajo sus pies pasaba desapercibido, no lograba sacarlos de su absorta conversación.

—¡Capitán! —gritó uno de los soldados sobre el ruido de los motores—. ¡No hay nada, señor! —oteaba con unos binoculares sofisticados y exploraban la selva.

—¡Vamos a revisar por última vez el sector KEM-83! ¡Después regresamos a Villavicencio! —contestó.

El capitán, piloto del helicóptero, le subió el volumen a la música que los acompañaba en su búsqueda. Movía la cabeza de arriba a abajo, protegida por un casco supersónico con un vidrio transparente y negro, en un movimiento peligroso para su médula espinal.

Our brains are on fire with the feeling to kill,

And it will not go away until our dreams are fulfilled…

Los dos soldados que lo acompañaban copiaron sus gestos y esperaron el coro para animar su trabajo.

Searching, seek and destroy.

Searching, seek and destroy.

Unos segundos de búsqueda infructuosa motivaron al capitán a tomar una decisión.

—¡Aquí no hay nada! —sus labios, la única parte de la cara que dejaba ver el casco, se retorcieron como un símbolo inequívoco de furia y esfuerzos improductivos. Vigilar espacios aéreos y cuidar parques naturales representaban las tareas más absurdas a las cuales podían rebajar a un militar de guerra, pensaba el capitán—. ¡Flores nos hizo perder el tiempo! ¡Volvemos a la base!

El helicóptero empezó a virar a la derecha, hacia el occidente, para retornar a su punto de partida.

—¡Capitán! ¡Capitán! —el soldado que servía de copiloto le señalaba con la mano hacia el sur.

—¿Qué demonios?

Una columna de humo rojizo brotaba de una de las mesetas.

Un símbolo de los dioses.

El helicóptero corrigió el rumbo y aceleró flotando en el aire.

Giros de esperanza

Delta actuó con presteza inconsciente, fruto de un cerebro amalgamado con múltiples experiencias, funestas para sus víctimas, reconfortantes para él mismo. Activaron una bengala de salvamento, una chimenea de un rojo arterial, herramienta infaltable en el kit de supervivencia de aquel equipo acostumbrado a la sangre y el dolor ajenos.

—Beta, llévate al par de tortolitos. Escóndanse entre la vegetación —le ordenó al norteamericano de cabello liso rebelde.

Beta alistó su ametralladora y la apuntó hacia Luz y Salomón, que se levantaron con rapidez y con las manos en alto, en un acto reflejo que ya no tenía relevancia alguna.

«Que todo salga bien, por Dios», pensó Luz con cara de consternación. A pesar de la generosa velocidad del helicóptero, este se acercaba lentamente hacia el tepuy, engullido por el inmenso paisaje que paralizaba el tiempo y el espacio. Beta se alejó lo suficiente para no dejarse ver por los nuevos intrusos, que, por su especial modo de transporte, no auguraban un encuentro acogedor.

—Guarden las armas, que crean que somos exploradores —les dijo Delta a Gamma y Omega. Los revólveres, pequeños pero letales, fueron las únicas armas que dejaron para sí mismos, bien camufladas dentro de sus pantalones y chalecos.

El *Black Hawk* ya se podía distinguir con claridad, un insecto gigante y amenazador que infundía respeto en quien lo apreciaba por primera vez, caso que no aplicaba para Delta y su equipo.

El trueno de las hélices y los motores ya se palpaba en la cima de El Estadio, la vegetación se rendía ante la fuerza artificial del aire empujado por las aspas beligerantes, el polvo de la roca volaba formando remolinos incesantes y las ropas de los supuestos exploradores se batían como olas de un mar enfurecido. Faltaban unos doscientos metros para que el ave metálica aterrizara en el tepuy, en un claro preciso que encontraron los norteamericanos para permitir un descenso pleno y sin complicaciones, cuando Delta comenzó a batir los brazos para indicarle al piloto el sitio adecuado para la llegada a tierra firme.

Luz oteaba con desespero, sentada al lado de un denso arbusto que le oscurecía todo el cuerpo y con un arma de fuego apuntándole a la espalda.

El helicóptero posó sus ruedas sobre la tierra negra y rojiza. Delta pudo distinguir con precisión a tres tripulantes con uniformes militares, al mismo tiempo que se llevaba la mano izquierda a la cara, intentando proteger sus ojos del polvo levantado por las hélices y marcando con los dedos, en una señal acordada hace muchos años, el número tres, a modo de aviso para Gamma y Omega.

La puerta lateral de la aeronave se abrió y un soldado descendió con habilidad. Saludó con una mano y se acercó a Delta. Gamma y Omega se ubicaron cuidadosamente al frente del helicóptero, cuyos motores iniciaban su apagado ralentizado.

—¡Buen día! —dijo el soldado, estrechándole una mano a Delta—. ¿Qué están haciendo en el parque? Es un sitio restringido...

—Buen día, señor —Delta vio que estaba desarmado—. Somos exploradores, investigadores de la naturaleza...

El soldado barrió la zona con su mirada educada y vio unos morrales y equipo de escalada en desorden. Después examinó a la mujer del cabello blanco y al hombre moreno, que aparentaban ser testigos de la conversación.

—¿Qué tipo de investigación?

—Eh... arqueología —fue lo único que se le ocurrió al hombre barbado—. Activamos la bengala porque tenemos un hombre herido...

—Déjeme ver el permiso —vio que el hombre calvo abría los ojos con extrañeza fingida—. Sabe que toda persona que ingresa al parque debe tener un permiso especial, ¿correcto?

El soldado ofreció su mano abierta para recibir el documento que acreditaba la expedición de aquellos tres personajes tan particulares.

—Lo tengo por aquí... en algún lugar... —contestó sonriendo mientras escarbaba el pantalón y el chaleco, en una requisa intrusiva y autoinflingida.

—¿Dónde está el herido? —cuestionó el militar para ganar tiempo y comprobar la consistencia de la historia, mientras esperaba que el hombre barbado encontrara el papel.

Delta encontró algo dentro de su chaleco.

—Enfrente de mí...

En un acto raudo, desenfundó un revólver y descargó tres balas en el pecho del soldado. Cayó desplomado como un baobab talado por manos inescrupulosas e inhumanas. El piloto del helicóptero y el segundo al mando, que no esperaban una situación de ese estilo en un sitio tan sagrado, lejos de toda maldad propia de la densidad poblacional, escudriñaron en sus uniformes para localizar un artefacto con qué responder al ataque, pero la falta de costumbre y la nula utilización que le daban a los revólveres en su trabajo de campo fue un obstáculo para encontrar su salvavidas.

Gamma y Omega desenvainaron sus propias armas y con cuatro disparos precisos agujerearon el vidrio frontal del helicóptero y los cascos psicodélicos de los pilotos.

Luz y Salomón salieron de su escondite con permiso de Beta. La arqueóloga estaba llorando. No lo podía creer. Tres muertos inocentes por su culpa, por un plan bienintencionado, bien pensado, pero en extremo riesgoso.

—Señoras y señores, he aquí nuestra vía de escape —gimió Delta satisfecho, con los brazos abiertos hacia el helicóptero, como un vendedor de autos que devela el último modelo de una escudería de Fórmula 1.

«Es una historia sin fin», caviló Salomón Salas abrazando a Luz.

Hamaca en el cielo

Nubes planas y alargadas rayaban el cielo violeta como una persiana de algodón puro que intentaba cubrir infructuosamente el brillo omnipresente del sol, ya más parecido al color de una mandarina madura. Bordes dorados ribeteaban cada peldaño irregular y natural de la cortina temporal que arañaba el firmamento.

El helicóptero, con sus seis nuevos ocupantes, sobrevolaba las llanuras orientales de Colombia, rumbo al norte, a punto de abandonar el departamento del Casanare para adentrarse en Arauca. Tendrían que virar hacia el occidente para evitar el espacio aéreo de otra nación, en este caso Venezuela, pues un avión militar extranjero resultaba una amenaza indudable para la seguridad de cualquier país del planeta.

Les restaría un poco más de una hora para salir de territorio colombiano y llevar a cabo el procedimiento para asegurar un viaje exitoso.

—¡Están locos! No vamos a llegar a nuestro destino en este helicóptero —les había asegurado Luz, una vez los norteamericanos se hicieron con la aeronave en Chiribiquete. No era necesario tener rango de capitán o piloto para entender que era imposible cubrir semejante distancia con un aparato pensado para las guerras civiles o entre países vecinos.

Delta no cabía en su asiento, la vanidad le inflaba el cuerpo. En el mismo momento que decidió asesinar al soldado, ya estaba tramando la próxima jugada, pues su vasta experiencia militar le advirtió de la misma situación que la arqueóloga expresó. Solo que él decidió actuar, no se dedicó a quejarse.

Bajo sus pies apareció un paisaje hermoso. El Cocuy, identificó Luz Morángel con certeza profesional. Otro de los parques nacionales naturales de su país. Estaba sentada junto a la puerta abierta del costado izquierdo del helicóptero, lo que fue un gran aliciente para sus pulmones y su cerebro. El viento le pegaba en la cara y hacía brillar sus ojos azules que reflejaban el sol propio de esa parte del mundo. Volar de esa manera no le infundía ni una pizca de temor, pues muchas veces tuvo que realizar recorridos semejantes para llegar a locaciones recónditas de las culturas precolombinas.

Un silbido poco natural la distrajo de sus pensamientos.

Sacó un poco la cara y miró hacia el sur.

«Nos van a matar», predijo la arqueóloga.

—¡Viene un avión hacia nosotros! —gimió con un miedo espantoso.

Salomón, que estaba sentado de espaldas al piloto del helicóptero, logró distinguir una sombra en el cielo, sin duda un pájaro metálico que se acercaba a toda velocidad. «Mierda», balbuceó nervioso.

—¡Alisten el cable! —Delta lanzó un gesto premeditado a Gamma y Beta.

«¿Qué piensa hacer este imbécil?», quiso saber Salomón en su mente.

La pareja, que no tenía nada en común entre sus integrantes, se levantó con gran pericia, manteniéndose de pie en medio de la aeronave a pesar del fuerte oleaje del aire que ingresaba por las puertas abiertas. Unieron fuerzas para activar un carrete que tenía enrollado un cable de acero de un grosor inaudito, que podría soportar las vigas de un puente colgante. En el extremo tenía adosado un gancho medio oxidado, un garfio perfecto para remolcar un camión de carga.

Accionaron un botón que inmediatamente activó el mecanismo del carrete, dejando que el cable emergiera como un espagueti de alta dureza que viajaba por los aires fríos de las alturas. El avión estaba mucho más cerca y Luz notó que se encontraba a una menor altitud con respecto al helicóptero, seguramente para aprovechar la gravedad newtoniana. No entendía nada, hasta que el pájaro metálico estaba lo suficientemente cerca para reconocer una imagen ya sabida. Era el avión en el que habían despegado de Bogotá y del cual saltaron sobre Chiribiquete.

«No iremos a...», Luz sintió morirse.

La puerta lateral del avión se abrió lentamente y un hombrecillo mostró la cabeza y un signo universal con su mano izquierda. El pulgar hacia arriba y los demás dedos cerrados, todos enguantados en una tela rugosa que sin dificultad agarró el garfio, el inicio del cable que salía del helicóptero.

Adaptó el garfio a un orificio específico dentro del avión y volvió a enviar la señal positiva con su mano.

—¡Beta, engánchate con Luz! ¡Después Gamma con James Bond!

Luz sintió el estómago repleto de cólicos desesperantes. Las náuseas que la asediaron en el Museo del Oro volvieron a aparecer. Tenía el corazón en medio de los oídos, retumbando como una tambora dominicana en un vertiginoso merengue. Luz solo había visto un traspaso de elementos entre dos aeronaves en vuelo en una película de Sylvester Stallone, pero a diferencia de su actual situación, en el filme enviaban maletines repletos de dólares, no seres humanos. Y al final, los billetes y sus negros cofres caían entre montañas nevadas.

«Vamos a morir», le dijo su conciencia.

—¡*Omega and I will go behind*! —terminó de dirigir Delta.

Beta unió su arnés con uno que le habían entregado a la arqueóloga, que llevaba puesto en contra de su voluntad. Iba a colgarse de un cable, a siete mil metros sobre el nivel del mar, dependiendo de un arnés y sujeta al cuerpo de uno de sus secuestradores. El hombrecillo de tez hepática se acopló al cable de acero que conectaba al *Black Hawk* con el avión y rodeó con un brazo la cintura a Luz Morángel, sonriéndole con malicia. Ella hizo un gesto de repugnancia, pero no tenía otra elección.

«Será la primera y última vez que me vas a tocar», Luz cerró los ojos y oró en silencio.

Después sintió cómo se lanzaban al vacío.

Una hamaca en medio de una tormenta eléctrica daría una sensación de quietud absoluta, comparada con la inusitada vivencia en la cual Salomón y Luz estaban inmersos. El financiero, debidamente protegido con uno de los cascos agujereados, perteneciente al capitán original del helicóptero, se hallaba en medio del camino, unido a Gamma a través de un arnés gris. Prefería el contacto con la sangre seca de la parte interna del casco a exponer su cara, que consideraba una joya, al viento gélido y quemante.

Omega venía tras ellos, sin demostrar una pizca de temor en su rostro, por el contrario, el bigote le dibujaba un marco especial a sus labios, como una fotografía mediocre adornada con un portarretrato estrafalario. Luz y Beta estaban muy cerca de alcanzar la portezuela de la avioneta, donde los esperaba el copiloto con una mano extendida. Luz estuvo desmayada durante quince segundos, una vez saltó del helicóptero con Beta, y se había despabilado en la mitad del recorrido, entendiendo en unos microsegundos que no era una pesadilla.

Delta activó el piloto automático y procedió a unirse al cable conector.

Ensambló el arnés al cable de acero y se lanzó a la incertidumbre. Avanzaba con seguridad extrema, a tal punto que se vio retrasado por Omega y este por Gamma y su lastre vestido de esmoquin. El helicóptero estaba desolado, volando hacia un futuro incierto.

Luz estaba a solo cincuenta centímetros de alcanzar la mano salvadora. Sus dedos se estiraron más de lo normal, como un caucho caliente que reemplazaba su estructura ósea. El mareo y el embrollo de sus intestinos estaban cesando, pero aún estaba en riesgo de caer sobre la selva. En un esfuerzo inhumano logró rozar el guante izquierdo del copiloto que los recibía, cuando oyó un gritó detrás:

—¡Rápido! ¡Rápido!

Volteó la cabeza y se estremeció.

La hélice trasera del helicóptero, el rotor de cola, la más pequeña pero no por eso era banal, estaba deteniendo su rotación. La circunferencia artificial que producía el giro acelerado de las aspas comenzó a desaparecer, para revelar una cruz congelada. La pérdida del movimiento de la hélice desbalanceó el helicóptero, que se estremecía como un bus que transitaba por una vía de arena, piedras y huecos.

—Se está quedando sin combustible... —oyó que dijo el copiloto de la avioneta.

Luz alcanzó a tomarle la mano antes de desmayarse de nuevo.

Gamma y Salomón llegaron en el preciso momento en que la hélice principal inició su peligrosa parada. Omega ingresó después a la avioneta, seguido de Delta, que subió sudando de terror. El helicóptero perdió toda su potencia.

Delta trató de desenganchar el cable del garfio unido a la avioneta, pero estaba trabado. Ley cinematográfica de Murphy, pensó. El helicóptero caería y los arrastraría sin compasión. Sus manos intentaban desenganchar el cable, sin éxito. Todo el esfuerzo del traspaso se iría a la basura.

Por fin el helicóptero claudicó.

Inició un descenso vertiginoso en picada.

Delta vio el cable viajando hacia el suelo, una serpiente en busca de las profundidades.

No había salida. Entonces, tomó una decisión.

Sacó su pistola y disparó.

El garfio se despedazó y el cable cayó pegado al helicóptero.

Veinte segundos después, el *Black Hawk* estalló sobre una montaña nevada.

Intereses creados

Siete reuniones, ocho tazas de café americano y tres cigarrillos transcurrieron en menos de cuatro horas, la mitad de un típico día laboral en las oficinas del Departamento del Tesoro de los Estados Unidos, cuya sede, el *Treasury Building*, estaba ubicado en la ciudad de Washington, el centro norteamericano del poder político.

El Secretario del Tesoro, William Pappett, aprovechó el espacio libre de quince minutos, programado con rigurosa inquietud, para dar un respiro a su mente antes de la próxima junta con políticos y dueños de compañías que tenían mayores ingresos que más del noventa por ciento de los países del planeta Tierra.

Volvió a su oficina y se acomodó en un sofá de cuero. Con un chasquido de los dedos activó el televisor de sesenta pulgadas que colgaba en medio de una pequeña biblioteca de roble lacado, junto a un cuadro con la imagen de Alexander Hamilton, el primer Secretario del Tesoro de los Estados Unidos.

—Vamos a ver qué está pasando —con un movimiento de sus manos, como si estuviera pasando las hojas de un libro enorme e invisible, cambiaba los canales. Por fin llegó a uno de noticias, un medio de comunicación que compartía las ideas del actual gobierno.

—*... las investigaciones continúan en el sitio de los hechos, el Museo del Oro de la ciudad de Bogotá, la capital colombiana...* —un presentador impecablemente vestido y con una cara de seriedad absoluta, casi inhumana, informaba con elocuencia sobre los acontecimientos más atractivos para la audiencia popular— *...más de treinta heridos, con contusiones leves y problemas respiratorios debido al humo del incendio, siguen en observación médica... afortunadamente no hubo muertos...* —el presentador hizo una mueca involuntaria de insatisfacción.

Pappett se levantó y se sirvió un trago de whisky. Puro, sin hielo. Se olvidó de la pantalla, sin dejar de escuchar activamente, y se dedicó a revisar algunos papeles sobre su escritorio, que contenían datos que debía llevar frescos en la memoria a la próxima reunión, en diez minutos.

—*... la policía le sigue la pista a una arqueóloga, Luz Morángel, la presunta autora material e intelectual del robo del poporo quimbaya, y a un grupo de hombres encapuchados que se llevó a la mujer en una camioneta, a las afueras del museo...*

Pappett dejó el vaso en la mesa y se quedó petrificado escuchando el resto de reporte.

—Pero, ¿qué demonios dicen?...

Levantó el teléfono y marcó un extenso número.

—Les dije veinte mil veces que no dejaran rastro... —dijo para sí mientras esperaba que le contestaran al otro lado de la línea.

Una gota de sudor frío le bajó por la nuca.

No podía permitir un milímetro más de información; la punta de un hilo que podrían desenredar para llegar hasta él mismo. Por fin le contestaron.

—Soy el Secretario del Tesoro —no perdió tiempo en cortesías—. Comuníqueme con el gerente general del canal. Es urgente...

Esperó durante diez segundos interminables.

Una voz del otro lado lo saludó.

—No tengo mucho tiempo. El presidente me ha delegado para hacerle llegar esta orden...

La puerta de la oficina del secretario se abrió.

Un hombre con traje gris, camisa blanca y corbata negra ingresó al salón. Aspiraba humo de una pipa de roble, la misma madera que sirvió de materia prima para construir la oficina del secretario. Jason McFee se acercó a pasos violentos y agigantados.

—Un momento... —dijo Pappett, tapando el auricular con sus manos—. ¿Qué sucede, Jason?

Esa mañana, muy temprano, el director de la CIA había reflexionado y llegado a la conclusión de que él también debía llevarse los honores por la operación patriótica que estaban ejecutando. No dejaría ser tomado como una simple herramienta de Pappett, por mucho que estuviera de acuerdo con su plan. El equipo enviado a Colombia estaba bajo el gobierno de la CIA.

—Solo yo puedo dar esa orden —dijo McFee.

—¿Qué? Lárgate de aquí...

—El director de la CIA es quien tiene la capacidad, los recursos y los contactos para vetar una noticia —prosiguió McFee, alargando su mano derecha. Pappett sabía que tenía razón. El Secretario del Tesoro no contaba con la responsabilidad legal ni extralegal para relacionarse con los medios de comunicación para transmitir las reglas y lineamientos del gobierno—. Yo lo haré. En menos de cinco minutos todos los noticieros estarán hablando de guerras en otras partes del mundo y de relaciones amorosas nuevas y deshechas entre famosos.

Tal vez sería mejor que McFee se encargara de ese trabajo sucio.

Pappett aceptó y le entregó el teléfono.

Juntando las pistas

Las baldosas marrones pasaban a tal velocidad que las formas cuadradas se perdían a simple vista, produciendo un estrecho camino en perspectiva que conducía, inevitablemente, a un lugar desconocido. Las paredes, a pesar de estar pintadas de blanco, presentaban una infinidad de rasguños, trazos y huellas grises creada por el paso implacable del tiempo y de los seres humanos circundantes, pero aun así, correr con tal rapidez y desenfreno parecía deshacer las manchas del tiempo para mantener una tela pura y blanca como aquella mañana.

Todos los días recorría la misma distancia desde la estación del bus hasta el salón de clases. Sin embargo, ese día sintió que la puerta de madera ubicada al fondo del segundo piso, en el costado derecho, estaba más lejos que nunca, como si un duende hubiera modificado el espacio y la materia que conformaba todas las cosas del mundo real. Los corredores estaban repletos de estudiantes que aguardaban la siguiente clase o que aprovechaban, bien o mal, los espacios de libertad que otorgaban los típicos horarios intermitentes de las universidades. Para Luz, el recinto académico estaba vacío, excepto por aquella aula repleta de estudiantes que ella consideraba como los mejores, donde solo faltaba una silla por ocupar.

Por fin llegó a la puerta, tomó aire, se limpió una gota de sudor que le bajaba por la frente y entró con temor.

Todas las caras desviaron la atención que hasta ese momento dirigían exclusivamente hacia el tablero, y clavaron sus ojos inquisidores en la recién llegada. Algunos cuchicheos se arrastraron por el aire, acompañados de dos risitas adolescentes, agudas y sarcásticas, que le revolvieron el cerebro a Luz. La maestra, una señora de unos sesenta y cinco años, un cálculo de precisión científica elaborado por los propios estudiantes, torció la boca, acomodó las gafas hacia abajo, como si pudiera ver mejor por encima de ellas y movió la cabeza con sutileza en un gesto de negación. Todo era silencio absoluto, como en un monasterio.

Luz dio un paso pesado y atrevido, tratando de descongelar el hielo que le atravesaba el cuerpo. Caminó hasta el lugar desocupado y se sentó con delicadeza, sin hacer el más mínimo ruido. La profesora continuó con su charla, una explicación concienzuda de ejercicios de lógica matemática que acompañaba, de forma extraña, con el boceto en tinta roja de un escudo español y musulmán, sobre el tablero acrílico. Era una de las pocas asignaturas, tal vez la única, que no le despertaba el más mínimo interés. Tal vez la profesora lo notaba y por eso le dirigía esas miradas tan punzantes y amenazadoras.

Solo una persona la saludó. Salomón Salas le batía la mano derecha, a cinco puestos de distancia, pegado a una de las paredes laterales. Ella le devolvió una sonrisa fingida y fugaz. Quería concentrarse para poder aprobar la materia y no tener que volver a estudiarla jamás. Pero la intriga no le permitía pensar en otra cosa diferente al asunto que le acaparaba la mente desde la noche anterior, así que sacó el sobre de su maleta, lo puso sobre el cuaderno abierto en el que simulaba tomar apuntes, y extrajo, por duodécima vez, el papel que había en el interior.

Contenía un resultado inesperado.

Alguien golpeó a la puerta del salón con toda su fuerza. Las paredes y las lámparas temblaron. Luz guardó el sobre y esperó que otro estudiante llegara, mucho más tarde que ella. Sería un gran alivio tener la certeza de que no había sido la última en arribar.

La profesora, un tanto irritada, acudió a abrir la puerta.

—Buen día. Disculpe la molestia —un hombre con traje y corbata apareció como un fantasma—. Estoy buscando a... —revisó entre una carpeta repleta de papeles—. Luz Morángel.

El corazón se le detuvo. Todas las miradas volvieron a concentrarse en ella. A dondequiera que dirigía la cara se encontraba con expresiones de sorpresa, misericordia y ansiedad. Se levantó con parsimonia, esperando que el hombre se retractara o por lo menos explicara la justificación de tal convocatoria. La profesora se le adelantó:

—¿Pasa algo, señor?

—Medina. Omar Medina —atravesó a Luz con dos rayos puntiagudos que expulsaron sus ojos—. La señorita debe abandonar el salón... y la universidad. Ha sido expulsada.

Un poporo quimbaya destrozado cayó sobre la cara de Luz. Se cubrió en vano, pues cientos de desperdicios alimenticios le empezaron a golpear el cuerpo, así que salió a toda prisa del salón. Medina la recibió en la puerta y se despidió del grupo. Una vez cerró, de pie sobre el corredor vacío, le sentenció a Luz:

—¡Fuera! ¡Fuera! ¡No vas a ser arqueóloga!

Luz se despertó súbitamente, con el corazón en la boca.

Otra pesadilla fantástica, con tintes ficticios y reales.

—¿Estás bien? —una figura distorsionada le hablaba con una voz facticia. No lograba reconocer la silueta ondulante que iba tomando forma humana con el paso de los segundos. Le tomó la mano izquierda de forma enternecedora—. ¿Me escuchas?

Luz cerró los ojos para humedecer las pupilas y volvió en sí.

Se encontró con la cara de Salomón Salas y sus inconfundibles gafas de carey. ¿Estaba en otra pesadilla? Reconoció el interior de un avión elegante que transportaba a un grupo de personas que tuvo la impresión de haber conocido mucho tiempo atrás, pero para su desgracia, seguía acompañada de cuatro delincuentes que buscaban robar el tesoro más preciado de la humanidad.

Miró por la ventanilla abierta sobre su hombro derecho y contempló un océano infinito de agua oscura y misteriosa, con el reflejo imperioso del cielo estrellado. Era como si el cosmos se duplicara a la perfección, arriba y abajo del mundo terrenal, marcando una línea divisoria imposible de identificar, donde el mar podía, sin lugar a dudas, coronar el firmamento.

—Me tenías asustado. Dormiste casi siete horas —dijo Salomón consultando su reloj—. ¿Cómo te sientes?

Luz recordó la pesadilla y a la profesora dibujando en el tablero.

—El escudo... ¿dónde está? —tenía esa imagen clavada en la memoria, con todos los detalles precisamente elaborados en la mente. Esa figura pintada en el suelo de la cueva del sol, en Chiribiquete, nunca abandonaría sus neuronas.

Salomón cogió una cámara fotográfica colocada sobre la mesa que los separaba, la encendió y se la acercó.

—Ahí está.

Era increíble. En la pesadilla había aparecido exactamente igual.

La tinta roja le daba un aire de realeza y pomposidad.

—¿Estás segura de que debemos ir a aquel sitio? —la arqueóloga miró de reojo a su compañero. No dijo nada, solo se mantuvo contemplando la figura.

Apenas contempló la imagen, allá en Chiribiquete, se activaron dos recuerdos en su cabeza. En el primero rememoró los múltiples y fatídicos encuentros entre los conquistadores del imperio español, posteriores a la llegada de Cristóbal Colón a América, y los diversos pueblos aborígenes del continente recién descubierto. En menos de cinco décadas, los indígenas fueron saqueados y casi exterminados. El imperio español, ufanándose de sus nuevas posesiones, bautizó tierras e indígenas conversos.

En el mismo año del descubrimiento de América, 1492, los reyes católicos españoles habían acabado, por fin, con el dominio del imperio musulmán sobre la península ibérica. Ocho siglos de dominación musulmana, casi toda la vida, que iniciaron con un desembarco de un ejército bereber en el año 711, cesaron gracias a la reconquista española del territorio. La última ciudad que fue recuperada por los españoles, a esas alturas inevitablemente influenciados por la cultura árabe, fue Granada. La cereza del pastel.

En honor a esa victoria decisiva se le dio el nombre de Reino de la Nueva Granada a una extensa zona del norte de Suramérica, naciente territorio del imperio español, que correspondía casi en su totalidad con la actual Colombia.

La segunda evocación le entregó imágenes del día anterior, cuando entró a la iglesia de San Francisco, en Bogotá, antes de llegar al Museo del Oro y escrutó el techo en madera, una armadura mudéjar, un estilo artístico musulmán aportado por los españoles. Esta obra, en conjunto con el retablo, conformaba la pieza artística religiosa más representativa del antiguo virreinato de la Nueva Granada.

El hombre que le enseñó lo básico para evocar esa información era el indicado para ayudarla.

—Estoy navegando por terrenos ajenos a mi especialidad —por fin dijo Luz. Como una antena ineludible, Delta identificó aquella confesión, que podía significar el fracaso rotundo—. ¿Ves las letras en el interior del escudo, en diagonal? Son árabes, aunque no sé qué significan.

Salomón repasó el escudo y el texto que indicaba Luz. Ladeó la cabeza hacia la derecha para poder leer mejor, aunque no entendió nada. Parecían jeroglíficos. Lo mismo pensarían los árabes del alfabeto del idioma español, pensó. Las gafas casi se le escapan de la cara debido a su posición innatural, con la cabeza inclinada hacia un costado.

—Podrías inclinar la cámara, en vez de la cabeza —le dijo Luz, que acompañó el comentario con una sonrisa de complicidad.

—Sigo sin entender —respondió Salomón sin despegar la vista de la cámara. Delta paraba oreja desde su silla, sin demostrar el menor interés. Sus gafas apuntaron hacia el océano que bailaba a varios kilómetros por debajo de ellos—. No deberíamos estar volando sobre el Atlántico Norte, cerca del Mediterráneo, sino sobre el Mar Rojo, rumbo a la península arábiga —lo que sabía de geografía se lo debía a sus múltiples viajes turísticos por el mundo y a las cuestiones geopolíticas que eran parte de su rutina laboral, no por un interés profundo en el mapa físico del globo terráqueo.

—En realidad es un escudo, como te conté, que pertenece a un reino árabe que estaba ubicado en España. No recuerdo el nombre exacto, mucho menos su historia, pero estoy casi segura de que vamos por el camino correcto.

En Chiribiquete, previo al ataque contra los soldados del helicóptero, sobre los que Luz guardaba un sentimiento de culpa extrema por haberlos dirigido a las garras de la muerte, les narró en detalle a Salomón y los norteamericanos la historia relacionada con el primer recuerdo que brotó en su mente al contemplar aquel símbolo rojizo.

Ninguno sabía, como casi siempre le pasaba al contar esa parte de la historia de la conquista de América, que la península ibérica fue dominada por el imperio musulmán por casi ocho siglos.

—O sea que Colón no fue el descubridor de América... —Salomón hizo el comentario mientras contemplaba el mar por el que varios cientos de años atrás navegaron La Pinta, La Niña y La Santa María—. Si los árabes que dominaban España llegaron a Chiribiquete y se llevaron El Dorado, tuvo que ser mucho antes de 1492...

—Es muy improbable que la expedición española de ese año haya sido la primera en tocar tierras americanas. Se puede demostrar que los vikingos, los antiguos pueblos escandinavos, con sus hermosas naves arribaron a América, en ese momento un continente sin nombre, mucho antes que los españoles —Luz tomó un respiro y se adelantó a lo que sabía le iba a preguntar Salomón—. Como muchas cosas en la vida, no es el primero que llega al que se considera el ganador, sino el que, aun siendo uno del montón, tiene los medios para escribir la historia.

Salomón guardó silencio con expresión dubitativa.

—Y no es que diga que Colón haya sido uno del montón... porque tuvo las agallas de viajar hacia el occidente en busca de otra ruta hacia la India, cuando todo el mundo creía que encontraría el fin del mundo.

Delta se levantó para servirse un trago de whisky y preguntó:

—Todo eso suena muy lindo —ya sabía hablar con sarcasmo en un idioma extranjero—. Los supuestos árabes-españoles que se llevaron el tesoro del parque, ¿por qué dejarían una marca para delatar que encontraron el tesoro? ¿Por qué no llevárselo, disfrutarlo y punto?

«Así lo hubiera hecho yo», pensó Delta.

—La muerte —contestó Luz con presteza. Delta frunció el ceño—. El ser humano es un bicho muy raro: es sin lugar a dudas un animal social, pero que añora la gloria individual. La muerte nos hace finitos, vulnerables, y como todos le rehuimos a lo inevitable, tratamos de hacernos inmortales, muchas veces sin importar las consecuencias.

«También dejaré una huella imborrable», pensó Delta.

Luz continuó con su discurso:

—Suena ilógico: el orgullo y la ambición son sentimientos que nacen por nuestro afán de ser eternos, pero la misma certeza de que vamos a morir nos aterriza y nos vuelve más libres, más serenos, más humanos.

—¡Miren! —interrumpió Gamma desde la parte trasera del avión.

Todos otearon el horizonte a través de las ventanillas.

De repente, a lo lejos, divisaron tierra firme.

Como Colón. O los vikingos.

Una agrupación de luces amarillas que iluminaba la madrugada europea, brillaba como un collar de pepitas de oro.

—Llegamos a España —dijo Delta. No sabía, nadie lo sabía: la ciudad que divisaban a lo lejos era Cádiz.

—Ahora todo tiene sentido —murmuró Salomón.

El altavoz del techo se activó y el piloto informó:

—*En menos de una hora llegaremos a nuestro destino.*

Comenzando de nuevo

Por lo general, un vuelo de casi diez horas de duración, que en sus minutos iniciales infundía las más profundas esperanzas y ensoñaciones del viajero ilusionado que desea conocer nuevos lugares y se quiere adentrar en aventuras desconocidas que potenciarán su cerebro, pero que poco a poco ralentizaba los minutos y obligaba a las personas más inquietas a buscar distracciones que no acostumbran a practicar en tierra firme, era una tortura masoquista.

Mi cantar se vuelve gitano, cuando es para ti

Mi cantar, hecho de fantasía

Mi cantar, flor de melancolía

Que yo te vengo a dar

Luz Morángel no pudo evitar la evocación automática y placentera de esa bella canción, interpretada de forma exquisita por Plácido Domingo, cuando el frío de la madrugada europea golpeó su rostro descansado y sus pies descendían gradualmente por las escaleras del avión en un hangar del Aeropuerto Federico García Lorca. La estrofa, entonada con precisión por la arqueóloga, culminaba con una lluvia veloz y maravillosa de notas provenientes de vientos, cuerdas y percusiones que solo podía asociarse con un ambiente español.

Una camioneta de alta gama, de color gris ratón, los había recibido a la sombra de la noche, presta a servirles de medio de transporte en la magnífica ciudad de Granada, el siguiente paso en la búsqueda de El Dorado. La diferencia horaria con Colombia y el transcurrir del vuelo los había adelantado en el tiempo, como a Phileas Fogg en su aventura por el globo terráqueo, pues el sol empezaba a arañar el firmamento para ocupar el lugar de las estrellas más lejanas, dándole paso a un nuevo día en España.

Salomón, sin saberlo ni expresarlo, llegó a la misma conclusión de su amiga. Cuando despegaron de Bogotá con rumbo inicial hacia Machu Picchu, Luz infirió que los norteamericanos que los tenían secuestrados debían tener muchas influencias, al darse cuenta de las facilidades de acceso que lograban a aviones, hangares y países. Aterrizaron en Granada sin contratiempos y sin preguntas. Era como si las autoridades del aeropuerto los estuvieran esperando.

Sin duda tenían conexiones políticas, pensó Salomón. Algún político poderoso, es decir, cualquier político, sería el jefe intelectual de la banda.

El vehículo, conducido por Beta, salió del aeropuerto por una vía angosta y solitaria, flanqueada a la derecha por diferentes tipos de árboles: unos alargados y planos, otros pequeños y robustos, otros despelucados y esbeltos. Al costado izquierdo, una planicie verde y brillante por los rayos del amanecer finalizaba en el distante horizonte de la mañana, cortado por la silueta aún tenue de una montaña que se revelaba gigantesca, comparada con la uniformidad de la llanura. Hicieron un giro leve hacia la izquierda, imitando la curva que dibujaba la carretera, y mantuvieron la velocidad por debajo de los límites permitidos. No querían levantar la más mínima sospecha.

Pronto, más adelante, se encontraron con un aviso de fondo azul y letras blancas que señalaba el camino indicado. Si continuaban en línea recta llegarían en algún momento a Málaga, Sevilla y Antequera. Pero si viraban a la derecha, tomando la vía A-92 hacia el oriente, alcanzarían el municipio de Santa Fe, pero también su objetivo: la "muy noble, muy leal, nombrada, grande, celebérrima y heroica ciudad de Granada", como rezaba su lema oficial.

Un giro hacia Oriente.

Una vía más amplia les dio la bienvenida, pero pronto se redujo a un solo carril, cuando la pantalla de diez pulgadas ubicada entre el asiento del chofer y el copiloto les señaló, a través de la aplicación de tráfico conectada al GPS del automóvil, que debían permanecer en el carril derecho de los tres que conformaban la calle. Estaban ya en la carretera Málaga-Granada, ingresando al municipio de Santa Fe, donde aparecieron casas de dos y tres pisos que formaban un conducto recto rodeado por dos paredes laterales de colores blancos y pasteles, un dominó infinito, de pie, enfrentando el viento y el sol naciente.

Salieron rápidamente del pueblo y volvieron a acompañarlos algunos árboles, unos troncos esqueléticos cuyas hojas, alguna vez fieles habitantes de la madera natural, se encontraban revoloteando en el suelo ocre, creando un tapete desordenado y cromático, un montón de papeles amarillentos degradados entre el café y miles de tonalidades verdes, una ordenación azarosa inexplicable para los modelos matemáticos más avanzados y para la imaginación artística de cualquier ser humano.

Beta tomó otra vía, la GR-3304, volteando el timón hacia la derecha. Disminuyó la velocidad, pues la calle retornaba a un estrecho camino de doble vía, que, a pesar de la soledad evidente en todo el camino hasta ahí, cargaba un ambiente implícito y fácil de identificar, un sello genuino de la paz y la quietud amañadora propias de los lugares apartados de la densidad humana de las grandes ciudades. Más adelante se toparon con un símbolo que a Luz siempre le indicaba, no sabía la razón, que estaban cerca de un centro urbano. Era una rotonda, la cual rodearon 270 grados y en la que estaban instaladas unas letras blancas, mayúsculas, que decían: Vegas del Genil. Ahí se internaron en la Calle Real de Purchil, rumbo a Granada.

En ese momento pudieron reconocer una fila de montañas en el horizonte, un tanto opacadas por las nubes y la bruma de la mañana. El río Genil los acompañaba paralelamente por el costado izquierdo del vehículo, como una serpiente de agua enterrada en la vegetación que no hacía el menor ruido, pero que sería extrañada si llegara a desaparecer de la noche a la mañana. Llegaron a otra rotonda, tomaron la segunda salida y ahí el grupo pudo distinguir el perfil que surgía como en el fondo de un cuadro, de una hilera casi eterna de construcciones modernas. Estaban cerca de la ciudad.

Kilómetro y medio después, la carretera pasaba por debajo de un puente. La sombra provisional que les ofreció la estructura y el inmediato fulgor que reapareció, más vivo que nunca, una vez sobrepasaron la mole de concreto, infundió serenidad al espíritu de Luz Morángel. A la derecha apareció un espacio verdoso, el Parque Periodista Tico Medina, en cuya esquina, a la que ya se acercaban, se erigía un edificio grisáceo que no tenía ventanas.

—¿Dónde vive tu amigo? —Delta sacó del sueño a Luz.

—¿Quién? —respondió instintivamente.

—Dijiste que el hombre que nos ayudaría a encontrar el sitio vive aquí en Granada —le recordó Delta. Luz les había contado, con total sinceridad, que el símbolo que encontraron la sacaba de su zona de conocimientos. Los recuerdos del Nuevo Reino de Granada, el imperio musulmán y su dominación de la península ibérica se los debía a una persona que conoció años atrás, en su época de estudiante, y que vivía en la misma ciudad que indicaba el escudo rojizo. No encontraba otra salida. Tenía que aceptar que su capacidad científica no alcanzaría para vislumbrar la ubicación de El Dorado.

—Es dueño de una librería. La Librería El Rey, se llama.

Delta tecleó en la pantalla del vehículo, esperando que el programa informático encontrara la posición exacta y los llevara hasta allí.

Un pitido afirmativo les confirmó que sí existía y una ruta óptima fue desplegada en el vidrio de cristal líquido.

—Gira a la derecha en la Avenida de la Ciencia —le dijo Delta a Beta. No era necesario que lo dijera, pero quería reafirmar que era el jefe.

«Es una buena señal. La ciencia», pensó la arqueóloga.

Siguió tarareando la canción que le gobernaba el cerebro.

Finalizaba con una frase resonante.

Granada,

Tu tierra está llena de lindas mujeres, de sangre y de sol.

«Ojalá esté llena de oro, la representación del sol».

Una descarga eléctrica la puso a sudor frío.

«¿También habrá más sangre?».

Llamada inquietante

Una frase que admiraba y odiaba al mismo tiempo llegó a su cabeza de inmediato: por lo general, es mejor una acción imperfecta que una planeación perfecta. Su pragmatismo deliberado acogía ese dogma en todos los aspectos de su vida, pero su estructura mental se negaba a actuar si no consideraba el más mínimo detalle en la concepción de un proyecto.

El diablo está en los detalles, decían, y busca cualquier resquicio insospechado para echarlo todo a perder.

El equipo había encontrado el lugar del tesoro en Chiribiquete, pero para su sorpresa, alguien se les había adelantado, al parecer varios siglos atrás. Era un nuevo obstáculo que sobrepasar en aras de encontrar la salvación.

El tiempo estipulado se cumplió, así que llamó desde su teléfono. Recibió una respuesta al instante:

—*A sus órdenes, Tutor.*

—¿Dónde se encuentran ahora? —el sigilo y el cuidado con las palabras ya no le interesaban.

—*España, Tutor. En la cuidad de...*

¿España? ¿El Dorado viajó hasta el Viejo Mundo?

—No me lo digas —interrumpió—. Puede haber moros en la costa. Ya no hay tiempo.

—*¿A qué se refiere, Tutor?*

—Debemos acelerar el paso... cuando sea el momento, activen la siguiente fase del plan.

Un silencio eterno empantanó la conversación.

—*De acuerdo, Tutor. Sí, señor.*

Magia del Rey

El Museo de Ciencias apareció súbitamente, una vez le dieron toda la vuelta a la rotonda donde terminaba la avenida que también le rendía homenaje al estudio de los fenómenos naturales desde una perspectiva objetiva y metodológica. Siguieron de largo, para desgracia de Luz que contemplaba con consternación y novedad las casas y las florestas que adornaban la calle Eudoxia Piriz.

Tornearon un parque ovalado colmado de flores rojas y rosadas, arbustos amarillentos, pinos grisáceos y palmeras despeinadas, que desembocaba en una avenida de cuatro carriles, cubierta con un pavimento azulado generado por la luz de los primeros rayos de la mañana y escoltado, al lado derecho, por una fila de árboles irregulares pintados con florecillas blancas.

Más adelante, el vehículo se recostó a la derecha, para tomar la vía que un letrero blanco indicaba como la ruta que los llevaría al centro de la ciudad.

Los edificios se irguieron con mayores alturas, estrechando el espacio entre ellos, signo inequívoco del progreso ineludible de las sociedades humanas, lo que implicaba concentrar en pocos metros cuadrados los sitios de descanso y reunión familiar con los centros productivos y empresariales. Cruzaron enfrente de la Plaza Albert Einstein, homenaje a uno de los ídolos de Luz Morángel.

Ochocientos metros después volvieron a virar otra vez a la derecha, sobre la Avenida de la Constitución, que parecía más un jardín lineal de un terrateniente amante de la botánica. Los tonos magentas y fucsias de las plantas circundantes resaltaban ante los ojos de los visitantes, a pesar de que el concreto poseía un mayor volumen en aquel cuadro maravilloso. El espectáculo, para infortunio de Luz, acabó en un abrir y cerrar de ojos, cuando arribaron a una rotonda que los llevó hacia un barrio residencial.

Beta confundió las indicaciones de la aplicación de tráfico y, por la circunstancia reciente de girar siempre al mismo lado, volteó a la derecha en una calle de casitas rojas y blancas. Se toparon con una placita sencilla y pintoresca, donde apareció, como un suspiro inesperado, un segmento de una antigua muralla, alta y estrecha, por cuyo único acceso se filtraba una calle empedrada.

Era la famosa Puerta de Elvira, una pared de color del polvo de ladrillo con una abertura enorme, coronada por un marco redondeado, símbolo irrefutable del arte musulmán. La puerta representaba el principal acceso a Granada durante la dominación del imperio árabe. Se internaron en la antigua ciudad, serpenteando entre callejuelas unidireccionales que solo dejaban espacio para un único vehículo.

En menos de tres minutos estaban de vuelta en la rotonda de la Avenida de la Constitución, para corregir el camino.

Ingresaron en la Calle Real de Cartuja, una pendiente a primera vista sencilla, pero que lograba llevar a una nueva altura a quien se atreviera a explorarla. Enseguida se introdujeron por una calle aún más empinada, el Callejón de Lebrija, y Luz creyó que estaba viajando rumbo hacia el dios Sol. La subida estaba plagada de árboles que desplegaban un aroma leñoso aleado con el olor del césped recién cortado y bañado por la lluvia. Por fin lograron llegar a la cúspide y de nuevo, giraron a la derecha.

Ahora iban en bajada, para alivio del motor del automóvil. Cuando llegaron a una calle empedrada llamada Cruz de Piedra, el financiero Salomón Salas tuvo la impresión momentánea de estar en Villa de Leyva, un pueblo colonial colombiano. Aquello que lo sacó de su ensimismamiento fue una puerta árabe.

«¿Volvimos al mismo sitio?», pensó Delta.

La Puerta de Fajalauza, similar a la primera que habían cruzado, era menos alta y la bañaba un color cremoso, más claro que el ladrillo de Elvira, pero con similares funciones de apertura y bienvenida, esta vez al famoso barrio de Albaicín. Atravesaron la puerta y continuaron su periplo incesante por las cortas callecitas pedregosas hasta que por fin llegaron, siete minutos después, a una casa cúbica y blancuzca, como el Museo del Oro de Bogotá, cerca del Huerto de Carlos, una pequeña plaza adoquinada que servía de mirador.

Todos se apearon del vehículo enfrente de una puerta caoba de madera lacada, sobre la cual estaba adosado a la blanca pared un letrero diminuto, casi camuflado con el ambiente ancestral del barrio, compuesto por letras doradas y un fondo verde.

"Librería El Rey".

Y en letras más pequeñas, debajo del nombre del lugar, rezaba: *"Las letras os harán libres"*.

Luz se acercó a la puerta, escoltada por Salomón y el equipo de secuestradores, quienes ocultaron sus armas para no asustar al dueño del lugar. Con un gesto imperceptible, Delta le ordenó a Luz que tocara. Eran las seis y cuarto de la mañana, un horario en extremo indecente, incluso para una librería. Con los nudillos rozó la madera del portón, intentando generar el menor malestar posible a las habitantes de la casa que seguramente, pensaba, estaban en medio de sus ronquidos.

Sesenta segundos. Nadie abrió.

«Espero que siga viviendo aquí», fue la oración de Luz.

Volvió a tocar, esta vez con más fuerza y oyó un grito esperanzador desde el otro lado.

—¡Vaya polla!

Luz respiró. Era él, no cabía duda.

Cuando la puerta se abrió, la arqueóloga esbozó una gran sonrisa.

—¿Quién arma jaleo a esta hora? —un hombre entrado en años, pero con un alma juvenil que le hacía brillar los ojos de vida, apareció vestido con un pantalón de dril azul y una camisa verde. El cabello húmedo, blanco como la leche pura, insinuaba que ya se había aseado. Una barba abundante, del mismo tono de su cabello, le cubría toda la cara, pero no se intuía el menor atisbo de rigidez y misterio que por lo general infunden los rostros peludos. Por el contrario, Luz creía que se veía más tierno que de costumbre.

El hombre se calló y se quedó perplejo mirando a la arqueóloga.

—¿Eres?... ¿Cómo es que te llamas? —Luz se anticipó a decirle, pero el viejo la atajó con la mano derecha—. No me digas, tengo que ejercitar el cerebro —cerró los ojos y retrocedió unos diez años en el tiempo—. ¡Claro! ¡Candela Rodríguez!

—Profesor Benavides, soy Luz Morángel —le corrigió.

—¿Luz? ¡Sí! Sabía que algo tenía que ver con el fuego —el profesor se rascó la cabeza—. ¡Eras mi mejor alumna! ¿Y estos son tus compañeros de la universidad? ¡Cómo han crecido todos! Erais unos críos cuando les dicté clases de historia —se quedó en silencio casi un minuto, escrutándolos con la mirada. Después volvió con Luz—. ¿Por qué estás en España?

—Necesito su ayuda.

David Benavides, un viejo bonachón, despreocupado y por lo tanto muy sabio, era un granadino de pura cepa, aunque la mayor parte de su vida había transcurrido en Colombia como investigador y profesor de estudiantes de arqueología y antropología. Su experiencia y descubrimientos profundos sobre la historia de las sociedades europeas le habían valido el reconocimiento como el mejor de los científicos sociales, como él llamaba a los profesionales de las ciencias humanas de su época. Ahora estaba pensionado, disfrutando o maldiciendo del tiempo libre que se le ofrecía a sus pies todos los días.

Los hizo seguir sin objeción. Ingresaron a la amplia estancia, calurosa gracias a los ladrillos cocidos que conformaban las paredes blancas. Pasaron junto a un salón de más de diez metros de ancho por cinco de fondo, que alojaba una colección infinita de libros. El único artefacto que chillaba en medio de tanto conocimiento era una vieja fotocopiadora grisácea, un color producido por el alojamiento concedido voluntariamente al polvo casero.

Al fondo de la casa se situaban dos estancias: una sala con sofás y cómodas de todos los colores, y un espacio, al cual pasaron, que hacía las veces de comedor. Todos tomaron asiento en una mesa alargada que podía acoger a dieciséis comensales. Una jarra de acero esperaba humeante en medio de la mesa. La dosis diaria de café del profesor preparada por su mujer, Beatriz, todos los días a las cuatro de la mañana. Costumbres extranjeras, acostumbraba a decir el profesor.

Precisamente, en el momento en que se acomodaban en la mesa apareció la esposa de David Benavides, una mujer de blanca cabellera, igual que la del profesor, cargando en las manos una canasta repleta de panes. Llevaba una falda negra que le llegaba a los gemelos y una blusa blanca de manga larga que aligeraba su robusto tronco. Saludó con desenvoltura y volvió a la cocina.

Después de servirse una taza de café, Luz le narró al profesor, con lujo de detalles, todo lo sucedido en el Museo del Oro, el mensaje del poporo, el viaje a Chiribiquete y el encuentro con la cueva del sol, omitiendo los pasajes violentos y sangrientos de la aventura, pues no quería asustar al anciano. Delta, Gamma, Beta, Omega y Salomón disfrutaban del café y el pan, mientras escuchaban, como si no hubieran estado allí.

—¿En serio? ¿Todo eso les sucedió? ¡Qué coñazo! —sorbió el café y agregó—: ¿Cuándo pasó todo eso?

—Ya te dijo que ayer, en Colombia, ¿no lo recuerdas? —prorrumpió Beatriz al ingresar de nuevo al comedor. Traía unas galletas recién horneadas sobre una bandeja de madera, excusa perfecta para escuchar la narración de la mujer—. Rey sufre de Alzheimer —dijo en voz muy baja, sin mirar al profesor, que estaba concentrado en beber el café con una hogaza de pan que sacó de la canasta—. Deja entrar en la casa a todo el que llega. ¿Ustedes son amigos de Rey?

Luz sabía que al profesor lo llamaban Rey desde muy pequeño, para complementar su nombre de pila. Eso le contó alguna vez cuando charlaban personalmente en tiempos de la universidad. El Rey David, el monarca de Israel, profeta del judaísmo, el cristianismo y el islam. La costumbre organizó la mente de todos los allegados a David Benavides, a tal punto que su nombre original se perdió en la realidad y todo el mundo solo lo reconocía por su mote: Rey.

—Fue mi profesor de historia en la universidad —Luz miró a Salomón—. Fue nuestro profesor... —corrigió mientras señalaba a su compañero de esmoquin.

Beatriz se quedó mirando a los otros cuatro acompañantes. No le parecían justamente unos estudiosos de las ciencias sociales.

—Ellos son exploradores, nos ayudan con los traslados y los viajes —mintió. Beatriz asintió con un deje de inseguridad.

Alguien tocó a la puerta. «¿Más intrusos hoy?», pensó el profesor. Salió disparado, dejando a medias el café sobre la mesa. Salomón y Luz se miraron al mismo tiempo, tratando de descubrir quién sería el nuevo visitante y si tendría algo que ver con la búsqueda de El Dorado. Escucharon cómo se abría la compuerta y el profesor hablaba, al parecer, con un niño, aunque no entendían nada desde aquella distancia. De repente, la puerta se cerró con un golpe seco y estruendoso. El profesor vociferaba al retornar hacia el comedor:

—¡Veinte fotocopias! ¡Creen que tengo todo el tiempo del mundo!

Aunque dueño de la librería y la fotocopiadora, negocios que le hacían recortar el tiempo extenso de su vida exonerada ya de trabajos formales, atendía a todos los clientes con una antipatía delirante. "Viejo cascarrabias", le decía su mujer, con más cariño que disgusto. A pesar de la fama de pésimo vendedor, las personas del barrio acudían sin cesar a la librería, más porque no encontraba otra similar en kilómetros a la redonda, que por compasión con el anciano. Sin embargo, solo vendía fotocopias. El último libro lo había vendido un año atrás a un extranjero desprevenido.

El profesor se sentó y Luz lo apuró, sin querer, pero con la necesidad a flor de piel.

—Profesor, ¿puede decirnos qué es esto?

Salomón le entregó la cámara, donde se veía la imagen del escudo de Chiribiquete. Rey abrió los ojos y su expresión y su piel mudaron de inmediato, adoptando un aire de seguridad absoluta, como si la enfermedad lo hubiera abandonado por completo.

—¡Foh! Hacía tiempo que no veía esto. ¡La puta madre!

Todos rieron con el desparpajo del profesor.

Pasó las yemas de los dedos por la minúscula pantalla de la cámara, como si la textura de la piedra pintada se transmitiera a través de los colores emitidos por el cristal líquido. Los ojos marrones con visos dorados le brillaban como perlas en medio de una noche de luna llena.

—Solo Dios es vencedor —musitó el profesor. Luz estaba mirándole el rostro rosado en medio de la barba blanca. Por un momento pensó que estaba enfrente de Santa Claus o Papá Noel.

—¿Está rezando? —le dijo Salomón a Luz, acercando sus labios al oído izquierdo de la arqueóloga. Hizo un gesto de negación sin quitarle la mirada al profesor Benavides.

—¿Es el texto del escudo? —preguntó Luz.

El profesor asintió.

—Está en árabe, un texto único, indiscutible.

—¡Teníamos que ir a Arabia! ¡Lo sabía! —gruñó Delta con desdén.

Rey lo fulminó con la mirada, tratando de reconocer su rostro. «¿Quién es este gilipollas?», se limitó a pensar sin llegar a expresarlo.

—Todos tenemos sangre árabe, sin duda alguna —el profesor estaba extasiado con el tinte rojo del escudo teñido en la piedra—. España fue, hasta hace muy poco, el imperio más grande del planeta. Pero antes de ese período, un suspiro para la historia, la península ibérica y gran parte del mundo conocido, antes del descubrimiento del Nuevo Mundo, eran dominados por los musulmanes.

Nadie se atrevió a decir nada.

—Sí, tienen que ir a un antiguo territorio árabe —concluyó el profesor. Luz no entendía. Delta estaba furioso y orgulloso al mismo tiempo—. A la parte conocida como al-Ándalus.

—¿Es un estado de Arabia? —preguntó Beta.

—Técnicamente, sí. Hoy se conoce como la península ibérica.

Luz respiró aliviada. El profesor no había perdido su talento para generar inquietud y hacerse entender con suma facilidad.

—Profesor, ¿cuál lugar señala el escudo, exactamente?

—Es el símbolo del Reino nazarí. Era un estado musulmán, aquí, en al-Ándalus, que gobernó la parte sur de la península, por más de dos siglos, hasta la reconquista de los reyes católicos en 1492.

«O sea que los musulmanes de al-Ándalus llegaron antes que Colón a América», reflexionó Luz. Después se dispuso a conjeturar con conocimiento de causa:

—Y la ciudad principal del reino era...

—¡Granada! ¡Ole tu polla!

Luz sonrió, pero seguía sin llegar al punto.

—El escudo nos trae a Granada... ¿a algún lugar específico?

—¿Granada? —respondió el profesor. Buscó el pensamiento que se le resbalaba con frenesí—. Oh, sí, Granada —cerró los ojos un instante y retomó—. En la época nazarí, Granada fue un multiplicador de la cultura islámica, un espejo casi perfecto de las obras musulmanas —a Salomón le llegaron a la mente las puertas árabes por las cuales cruzaron en su travesía por la ciudad—. La frase "Solo Dios es vencedor" era el lema del Reino nazarí de Granada y se encuentra grabada, junto con el escudo, en las paredes de un hermoso lugar.

—¿Dónde? —preguntó Delta.

—Es mejor que lo vean con sus propios ojos.

El cielo inmaculado permitía identificar con lujo de detalles la delgada línea que remataba el borde superior de la cadena montañosa que dominaba todo el horizonte, de punta a punta. Una inmensa nube blanca, estirada por encima de la verde cordillera, parecía querer invadir los picos y las prominentes laderas que centelleaban con el sol. El profesor Benavides tuvo que corregirlos, al hacerlos caer en la cuenta de que esa blancura era sólida como la roca; solo fue hasta ese momento que Luz y sus acompañantes entendieron que la nube en realidad era una serranía coronada con nieve.

Habían salido con entusiasmo arrollador del hogar de David Benavides, dispuestos a encontrarse con el lugar que marcaba el escudo. Tenían mucha suerte de que se encontrara tan cerca de la casa del viejo bonachón. La caminata por las calles estrechas y empedradas, de menos de diez minutos, terminó al encontrarse de frente con una pared de ladrillo y piedras, de unos dos metros de altura, que cercaba una cuadra completa del Albaicín. Subieron por una calle empinada, junto a la pared, que iba perdiendo altura a medida que avanzaban, como si el suelo inclinado estuviera devorándose la mampostería.

El muro desapareció por completo a mitad de la calle, dándole paso a una escalera que conducía a un nivel superior. Después de rebasar los catorce escalones llegaron a una pequeña plaza acicalada con diferentes especies de arbustos y árboles pequeños, un espacio libre de edificios que emergía por encima de los techos de las casas circundantes para brindarle a sus visitantes una de las mejores vistas de la ciudad de Granada.

El Huerto de Carlos era un espacio sencillo y noble, construido de forma escalonada en épocas del imperio romano para entregarles a sus moradores cercanos un punto de encuentro y contemplación en diferentes niveles, un espacio de origen cristiano para admirar la ciudad ibérica más influenciada por la cultura musulmana.

Lo primero con lo que se toparon fue con una fuente de agua en forma de estrella de ocho puntas. El profesor les narró automáticamente, sin necesidad de preguntárselo, que esa estrella, consistente en dos cuadrados superpuestos y traslapados por medio ángulo recto, fue uno de los símbolos más representativos de al-Ándalus. Pero fue en el Reino nazarí de Granada que la estrella de ocho puntas se convirtió en el distintivo preferido, a tal punto que se plasmó en monedas, joyas, edificios, pendones, pinturas y cualquier lienzo, no importaba el material, que pudiera resistir el paso del tiempo.

Sin embargo, el dato que más llamó la atención de Luz, revelado por el profesor, consistía en que la estrella tartésica, como se le conocía en la península ibérica, habría sido creada y utilizada por los pueblos ancestrales del sur de España para adorar al sol, representado con ocho rayos de luz.

Ese sentimiento de conexión histórica no abandonó a la arqueóloga nunca más, ni siquiera cuando subieron a las terrazas superiores, a la Placeta Cristo de las Azucenas, desde donde admiraron las montañas de tonos verdes y albos.

—Es la Sierra Nevada, ¡una obra de arte! —dijo el profesor con los brazos en jarras—. No son las montañas más altas de Europa, pero ¡qué polla! Que son las más hermosas, no hay duda.

En 1986, la Sierra Nevada fue declarada Reserva de la Biosfera por la Unesco y, en 1999, gran parte de su territorio fue declarado Parque Nacional. Como Chiribiquete.

—Profesor —Salomón se acercó al viejo—. ¿Cómo llegamos hasta allá?

—No seas fipollo. Estáis viendo los dos emblemas de mi ciudad. La Sierra Nevada es el logotipo natural, el sello inigualable que Dios quiso poner sobre estas tierras... El fondo de este cuadro insuperable —dijo el profesor Benavides señalando hacia el más allá.

—El otro emblema... ¿es el lugar al que debemos dirigirnos? —preguntó Luz.

—Aquí, al lado del huerto se ubica el Palacio de Dar al-Horra —todos giraron sus cuerpos cansados y apuntaron los ojos hacia una casona de color café claro, con tejados triangulares de barro cocido. Un torreón cuadrado destacaba entre las construcciones circundantes, un punto elevado para vislumbrar el peligro con anterioridad.

«Lo tenemos al lado», se alegró Delta.

—Allí vivió Muhammad I, el primer rey nazarí de Granada, que gritaba como un loco cuando ingresó a la ciudad: "No hay otro vencedor que Alá".

—La frase del escudo... —susurró Salomón.

—¡No hay que perder el tiempo! ¡Es hora de ir allá! —gritó Delta.

El profesor los detuvo con un grito.

—¡Estáis todos ennortaos! ¡Por mi polla!

—¿Qué sucede? —indagó Luz.

—Dejen que termine de contarles —el alma de maestro latía en su cuerpo. No podía dejar de explicar con ahínco hasta la más bizantina de las discusiones humanas—. Muhammad dejó Dar al-Horra y construyó una ciudadela fabulosa, una de las construcciones más espectaculares del mundo, compuesta por múltiples palacios, fuentes, jardines y una fortaleza sin igual, incrustada en medio de bosques de saúcos, acacias, laureles, castaños y arces; un tapete verde sobre una colina misteriosa e impenetrable.

—¿Dónde queda esa ciudad? —habló Gamma.

—La Sierra Nevada es el emblema natural de Granada —Rey Benavides seguía hablando con júbilo—. La ciudadela es el segundo emblema, el símbolo creado por el hombre para intentar imitar la belleza de Dios.

—¿Dónde está? —espetó Omega, desesperado.

—Muhammad, reconocible por su barba roja, era más conocido como Ibn al-Aḥmar, 'El Rojo' —así como yo soy Rey, pensó el profesor—. Su orgullo, el sentimiento más oscuro del hombre, solo le dejaba una opción para bautizar a su nueva ciudad.

El grupo se quedó a la espera de la revelación.

—La Roja, así llamó a su ciudad.

Rojo, el color del escudo.

—No conozco una ciudad con ese nombre —afirmó Luz Morángel.

—Claro que no. Su nombre original en árabe es al-Ḥamrā.

—Pero usted dijo que el lugar estaba en Granada...

—¡Foh! Y lo tienes en las narices, en el horizonte...

A lo lejos, relativamente cerca, vieron una construcción rojiza, una serie de edificios y fortalezas, en la cual no repararon antes. La Sierra Nevada adornaba el fondo del cuadro.

—La Alhambra, queridos estudiantes —remató el profesor.

Nada (y todo) tiene valor

Ante una situación tan apremiante, las reglas establecidas para usar el tiempo se desvanecen sin ningún tipo de resistencia. A pesar de ser responsable del presupuesto de la economía más importante del mundo, Charlie Parker evitaba a toda costa tener que ponerse a trabajar en las horas oscuras del día y los fines de semana. Su habilidad innata y su formación académica le insuflaron una capacidad extraordinaria para planear todas sus actividades vitales y a ejecutarlas con destreza absoluta.

Sin embargo, ahora se enfrentaba a un escenario muy extraño. Y peligroso.

La discusión del día anterior con el secretario Pappett, en la que entendió que el precio del oro escalaría las paredes del cielo y volvería a ser protagonista en los flujos de dinero en el mundo, le dejó sembrado un malestar en el cerebro que no le permitía conectar las ideas. Desde que se eliminó el patrón oro, el dólar y las demás monedas perdían, día tras día, toda la confianza de los dueños del mundo, pues su valor, efímero y politiquero, estaba basado en opiniones subjetivas y en los intereses más inhumanos de las personas más poderosas e influyentes del mundo.

El oro norteamericano no poseía valor comercial, lo cual llevaría a los Estados Unidos directo a la bancarrota. Y aunque pareciera que la única salida sería obtener oro puro por cualquier medio, Charlie Parker estaba seguro de que tenía que existir otra solución. Un camino legal y expedito.

Cuando volvió a su casa, la noche anterior, se dio un baño eterno de agua caliente, acompañado de notas bien afinadas que su voz emitió, intentando emular varias baladas que su padre acostumbraba escuchar durante todo el día y que le heredó, sin premeditarlo. Fue en ese momento de relajación que le llegó una inspiración rápida y sencilla, de una claridad tan perfecta, que tuvo que interrumpir el ritual de limpieza, salir corriendo del baño hasta la habitación donde dormía su esposa y anotar sobre una servilleta recién usada la idea que ya lo estaba abandonando.

«Tenemos que cambiar el sistema monetario», le había dicho a Pappett.

—Necesitamos tiempo, jefe —le contestó su asesor de confianza, Kirk Black, cuando Charlie le comentó el esbozo del plan que confeccionó. La fría madrugada los obligó a calentar dos tazas grandes de café que saboreaban en el comedor principal de la casa del Director de la Oficina de Gerencia y Presupuesto.

—Si tu única objeción es el tiempo, quiere decir que estás de acuerdo con el plan —repuso Parker, insinuando una sonrisa. Tomó un poco del café humeante y se acomodó mejor en la silla.

—Es bastante temerario, pero puede funcionar —Black era un joven de treinta y cuatro años, doctor en economía de la Universidad de Stanford, cuya cabeza esférica estaba repleta de una mata de cabello crespo y negro. Siempre llevaba pegada una delgada cinta transparente alrededor de la palma de su mano derecha, para proteger las llagas producidas por la guitarra eléctrica que tocaba desde los tres años y que aún manipulaba en sus tiempos libres.

—Por supuesto que puede funcionar, Kirk. El papel moneda se imprime a voluntad de los bancos centrales y sus gobiernos, generando los problemas inflacionarios que ya conocemos...

—Es una burbuja casi tan grande como el planeta —complementó Kirk Black.

—Por eso el oro es tan ventajoso: su valor oscila con la oferta y la demanda del mercado, no por la decisión de un ser humano... elimina la parcialidad, el subjetivismo... es el corazón de la economía.

—Y nuestro oro es chatarra...

—Así que debemos buscar un elemento que reemplace al oro en la economía —dijo Charlie, eufórico—. Un elemento que cumpla sus mismas funciones balanceadoras y que nosotros, los Estados Unidos, tengamos o podamos tener en abundancia.

—Charlie, eso es imposible. Tendría que ser un elemento universalmente aceptado como medio de pago y de acumulación de reservas. El oro es el único elemento de la naturaleza que puede cumplir este objetivo.

—Una cosa solo tiene valor porque nosotros, la sociedad humana, decidimos que lo tiene. Ayer fue el oro, mañana podemos decidir que es otra cosa.

Kirk Black se agarró la nariz y se frotó el mentón.

Bebió más café, pensativo.

—Un elemento que nos proteja de la inflación, cuya producción sea limitada...

—Totalmente opuesto al dólar —completó Charlie, usando el método más práctico para dejar que su asesor llegara a la misma conclusión.

—Un elemento cuya demanda dependa de la situación del mercado, de los niveles de ahorro e inversión, no de los gobernantes corruptos. El elemento que propones implica la casi desaparición de los bancos centrales...

Y la caída de William Pappett.

—La intermediación acabará— finalizó Charlie—. Tendremos un nuevo sistema, dominado por nuestra nación.

—Un sistema basado en la tecnología —concluyó Black—. Brillante.

Oro cultural:
La Alhambra

Albaicín, al-Ándalus, al-Dorra, Alhambra. Términos de origen árabe embebidos en la arquitectura y la historia de Granada, un somero abrebocas de la gran influencia musulmana en el idioma de la península. La lengua española, también llamada castellano, provino del latín, según le comentó el profesor a Luz y sus acompañantes, mientras descendían por la Cuesta de San Gregorio, un callejón diminuto y melancólico pensado para una época en la que el único medio de transporte concebido eran los pies humanos. Y aunque la española seguía considerándose una lengua latina, las palabras de raíz árabe dominaban el universo de términos españoles, superando con creces las raíces latinas. Ocho siglos de dominación musulmana tornaron a la segunda lengua materna más hablada del mundo en un arabismo. Así que el mundo estaba dominado por lenguas orientales: el mandarín, el idioma más hablado, y el español, que podría considerarse casi una singular ramificación del árabe.

En la mitad del recorrido de casi dos kilómetros que los separaba del palacio-ciudadela de La Alhambra se encontraron por fin con una zona plana y espaciosa, la Plaza de Santa Ana, lugar que albergaba a varios grupos de turistas, comunidades temporales de todos los tamaños y sabores. Rey Benavides estaba feliz por salir de casa para dedicarse a una actividad totalmente fuera de la rutina de su nueva vida. Hablaba sin parar sobre algunos ejemplos de palabras españolas, pero en realidad árabes, que gracias a la evolución del lenguaje hacían parte del día a día de los países hispanohablantes: almohada, dado, fulano, algarabía, jinete, algodón, arroba, jarabe, algoritmo, balde, álgebra, alcohol, barrio, cenit, guitarra, hazaña, imán, aceite, mezquino, almacén, naranja, albahaca, tambor, aljibe, zanahoria.

Para pesar y desconsuelo de Salomón y Beta, los más faltos de forma física del grupo, se adentraron por otra vía empinada, la Cuesta de Gomérez, lo que hizo recordar a Salomón las etapas más duras del Tour de Francia. Nadie lo sabía, pero debido al olvido constante que experimentaba el profesor Benavides evitaron una ruta más corta, pero más empinada, que también conducía a La Alhambra desde el barrio Albaicín: la Cuesta de los Chinos.

Una curva que giraba a la izquierda se convirtió en una esperanza para los hombres rezagados, pues esperaban alcanzarla muy rápido para descubrir el camino que hacía falta. El desaliento los embargó de nuevo cuando llegaron al punto previamente identificado, al darse cuenta del camino incesante, y de otra curva más arriba que volteaba a la derecha.

Un río humano emergió de pronto, atiborrando la vía de acceso al palacio nazarí, donde ahora reposaba el tesoro de El Dorado. La advertencia del profesor se convirtió en una realidad incómoda para Delta, que tenía un miembro menos en su equipo y armas más pequeñas para enfrentar cualquier imprevisto. Rey Benavides les había prevenido antes, cuando les mostró la ciudadela desde el Huerto de Carlos, que La Alhambra era el segundo monumento más visitado de España, solo superado por el Templo de la Sagrada Familia de Barcelona. Más de dos millones y medio de visitantes al año constituían un obstáculo para los objetivos impuros de los norteamericanos.

—¡Qué follaero! ¡Esta polla está a reventar! —exclamó el profesor, rascándose el cabello blanco y ya sudoroso por la caminata.

Luz vio un resquicio de optimismo cuando Delta y su equipo comprendieron que no podrían llevar armas como Pedro por su casa, pues alertarían al mundo entero de sus ambiciones. Para asegurar que la arqueóloga y Salomón Salas no intentaran tomar medidas escapatorias, Delta tomó una decisión que apagó la iniciativa salvadora que ya empezaba a tomar cuerpo en la mente de Luz Morángel: ordenó a Gamma que se quedara "acompañando" a la señora Beatriz, la esposa del profesor, mientras el resto del grupo se encaminaba a la búsqueda del tesoro. Rey no puso ninguna objeción, todo lo contrario, agradeció la hospitalidad de sus nuevos alumnos.

Luz no podría intentar escapar, pues Beatriz moriría. Y de paso el profesor, de pena moral. Ya había causado la muerte de tres militares en Chiribiquete. Su conciencia no aguantaría otra desazón.

La baja velocidad del paso en la subida, causada por el gentío que revoloteaba por la pendiente de cemento, alivió el cansancio acumulado del grupo explorador, que ya comenzaba a sentir los estragos de la correría por medio mundo para encontrar el oro indígena. Al coronar el tramo que finalizaba en el punto de inflexión torcido hacia la derecha divisaron el motivo del arremolinamiento de gente y suspiraron con agrado, ya que una muralla, ubicada en medio del camino, ofrecía una entrada triunfal con un acceso rematado por un arco esculpido en la piedra. El acceso tenía una cuarta parte de la anchura de la calle, por lo que era inevitable el trancón de individuos.

A medida que se acercaban a la entrada, lograron identificar con mayor precisión los detalles artísticos de la muralla. En la parte superior, Luz divisó una estructura triangular, un frontón poroso en cuyo exacto medio se encontraba tallado el escudo del imperio español del rey Carlos I, en el que el águila bicéfala destacaba por sus largos cuellos y extensas alas. Las columnas y el arquitrabe que sostenían el frontón hacían parte tanto del escudo como de la propia muralla. El profesor Benavides les mostró que en la parte más alta de la puerta, encima del escudo imperial, se hallaban tres grandes granadas de piedra, el fruto rojizo y de granos esféricos del mismo color, originario del Medio Oriente y cuya denominación sirvió de inspiración para la ciudad que pisaban y para la muralla que estaban atravesando. Era la famosa Puerta de las Granadas.

La puerta fue construida a principios del siglo XVI, enclavada en medio de una antigua muralla de tipo islámico, como representación de la reconquista española de la península ibérica. Rey Benavides, recordando por un segundo que tenía a una colombiana como compañera en ese día, no evitó comentarle a Luz que desde el año de 1492, fecha que marcó el triunfo del imperio español sobre la dominación islámica al apoderarse del último bastión musulmán, una granada formaba parte, hasta el día de hoy, del escudo de España. Igual que el escudo de Colombia. Luz respondió, con un toque de jovialidad, que la granada colombiana era más bonita, pues era de oro.

El panorama cambió al cruzar la puerta, pues se toparon con un bosque de troncos claros y vegetación verde y amarilla, sobre un suelo tapizado de hojas húmedas y retazos de madera. Pasaron junto a los restos de otra puerta musulmana, metida dentro de la floresta, la Puerta de Bibrambla. Después de caminar durante diez minutos, llegaron a un espacio circular rodeado de altos árboles castaños que daban sombra a una fuente de agua, una especie de pila bautismal de mármol marrón. Pasando aquel claro, tomaron un camino paralelo a una calle emergente, por donde circulaban algunos automóviles en medio de aquel espacio histórico. Unos edificios pequeños, mucho más modernos que los de la época nazarí, al parecer hoteles, aparecieron en el costado derecho de la carretera.

Cuando el sol empezaba a calentar con bríos, parecía que ahora sí estaban cerca de la meta. Una fila de taxis blancos estaba aguardando con paciencia de sobra por los turistas que en algún momento del día decidieran dejar la ciudadela para dirigirse a otros sitios de interés. La entrada y salida de La Alhambra debía estar a unos pocos pasos, dijo Salomón para sí mismo.

Tenía razón.

Distinguieron una estructura moderna, una construcción rectangular, donde estaban plasmadas, en letras plateadas de gran tamaño, las palabras que tanto buscaban. La Alhambra. Encima de la inscripción, unos caracteres, a todas vistas árabes, suponían Luz y Salomón, debían de corresponder con la traducción del término en el idioma de la península arábiga. El profesor se dispuso a hacer la fila para comprar los tiquetes de ingreso. Delta le entregó dos billetes de cien dólares ante la recomendación de Beta, pues Rey no tenía ni un solo euro en los bolsillos, además de que no podrían obligarlo a que convidara a los supuestos amigos de Luz.

Mientras hacían la fila, Luz agarró un mapa de La Alhambra que estaba impreso en el folleto que un joven entregaba a los recién llegados. Lo estudió con agilidad y una duda, de aquellas que las personas preferirían no haber identificado, absorbió su mente.

«Este lugar es gigante», Luz suspiró.

—Profesor —Luz recibió el tiquete de manos de Rey—. ¿En dónde debemos buscar? —su antiguo maestro se quedó mirándola fijamente, con la boca medio abierta.

—Estamos en La Alhambra... —contestó sucintamente.

Otro problema, pensó Delta. Tendrían que recorrer la vasta extensión de estructuras, palacios, torres y caminos que conformaban la ciudadela nazarí, para hallar el oro precolombino ante la vista de cientos de turistas. Les tomaría horas, o incluso días, dar con el emplazamiento exacto que escogieron los árabes granadinos para ocultar el tesoro más grande del mundo, aquel que salvaría a la nación de Delta.

Entregaron los tiquetes en la entrada y se internaron en La Alhambra.

Caminaron a través de un sendero bordeado por árboles frondosos que no dejaban atisbar las edificaciones circundantes, incrementando así la curiosidad de todos y cada uno de los integrantes del grupo, incluido el profesor, que tenía borradas algunas imágenes de aquel lugar que había pisado más de cincuenta veces en su vida. Cruzaron un puente peatonal que terminaba en una pared de piedras y ladrillos que presentaba una abertura rectangular. Todo indicaba que en épocas anteriores sirvió como escudo protector de los edificios del rey nazarí.

El sendero continuaba sin cesar.

La Calle Real de La Alhambra, un pasaje natural y majestuoso, intercomunicaba las diferentes estancias, palacios e iglesias, según les comentó el profesor, que no quería perder la atención de sus alumnos veteranos. Unos metros después, dos paredes de follajes recién podados con formas geométricas les brindaron una sombra apaciguadora. Sin embargo, la dicha pasajera se esfumó y volvieron a recibir los rayos del sol, que quemaban con vigor escandaloso.

Pasaron ante una garita en donde dormía un empleado del lugar.

Más adelante apareció un callejón de casitas de colores blancos y pastel, en donde se vendían *souvenirs* y otros artefactos de recuerdo para los turistas. El letargo rugía en los músculos de las piernas sedentarias de Salomón. Finalmente llegaron al lado de un edificio que seguramente había presenciado el paso de decenios de historias humanas.

—Esto no es musulmán —susurró Luz oteando al cielo, intentando captar la cúspide de la torre puntuda que sobresalía sobre los techos del edificio.

«¿Estamos en el lugar correcto?», habría querido decir, pero no deseaba herir al profesor y a su conocimiento, a pesar de que sus problemas de salud mental fácilmente podrían causar un error en la búsqueda.

—Es la Iglesia de Santa María, a todas luces un templo cristiano... construida sobre una antigua mezquita. ¡Vaya polla!

Ya comenzaban a avistar una mayor densidad de construcciones ceremoniales y edificaciones que denotaban una majestuosidad que difícilmente se podía emular en las épocas más recientes. En otros tiempos, cientos de años antes de que existieran los avances tecnológicos actuales, los seres humanos construían iglesias, palacios y monumentos pensados para durar por toda la eternidad. A pesar de contar con todos los medios técnicos para lograr el mismo objetivo, la sociedad moderna carecía, generalmente, de aquel talento imperecedero que evade las garras de la muerte.

Junto a la iglesia se hallaba una mansión cuyas rectas paredes pasaban del amarillo de la piedra caliza al marrón del mármol, con vidrios rectangulares y circulares. En la fachada del primero de los dos niveles de gran altura que la conformaban, tenía tallados, sobre la piedra, una multitud de bloques y paralelepípedos salientes. Beta imaginó que el arquitecto que diseñó aquella casa real pudo haber inspirado a los creadores de los módulos de construcción de los juguetes *Lego*.

A pesar de su innegable belleza, el Palacio de Carlos V, el mismo Carlos I de España, era otra de las manifestaciones del imperio español para demostrar, con mucha arrogancia infundada, que la superioridad del pueblo católico, apostólico y romano era mayor que la de otros reinos practicantes de creencias paganas e impías. El palacio había cambiado la naturaleza artística de La Alhambra, ciudad pensada y erigida bajo la influencia de la cultura musulmana.

Cuando llegaron a la esquina del palacio, el profesor Benavides los hizo voltear a la derecha, caminando junto a la fachada que daba hacia el occidente. Llegaron hasta la puerta ubicada en el medio, después de dejar atrás seis ventanales. Los árboles desgastados dejaron a la vista varios metros al frente de la casona real, unas torres rojas de perfil cuadrado. Las defensas de La Alhambra original.

—Aquí empieza la verdadera Alhambra —dijo Rey dirigiéndose a todos los turistas que caminaban sobre la explanada embaldosada que separaba al palacio de los jardines y las murallas nazaríes. Su sonrisa triunfal denotaba la alegría sincera que solo puede despertar la pasión por la cultura.

Luz observó la torre del Homenaje y la torre Quebrada, las partes más distintivas de La Alcazaba, el sector más antiguo de La Alhambra, una fortaleza y pequeña ciudad militar que procuraba proteger a los gobernantes musulmanes de Granada.

Un campanazo retumbó en el aire. El estruendo avivó con facilidad el sentimiento de alerta de Luz, que estaba a flor de piel desde la explosión en el Museo del Oro. Agarró instintivamente el brazo derecho del profesor.

—¡Qué pollas! ¡No os preocupéis! —el profesor soltó una carcajada. Sonó otro campanazo, diez segundos después del primero—. Es la campana de la Torre de la Vela. Podemos ir hasta allá si queréis.

Los mareos volvieron a aparecer en la cabeza de Luz.

—No tenemos tiempo —susurró Beta al oído de Luz—. Dile que nos lleve al lugar del tesoro, o su esposa morirá.

Luz tragó saliva y se acercó a Rey.

—Profesor, estamos buscando un sitio en particular dentro de La Alhambra...

—Mira el mapa que tienes en las manos —el profesor, con su barba blanca brillando con el sol de la mañana, olvidó al instante el comentario de su alumna. Luz desdobló el folleto que le entregaron en la entrada—. La Alhambra, vista desde el aire, parece un barco, ¿no te parece? —Era increíble, el profesor tenía razón. La silueta alargada, más gruesa en el medio y puntuda en los extremos, semejaba una embarcación descomunal, un arca de Noé que serviría para salvar a la humanidad entera. Otro resonar de la campana inundó el espacio—. La Torre de la Vela es el faro, la guía de este barco. Está ubicado en todo el extremo occidental, aquí —puso el dedo índice sobre el mapa.

—¿Allá está grabado el escudo nazarí? —preguntó Salomón.

—¡Vas follao! ¡Calma, calma, hermano! —el profesor olvidó la pregunta del hombre de los anteojos, que tenían un lente averiado—. Este barco de tonos rojizos navega sobre una colina de grandes rocas, en medio de montañas y un bosque magnífico casi impenetrable, acompañado del río Darro, protegiendo con sus murallas la belleza inexplorada del interior.

—Maldito loco —espetó Omega.

Decenas de personas pasaban caminando junto al grupo estacionado enfrente del palacio de Carlos V, creyendo que el viejo de la barba blanca era un guía de La Alhambra que explicaba, a modo de cuento, todos los secretos ocultos de la ciudad nazarí.

Luz conectó de inmediato los datos. ¿Serían una afortunada coincidencia?

Un barco, el que viajó entre Europa y el Nuevo Mundo, llevando un ejército nazarí para explorar el mundo, muchos años antes de Colón.

Los tonos rojos de las paredes. Como las pinturas rupestres.

Rocas. Como los tepuyes.

Montañas y ríos. Como la selva amazónica.

Un lugar inaccesible. Como Chiribiquete.

¿Los nazaríes habrían construido La Alhambra como un retrato, un homenaje a Chiribiquete, el sitio donde encontraron un tesoro inigualable? ¿El tesoro con el que tal vez financiaron la construcción de tan solemne ciudadela?

«El símbolo creado por el hombre para intentar imitar la belleza de Dios», les había dicho el profesor sobre La Alhambra.

—Por eso y mucho más, este lugar es considerado Patrimonio de la Humanidad —remató el profesor.

«Como Chiribiquete», Luz reafirmó su conclusión.

Entonces, un bombillo iluminó su cerebro.

—Profesor, ¿existe un sitio en La Alhambra que tenga un hueco circular en su interior, en todo el medio?

Rey Benavides cerró y abrió los ojos. Miró al cielo, buscando en sus recuerdos y, de repente, chasqueó los dedos de su mano izquierda. El último campanazo de la Torre de la Vela, también llamada Puerta del Sol, permaneció por varios segundos reverberando en el ambiente.

—¡Por supuesto! ¡Ole tu polla!

—¿Dónde está? —se apuró a preguntar Delta.

—Es un edificio que representa el arte más vanguardista de su época. Un inmenso palacio cuadrado que tiene un enorme patio circular ceñido en su interior.

Cuadrado. Cuatro lados. Las esferas del poporo.

Una oquedad en el medio. El Estadio.

—Llévenos, por favor —pidió Luz, tomándolo de la mano.

—No es necesario; lo tenéis ante tus narices. Es el Palacio de Carlos V.

Paciencia

«Ha pasado mucho tiempo», pensó el hombre que se hacía llamar Tutor. El teléfono repicó seis veces más, haciendo que su corazón latiera con mayor intensidad, casi a punto de estallar en medio de su caja torácica. Era la segunda vez que intentaba comunicarse, pues en la primera oportunidad no recibió respuesta.

Miles de voces al unísono, acompañadas de una ráfaga de viento que soplaba en el auricular, aparecieron al otro lado de la línea.

—¿Dónde demonios están? Llevo tiempo tratando de contactarlos —dijo a regañadientes.

—*Disculpe, Tutor* —el murmullo de los turistas se inmiscuía en la conversación—. *Estamos en un sitio público. Hay mucha gente alrededor. Es difícil escuchar el teléfono entre esta muchedumbre.*

¿Un sitio público?

Eso podría suponer un problema.

Pero no tenían tiempo.

—¿Es la ubicación correcta? —preguntó.

—*Un anciano está ayudando a descifrarlo. Parece conocer el camino, Tutor.*

—¿Cómo llegaron a él? —preguntó.

—*La traductora lo conoce, Tutor* —y después se adelantó a lo que en realidad quería saber su jefe—. *No representa ningún problema.*

Pasaron diez segundos eternos.

—Es hora. Cuando estén seguros del lugar, activen el plan.

—*A sus órdenes, Tutor.*

¿Qué pollas dices?

Ni un solo milímetro del patio circular estaba sumergido en las sombras, ya que el sol se encontraba en el punto más alto de la bóveda celeste, alumbrando cientos de cráneos humanos protegidos en su gran mayoría por sombreros y gorras deportivas. Las únicas manchas oscuras reflejadas por el astro rey se trasladaban, debajo de cada cuerpo, al compás de cada turista que admiraba el interior del Palacio de Carlos V.

Minutos antes, cuando ingresaron al sitio señalado por el profesor, Luz se transportó de inmediato a una época muy antigua. Creyó encontrarse en medio de un coliseo romano, a punto de ser devorada por leones hambrientos. La fachada interior del patio, de dos niveles, como el resto de la mansión, estaba protegida por una serie de columnas de orden dórico que le impregnaban un aire de recinto destinado para recluir a los maleantes, una cárcel esculpida en la piedra.

Una alegría momentánea volvió al alma de Luz cuando vio una figura en el suelo del patio. Un gran círculo construido en una baldosa amarillenta estaba en plena mitad del espacio, resguardando un punto que antes había sido un pozo, según les explicó Rey Benavides. Como rayos centelleantes en busca de la iluminación, cuatro franjas del mismo material y grosor del círculo partían de este hacia las columnas inferiores del patio y terminaban en el borde redondo que conformaba un pequeño andén.

«Un sol». Luz no tenía dudas.

El sexteto explorador estaba de pie, en medio del patio, observando el suelo y a la gente a su alrededor.

—¿El pozo todavía existe? —le preguntó Luz al profesor.

—O alguna cueva interior... —habló Delta con un toque de nerviosismo.

—Este palacio está inspirado, sin duda alguna, en la arquitectura romana. Una pieza renacentista sin igual —contestó Rey. Se aclaró la garganta mientras se hacía sombra en la cara con la ayuda de su mano derecha—. Por lo tanto, lo más probable es que también incluyeran un pozo para extraer el agua, aquí en toda la puta mitad —soltó una carcajada leve a la vez que zapateaba el suelo.

Delta le hizo un guiño a Beta, un signo que solo conocían entre ellos dos, que Salomón alcanzó a ver. El joven de la piel amarilla movió la cabeza en todas direcciones, con gran sigilo.

—Podría estar aquí abajo… —Salomón le dijo a Luz.

—¿Quién construyó el palacio, profesor? —preguntó Luz, sin perder de vista la duda de Salomón.

—Todo surgió como una historia de amor y poder —el profesor se rascó el mentón peludo y prosiguió—. Una pareja de recién casados estuvo viviendo aquí en La Alhambra. Quedaron tan anonadados con la arquitectura nazarí, que decidieron construir su morada definitiva aquí mismo. Esta mansión fue su casa.

—No entiendo —repuso Salomón. El gentío los rozaba sin cesar—. Es decir que La Alhambra ya existía cuando construyeron este palacio.

—¿La pareja a la que se refiere es la de Carlos V y su esposa? —se adelantó Luz.

—Isabel de Portugal, por supuesto —contestó el profesor.

Delta se ausentó, aduciendo una necesidad fisiológica.

—Entonces eso fue en el siglo XVI, cuando los musulmanes ya habían salido de la península…

—¡Ole tu polla! ¡Claro que sí!

—Estamos en el sitio equivocado —Luz se resignó a decir.

Beta y Omega estaban distraídos, discutiendo en su idioma nativo sobre algún asunto que no lograban vislumbrar los demás.

—¡Joder, pero si esta es La Alhambra! ¡El lugar del escudo nazarí! —Rey parecía muy molesto, pero su rostro nunca podría emitir tales sentimientos.

«Necesitamos otra pista», reflexionó la arqueóloga.

—¿Qué hacemos, Luz? —Salomón empezaba a temer por su vida.

—No lo sé, el profesor no puede estar equivocado con La Alhambra.

—Está enfermo de la cabeza —bajó la voz, a pesar de su tonalidad gruesa, para no ser escuchado por alguien más—. ¿No crees que su mente puede jugarle una mala pasada?

—Ya no sé qué pensar… Si no hacemos algo, estos tipos nos van a matar.

El aire estaba subiendo de temperatura, produciendo gotas de sudor en todas las cabezas presentes en el patio.

—Estamos persiguiendo una leyenda, algo que no existe — replicó Salomón con un dejo de tristeza en su voz de barítono.

—¡Qué hambre! Vamos que tinmayao —dijo el profesor sin dirigirse a nadie en particular.

Salomón volteó a mirarlo. Volvió con Luz y concluyó:

—No vamos a encontrar El Dorado.

Rey se acercó y le haló la camisa a Salomón.

—Oye, tú... ¿Qué pollas dices?

—Nada, profesor —contestó Salomón para no preocuparlo.

—¿Están buscando algo dorado? — dijo Rey.

Luz y Salomón se miraron.

—Sí, algo así —respondió Luz.

—Lo hubieran dicho antes... ¡Qué polla!

—¿A qué se refiere, profesor? —Salomón se acercó al viejo. Su confianza en el profesor revivió con ligereza.

En ese momento, Delta regresó al grupo con gesto de preocupación.

—¿Confirmado? —le preguntó Beta.

—Afirmativo —remató.

—¿Qué sucede? —preguntó el profesor.

—Nos están siguiendo —dijo Delta.

Rastros académicos

En menos de veinticuatro horas, la noticia de la explosión en el museo y el posterior robo del poporo quimbaya habían caído al profundo abismo del olvido inmediatista. Los medios de comunicación encontraron historias, en su mayoría banales, que reemplazaron por completo el misterio de la noche de El Dorado, y ahora repetían, mañana, tarde y noche, las narraciones que les significaban los mayores puntos de *rating*. Y generar la menor cantidad de enemigos poderosos.

Omar Medina estaba iracundo e irritable, emociones que él mismo identificó en su ser, pero que, a pesar de ser consciente de ellas, no era capaz de modificarlas por pensamientos positivos. Sentía que otra alma lo había dominado. No era él mismo, esa no era su esencia.

No pensaba volver al Museo en toda la semana. Las obras de remodelación y el tumulto de gente, algunos preparados para el chisme, otros esperando ejecutar su rol de inquisidores irracionales y unos más despistados ante la verdadera situación, lo motivaban a tomar un respiro momentáneo.

Así se podría dedicar a salvarle el honor al Museo. No existía nadie más en el planeta que tuviera el mismo objetivo. Las noticias que vio en la mañana le confirmaron esa conclusión.

Aún tenía en sus manos el documento que imprimió con los datos personales y profesionales de la arqueóloga Luz Morángel. En realidad, no era arqueóloga, a pesar de sus importantes aportes académicos, plasmados en los artículos que Medina se había devorado durante toda la noche.

Marcó el número de teléfono de la universidad.

—Buen día —se sorprendió de que le contestaran tan rápido—. Quisiera verificar los datos de una estudiante de la universidad. Una egresada de arqueología.

—*Buen día* —le respondieron del otro lado de la línea. Parecía un joven con voz contundente y servicial—. *¿Cuál es el propósito de la solicitud? ¿Es una verificación de datos para un empleo?*

Medina metió la mano que tenía libre dentro de su cabello blanco grisáceo.

—Sí, correcto. Necesito las calificaciones y algún reporte especial que tengan, por ejemplo, de indisciplina u otros aspectos.

—*Señor, solo le podemos decir si la persona que está por contratar estudió aquí, en qué año y de qué carrera se tituló. Si desea el certificado de notas u otra información, tendrá que venir presencialmente y diligenciar un formulario, anexando la autorización del estudiante.*

No tenía opción. Tenía que usar su influencia.

—Okey, voy para allá ahora mismo. Coménteles a las personas que emiten las certificaciones, que el director del Museo del Oro de Bogotá necesita esa información. Urgente.

El joven vaciló.

—*Sí, señor, con gusto. ¿Cuál es el nombre del estudiante?*

—Luz Morángel. De la carrera de arqueología.

"Solo Dios es vencedor"

El panorama cambió por completo y tan rápido que la variación del entorno se sentía de inmediato, obligando a los turistas a detenerse por unos segundos para adaptarse a las nuevas condiciones y oportunidades que se abrían ante sus ojos. Luz y Salomón iban acompañados del profesor Benavides, liderando el grupo que descendía por unas escaleras que se encontraban al costado norte del palacio de Carlos V, del cual habían salido disparados ante la alerta de Delta y la nueva recomendación de Rey. El norteamericano de la cabeza rapada y barba abundante los escoltaba junto con Beta y Omega.

Arribaron a la entrada de una pequeña casa, donde una fila de extranjeros aguardaba con paciencia y felicidad el permiso para ingresar a unas nuevas estancias de La Alhambra. El profesor Benavides les comentó que para encontrar lo que buscaban debían ingresar a los palacios nazaríes, los edificios de arquitectura musulmana que le imprimían la esencia a la ciudadela rojiza.

Cuando ingresaron se encontraron con una estancia de techo bajo, por lo menos más cercano que el del palacio romano, caracterizada por una oscuridad tenue que ocultaba el radiante sol de afuera.

Era el Mexuar, un salón utilizado en épocas pasadas para reuniones políticas y diplomáticas de los gobernantes musulmanes. Estaba sostenido por cuatro columnas esbeltas que terminaban, en la parte superior, en sendos capiteles y ménsulas repletas de grabados finísimos de letras y símbolos árabes. Luz alcanzó a ver varias estrellas de ocho puntas, algunas con colas geométricas que creaban pequeños cometas voladores. Parecía el cosmos retratado en el techo.

Siguieron caminando hacia el fondo del recinto.

—¿Cómo es tu nombre? —el Alzheimer revolvió la memoria del profesor. Se quedó mirando a Luz fijamente, intentando recordar—. ¡Puta memoria! Eres Luz, Luz Morángel, mi mejor alumna —dijo y se dio una fuerte palmada en la frente—. ¿Por qué no volviste a las clases?

La mente del profesor se había devuelto varios años. Luz revivió, otra vez, aquella experiencia que no deseaba evocar. Miró a Salomón y decidió responderle brevemente al profesor.

—Me expulsaron de la universidad, profesor —le hizo un gesto de resignación a Salomón.

—¿Por qué pollas? Si eres la mejor...

—Yo también quisiera saberlo —respondió mientras entraban a un nuevo salón.

El Oratorio, un espacioso lugar, estaba repleto de luz y de inscripciones por todas las paredes blancuzcas. No existía un solo espacio virgen; todos los muros tenían tallados caracteres y símbolos árabes. Constituían básicamente varios extractos y frases del Corán, el libro sagrado del islam, y algunas referencias a Muhammad I.

—¿No lo sabes? —preguntó Salomón—. ¿Te sacaron y decidiste aceptarlo?

—El rector alegó que mi personalidad era un peligro para el gremio, a pesar de mis calificaciones. Nunca lo entendí.

Rey inspeccionaba el rostro de Salomón.

—Tú estabas en la misma clase con Luz, ¿cierto?

—Sí, pero después me cambié a Finanzas —después miró a Luz—. Y no volví a verte más. Hasta hoy. Es decir, hasta hace dos días.

«Ya pasaron dos días», pensó Luz. Salomón le sonrió.

—¿Dónde terminaste de estudiar? —quiso ahondar el profesor. Ya estaban llegando al final del Oratorio, a punto de traspasar una puerta por donde entraba el sol con sus rayos blancos y brillantes.

—Ninguna otra universidad quiso aceptarme. Y Amelia nació un tiempo después, así que me dediqué a ella y a mi esposo.

Delta se acercó por detrás y los apuró. También les recordó que estaban siendo vigilados.

—Muévanse rápido, pero sin demostrar prisa.

—Hemos llegado —dijo el profesor cuando salieron a un pequeño patio rectangular. Era un espacio interno de los palacios nazaríes, cerrado a los costados por sendas paredes blancas manchadas por la lluvia. El grupo salió por una de las puertas de acceso, desde donde se divisaba una entrada triunfal de tres arcos árabes sostenidos por dos columnas, al otro lado del patio.

En la mitad del patio, una fuente de agua reposaba sin funcionar. Al parecer estaba en remodelación, por el encerramiento con cintas amarillas con la leyenda "Prohibido el paso". Un montón de herramientas de albañilería se apiñaban junto a la fuente, que descansaba sobre una depresión artificial en el suelo con figura de octágono. Otro símbolo de ocho lados.

—Queridos alumnos —gritó el profesor—. Allá al frente, al pasar las puertas árabes está el sitio que buscáis.

—¿Cómo se llama? —preguntó Salomón.

—Estoy hecho peazo —soltó Rey, a la vez que suspiraba y se limpiaba el sudor de la frente. Después volvió a sus costumbres educativas—. Toda la fachada que estáis viendo lleva grabado el lema de los nazaríes: «Solo Dios es vencedor», acompañado de varios poemas musulmanes.

«Aquí es». Luz esbozó una sonrisa.

—Al pasar los tres arcos, está el Cuarto Dorado —calló dos segundos y añadió—. Y, por supuesto, este es el Patio del mismo nombre.

«Lo logramos», pensó Delta.

Luz miró al cielo de perfil rectangular, gracias a la abertura del patio.

Recordó la letra de una canción, sin saber el porqué.

Luna, quieres ser madre,

Y no encuentras querer que te haga mujer,

Dime luna de plata,

Qué pretendes hacer con un niño de piel.

Todo se tuerce

El humo aromatizado logró traspasarle los pulmones y no solo le infló el pecho de orgullo, sino que además le ensanchó la seguridad que sentía en sí mismo. El cambio siempre traía cosas buenas para la vida, desde que fuera minuciosamente planeado. Por eso ese día estaba probando una nueva esencia en su pipa, una mezcla de tabaco de naranja, lima y flor de azahar.

Su teléfono privado vibró.

Hacía mucho tiempo que esa línea no se utilizaba.

Contestó de inmediato, como dictaba el protocolo.

—Habla McFee. Identifíquese —el mismo procedimiento eliminaba las reglas de cortesía. En esos casos, el saludo era innecesario. Aspiró de nuevo el humo de la pipa.

Le dieron un código secreto.

—Continúe.

—*Señor, tenemos una situación I-DA en el extranjero.*

«¿Qué sucedió?». El interlocutor hacía referencia a que un agente de la CIA había sido asesinado. *Dead Agent.*

—¿Ubicación?

—*En Granada, España. Es el piloto de una aeronave nuestra; lo encontraron en el aeropuerto, en el hangar donde se estacionó.*

No necesitó el código del avión para reconocer que era el transporte del equipo que buscaba El Dorado. Estaban en peligro.

El interlocutor ya había arreglado, a su modo, toda la información que se ocultaría y la que se mostraría, retorcida, a los medios de comunicación que lograran enterarse del caso.

Pero no se sintió del todo tranquilo.

Alguien más estaba en busca de El Dorado.

Tenía que tomar medidas correctivas.

Colgó y realizó una llamada.

Un cuarto sin salida

No se detuvieron a admirar las tres columnas con capiteles de mármol que daban paso al Cuarto Dorado, ni repararon en los impresionantes tallados del arco de la puerta principal. Se adentraron en la estancia, esperando encontrar el tesoro perdido de los aborígenes americanos.

La clave para ocultar un gran secreto era dejarlo a la vista de todo el mundo.

Llamar Cuarto Dorado al lugar donde se alojaba un tesoro era tan ilógico como racional. Tal vez los nazaríes, al construir La Alhambra, inspirada en Chiribiquete, según creía Luz, incluyeron aquel salón para alojar las riquezas encontradas en un nuevo continente. Sabían que un ser humano cualquiera buscaría en todos los lugares del mundo, menos en uno que tuviera un título tan revelador.

Pero el Cuarto Dorado parecía todo, menos una bóveda de riquezas.

Era un espacio diminuto, comparado con la inmensidad de La Alhambra, un cuarto rectangular que se podía recorrer con diez pasos. Era de una sencillez abrumadora, lejos del arte que vieron minutos antes en el Mexuar y el Oratorio. Lo llamaban 'dorado' por el techo de madera empotrado en la parte superior, en forma de balsa invertida y decorado con figuras del color del oro.

La arqueóloga no pudo evitar la comparación con la techumbre de la iglesia de San Francisco de Bogotá. Era la segunda vez que evocaba ese lugar tan misterioso.

Luz reconoció estrellas, hexágonos alargados, rectángulos terminados en puntas estrelladas, cometas y cohetes. Tres figuras, las más grandes del techo, se destacaban con facilidad: un trío de octágonos dorados, que no solo estaban pintados, sino labrados y hundidos en la madera, produciendo una oquedad escalonada con la figura geométrica de ocho lados. De cada figura emergían unos pequeños rayos brillantes que se conectaban mágicamente con el resto de figuras del techo.

Tres soles en medio del universo.

Luz no tuvo dudas.

Tenía que ser el lugar. Allí, el sol también era el rey.

Delta se quedó en la entrada del cuarto, fingiendo ser un turista despreocupado por el arte. Beta y Omega lo imitaban, cada uno a su modo.

—¿Existe algún sitio oculto encima del techo? —preguntó Luz, volviendo a sus conjeturas provenientes del hueco del poporo y del tepuy de Chiribiquete.

—Ninguna polla importante, que yo recuerde —contestó Rey Benavides. Era probable que hubiera olvidado cosas importantes.

Salomón refunfuñó.

—Pero... —Luz se puso a la expectativa. El profesor sonrió y prosiguió—. Existe una leyenda sobre este cuarto...

«Una leyenda», como El Dorado.

—Se dice que debajo de este cuarto se construyó un pasadizo como vía de escape y protección de los gobernantes musulmanes. Nadie entiende la razón precisa, ya que La Alhambra es una fortaleza *per sé*.

De inmediato, a Luz se le vino a la cabeza la cueva de El Estadio, una serie de callejones naturales que serpenteaban por debajo del tepuy. 'La cueva del sol', la había bautizado.

—¿Cómo llegamos a esos pasadizos? —preguntó Salomón.

—Si quieres descender, ¡tah aviao! —respondió el profesor utilizando una expresión propia de los granadinos. Ante la cara de témpano de hielo que puso Salomón, tuvo que aclarar lo que quería decir—. Me refiero a que eso está muy complicado, por no decir que es imposible...

Decenas de turistas recorrían el lugar con los ojos apuntando hacia el techo, intentando adivinar las historias, palabras y leyendas que estaban ocultas en medio de los símbolos y los colores impregnados en la madera oscura. Luz y Salomón se encontraban en una vía sin escapatoria, rodeados de paredes, pisos y techos herméticos, acompañados de inocentes que no tenían la menor idea de lo que estaban buscando los seis exploradores.

Luz se ubicó debajo del sol de ocho lados que se encontraba en toda la mitad del techo. Quería hallar alguna clave que los llevara por una ruta más fácil. Rey se paró junto a ella, emulando la misma postura del cuerpo de su antigua alumna. El profesor le miró los ojos, azules como el mar del Caribe.

—Dicen que el pasadizo se construyó inicialmente sobre una muralla, a la vista de todo el mundo —le empezó a decir el profesor, que deseaba ayudar a

Luz en su búsqueda. ¿Qué era lo que estaban buscando?—. Después se ejecutaron algunas remodelaciones que lo escondieron —apretó los labios y mostró las plantas de las manos al cielo.

—¿Qué querían ocultar? —susurró Luz sin dirigirse a nadie. Ya sabía la respuesta. O por lo menos deseaba que la solución a esa cuestión fuera El Dorado, aunque no tuviera muchas pruebas para demostrarlo.

Delta se acercó para alertarlos.

—¿Dónde está?

—No hay salida, imbécil —le espetó Luz, evitando subir demasiado la voz para no ser el centro de atención—. ¡No podemos atravesar el suelo del cuarto! ¡Y así pudiéramos, este lugar está repleto de gente!

Delta oteó por doquier, a derecha e izquierda, arriba y abajo.

Alcanzó a ver el patio exterior con su fuente en remodelación.

Luz vio en sus ojos la emoción del triunfo.

El norteamericano fue a las entradas del cuarto y charló con Beta y Omega. Los dos subordinados lanzaron miradas rápidas al Patio del Cuarto Dorado y después asintieron. Salomón tenía la boca abierta de preocupación cuando se juntó con Luz y el profesor en medio de la sala.

«¿Qué están planeando estos hijos de puta?», quiso saber la arqueóloga.

En un abrir y cerrar de ojos, Beta y Omega salieron del cuarto y se dirigieron raudos hacia la fuente octogonal. Alzaron algunas de las herramientas: picos, palas y martillos, así como un rollo de cinta amarilla que estaba acoplado al mango de madera de una de las piochas. Volvieron a las puertas de acceso al Cuarto Dorado, donde descargaron la utilería robada.

—¡Señoras y señores turistas, disculpen! —Delta extendió sus brazos y comenzó a hablar en voz alta para ser escuchado por todos los visitantes—. ¡Necesitamos hacer una pequeña reparación en este lugar! ¡Tenemos una fuga de agua que debemos contener de inmediato!

Mientras hablaba, giraba su cuerpo para dirigirse a todos los costados de la estancia. Muchos viajeros pusieron cara de tristeza, otros de preocupación, otros de angustia y rabia. Pocos mostraron indiferencia.

—¡Pueden retirarse lentamente, por favor!

Delta repitió el mensaje en inglés y fue cuando la mayoría acogió sus órdenes. El profesor Rey Benavides no reconoció el rostro de aquel personaje, pero tomó la advertencia como verdadera y se dispuso a salir del lugar. Luz lo agarró del brazo y lo retuvo con firmeza cariñosa. El viejo no entendió la actitud de Luz, pero se dejó llevar. Sentía una energía pura en ella.

Cuando el salón quedó desolado, a excepción de Luz, Salomón y Rey, los maleantes se dispusieron a amarrar la cinta amarilla en las columnas árabes de la entrada.

—Tenemos cinco minutos antes de que nos descubran —dijo Delta volviendo a la habitación dorada.

—¿Quiénes? —preguntó Salomón por puro instinto.

—Los verdaderos empleados del lugar —respondió. Le hizo señas a Beta, que montó guardia en la entrada central, y después a Omega, que ingresó al cuarto con una pica sobre el hombro—. O los hombres que nos están siguiendo…

Beta sacó un revólver escondido encima de sus tobillos. Lo alistó y se camufló en una de las puertas de entrada al cuarto, sin despegar la mirada del patio que empezaba a desocuparse de turistas. Delta también desenvainó un arma mucho más grande y delgada.

—¡Me cago en Satanás! —dijo el profesor al observar las armas de fuego.

Luz lo abrazó para calmarlo. Se sintió como una tarada al meter en líos de ese estilo a su profesor preferido.

—¿Dónde cavamos? —le indagó Delta a Luz.

Ella volteó a mirar al profesor y luego a Delta. Señaló el suelo debajo de ellos, justo en medio del cuarto.

Luz esperaba tener la razón esta vez.

Delta le dio una orden invisible a Omega, quien entendió la señal. Sin esperar que se apartaran, lanzó un golpe con la pica que desprendió un pedazo de la superficie. Estaba hecho de una piedra gruesa y densa. A ese ritmo no llegarían al fondo ni en un año. Diez golpes más lograron crear una herida superficial de unos diez centímetros de profundidad.

—Suficiente —dijo Delta.

«Suficiente ¿para qué?», pensó Luz.

Sacó de su pantalón un bolígrafo bruñido con un esmero demencial. Era tal su pulcritud y brillantez que los reflejos de las cinco personas se veían perfectamente sobre el metal. Lo colocó dentro del agujero recién cavado y, para su fortuna, encajó con una precisión mecánica. Entraba sobre la piedra herida y sobresalía unos cinco centímetros por encima del nivel del suelo. Lo volvió a sacar y pulsó el botón superior con el dedo pulgar, activando de esa forma el émbolo que expulsaría la mina para escribir.

«¿Qué diantres iba a escribir?», se cuestionó Salomón.

Ninguna mina salió del esfero retráctil.

—Aléjense —ordenó Delta y ubicó el bolígrafo, por segunda ocasión, en el agujero. Omega salió trotando hacia una de las entradas del Cuarto Dorado. Luz, Rey y Salomón no entendían.

—¡Largo de aquí, estúpidos! —gritó el norteamericano de la cabeza rapada—. ¡Es una bomba!

De repente, otro grito los alertó.

Después sonaron tres disparos.

«¿Qué está pasando? La bomba no se ha activado», la cabeza le daba mil vueltas a Luz Morángel.

El trío de rehenes se agazapó detrás de una columna alejada de la mitad del cuarto, la arqueóloga y el financista agarrando cada uno de una mano al profesor Benavides. Cinco disparos más retumbaron en el cuarto, creando sendos hoyos en las paredes talladas por los antiguos musulmanes.

Beta apuntaba hacia el otro lado del patio, haciendo fuego contra cuatro hombres vestidos como turistas, pero con una inigualable similitud entre ellos: corpulentos músculos, elevada estatura y peinados rasurados: un estándar bélico. Delta y Omega se situaron a los costados de Beta, protegidos por las delgadas paredes creadas entre los accesos al cuarto. Disparaban sin piedad hacia el mismo sitio que Beta alertó segundos antes.

Era una contienda.

Los tres norteamericanos abrían fuego por cinco segundos, se escondían para recargar y pronosticar la posición del enemigo, y esperaban el contrataque, que demoraba unos diez segundos infernales, pero que cesaba para volver a comenzar el ciclo balístico.

Delta asomó la cara por algunos milisegundos. Una bala despedazó el borde de la pared que lo defendía. Los malditos tenían experiencia. Presintió la ubicación del tirador y sacó la punta del revólver, apuntó al vacío y disparó dos veces. Un grito de dolor se escuchó al otro lado.

«Soy un perfecto asesino», Delta sonrió, orgulloso.

En pocos segundos llegarían policías, de eso estaba seguro. Los gritos de la gente evacuando los palacios nazaríes se podían escuchar a cientos de metros de distancia. En cuestión de segundos, las redes sociales se inundarían con los videos del pánico generado en uno de los lugares más visitados de España y el mundo. Tenían que escapar lo más pronto posible.

Un pitido dio la señal.

El sonido se repitió cinco segundos después.

Era hora de partir.

—¡Abajo! —gritó Delta.

Un estruendo hizo temblar la estructura nazarí, millones de piedras volaron por los aires y una nube de polvo marrón opacó el ambiente. Las ráfagas de tiros cesaron y el silencio dominó de inmediato la situación, como si la magnitud del ruido de la explosión hubiera sido acallada por la propia naturaleza.

Luz no distinguía nada a un metro de sus ojos. Permanecía acostada sobre el suelo, cubriendo el cuerpo de su viejo profesor. Salomón, bocabajo junto a ellos, tenía la boca llena de polvo y las lentes de los anteojos repletos de bruma caliza. Trataba de sacar la lengua y pasar saliva para deshacerse del malestar, pero solo logró tragarse unas piedrecillas con sabor a quemado.

Un soplo celestial se llevó parte de la nube artificial y dejó a la vista un hoyo de un metro de diámetro, un cráter imperfecto.

«Otra pieza cultural, otro símbolo del arte humano destruido por mi culpa», pensó Luz. Unas lágrimas brotaron de sus ojos que homenajeaban el mar y el cielo juntos. Caían con dificultad, como pequeños riachuelos entre un lecho de barro y piedras enormes, dejando a su paso una marca indeleble sobre la piel manchada por el polvo.

Beta se levantó, limpió sus ojos y revisó sus alrededores.

Tenía el revólver en su mano derecha, apuntando al piso, mientras se ubicaba entre aquel desastre.

Dos disparos emergieron de la nada.

Beta se llevó la mano al cuello y sintió un líquido caliente y espeso. Los ojos se le desorbitaron y quiso pedir ayuda, pero la sangre le estaba anegando la boca. No sabía dónde se había alojado el segundo proyectil, y no quería saberlo. Se agachó, lentamente, contra una de las columnas y escupió un río escarlata.

Cuando se pudo sentar, observó a Delta acurrucado detrás de la pared que le servía de trinchera. Sus miradas se encontraron.

Beta le hizo un saludo militar. Una despedida.

Cerró los ojos y la oscuridad cubrió su mente.

Vueltas y enredos

Se acomodó en la solapa del vestido gris, por sexta ocasión en menos de una hora, la bandera metálica con las cincuenta estrellas de cinco puntas sobre un fondo azul que acompañaban a las barras rojas y blancas. Cada vez que miraba el emblema que colgaba de su saco, desde esa perspectiva, sentía que su nación estaba volteándose para quedar patas arriba.

Estaba revisando por enésima vez algunos de los videos que estaban apareciendo en las redes sociales, que fueron advertidos por medio Departamento del Tesoro antes que él. Una estampida humana sin víctimas, sonidos lejanos de disparos, una columna diminuta de humo café. Todos los cortometrajes capturados con teléfonos móviles mostraban imágenes de unos palacios y construcciones que parecían del Medio Oriente. Fue Jason McFee el que convenció a Pappett de que se trataba de un sitio llamado La Alhambra, en Granada, al sur de España.

—Allá están nuestros hombres —le dijo el director de la CIA con total seguridad y sin titubeos. El Secretario del Tesoro lo había hecho llamar para revisar las imágenes y definir un plan de acción. «Me necesita», pensó McFee.

—Ya mataron a nuestro piloto… y ahora nos atacaron en la ciudad —complementó Pappett sin despegar la mirada del celular—. ¿Quiénes crees que sean los autores?

Jason ya lo había pensado por largo rato, pero llegó a la típica conclusión de la poderosa inteligencia contra el crimen:

—Rusia, sin lugar a dudas.

Era la respuesta obvia desde que acabó la Segunda Guerra Mundial.

—Esto se puede convertir en un conflicto a escala mundial —sugirió William Pappett. Pasó a otro pensamiento que le revoloteaba en la cabeza sudorosa—. ¿Y cómo descubrieron nuestro plan?

—No es difícil. Tienen oídos en todas partes desde hace décadas.

«Pero nosotros hacemos lo mismo», reflexionó Pappett.

—Los rusos están comprando oro en proporciones gigantescas; eso lo sabemos. Saben, como nosotros, que es el futuro de la economía. Pueden estar persiguiendo el mismo objetivo... y aprovecharon esta oportunidad —habló Pappett para él mismo.

—Una oportunidad que "escucharon" y no van a dejar perder.

—Hijos de puta... —exclamó el secretario reclinándose en su silla mientras pasaba con su dedo índice en la pantalla hacia otro video escandaloso de turistas en peligro en La Alhambra—. Debemos acabarlos.

—Paso a paso, Pappett. No vamos a ser los generadores de una nueva guerra mundial por la búsqueda de un tesoro...

—¡Si no hay oro, no hay nación! —William Pappett golpeó la mesa con un puño tenso y blancuzco—. Si tenemos que encender la chispa que dé inicio a una guerra, para salvar a nuestra nación, eso haremos.

Jason sabía que sus hombres eran expertos y podían salvar el obstáculo.

—Cálmate... Por ahora debemos asegurarnos de que nuestro equipo salga de allá con el tesoro, sin *ruidos*... Si armamos un escándalo ahora, podemos perderlo todo, el oro, el futuro... a nuestros hombres.

McFee tenía razón.

—¿Qué vamos a hacer? —preguntó Pappett con preocupación.

—El nuevo avión está programado. Mis hombres aniquilarán a los rusos con total diplomacia y traerán el tesoro... Déjalo en mis manos.

Pappett quiso creerle. Se obligó a creerle.

What? чmo?

Los cinco pares de ojos asustados empezaban a acomodarse a la penumbra húmeda y maloliente del pasadizo que discurría por debajo de los palacios nazaríes. Iban corriendo en bajada, ayudados por la fuerza del peso de sus propios cuerpos, cubiertos todavía del polvo del suelo del Cuarto Dorado. Omega lideraba la fila, por el simple hecho de que era quien poseía una pequeña linterna, la única que les iluminaba la ruta antigua.

Luz Morángel creyó estar caminando por las galerías y recovecos del Castillo San Felipe de Barajas, aquellos que la llenaron a la vez de susto y de curiosidad histórica desde ese lejano día en que sus padres la llevaron, cuando solo era una niña, a la preciosa, mágica y surrealista ciudad de Cartagena de Indias.

Delta iba a la retaguardia, escoltando a sus tres rehenes. Estaba estupefacto y colmado de furia, pues minutos antes había perdido a uno de sus hombres más hábiles e inteligentes en el campo de batalla. Beta era el criminal perfecto: diestro con las armas de fuego, olfateador inigualable del peligro, adorador de la confrontación y poseedor de una capacidad de raciocinio propia de un genio matemático.

Su cuerpo, inerte y ensangrentado, quedó atrapado en La Alhambra, a merced de sus propios asesinos.

¿Quiénes eran sus atacantes? Tenían cara de rusos, pensó Delta.

¿Cómo los localizaron? ¿Por qué conocían sus planes?

Por fortuna, el profesor Benavides y Luz Morángel acertaron con la hipótesis de los pasadizos que se encontraban debajo del Cuarto Dorado. Cuando el polvo generado por la explosión empezó a mermar, Delta se acercó al cráter y vio un camino estrecho y de baja altura, donde solo cabía un ser humano a la vez, y ordenó a todos meterse de una vez. Él fue el último en ingresar, justo cuando reconoció unas siluetas negras y corpulentas que se acercaban a la entrada del Cuarto Dorado sosteniendo armas realmente profesionales.

Cuando saltó al fondo del hueco, oyó un gritó de uno de sus perseguidores avisando que estaban escapando sus próximas presas. Esa situación los obligó a acelerar el paso a pesar de la noche artificial en la que se habían internado.

Las paredes, rudimentarias y ancestrales, estaban cubiertas por una capa de barro cocido del mismo color que las murallas y la tierra rojizas de La Alhambra. El suelo era plano a pesar de que estaba compuesto principalmente por pequeñas piedras de río, planas y rugosas.

Continuaron su descenso frenético, mucho más vigoroso cuando sintieron a lo lejos voces que venían desde más arriba. Los hombres que asesinaron a Beta lograron ingresar al camino escondido y corrían detrás de ellos.

«Estamos descendiendo la montaña que sostiene La Alhambra», conjeturó Luz Morángel. «Ahora sí nos van a matar».

Omega aligeró el paso, obligando a Salomón a agarrarse de las paredes para no caerse y al profesor Benavides a tomar de la mano a Luz para compensar sus pies y sus pulmones avejentados. La bajada terminó después de cinco minutos de correría y apareció una superficie llana pero igual de estrecha.

«Gracias a Dios», dijo Salomón.

—¿Ande pollas amos? —quiso saber el profesor, que jadeaba como un caballo que acaba de finalizar un derbi. Nadie le respondió, pues todos tenían la mente puesta en la huida. Además, no entendieron lo que quiso decir.

Tres minutos más adelante encontraron una bifurcación. Ambos caminos mostraban un difícil ascenso. ¿Por dónde tenían que ir? La decisión debía ser ágil, pues los perseguidores venían detrás de ellos; sus voces se lograban identificar en la lejanía, gracias al diminuto espacio.

La vía de la izquierda estaba franqueada por una puerta de acero, entreabierta. El camino de la derecha no tenía obstáculos a la vista.

—¿Por dónde, puta vida? —clamó Salomón a punto de llorar.

Omega acercó la linterna hacia la puerta de la izquierda y vio un símbolo extraño sobre el metal.

—Un texto árabe... creo —susurró Luz Morángel. Volteó a mirar al profesor y lo obligó a hablar, al mostrarle un gesto de impotencia.

—El Generalife —dijo el profesor—. ¡Es una puta ruta hacia el Generalife!

—¡Maldito viejo loco! —Delta lo agarró de la camisa y lo arrinconó contra la pared—. ¿Vamos por ahí o por el otro lado?

—¡Quítame las manos de encima, maldito gilipollas! —Luz ayudó al profesor a deshacerse del arrebato de ira de Delta—. Es un palacio fuera de La Alhambra, donde descansaban los reyes musulmanes. ¡Por mi polla!

—¡Miren! —espetó Omega.

Estaba alumbrando la ruta de la derecha. Las paredes eran diferentes al resto del pasadizo que ya habían recorrido. Tal como en Chiribiquete, decenas de símbolos repetidos estaban dibujados sobre la superficie de barro cocido. Los mismos octágonos brillantes del techo del Cuarto Dorado, intercalados con el lema en árabe del escudo nazarí.

—¡Por ahí! —gritó Luz y salió corriendo por la subida.

Salomón se acomodó las gafas maltrechas y siguió a su compañera, que jalaba al profesor Benavides, exhausto por la travesía entre los callejones subterráneos de La Alhambra. El sendero, tremendamente empinado, significaba un reto sinigual para las piernas y los pulmones del grupo explorador, que ahora se había convertido en objetivo militar de otros matones. La arqueóloga detuvo su ímpetu de supervivencia cuando se adentró en la penumbra tenebrosa que le cegaba por completo el camino que tenía adelante.

Las voces de sus perseguidores se hacían cada vez más fuertes, al igual que sus pesados pasos.

—Hazlo, ahora —le ordenó Delta a Omega. Sacó un nuevo bolígrafo, igual al utilizado en el Cuarto Dorado, y lo activó. Lo dejó en el suelo, en toda la división de la ruta original—. ¡Vamos!

Omega corrió por la ruta de los soles, seguido de Delta. Los pasos de los nuevos enemigos retumbaban en el aire. Estaban muy cerca, a unos quince metros, calculó el norteamericano de piel morena y ojos rasgados, mientras se rascaba el bigote pírrico, cuando apuntó inconscientemente la linterna, para su propio placer, hacia el trasero de Luz, a quien sobrepasó para alumbrar el recorrido. Miles de pensamientos lúbricos le pasaron por la cabeza en menos de dos segundos. En medio del embrollo, aquellos actos pasaban inadvertidos. Omega se limpió la saliva que le goteaba por la comisura derecha de sus labios, sin ser descubierto, y tomó el liderato del equipo escalador.

Por fortuna no existían sinuosidades, ni curvas pronunciadas, ni obstáculos sobre el suelo que pudieran frenar la velocidad de crucero a la que ya se habían acostumbrado los músculos de las piernas del profesor y las de sus dos antiguos alumnos universitarios. Luz respiraba con una frecuencia rítmica y voluntaria, un hábito aprehendido en sus múltiples viajes exploratorios por las culturas americanas. Salomón sudaba a borbotones, tanto que el cabello se le pegaba al cráneo y la camisa al pecho peludo, formando pequeños remolinos de vellos negros que traslucían bajo la tela blanca.

Rey Benavides seguía sostenido de una mano de la arqueóloga. Por unos momentos imitaba los pasos de Luz con total naturalidad, después reducía la celeridad de sus pies para inhalar un poco del escaso aire del lugar y volvía a repetir el ciclo ambivalente, como si su cerebro olvidadizo reiniciara operaciones cada cinco segundos, obligándolo a extraviar el cansancio temporal y la certeza de que estaba corriendo desde hacía mucho tiempo.

—... Cinco, cuatro —susurraba Delta en la cola del grupo, al ritmo de sus piernas ejercitadas por años de operaciones militares—... tres, dos...

Se detuvo y lanzó un grito.

—¡Al suelo!

El grupo perseguidor, compuesto por cuatro hombres espigados y de amplia musculatura, arribó a la bifurcación. Se enfrentaron a la misma disyuntiva de sus presas. Por un lado, veían dibujos octogonales en las paredes, por el otro, una puerta metálica con unos caracteres extraños. Todos se miraban con todos sin saber por cuál alternativa optar. El líder del grupo pidió silencio con su dedo índice derecho sobre los labios.

Uno de sus hombres dirigió el oído derecho hacia la ruta del mismo lado. Escuchó movimientos. Era el golpe inequívoco de la suela de caucho de zapatos deportivos y de calzado formal. Pero también el de las botas de estilo militar. No estaban corriendo detrás de simples civiles muertos de miedo. También estaban rastreando a personajes habituados a las armas de fuego, la sangre y la locura.

Un pitido los sacó de sus razonamientos.

Era un sonido muy peculiar, a la vez que familiar.

—¡Atrás! —alcanzó a gritar el escuchador de pasos. Se lanzó como un clavadista olímpico hacia el infinito. Su cuerpo pasó del perfil vertical y natural del hombre erguido hacia el plano horizontal que volaba por el aire en busca de la salvación. Sus compañeros captaron el mensaje y se tiraron al suelo al mismo tiempo.

Un haz de luz iluminó todo el recinto.

La radiación blanca se convirtió en una bola de fuego que se propagó por los tres callejones: hacia atrás, por el camino que venía desde el Cuarto Dorado, y también por las dos rutas ascendentes, la de la puerta metálica y la de los garabatos dorados y geométricos. El aire caliente crujía de dolor, generando un ruido espantoso y quemante, como si millones de árboles estuvieran ardiendo al mismo tiempo mientras la madera de los troncos rezaba para no sufrir más.

Las ropas lograron mitigar el escozor ardiente, pero en cambio las cabezas desprotegidas de los perseguidores sufrieron leves pérdidas de cabello. Las paredes del pasadizo se carbonizaron de inmediato; solo en la superficie se mezcló el olor de pintura y barro quemado con el del pelo arrebatado por el calor.

Arriba, treinta metros más allá, Luz estaba encima del profesor Benavides. La relativa lejanía que los separaba del epicentro explosivo hizo que la llamarada no fuera tan violenta como la que cayó sobre sus nuevos perseguidores. Salomón, muy cerca del profesor, se sentó sobre el suelo y respiró con alivio. Tenía las gafas llenas de polvo negro. Delta y Omega parecían intactos, como si no hubieran presenciado aquellas llamas violentas. Se pusieron de pie *ipso facto*, como si nada hubiera pasado, igual que un proxeneta se levanta de la cama orgulloso y sin remordimientos todos los días, a pesar del terror y la inmundicia que genera a su alrededor.

Salomón Salas limpió las gafas con una punta de la camisa blanca que tenía metida dentro del pantalón, el único pedazo de tela que no sufrió con el tizne infernal del pasadizo, ni con el polvo de la explosión del Cuarto Dorado, ni con la pelea contra Omega en la cueva del sol en Chiribiquete, ni con la travesía por la selva colombiana, ni con el cautiverio en la bodega abandonada en donde presenció la ruptura del poporo quimbaya. Sopló los lentes con suavidad y frotó con delicadeza para evitar rayar el vidrio. Luz se acomodó el cabello lleno de polvo y piedras oscuras, como si tuviera decenas de piojos duros pero inofensivos. Se sacudió los brazos, el pecho y las piernas después de ayudar a levantar al profesor Benavides, cuyo cabello se mantenía blanco como una hoja de papel amenazante que espera ser utilizada por un escritor enfrentado a la primera frase de una novela.

Omega sonreía. No escuchaba más los ruidos trepidantes y aterradores que les seguían los pasos. Chocó los nudillos de su mano derecha, cerrada con fuerza, con la misma parte del cuerpo de Delta. La linterna alumbró ese momento triunfal de los norteamericanos y una sombra maquiavélica se proyectó en las paredes, ahora negras. Los octágonos no desaparecieron con el fuego, pero quedaron muy camuflados ante una mirada repentina.

—Sigamos —ordenó Delta, empujando la espalda de Salomón.

El camino mantenía su inclinación hacia arriba con una constancia que era una prueba de fuego incluso para el atleta mejor preparado del mundo. Tal vez era el sacrificio, o el castigo, para poder ser digno de obtener el tesoro más grande y majestuoso de la humanidad. El sudor, en extremo salado, recorría todas las partes de los cuerpos, todas, de los cinco caminantes, sin excepción. Luz no entendía cómo estaba diseñado el sistema de ventilación de aquellos callejones, pero le alegró reconocer que sus pulmones estaban aspirando bocanadas de aire fresco y templado.

«Debieron quedar carbonizados», pensó Omega sobre los asesinos de Beta.

Un montón de piedras, tierra y barro obstruían el paso; un obstáculo difícil, mas no imposible de superar. La cuestión es que el tiempo era el recurso clave para cumplir las órdenes de sus superiores, por lo que intentar despejar el camino consumiría más minutos de lo esperado. Los norteamericanos se jugaron una buena carta, no cabía duda, pero eso no los detendría. El único contratiempo que reconocían era la muerte. Devolverse al Cuarto Dorado era una opción, aunque existía otra que podían intentar: ir por la vía de la izquierda, la ruta que no quedó bloqueada por la bomba imperceptible pero efectiva que casi los manda para el infierno. Del oído derecho del escuchador brotaba un ligero chorro de líquido escarlata que le bajaba hasta el hombro para desaparecer entre las ropas que lo absorbían. «Malditos, me rompieron el tímpano». Sus tres socios se limpiaban el polvo de la cara y se tocaban el cuero cabelludo, muy maltratado en algunos sectores de sus cráneos. Charlaron por treinta segundos y tomaron una determinación: se internarían por el camino de la izquierda, traspasando la puerta metálica. Si volvían a La Alhambra, alguna autoridad podría estar esperándolos para capturarlos.

—A toda marcha —gritó el escuchador.

Se internaron, sin saberlo, por el camino que conducía al Generalife.

«Esos hijos de puta norteamericanos terminarán en el infierno», prometió el escuchador mientras se limpiaba la sangre de la cara.

Delta y Omega estaban perdiendo las esperanzas de encontrar El Dorado. Un camino tan estrecho y de difícil acceso no era lo más recomendable para transportar grandes, pesadas y delicadas piezas del oro más puro del universo. Sin embargo, el viejo profesor los había llevado hasta ese sitio, y él no podía mentir tan fácilmente, a pesar de que su cerebro lo engañaba con regularidad. Luz y Salomón estaban pensando exactamente lo mismo que sus captores, ya que la oscuridad no cesaba, la subida no daba tregua y el cansancio empezaba a embotarles los sentimientos de intriga y convencimiento propio. El profesor Benavides, aferrado a una mano tersa y sucia de Luz, solo miraba hacia el suelo con sus pensamientos puestos en quién sabe qué cosas extrañas.

De pronto, Omega se detuvo.

Se dio un golpe seco en el brazo y soltó la linterna.

Los cuatro seguidores del norteamericano no vieron su parada y se estrellaron, uno encima del otro, hasta estrujar a Omega contra una pared que significaba el fin del camino.

Después de acomodarse, Omega recogió la linterna y alumbró al frente.

Una puerta metálica marcaba el final del camino.

Estaba grabada con un símbolo.

El profesor soltó un gritico de sorpresa.

Bifurcación del Generalife

El sol volvía a calentarles la piel ajada por el aire caliente y el polvo de las paredes de la callejuela diminuta que los condujo por un camino empinado y pedregoso hasta encontrarse de frente con otro portón metálico, cerrado a cal y canto. El paso implacable del tiempo, con su insolente paciencia y persistencia redujo a pedazos oxidados y piedras roídas las otrora fuertes cerraduras de lo que parecía ser la entrada a una antigua bóveda.

Tal vez fuera la fortuna la que los llevó por la ruta de la izquierda. El hombre del oído sangrante no creía en la suerte, como si Dios jugara a los dados, según recordaba la frase de un científico famoso. Sin embargo, era bastante extraño, y hasta interesante, que después de atravesar la segunda puerta se hubieran encontrado con un amplio salón oscuro, una bodega en ruinas con grabados artísticos y símbolos incomprensibles en las paredes. Encontraron rápidamente otro acceso, casi oculto, y por fin salieron a la civilización.

Por un momento sintieron pánico.

Tuvieron la sensación instantánea y fugaz de que habían retornado al Cuarto Dorado. El techo rectangular en madera con adornos geométricos, las columnas que formaban tres arcos de herradura y las inscripciones de los capiteles y las paredes, caracteres árabes que parecían expresar canciones y poemas, los transportaron de nuevo a La Alhambra. El suelo, que no poseía un cráter infame, y la luz del astro rey que entraba, ofreciendo una vista espectacular de Granada, les hizo retornar el alma al cuerpo.

Era el Palacio del Generalife, un espacio inquietante y melancólico que combinaba a la perfección con las dos estancias que conectaba. Por un lado, el hermoso mirador Ismail I, nombrado así en honor a uno de los soberanos nazaríes; a través de sus arcos tallados se contemplaban dos símbolos de la ciudad andaluza: La Alhambra y el barrio Albaicín. Su techumbre cuadrada de figuras doradas protegía y cuidaba a los asombrados visitantes, que se obnubilaban con la vista de Granada y con la decoración de las yeserías de belleza insuperable.

Y, por otro lado, el Patio de la Acequia, lugar representativo del Generalife, el sitio de descanso de los reyes musulmanes, que por su esencia vacacional y festiva fue concebido, a diferencia de La Alhambra, como un lugar más apegado a la naturaleza, menos pomposo, más simple y divino, como la vida misma. Por eso la presencia afortunada de múltiples jardines, flores, árboles, corrientes de agua y patios amplios hacían emerger un sentimiento de libertad sin igual, que solo podía ser superado por la vida en la naturaleza deshabitada. El Patio de la Acequia, un espacio longitudinal de casi cincuenta metros de largo y trece de ancho, estaba atravesado por un canal de agua en donde bailaban, parabólicos y ondeantes, varios arcos de agua que acompañaban a los arbustos cúbicos, las flores violetas, fucsias y amarillas, y a los pequeños árboles de troncos sutiles.

En el Generalife aún pululaban turistas de todas partes del mundo, pues aunque era un lugar conectado simbólica y técnicamente con La Alhambra, y además conformaban entre los dos un único emplazamiento, patrimonio de la humanidad, la orden de evacuación había llegado con un retraso que benefició a los perseguidores de los norteamericanos. Se mezclaron con la multitud y atravesaron el Patio de la Acequia. Nadie reparó en la ropa sucia, los cabellos quemados y en el olor a sudor que desprendían por doquier. Todos los turistas estaban inmersos en sus teléfonos celulares, reproduciendo por enésima vez los diferentes videos de la explosión, el griterío y las detonaciones de disparos en La Alhambra.

Ingresaron a un pequeño solar, cuadrado como el cerebro de un ingeniero, que albergaba una fuente proporcional en el centro y cuatro árboles del verde más brillante jamás visto. Era un espacio adjunto a la Casa de los Amigos, una zona dedicada a los huéspedes de los gobernantes musulmanes, esas amistades que obtenían el privilegio del descanso y la liberación de la monotonía gracias a su relacionamiento interesado.

Descendieron a otro patio similar y por fin salieron del palacio.

El río humano, unidireccional y lento, se embutió, como en un embudo diminuto, entre un camino empedrado y recto que estaba adornado a ambos lados por arbustos flacos y alargados que parecían postes de energía tejidos a mano. Al terminar la seguidilla de árboles alargados, unos metros más adelante, se encontraron con unas paredes densas, construidas con la vegetación circundante, conformando unos túneles naturales que les brindaban mayor frescura y mejor protección del sol a los viajeros.

El Paseo de las Adelfas constituía la entrada, pero también la salida triunfal, romántica y elegante al Palacio del Generalife. Debía su nombre al espectacular rosario de flores rojas, blancas, amarillas y rosadas que revoloteaban con las formas rectangulares y planas de las paredes, y las curvas de los accesos podados en la vegetación circundante.

La evacuación aligeró el paso ante una ampliación del espacio.

La densidad de flores y arbustos, extrema pero nunca empalagosa, se difuminó de repente para abrirle el camino a una explanada grisácea y esplendorosa que albergaba hileras e hileras de sillas perfectamente alineadas frente a un escenario sencillo y formidable. El Teatro del Generalife, construido en 1954 y reformado en 2005, era el lugar ideal para llevar a cabo las representaciones artísticas más impresionantes, que también se beneficiaban con el marco natural y pomposo que el Generalife podía brindarles.

Bajaron unas escaleras ubicadas al costado derecho.

Apresuraron el ritmo de sus piernas por el pasaje recto que los esperaba, ya que no tenían la menor certeza del lugar en donde se encontraban los norteamericanos y sus rehenes. Empezaron a trotar suavemente para no levantar sospechas, sobrepasando fácilmente a niños, ancianos, jóvenes, mujeres, flacos, gordos, coches de bebé, sombrillas y morrales extravagantes. Un poco más de cien metros después, cuando el sol empezaba a mermar su fuerza asfixiante, se internaron en otra callejuela bordeada por arboledas más oscuras, más altas y mucho más gruesas que las del Paseo de las Adelfas.

No existía modo alguno de observar a lado y lado más allá de la vegetación, por lo menos para identificar un punto especial en los alrededores que sirviera de alojamiento final del pasadizo que iba hacia la derecha, allá en la bifurcación del túnel secreto.

¿A dónde habrán llegado los norteamericanos?

El Paseo de los Cipreses, más largo de lo que esperaban, era el tramo final antes de llegar a la salida del complejo turístico, según le oyeron decir a un grupo de turistas que caminaba alegremente durante la evacuación. Cuando por fin arribaron a la salida, se dieron cuenta de que estaban de nuevo en el punto donde compraron los boletos para ingresar a La Alhambra, unas horas atrás, cuando hacían la fila a escasos metros de los estadounidenses y uno le entregaba unos billetes al anciano que los ayudaba.

¿A dónde los había llevado el camino de la derecha?

El escuchador cogió uno de los mapas de La Alhambra que estaba dentro de un cesto de basura y lo recorrió con la mirada. Identificó el lugar del Cuarto Dorado y dibujó con su dedo la ruta que recorrieron bajo la superficie, tratando de unirlo, en línea recta, con el Palacio del Generalife. Se devolvió, otra vez con el dedo índice, y se detuvo en la mitad, casi sobre la Cuesta de los Chinos. Desvió su ruta imaginaria a la derecha y proyectó el camino.

Su dedo atravesó el Generalife y se encontró con una ubicación resaltada en color rojo, apartada del complejo turístico, hacia el nororiente.

Vio a un guía que batía los brazos para indicarles a las personas que salieran, como si eso los ayudara a marcharse más rápido.

—Disculpe, disculpe —se acercó el escuchador evadiendo la multitud—. ¿Cuál es este sitio?

Señaló el sitio sin nombre que encontró en el mapa.

—Es afuera de La Alhambra. Y del Generalife —respondió el guía.

—¿Cómo se llama?

El guía no le dirigía la mirada.

«Salgan, por favor. Rápido», gritaba al gentío.

Le respondió sin mirarlo a los ojos.

—Es la Silla del Moro, un antiguo puesto de vigilancia, en el Cerro del Sol.

Una descarga de adrenalina le atravesó la espina dorsal.

El sol. El oro.

Allá tenía que ser.

Jesús y Mahoma

El grupo se dispersó en todas las direcciones posibles, intentando encontrar alguna pista que los condujera hacia el tesoro de El Dorado, aquel que salvaría a la nación de Delta, Omega y Gamma, y que le traería un cúmulo enorme de orgullo y satisfacción profesional y personal a Luz Morángel. Deseaba, necesitaba que ese fuera el resultado, pues la destrucción del poporo y de La Alhambra le roían el alma.

Al violar la puerta metálica, ayudados por un disparo del arma de Delta, se vieron envueltos por una oscuridad aún mayor que la del pasadizo, un aura negra que ocupaba un salón de unos tres metros de altura, cien metros de ancho y la misma distancia de largo, medidas que calcularon mentalmente después de prender las antiguas teas que colgaban de las paredes negras, repletas de maleza y vegetación azulada.

Así como en la cueva del sol de Chiribiquete, aquí todo estaba desolado.

Cada uno inspeccionó las paredes sucias, el suelo agrietado y el techo carcomido por el agua y la tierra roja de esa parte del mundo, con minuciosa disciplina, buscando cualquier indicio que por lo menos les confirmara que el tesoro estuvo allí en algún momento, ya que era obvio que se lo habían llevado a otro lugar. O tal vez nunca estuvo allí.

El gran salón tenía paredes planas, pero a diferencia de un cuarto normal, tenía más de cuatro lados. En realidad eran ocho. Era un octágono perfecto, como las figuras geométricas de las paredes del pasadizo y las del techo del Cuarto Dorado. Luz presumió que era una representación a gran escala del símbolo que estaba grabado en la puerta metálica por la que ingresaron minutos antes:

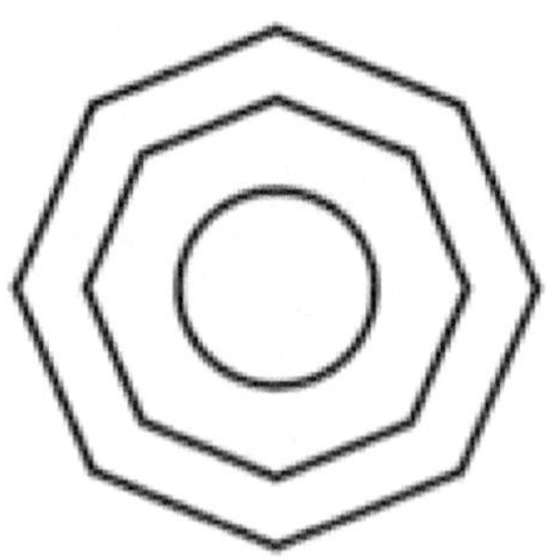

Dos octágonos, uno más pequeño que el otro, con un círculo en el medio. Cuando la arqueóloga compartió sus conjeturas con el profesor y con Salomón, este le hizo caer en cuenta de varias coincidencias que no podrían ser eso. Este nuevo símbolo era demasiado parecido, casi un hermano gemelo de aquel encontrado en el interior del poporo quimbaya. La chacana, la cruz cuadrada de los Andes. Ambas representaciones utilizaban figuras geométricas para delinear sus contornos: cruces, cuadrados, octágonos, estrellas. El sol es nuestra mayor estrella. Y marcaban el centro del cosmos, del mundo, con un círculo ubicado en todo el medio. No podía ser una simple casualidad.

Salomón también recordó el orificio central del poporo y, por supuesto, el tepuy del Chiribiquete. El Estadio. Si le hubieran solicitado que plasmara en un papel aquella roca ancestral, desde una perspectiva superior, sin duda la bosquejaría como el símbolo octogonal con el círculo en el medio. No tenía mucho talento para el dibujo, así que recurriría a las figuras más básicas de la geometría para describir aquel paraje maravilloso.

—No conozco este símbolo, por mi polla —espetó el profesor en medio de la conversación.

—Si Luz tiene razón, las paredes de este salón representan el octágono más grande... —dijo Salomón—. Entonces, el octágono más pequeño debería andar por aquí...

Delta y Omega escuchaban la charla desde el otro lado del recinto y entendían perfectamente cada sílaba. El sonido se propagaba con facilidad en ese encerramiento antiguo. Todos registraron el suelo y el techo con mayor ahínco. Salomón tenía la razón.

Unos veinte metros desde la pared, yendo hacia el centro, se topó con una franja delgada labrada en el piso, casi imperceptible por el paso del tiempo. La persiguió con los ojos y la espalda encorvada, y pronto reconoció que se trataba de un octágono delineado en la piedra horizontal. Entonces...

Luz se adelantó y más allá, casi en el medio de la inmensa habitación encontró otra franja, pero curvada, sin líneas rectas. Un círculo en medio de la sala octogonal. Ingresó al círculo y se puso a reflexionar, alejada de la emoción momentánea.

Omega se acercó a la arqueóloga y alumbró el suelo con la linterna.

El profesor vio un texto grabado en la piedra. En árabe.

—Por Dios... —expresó Luz.

—¿Es la clave del tesoro? —dijo Salomón.

—Pero, ¿qué demonios es eso? —complementó Delta.

El viejo se agachó y palpó las palabras con sus dedos. Comenzó a leer, mentalmente, a la misma velocidad que sus dedos exploraban el suelo. Dos minutos después se levantó y no dijo una sola palabra. Balbuceaba, como hablándose a sí mismo, y poniendo sus pupilas contra los párpados superiores. Cerró los ojos y entrecruzó sus manos.

—Profesor, ¿sabe qué dice el texto? —Luz lo despertó del trance.

—Estoy muy rayado... Nunca logré aprender todas las palabras árabes... Pero, ¡qué pollas!, estoy seguro de las frases principales...

—¿Cuáles? —le ordenó Delta.

—Hay tres frases indudables —las narró como si fuera un relator de historias de miedo y suspenso.

"No hay divinidad sino Dios".

"Mahoma es un mensajero de Dios".

"Cristo es un mensajero de Dios".

—Eso no tiene ningún sentido —dijo Salomón.

—La primera es la misma del escudo nazarí... —Luz seguía pensando.

—¿Jesús y Mahoma en una inscripción árabe? ¿Seguro que tradujo bien? —Salomón empezaba a acrecentar su desconfianza en la débil memoria del sabio profesor.

—¡Que te den por el culo, maldito gilipollas! —gritó el profesor. No lo hacía con intención de herir, simplemente el Alzheimer le quitó años atrás ese filtro diplomático, ese freno aprendido que no dejaba emitir las expresiones más naturales del lenguaje, esas que por lo general eran las más precisas para describir a alguien o alguna situación. Por ejemplo, los términos asesino, criminal, delincuente, ladrón, corrupto, canalla, bandido y otros más se quedaban cortos para definir con precisión a un auténtico hijo de puta. Hijueputa, como dirían (pasionalmente) en Colombia (y tal como aprendió cuando fue profesor en ese país), muchas veces era la expresión correcta.

Salomón no se atrevió a contrariarlo, nunca más. Pidió disculpas y se calló.

—Solo digo que son el agua y el aceite —le susurró a Luz en el oído—. Es imposible que se hable *bien,* en un mismo texto, de dos personajes enfrentados por representar religiones tan diferentes...

—Creo que tiene mucho sentido... son religiones prácticamente iguales, como todas —replicó Luz—. Profesor —se dirigió a su antiguo maestro, que seguía revisando los textos de nuevo—. ¿Estas frases indican algún lugar, algún sitio en particular?

—No se me ocurre ninguno...

Luz decidió pensar por su cuenta.

Recordó las coincidencias que Salomón les contó.

—La chacana integra lo masculino y lo femenino, lo superior y lo inferior, los cielos y la tierra, la materia y la energía, el tiempo y el espacio. El balance —musitó la arqueóloga—. Además, era un calendario y un pronosticador de climas y temporadas... ¿De qué nos sirve eso? ¿Qué estamos olvidando?

El profesor recorrió el salón con la vista.

—¿Qué dijiste? ¿Calendario? ¿Climas? ¿Temporadas? —dijo el profesor Benavides. «¿Por qué a ella no la insulta?», pensó Salomón. Rey ató cabos y palabras—. Estaciones, geografía... ¡Puntos cardinales! ¡Ole tu polla!

—¿Qué dice, profesor?

—Gira la figura un poco en tu mente, hasta dejar dos paredes del octágono exterior paralelas con el horizonte —Luz lo imaginó con rapidez.

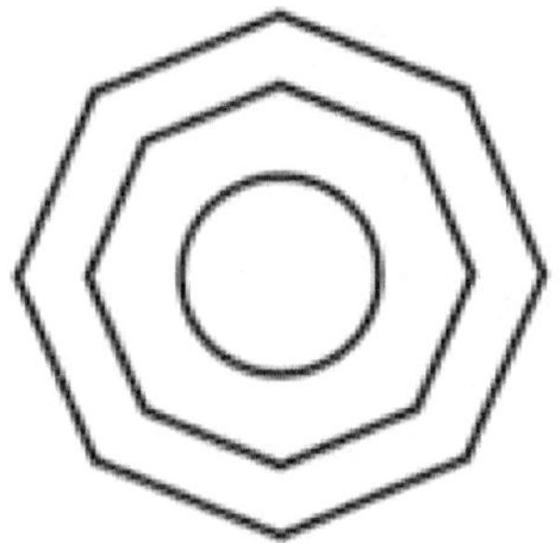

—Así, la figura cobra más sentido. ¡Por mi polla! Tiene cuatro lados señalando a los puntos cardinales: norte, sur, oriente, occidente... y los otros cuatro sus combinaciones: suroccidente, nororiente, etcétera.

—¿Y eso qué? —Omega escupió después de preguntar con insolencia.

—Este piso en piedra, las inscripciones árabes, los dos octágonos rodeando un círculo... Hay un sitio emblemático que está construido con esas estructuras geométricas, tiene esas inscripciones árabes en cada lado del octágono exterior y posee un suelo en piedra... y cada lado está orientado a un punto cardinal.

Todos quedaron a la expectativa.

—¿Dónde es?

—¿Tienen un puto avión? —consultó Rey Benavides.

Tercera parte

Coro # 2

Antioquía, provincia romana de Siria.

63 a.C.

El sofocante calor del mediodía, combinado con la humedad bochornosa que brotaba del aire tórrido, atravesaba cualquier escollo por minúsculo que fuera, parecía fundirse en la piel y sobrepasar los músculos hasta llegar a los órganos internos del cuerpo humano, que solo podía mantener la temperatura vital a través de la expulsión ininterrumpida de fuentes de agua salada que le mojaban la túnica aguamarina. El tono claro de la tela se oscurecía con el paso del tiempo, ante la invasión constante e imparable del sudor corporal, un ritmo tan acelerado como el que llevaba la expansión de la República.

El general, sentado sobre un trono esculpido en piedra blanca, se pasó la mano derecha por la frente y se arregló el cabello de color marrón que estaba en una transición extraña hacia tonos naranjas y grises. La palma de la mano izquierda le ayudaba a sostener el prominente mentón que hacía un juego perfecto con la cara ovalada, inquietante y amenazante al mismo tiempo.

—Lo noto preocupado, general —un hombrecillo de mediana estatura, el único en el que confiaba plenamente, opinó mientras servía dos jarras de cerveza recién fabricada. Sus ropas rojas y pardas, colores de sus túnicas, flotaban sobre unas sandalias muy apretadas.

El general Pompeyo, el Grande, se acomodó el botón dorado que tenía sobre el hombro izquierdo, el accesorio que le sostenía la túnica externa sobre el camisón azul de bordes de oro que le protegía el cuerpo de la vista de los demás hombres, pero no lo hacía inmune a la temperatura de los nuevos territorios orientales que ahora hacían parte de la gran República Romana.

—Tenemos que seguir nuestro camino hacia el sur —respondió tajantemente. Tuvo que rascarse su nariz, delgada en la parte superior, pero gruesa y esférica en la punta, para darle cacería a una comezón imprevista.

—General, lo que ha conseguido en los últimos dos años es impresionante —su asesor le acercó una de las jarras. Se retiró dos pasos y continuó su discurso—. La República es tan grande, que nadie jamás ha visto tanto poder junto. No me sorprendería que pronto nos transformemos en un imperio.

—Necesitamos los territorios ubicados al sur de Siria —se bebió media jarra del bendito líquido de un sorbo—. Así tendremos acceso a toda la costa oriental del Mediterráneo.

El pequeño asesor entrecerró los ojos y sospechó la siguiente jugada de Pompeyo.

—Entonces, nos urge entablar una guerra… —se atrevió a conjeturar.

—Despacio, mi querido asesor —Pompeyo volvió a beber de la jarra. Después se puso de pie y empezó a dar vueltas por el pequeño cuarto octogonal de paredes blancas—. Antes de entrar a una guerra, debemos ganarla.

El hombrecillo no entendió, a pesar de llevar años trabajando al lado del general más prometedor, más venerado y con mejores relaciones políticas de toda Roma. Prefirió no decir nada por temor a ser reprimido. El silencio es sabiduría cuando no se tiene nada valioso que decir, pero en esa situación correspondía más a una señal de sumisión.

—Haremos lo mismo que con Armenia y el Ponto —Pompeyo se acomodó la túnica para permitir que le entrara aire en el pecho—. En la mesa y en el diálogo se ganan las grandes batallas. La diplomacia es el arma más destructora que ha creado la humanidad. Somos los mejores amigos de todo el mundo, hacemos que todos nos vean como mediadores y aprovechamos cualquier oportunidad para hacer que los demás se peleen en favor nuestro. Así se expande un imperio.

El asesor entendió y reafirmó las grandes habilidades del general, esas que motivaron al Senado romano, dos años antes, a crear una ley arbitraria, fuera del marco de la Constitución, para entregarle a Pompeyo el liderazgo de la guerra de la República Romana contra los reinos orientales, especialmente contra el Reino del Ponto y su monarca Mitrídates, una amenaza para los europeos. En Pompeyo recayeron poderes sin límite, amparados en la legislación, acomodada por las grandes amistades e influencias políticas y económicas de Cneo Pompeyo Magno, su nombre de pila.

Había transcurrido un lustro desde que Lúculo, un noble perteneciente a una familia de buena posición, inició la persecución de Mitrídates al mando del ejército romano. El monarca del Ponto huyó hacia un reino aliado, Armenia, hasta donde llegó Lúculo con sus hombres. Después de batallar y mutilar armenios se tomó la capital de ese reino: Tigranocerta. Pero Mitrídates consiguió escapar al norte de aquella región. Lúculo fue tras él y se enfrascó en otra contienda mortal, esta vez en Artaxata, que resultó en una victoria aplastante de los romanos frente al reino de Armenia. Ya había pasado un año desde que el ejército romano había iniciado esas correrías orientales, con los agravantes de que Mitrídates seguía con vida y que no se había logrado obtener ninguna ganancia monetaria; ningún tesoro fue encontrado en el camino de la muerte.

Las batallas continuaron y la falta de resultados tangibles (un tesoro o la cabeza de Mitrídates) avivó el descontento de los soldados contra Lúculo. Ese fue el punto de quiebre que el poder detrás del poder aprovechó para cambiar las cartas a su favor. Los hombres influyentes de Roma lograron moldear el Senado para destituir a Lúculo por su supuesta mediocridad y sustituirlo por el gran Pompeyo.

Cuando el nuevo general arribó a tierras orientales, hizo lo que nadie se hubiera imaginado. La fama de Pompeyo y su invencibilidad eran reconocidas en toda la República. No había perdido una sola batalla en su carrera militar y seguramente eso venía respaldado por algún método innovador. El método que utilizó de nuevo contra Mitrídates. «Antes de entrar a una guerra, debemos ganarla».

Mitrídates se escondía en Armenia, reino amigo del monarca por causa de parentesco: la hija de Mitrídates era la esposa de Tigranes, el rey armenio. Pompeyo, conocedor de la relación, optó por involucrar a otros actores en el conflicto, como mecanismo para romper ese vínculo. Contactó al líder del Imperio Parto, aquel esplendoroso territorio ubicado mucho más al oriente, bañado por los ríos Tigris y Éufrates, caudales preciosos que encerraban a la región más próspera de la antigüedad: Babilonia.

Fue suficiente con demostrarle al rey parto, Fraates III, que Roma se expandiría sin ningún problema hacia el oriente, como venía haciéndolo en los últimos años. Sin duda, el Imperio Parto era un escollo en ese objetivo. Fraates, intimidado, pactó con Pompeyo un ataque conjunto a Armenia, cada uno por un frente distinto. El asalto se ejecutó con precisión. Pompeyo y los partos ingresaron sin problemas al reino de Tigranes y arrasaron con todo lo que pudieron, hasta llegar a Artaxata, la capital armenia.

Tigranes, ante el vendaval incontrolable y asesino, no tuvo otra opción más que rendirse. Traicionó a su suegro, dejándole el camino libre a Pompeyo para que lo persiguiera, lo encontrara y lo matara. Además, le cedió el mando del reino armenio a Roma, entregándole de paso las tierras recién anexadas en Siria. En un acto de benevolencia malintencionada, Pompeyo sirvió como árbitro para dirimir las disputas entre los partos, quienes atacaron por orden de Roma, y los armenios. Los pueblos se reconciliaron ante la mirada impasible y la mente sagaz de Pompeyo.

De esta forma Pompeyo convirtió a Siria, el lugar donde se encontraba ahora, en una provincia romana. Una provincia que colindaba al sur con otro reino lleno de características interesantes para la República.

—¿Y cuál es la oportunidad que nos permitirá obtener el reino de Judea? —preguntó el asesor. Inmediatamente tuvo la sensación incómoda de que esa pregunta la debería responder él mismo. Al fin y al cabo, era *el asesor* de Pompeyo.

Tres golpes arremetieron contra la puerta de la sala.

—Creo que ha llegado —dijo Pompeyo, ordenándole implícitamente al hombrecillo que abriera el acceso.

Un hombre de espesa barba negra, que le llegaba hasta el esternón, ingresó con actitud risueña. Sus ojos, un tanto rasgados y rociados de color miel con visos dorados, generaban un aura de tranquilidad en medio de la masculinidad desafiante de su aspecto físico. A pesar de su altura y su robustez, características amenazadoras en un campo de batalla, la forma relajada de caminar y el saludo ameno que le lanzó al asesor y a Pompeyo demostraban una gran nobleza de corazón.

—Querido Hircano, siempre es un verdadero honor recibir tu visita —Pompeyo extendió los brazos y le dio un abrazo al invitado.

Hircano recibió el gesto amistoso sin inmutarse. El asesor de Pompeyo notó una sensación de leve desprecio en la cara peluda del hombre de piel morena.

—Mi hermano está recibiendo ayuda externa —empezó a decir Hircano, justo después de que el general romano se despegó de su humanidad—. Seguramente se enteró de nuestro pacto para recuperar mi derecho al trono.

Pompeyo se sentó, aparentando calma en su rostro gélido.

—Debes actuar, ahora mismo —respondió Pompeyo. Bebió el último trago de cerveza que le quedaba. Con un gesto le ordenó a su asesor otra dosis del líquido ámbar y una adicional para el visitante—. Eres el hijo mayor de Salomé y por lo tanto el rey de Judea.

—No estoy seguro —Hircano se volteó y comenzó a caminar en círculos con la mirada pegada al piso—. Es mi hermano, provenimos de la misma mujer y el mismo padre. No es correcto. Será mejor dejar todo así —se volvió hacia Pompeyo, pero no le miró a los ojos directamente. Prefirió concentrarse en el cuello blancuzco y sudoroso—. Yo puedo seguir siendo Sumo Sacerdote y él podrá ser el rey.

Pompeyo arrugó la frente y lanzó una ojeada veloz a su asesor, que le estaba entregando una jarra de cerveza a Hircano.

—¿Ya olvidaste lo que Aristóbulo hizo con su madre, tu madre? —le espetó Pompeyo. Hircano cerró los ojos y apretó el puño derecho—. ¡Por Júpiter! ¡Si fue él, tu propio hermano, quien le arrebató el trono a tu madre! —una lágrima asomó en el párpado izquierdo del judío. Pompeyo arremetió con sus argumentos—. No sería nada extraño que el propio Aristóbulo hubiera matado a su madre, ¡tu madre! ¿Por qué crees que enfermó de repente, justo cuando tu hermano se hizo con el poder?

«Maldito», susurró Hircano.

Ese golpe de Estado, un ataque dentro de una misma familia, había acaecido hacía cuatro años. Aristóbulo se autoproclamó rey, pero Salomé, en su lecho mortal, antes de dar el último suspiro, le entregó el trono a Hircano. Dos hermanos, dos reyes al mismo tiempo. El lazo de sangre y fraternidad no existía cuando el poder estaba en disputa. El poder, la sensación temporal y maldita más apreciada por los seres humanos, por los siglos de los siglos. El poder político, producto de la evolución (¿evolución?) de las sociedades humanas, no admitía pluralidades. La singularidad egoísta era su característica innata: el poder, por naturaleza, no podía concebirse como una fuerza que se repartía entre varios, pues para ejercer su influencia necesitaba de las oscuridades más profundas.

Así nació una guerra civil en Judea.

La oportunidad que necesitaba Pompeyo.

Hircano se recuperó y preguntó lo que no quería preguntar.

—¿Por qué me quieres ayudar, Pompeyo?

El general no se esperaba un interrogante tan directo de un hombre tan noble. «Noble no quiere decir imbécil», pensó.

—El vecino que vive al lado de tu casa no está metido en tus habitaciones, pero si en un ataque de rabia se le ocurre tumbar una pared, va a tumbar la tuya también —le guiñó un ojo—. ¿Me entiendes?

Hircano se limpió las lágrimas y bebió la cerveza.

—Mi hermano está en la capital con todos sus súbditos saduceos y su ejército. No va a salir de allá —«Lo tengo», pensó orgulloso Pompeyo. El asesor del general sonrió sin que Hircano lo notara—. Los fariseos están de mi lado. Y creo que tú también.

Pompeyo se levantó y le acercó su mano derecha abierta.

Se dieron un fuerte apretón.

—Volverás a ser el rey de Judea —le aseguró Pompeyo.

Dos semanas después, el ejército romano, numeroso y peligroso, se unió a los judíos seguidores de Hircano a las afueras de la capital de Judea. La ciudad se había convertido en el centro neurálgico de la religión monoteísta más importante del mundo, el judaísmo, condición relevante, conveniente y muy provechosa para aquellos hombres que no escondían sus intereses políticos y económicos. Aristóbulo II ejercía su reinado bajo la protección de Dios y de sus partidarios, los saduceos, que esperaban cosechar, tarde o temprano, todos los beneficios que les significaba tomar partido en la guerra civil contra Hircano.

Las tropas romanas, lideradas por Pompeyo, entraron a la ciudad ante la vista de los aldeanos indefensos que comerciaban y paseaban por las calles empolvadas bajo un sol despiadado que favoreció, sin preverlo, los planes de la República y de Hircano. Los rayos del astro rey golpeaban con vehemencia los pectorales metálicos de las armaduras romanas, haciendo explotar una miríada de luces resplandecientes que cegaban a los habitantes de la capital de Judea. Miles de caballos trotaban con sincronismo inexorable, sobre los cuales se sentaban jinetes con capas rojas y cascos plateados, algunos de ellos coronados por una extraña media luna de cerdas rojizas. Los que iban a pie se aseguraron de dejar a la vista las sendas espadas detrás de sus escudos que les cubrían medio cuerpo, mientras lanzaban miradas lapidarias hacia los pobladores del lugar.

Camuflados entre los extranjeros invasores, y para sorpresa de los inocentes que merodeaban por las calles, los judíos aliados de Hircano empuñaban las mismas armas e instrumentos de defensa que los amenazantes visitantes. Hircano, con su extensa y espesa barba iba al lado de Pompeyo, que lideraba el inmenso y diverso pelotón que solo mostraba ganas de destrozar todos los obstáculos que encontrara en el camino.

El primero de ellos fue un grupo de guardias judíos fieles a Aristóbulo.

Pompeyo sonrió. Sus hombres más cercanos estaban a punto de abalanzarse con las espadas, lanzas y caballos contra la frágil protección judía. Bastarían pocos segundos para despedazar aquellos cuerpos débiles y enjutos. Antes de que el primer oficial romano se adelantara a atacar, Pompeyo levantó un brazo y lo detuvo. Después se dirigió al grupo que le bloqueaba el paso a los romanos.

—Este ejército no viene a asesinarlos —les habló Pompeyo, quien se acercó con su caballo ante la inmutabilidad del resto de espectadores. Hircano tradujo al idioma originario del reino—. Venimos a recuperar lo que le han usurpado a nuestro amigo, el gran Hircano, el heredero legítimo del trono de Judea.

Los guardias se miraron el uno al otro, tragando saliva.

—Este ejército ha conquistado imperios inmensos. De ustedes depende si hay un diálogo o un baño de sangre —remató Pompeyo.

Nadie dijo nada.

Pasados diez segundos, Pompeyo se dirigió a Hircano.

—Rodeen la ciudad.

Aristóbulo, resguardado en el Templo, escuchó las malas noticias de boca de uno de sus emisarios. Tenía el mismo aspecto de su hermano Hircano. Incluso se les confundía, a tal punto que se decía que eran hermanos gemelos, una condición biológica y divina que demostraba que no eran seres de este mundo. Solo un rasgo los hacía irreconciliables, distintos como el día y la noche: los ojos de Aristóbulo estaban delineados hacia arriba, como si una fuerza extraña le halara los párpados al cielo, provocando la sensación (y la realidad) de tener una mirada desafiante y mentirosa, lo contraria a la de su hermano mayor.

Conocía muy bien el alcance y las habilidades de los romanos, pues ya habían conquistado casi todo el Oriente. Tembloroso y sudoroso, se bebió de un sorbo media botella de vino. «Maldito Pompeyo», pensó. Aristóbulo, así como su hermano, también pidió ayuda a los romanos para proteger su poderío, y al parecer el general se sintió más cómodo apoyando a Hircano. Eso lo reconfortó un poco. Hircano tenía un carácter más débil y con toda seguridad Pompeyo lo notó. Era un tipo muy sagaz. Y muy peligroso.

Lo que nunca sospechó es que tuviera la osadía de acercarse a la capital, entrar y bloquearla por todos lados. Lo había tomado por sorpresa. Y no sabía qué hacer. Solo le quedaba esperar.

Así pasaron tres meses.

Los romanos acorralando a la ciudad. Aristóbulo y su pueblo, encerrados.

Pompeyo creyó que el bloqueo de la entrada de víveres a la ciudad haría una mella insalvable en los judíos que acompañaban a Aristóbulo. Se imaginó un levantamiento popular en contra del hermano de Hircano, una revolución reclamando alimentos para sobrevivir en aquel mundo terrenal. Sin embargo, tal mitin no logró despertarse, ni por sospecha. «Dios debe estar de su lado», le dijo Hircano a Pompeyo la noche antes del ataque.

El general, que apreciaba su tiempo como el oro, decidió no esperar más.

El comentario de Hircano lo llenó de dudas. ¿En realidad era un pueblo protegido por las divinidades? En realidad, debía decirse por *la divinidad*, ya que a diferencia de los romanos, los judíos creían en un único y omnipotente Dios. El miedo lo embargaba, pero lograba recuperarse muy rápido para volver a la misma conclusión: Júpiter, Apolo, Neptuno y Marte debían ser más influyentes que la deidad del pueblo de Judea. Si no, ¿por qué la República había conquistado medio mundo? ¿O sería su propio talento el creador de todas esas victorias?

Si era sí, debía actuar inmediatamente.

Pompeyo dio la orden de atacar. El ejército romano invadió la capital.

Miles de soldados arremetieron contra todo lo que se encontraron a su paso: mujeres, casas, jóvenes, animales, niños, negocios, ancianos, bebés. Todos cayeron bajo las espadas, las lanzas y el fuego maligno de la República Romana. Los judíos del bando de Hircano caminaban detrás de los romanos, empuñando armas cortopunzantes proveídas por los hombres de túnica roja. Caminaban entre los escombros y la muerte con lágrimas en el rostro y desazón en el corazón.

El círculo rojo y metálico de soldados que rodeaban la capital se fue encogiendo y cerrando hasta llegar al punto central de la ciudad: el Templo. Era una construcción cúbica de gran altura, coronada por unos adornos triangulares de oro y por un friso fajado por una banda dorada que brillaba en la lejanía. Unas columnas descomunales sostenían el techo con unos capiteles tallados en el metal que imitaba al sol. La puerta de acceso, gigantesca y rectangular, permitía el ingreso privilegiado al Templo de los judíos. A los romanos les costaba trabajo llegar hasta el lugar sagrado, pues estaba rodeado por una muralla pálida y agreste, salvaguardada por seis torres de vigilancia de gran elevación.

Desde las torres los romanos recibían pedradas y bolas de fuego que repelieron sin dificultad. Las embestidas de los escudos, las lanzas, los caballos y las catapultas lograron violar las puertas de la muralla y derrumbar las paredes protectoras. Los romanos ingresaron en estampida a la zona sagrada, asesinando a los pocos guardias que aún permanecían con vida, hasta llegar al gran acceso del Templo judío.

Doce mil judíos perecieron aquel día.

La humanidad parecía ensañarse con ellos, pensó Aristóbulo, muerto de susto, sentado en su trono transitorio cuando vio a decenas de soldados romanos ingresar al recinto. ¿Tendrá este pueblo un poco de paz algún día? ¿Dejaremos de ser perseguidos?

Los soldados se repartieron por el lugar, ante la actitud gélida de los últimos guardianes protectores de Aristóbulo, que dejaron sus armas en el suelo y se rindieron. El rey judío vio entrar a un hombre alto y veterano, de cara adusta y nariz redonda. Reconoció enseguida al general Pompeyo.

—Es el fin de tu reinado, Aristóbulo —Pompeyo sonrió—. ¿Deseas decir algo antes de abandonar el trono?

A lo lejos, confundido entre los soldados que se agolpaban a la entrada del Templo, Aristóbulo vio un espejismo. Era él mismo, aunque con cara de desolación y amargura. Caminaba como un muerto que ha vuelto de las tinieblas, un ser sin alma ni mente. Cuando detalló la cara del fantasma entendió que era una realidad: era su hermano Hircano.

—Que Dios te bendiga —musitó.

Nunca nadie supo si se lo dijo a Pompeyo, a su hermano mayor o a él mismo.

Pompeyo capturó a Aristóbulo y se dispuso a requisar el Templo en busca de tesoros y artefactos que pudieran significarle una recompensa a tanto trabajo y tanta espera. Después de explorar las paredes límpidas, los pisos inmaculados y los techos celestiales, encontró un acceso medio escondido a un cuarto pequeño. La curiosidad le ganó la batalla y se atrevió a ingresar.

—¡Espera! —le gritó Hircano—. Es el Sanctasanctórum, el lugar más sagrado del Templo —Pompeyo se detuvo, pero no le hizo caso—. ¡Sólo puede entrar el Sumo Sacerdote! ¡Sólo puedo entrar yo!

Pompeyo entró y quedó estupefacto.

Hircano ingresó detrás de él para sacarlo.

—¡Sal de aquí, por Dios!

—¿Esto es lo más sagrado que tienen? ¿En serio? —el general estaba sorprendido. Su vida estaba repleta de viajes, guerras y exploraciones a tierras lejanas, y jamás había observado tanta sencillez en un recinto de veneración dedicado a los dioses (al Dios). Caminó por la estrecha habitación y comprobó que no existía una sola imagen, una sola estatua, una sola pintura del Dios de los judíos. Sólo se topó con unos rollos envejecidos repletos de textos hebreos—. ¿Qué demonios es esto? —dijo apesadumbrado.

—Cuida tus palabras. Es la casa de Dios.

—Pero si aquí no hay nada... ¿Cómo veneran a un Dios que no saben cómo es? ¡No hay una sola imagen de su Dios! ¡No hay joyas, ni adornos, ni reliquias!

—Dios está aquí —Hircano puso una mano en su propio pecho.

El general salió encolerizado del Templo. Hircano oró por unos segundos y volvió a las afueras a encontrarse con su pueblo, el poco que quedaba vivo, y con Pompeyo, para al fin reclamar su trono. Los judíos que se encontraban con los romanos vieron caminar con desesperación a Pompeyo, proveniente del cuarto del Santo de los Santos. Los cuchicheos y murmullos en hebreo invadieron el aire, a tal punto que infundieron un sentimiento de zozobra en el general romano, que se alejó del Templo.

—Ahora está maldito —le dijo un amigo cercano a Hircano cuando este salía por las murallas derruidas del santuario—. Pompeyo profanó el Templo. La desgracia le caerá sobre la espalda.

Días después, Pompeyo envió a Aristóbulo a Roma. Hircano reclamó su trono como monarca de Judea, pero el general romano lo traicionó, dejándolo sólo con el título de Sumo Sacerdote.

La República Romana tenía en su poder un nuevo territorio.

El general dejó su nueva conquista en manos romanas y nadie, nunca más, lo volvió a ver por Judea.

Lo que nadie supo tampoco es que Pompeyo, el hombre invencible, no ganó ninguna otra batalla en su vida después de violar la solemnidad del Templo judío.

Balanceando opciones

Toda la mañana transcurrió con la aceleración propia de las épocas en las que el trabajo cumplía dos condiciones subjetivas: sobrepasaba la capacidad humana y sus labores constituían un bálsamo de tranquilidad y gusto para la mente. La hora del almuerzo, un ritual insalvable, pasó sin pena ni gloria por las manecillas del reloj de Charlie Parker, que brillaba con los rayos del sol. Charlie se había alimentado, en ese apresurado y productivo día, con seis tazas de café y tres cruasanes rellenos de chocolate, raciones que Kirk Black se obligó a imitar para evadir el desmayo.

La charla que tuvieron al inicio del día parecía haber sucedido años atrás.

Salieron disparados de la casa de Charlie Parker con rumbo a la oficina de Gerencia y Presupuesto, sin ningún plan específico a ejecutar. Durante el trayecto de la casa a la oficina ahondaron en algunos puntos discutidos, específicamente en la idea revolucionaria de Charlie de usar los adelantos de la sociedad en beneficio del país más poderoso del mundo.

Todo (o casi todo) en el planeta Tierra había evolucionado en beneficio de la calidad de vida y el bienestar, o por lo menos eso es lo que el ser humano decía de dientes para afuera. A pesar de ese torrente de transformaciones, una de las pocas cosas que seguía inmutable, invariable y peligrosa era la fortaleza del oro en la economía mundial. Es que no era un elemento que se utilizaba exclusivamente para representar las reservas internacionales de los países, también tenía un uso extendido en la joyería, que incluso triplicaba el volumen del metal guardado en los bancos. Además, era la caja menor de muchos inversionistas privados que preferían no tener sus ahorros en billetes sino en lingotes, y también encarnaba una materia prima esencial para muchas industrias manufactureras.

Un cambio era necesario, dadas las circunstancias.

Un cambio que aprovechara el derroche de talento que el ser humano le había entregado a la sociedad por los siglos de los siglos.

Los eventos acontecidos en España, transmitidos por todos los medios digitales posibles y desparramados por el universo entero de forma transparente, pero también vergonzosa, interrumpieron la conversación que adelantaban en el vehículo que recorría la autopista principal. Kirk escuchó con atención los reportes que entregaban las emisoras que tenía grabadas su jefe en el radio del automóvil, sin dejar de pensar en su propio trabajo.

—Esto se está poniendo peor de lo que pensaba —había comentado Charlie al cambiar la estación a otra que solo reproducía baladas de las décadas de los años setenta y ochenta. Estaba harto del amarillismo depravado e intencional que emanaba de las "noticias".

Kirk asintió y tuvo una idea que no dejó volar.

—Jefe... —se quedó con la imagen grabada de los dedos de Charlie cambiando la emisora. Obturaba dos botones, uno después del otro—. Necesitamos trabajar en dos frentes al mismo tiempo...

—Okey... continúa, no pierdas la idea.

—Para acabar la intermediación, como lo planteó en su casa, necesitamos desarrollar, es decir, utilizar, la tecnología que tenemos a la mano... lo cual puede conllevar un tiempo que no tenemos...

—Así es. Entonces el otro frente es...

—Blindar la tecnología. Usted dijo que una cosa solo tiene valor porque nosotros decidimos que lo tiene. Y qué más valor que darle un soporte de legalidad a nuestra idea... su idea...

Fue como si los dos cerebros se hubieran interconectado telepáticamente de forma automática. Apenas descendieron del vehículo e ingresaron a la oficina, ya sabían qué debían hacer: Charlie se encargaría de los aspectos políticos, buscando sustentos jurídicos e intereses económicos que le permitieran definir un nuevo mecanismo para legalizar la herramienta que desarrollaría Black, que por su lado estaba reuniendo a todos los expertos posibles, amigos al mismo tiempo del gobierno, que diseñarían y construirían el camino de la salvación de los Estados Unidos.

Las llamadas, los correos electrónicos y las reuniones exprés transcurrieron en medio de tazas de café, órdenes ejecutivas, cruasanes de chocolate y correrías.

—La plataforma está lista para usarse, jefe —dijo Kirk después de pasado el mediodía. Acababa de colgar el teléfono—. El protocolo y el algoritmo están en desarrollo y nos tomarán unas horas más.

—¿Necesitamos más desarrolladores? —preguntó Charlie Parker, que dejó de teclear en el computador portátil.

—Tenemos a los cinco mejores del país enfocados en este proyecto.

—No entiendo mucho de hardware y software, pero tú sabes bien lo que queremos, Kirk —Parker se levantó del asiento donde llevaba postrado más de dos horas. Tomó un poco de café—. Asegúrate de que se construyan las reglas económicas que nos sacarán del atolladero.

—No se preocupe, jefe. La plataforma será un espejo de las reglas monetarias actuales, solo que de forma virtual.

«La única excepción es que los bancos centrales desaparecerán. Y Pappett también». Charlie se enorgulleció. Sin embargo, pensó en las dificultades que emergieron en el camino.

—Va a ser difícil que tengamos una ley aprobada al mismo tiempo que implementamos la plataforma.

Kirk no supo qué decir.

Charlie recordó los casos recientes de aplicaciones de celular que aparecieron para transformar el modo de vida de la sociedad: el transporte público, la movilidad, los domicilios, la música, el deporte, el turismo, las comunicaciones, la salud, el empleo. La interconexión propulsó la colaboración. Pero estos cambios disruptivos jamás fueron previstos por las leyes, que nunca lograron seguirle el paso al efervescente ascenso tecnológico y su impacto en las costumbres humanas.

Las nuevas realidades tecnológicas, que crearon nuevas costumbres y comportamientos, obligaron a cambiar las leyes, nunca al revés.

—No hay tiempo: desplegaremos la tecnología cuando esté lista —concluyó Parker tras su profundo recogimiento mental—. Cuando el gobierno y el mundo vean su beneficio, sobre todo el económico, no tendrán otra opción que aceptarla.

—Tiene razón, jefe.

—Dios bendiga a la tecnología de *blockchain*.

Cerro y castillo

Los ojos no lograban acostumbrarse a la claridad despampanante de la tarde granadina, aun después de quince minutos de volver a ver el panorama celeste y blanco del cielo. Era un renacer del cuerpo y del alma, un respiro salvador de la siempre incómoda oscuridad hermética. El grupo caminaba entre un laberinto de ladrillos roídos por el paso inescrutable del viento, el agua y el fuego abrasador del sol, los elementos que hacían conocible y tangible el concepto más abstracto y universal, pero a la vez el menos entendido y más humano de todos: el tiempo.

Luz Morángel sentía que su tiempo se detenía, que era eterno, cuando se quedó contemplando la increíble vista de la ciudad de Granada, adornada por La Alhambra, desde la cima de la montaña hasta donde los había llevado el pasadizo de los octágonos. Después de inspeccionar el salón de los ocho lados y descifrar el mensaje en árabe que acompañaba a las figuras geométricas, tuvieron que volver a la realidad para buscar una salida alterna, pues era obvio que no podían regresar por el camino recorrido para volver al Cuarto Dorado.

Al otro lado del salón, justo enfrente de la puerta por la que habían accedido, encontraron un portón embutido y camuflado en la piedra de las paredes, marcado también con el símbolo de los dos octágonos con un círculo en el medio. Abrirlo no representó dificultad alguna. El único sentimiento que los acompañó durante el nuevo pasadizo que apareció, de veinte metros de longitud, fue la desazón de no haber encontrado El Dorado.

Al final del trayecto tuvieron que empujar otra portezuela más pesada, la que por fin dejó entrar los rayos del sol. Estaban salvados. Se encontraron con un bosque de pinos y olivos, pastos verdosos y tierra roja, el mismo color del escudo nazarí y la inspiración para nombrar a La Alhambra. Árboles torcidos por los vendavales se reunían alrededor de un claro en medio de la floresta, a todas luces causado por manos humanas, donde un montón de paredes sin sentido, de mediana altura, conformaban un laberinto abandonado.

Salomón estaba limpiando sus gafas maltrechas mientras Delta y Omega se quitaban el polvo y recargaban sus armas. Los rostros de desespero de los norteamericanos eran notorios, tanto que hasta podrían contagiar de ansiedad a un recién nacido.

—Estamos en el Cerro del Sol —habló Rey Benavides, rascándose la barba blanca y paseando en medio de las paredes de ladrillo. La simple mención de la estrella vital del planeta Tierra le llenó el pecho de emoción momentánea a Luz. Su pasión por las culturas precolombinas, adoradoras del sol a través de la orfebrería, le produjo un cosquilleo reconfortante en el cuerpo. Pero también le ocasionó otro mareo.

«Zoquetes», pensó en las drogas que le hicieron inhalar Delta y el fallecido Alfa en su visita al Museo del Oro.

—Estamos en un punto muy alto —dijo Salomón cuando se acercó a Luz, que seguía admirando el horizonte. El profesor estaba revoloteando cerca de la arqueóloga, buscando quién sabe qué cosas en el suelo escarlata.

—¡Venga, que estamos bien arriba, por mi polla! —Rey se acercó a la pareja con los brazos en jarras—. ¿Sabían que yo vivo por allá? —exclamó y señaló con la mano derecha el sector de casas detrás de La Alhambra.

Luz le sonrió a Salomón.

—¿Por dónde salimos de aquí? —soltó Delta como un mandato.

—¡Vaya polla! ¿Qué les pasa a los chavales de hoy en día? ¡Les agarra un puto afán para todo! —el profesor se fue caminando a toda velocidad, abandonando al grupito—. ¡Si no quieren conocer Dar al-Arusa, pues nada! ¡Larguémonos!

El palacio de la Casa de la Desposada, Dar al-Arusa en árabe, era la construcción nazarí ubicada a mayor altitud de todas las presentes en Granada, de ahí que siempre llevó a creer a los expertos que debía tener un significado especial para los gobernantes musulmanes. ¿Sería el depósito del tesoro más grande de la humanidad? Aunado a su localización, el misterio se acrecentó con su tardío descubrimiento en 1933, cuatro siglos después de su edificación, luego de que un equipo que reforestaba el Cerro del Sol eliminó la maleza y las plantas que habían consumido las paredes del palacio.

Rey Benavides iba caminando a pasos raudos, seguido por sus cuatro alumnos, y hablaba dirigiéndose al aire. Luz lo alcanzó con dificultad y se fue pegada al anciano, que le contó que Dar al-Arusa fue erigida en un lugar donde los hombres pudieran alcanzar el cielo y donde la naturaleza se mezclara con la humanidad y así llegar a entender la divinidad.

«La naturaleza divina». Luz no pudo evitar rememorar a Chiribiquete.

—Profesor, ¿se habló de algún tesoro escondido en Dar al-Arusa? —le preguntó Luz al viejo Benavides cuando atravesaban los últimos árboles que había sobre un camino polvoriento y pedregoso.

—Nunca —respondió sucinto.

Luz Morángel recapacitó y recordó el Cuarto Dorado, el pasadizo subterráneo, la bifurcación, los octágonos de las paredes, el salón geométrico, el Cerro del Sol y la salida a la Casa de la Desposada. Todas eran obras arquitectónicas, varias fueron descubiertas por ellos mismos, que tuvieron un objetivo específico: resguardar y salvaguardar un tesoro. ¿El Dorado? Seguro que así fue.

—¿Quién construyó este palacio? —Luz abrió sus ojos y se encontró con la mirada del profesor. Tenía los *jeans* sucios de polvo negro y manchas rojizas, y ya parecían estar menos ajustados que dos días antes.

Tomaron la ruta angosta y polvorienta, repleta de piedrecillas diminutas que se enterraban en los surcos de los zapatos deportivos de la arqueóloga. El descenso era leve pero revitalizador, mucho más por la compañía del aire limpio que viajaba entre los pinos, acariciándoles las hojas y los troncos para llevarles un aroma a madera resecada y clorofila purificadora.

—El sultán Muhammad V mandó a erigir su propia residencia fuera de La Alhambra. Una tremenda casa de ocho mil metros cuadrados, ¡como si no tuviera espacio en el Generalife!

—¿Quería esconder algo? El nombre que le puso al palacio deja mucho a la imaginación... —Luz quería obtener más información que les facilitara la búsqueda. Su audacia no tenía límites.

—Ahora que lo pienso mejor... —el profesor se detuvo un momento en la mitad del camino. Todos frenaron al tiempo para escuchar lo que tenía que decir—. Este sultán tenía una particularidad: daba órdenes fulminantes y establecía mandatos arbitrarios, como cualquier gobernante. Pero también cuentan que en las construcciones que planeaba se inmiscuía con detalle en el diseño y en la ejecución de las obras...

—Entonces, pudo ser el artífice de los pasadizos y del salón octogonal que está debajo de su residencia —concluyó Salomón hablándole a Luz. Ya le daba miedo dirigirse al profesor, pues no quería recibir un regaño injustificado.

—Es muy probable —susurró la arqueóloga.

Retomaron la marcha descendente.

Delta sacó el teléfono móvil de su pantalón y marcó un número. En cuestión de tres segundos le contestaron del otro lado.

—Prepárate. Tenemos que largarnos a otro país.

Omega sonreía al son de las piernas de Luz Morángel, fuertes y contorneadas, que le producían alucinaciones frenéticas que esperaba satisfacer muy pronto. Serían un premio más grande que el botín de El Dorado. Significaban el trofeo final que espera al vencedor de la guerra más sangrienta.

—No, deja a la anciana en la casa. Tenemos a su esposo. Suficiente razón para que se quede callada —continuó hablando el norteamericano de la cabeza rapada. Después se calló por medio minuto y escuchó atento—. *¡Fuck!* ¡Ahora todo el mundo lo sabe! ¡Esos imbéciles nos atacaron! ¡Y asesinaron a Beta!

El profesor oía la conversación, pero no la escuchó con ganas de entender.

Delta guardó el teléfono y se acercó al anciano.

—Debemos salir de aquí. ¿A dónde nos lleva este camino?

—¡No lo sé, por mi polla! De vuelta a La Alhambra, tal vez...

—La Alhambra fue evacuada y está cerrada —dijo Delta—. Necesitamos otra salida...

A unos doscientos metros de distancia vieron una construcción cúbica rodeada de muros cuadrados de rocas y mampostería antiguas. Parecía estar ubicada sobre el final de la montaña, al lado de un abismo, pues no se veían árboles o sombras más allá del pequeño edificio.

—¡Oh! Es el Castillo de Santa Elena —exclamó el profesor, que desatendió el comentario del norteamericano.

—¿Hay alguna salida del otro lado del castillo? —preguntó Luz.

—¡Foh! Solo un montón de árboles... Es la falda de la montaña.

—Si no hay otra opción... —dijo Omega.

—¿A dónde llegaremos si bajamos por la montaña? Un punto donde pueda esperarnos un vehículo... —lo apresuró Delta.

Rey Benavides recordó aquel hotel donde acostumbraba cenar con su esposa cada vez que celebraba un aniversario más de su matrimonio. El 11 de marzo marcaba siempre una cita infaltable para asistir al Carmen de los Chapiteles, un hermoso lugar situado en la parte baja y septentrional del Cerro del Sol, un paraje que atesoraba una vista exquisita de La Alhambra y el Generalife.

Para llegar hasta aquel sitio histórico, también originario de la época nazarí, había que cruzar un puente delgado y empedrado sobre el río Darro para acceder al estacionamiento, donde siempre los dejaba el taxi que tomaban en la Librería El Rey.

—El Puente del Aljibillo —señaló el profesor.

Delta llamó de nuevo a Gamma y repitió el nombre que le indicó el anciano.

Estaban a unos cincuenta metros del Castillo de Santa Elena, según dijo el profesor que se llamaba aquel edificio envejecido. Rey Benavides les contó que era un fortín de defensa de la ciudadela de La Alhambra, un punto estratégico para vigilar e identificar potenciales amenazas. Además, tenía funciones hidratantes, ya que su ubicación elevada permitía transportar el líquido vital, el agua bendita, desde el palacio de Dar al-Arusa, que además servía de acueducto, hasta La Alhambra y el Generalife. La memoria le falló de nuevo y olvidó decirle al grupo que debajo del castillo existían varios túneles y pasadizos que nunca nadie se atrevió a explorar, pues los rodeaban el misterio y los enigmas.

Lo que no olvidó narrar fue que el castillo tenía un nombre alterno.

También era llamado La Silla del Moro.

El sitio hacia donde se dirigían sus perseguidores.

De repente llega la hora

El viento comenzó a soplar con gran entusiasmo sobre los pinos, esos gigantes de copas inalcanzables y troncos dúctiles que se retorcían sin mostrar ningún asomo de peligro para los peregrinos. El roce involuntario del flujo de aire contra la madera y las ramas producía un crujido sereno y aterrador, como advirtiendo sobre un peligro inminente.

La cruel realidad es que nada estaba saliendo según el plan. Algunas veces la situación tendía a mejorar y ponerse a favor de sus objetivos, pero de repente todo volvía a oscurecerse. Era posible que el día y la noche se presentaran varias veces en menos de veinticuatro horas.

Sacó el teléfono móvil mientras caminaba.

—*Todo el mundo sabe lo que pasó* —le dijeron después del primer timbrazo. Su superior parecía molesto.

—Hemos salido del lugar, Tutor.

—*¿Encontraron el objetivo?* —no quería decir «tesoro».

Pasó saliva y un nudo le cerró la garganta.

—Entramos por un pasadizo secreto… y llegamos a otro sitio —respondió con vergüenza—. Aquí no está lo que buscamos, Tutor.

Un largo silencio se produjo en la llamada. Por un momento pensó que la señal del teléfono móvil estaba fallando. «Ojalá. No quiero dar más malas noticias».

—*¿En dónde deben buscar ahora?*

—La traductora y el anciano están trabajando en eso, Tutor —dijo sin pensar.

—*Necesito una solución, hoy mismo. De lo contrario…*

De pronto vio algo en el horizonte.

Una oportunidad cayó del cielo.

—Un momento, Tutor… tenemos que actuar, ahora.

¿En realidad era una oportunidad? ¿O era más bien una amenaza?

Eso dependía del punto de vista del observador.

Escape sin fin

Una puerta, que en realidad era una malla metálica de unos dos metros de altura, bloqueaba el acceso derecho al Castillo de Santa Elena. No se vislumbraba la presencia de algún guardia o encargado del lugar turístico que pudiera darles ingreso al antiguo puesto de vigilancia nazarí y así poder acceder al bosque trasero que descendía abruptamente por las laderas del Cerro del Sol y que terminaba en casas y edificios desconocidos pero seguros para escapar.

Omega se acercó a la puerta con seguridad. No representaba ningún obstáculo. Se podía sobrepasar con una simple trepada, ayudándose con la pared izquierda sobre la que se fijaban unos goznes oxidados. El norteamericano repasó el plan de inmersión y evaluó posibles retrasos. Alguien tendría que ayudar al viejo profesor a trepar la reja, pasarlo al otro lado y evitar que se lastimara su cuerpo indefenso y débil.

Luz Morángel aguardaba con el profesor Benavides a que les dieran instrucciones precisas para adentrarse en el castillo, también llamado La Silla del Moro. Estaba cruzada de brazos, de pie sobre la calzada del camino que los condujo desde Dar al-Arusa, soportando la ventisca despiadada que levantó polvo rojo, retazos de madera y de ramas de los pinos, y piedrecillas minúsculas que golpeaban la piel como agujas. El profesor se mantuvo pegado a su antigua alumna, mientras Salomón descansaba sentado sobre un montículo de roca cubierto por la vegetación.

Delta, que volvía con el grupo después de satisfacer una necesidad fisiológica entre los árboles cercanos, se ubicó detrás de Luz para disfrutar de su figura por un momento. La concentración extrema en el *trabajo* que lideraba lo alejaba de los placeres de la carne y de la mente, esos que lo invadían sin necesidad de invocarlos. Eso, sumado a la cercanía obligada con la arqueóloga durante esos días, que no era su tipo, pero era una mujer, le nubló de deseo la visión.

Pero una sombra, al lado izquierdo del castillo, lo volcó de nuevo a la realidad.

Cuatro perfiles humanos se distinguían en medio de la polvareda.

—*Mother fuckers* —susurró y alistó su arma.

Luz, el profesor, Omega y Salomón dirigieron la vista al mismo punto que Delta señalaba con los ojos repletos de furia.

—*¡Run, run, run!* —gritó al ver que el cuarteto se acercaba a toda velocidad. Descargó un sinfín de proyectiles desde su revólver automático que rebotaron en el suelo, en los arbustos y en la fachada maltrecha del castillo. Los perseguidores sabían muy bien cómo moverse en aquellas circunstancias beligerantes y respondieron de la misma forma. Delta se refugió tras el montículo donde Salomón se había sentado unos segundos atrás y siguió arremetiendo, ahora con el apoyo de Omega.

Salomón, ya del otro lado de la puerta, aguardaba impaciente a que el profesor se trepara con la ayuda de Luz, que le estaba dando un montón de empujones con las manos sobre las piernas. Los cuatro perseguidores estaban más cerca de alcanzarlos, pero se detuvieron a mitad del camino para protegerse de las balas de los norteamericanos.

Cuando alcanzó la cima, Rey se tropezó y se fue volando hacia el otro lado de la puerta. Afortunadamente, Salomón lo recibió con los brazos y el pecho, y ambos cayeron al suelo rojizo. Las gafas no sufrieron daño, aunque era casi imposible que se maltrataran aún más. Delta y Omega seguían disparando cuando Luz decidió unirse al profesor y a su amigo de la juventud.

«¿Qué hacemos?», pensó en medio del alboroto.

Omega notó la vacilación y le apuntó a Luz.

—¡Quédate quieta! ¡No te vas sin nosotros! —después se dirigió a Delta—. ¡Vámonos! ¡No tenemos más bombas!

Delta asintió y lanzaron un ataque final repleto de balas.

Los perseguidores seguían resguardados, esperando el momento para atacar.

Un minuto después, el fuego norteamericano cesó y Delta y Omega se lanzaron contra la puerta metálica, que sortearon con gran agilidad. Arrancaron a galopar por el corredor de color ladrillo que bordeaba el costado derecho del castillo, dejando atrás a sus rehenes, que sin pensarlo se lanzaron detrás de sus captores. Por lo menos ellos no los matarían, por ahora.

Iban por la mitad del recorrido que terminaba en un bosque tupido, cuando los perseguidores aparecieron en la puerta metálica. Cien metros de distancia los separaban, pero decidieron disparar. Los tiros pegaron cerca de las piernas de Luz. Omega reaccionó y respondió sin mirar atrás. Dos balas golpearon en la puerta, con tan mala fortuna que las bisagras cedieron y solo bastó un empujón del cuarteto para derrumbar la malla metálica.

El escuchador saltó y se fue detrás de sus presas.

Delta llegó al borde trasero del castillo. De frente se encontró con un bosque tupido sobre un terreno descendente, desde donde podía tener una visión más integral de la ciudad de Granada, que pasó desapercibida. El afán perentorio no le dejó observar La Alhambra, por el margen izquierdo del castillo, y el Generalife, un poco más cerca, sobre el mismo costado. Dio una última ojeada hacia atrás, sobrepasó la baranda de seguridad y se metió al bosque.

Luz Morángel consiguió llegar al borde, al mismo tiempo que el profesor, Salomón y Omega, que seguía disparando contra los perseguidores, que a su vez esquivaban las municiones con soltura y determinación. El norteamericano del bigote pueril y los ojos rasgados le dio la espalda al barranco mientras descargaba su revólver contra sus nuevos enemigos, cuando le hizo una señal a la arqueóloga para que pasara la barda y se internara en la floresta. Luz vaciló un instante al reconocer la cara de terror y al entender que el cansado cuerpo del profesor les significaría un lastre necesario que los acercaría a la muerte.

El escuchador evadió los proyectiles metálicos pegándose a la pared del castillo. Sus compañeros de viaje se acurrucaron entre los árboles del otro lado del corredor derecho del castillo, esperando que el hombre de piel morena dejara de disparar. En algún momento debían de acabársele las balas, aunque parecía que un tipo parecido a James Bond, con ropas sucias y gafas semidestruidas, hacía parte del grupo que perseguían. Solo en esas películas los cartuchos eran infinitos.

Salomón, muerto del susto, fue invadido por un ataque cerebral que lo obligó a moverse sin meditarlo. El instinto de supervivencia le permitió ver cómo los perseguidores se escondían ante la lluvia de proyectiles que salía del arma de Omega, asimilar el rostro de sevicia y calma del norteamericano, advertir que Delta abría una ruta de escape en medio de los árboles, bajando como un hombre desesperado, distinguir el susto y la advertencia de Luz y deducir que el profesor Rey Benavides no podría bajar la ladera por sus propios medios con la rapidez requerida. Todo esto lo comprendió en menos de un segundo; tal era el poder del cerebro humano.

No lo dudó una milésima de segundo más.

Se paró de frente al profesor, puso la pierna derecha entre los pies del viejo estupefacto y se inclinó un poco hasta que el hombro derecho le quedó pegado al esternón de Rey Benavides. Le agarró el brazo izquierdo, flaco y huesudo, y se lo pasó por encima de su propia cabeza para poder agacharse un poco más y meterle la mano derecha entre las piernas, a la altura de las rodillas. Se asió con fuerza del brazo izquierdo y de las piernas del profesor y se irguió de nuevo, levantando ese cuerpo irregular y pesado, como un bulto de papas, sobre su espalda.

—¡Pero qué polla estáis haciendo! ¡Bájame ya compae!

En ese momento el arma de Omega dejó de escupir fuego.

—¡Vámonos! —exclamó Luz.

La arqueóloga superó la baranda, seguida de Omega, Salomón y su profesor, quien gemía como un becerro amarrado, emitiendo las palabrotas, disparates e improperios más escandalosos y jocosos que Luz había escuchado. El terreno, terroso y pesado, les ofreció una sombra suficiente para darles una ligera sensación de seguridad y protección contra cualquier agente externo a aquella arboleda empinada. Unos diez metros más abajo alcanzaron a divisar a Delta, gracias al ruido del follaje esparcido por la superficie que estaba siendo pisoteado por las botas del norteamericano. Se fueron corriendo peligrosamente, ayudados por la gravedad, que afectaba con mayor fuerza el peso adicional que Salomón llevaba sobre la espalda e imprimiéndole una inercia casi imposible de detener.

Desde su punto de vista, Rey Benavides podía inspeccionar el suelo de la ladera, a pesar de las fuertes y frecuentes vibraciones que producía el cuerpo del hombre que lo llevaba cargado. «¿Cómo es que se llama este gilipollas?». Consiguió identificar unas vetas naturales, marrones y doradas, custodiadas en tramos irregulares por unos canales trazados por manos humanas, en medio de la tierra roja de la montaña. Reconstruyó en su mente enmarañada las lejanas historias de los romanos y árabes que extrajeron el vil metal (como le decía al oro) de las entrañas del Cerro del Sol para fabricar coronas, joyas y alhajas.

El tronco de un árbol se despedazó enfrente de Luz, a causa de un disparo.

Los perseguidores estaban sobrepasando la baranda del castillo y comenzaban a introducirse en el bosque por el cual la arqueóloga y sus acompañantes ya habían descendido unos ochenta metros. Omega recargó la pistola mientras descendían y disparó hacia arriba, sin apuntar con precisión. Solo quería atrasarles la marcha.

Delta brincaba por los aires, evadiendo rocas desgastadas, pedazos de troncos, raíces sobresalientes como las venas de sus manos y montículos de tierra similares al acné de su pubertad. Sus brazos bailaban con desenfreno, como un saltimbanqui especializado en ofrecer su espectáculo en escenarios rústicos y naturales. Luz Morángel oía con perfección los fogonazos que rebotaban en el terreno y decidió no voltear a revisar a qué distancia se encontraban los perseguidores, cuatro hombres que no bajaban, sino que se deslizaban por la ladera polvorienta.

El cuerpo de Salomón estaba inundado de sudor, tan abundante e irrefrenable, que traspasó su camisa blanca y sucia y llegó a irrumpir en los atuendos del viejo profesor, que seguía observando el entorno con incredulidad y sin parar de decir los insultos más extraños que un ser humano jamás había escuchado. Omega volvió a disparar a la parte superior de la ladera cuando pudo notar que su jefe, Delta, alcanzaba un territorio seguro.

Una calleja de tono opaco y rosado, incrustada en medio de la montaña, avisaba de la presencia cercana de asentamientos civilizados. El norteamericano esperó diez segundos por su compañero y los rehenes, espacio que aprovechó para respirar, entender la realidad en la que se encontraba, desenfundar su arma y descargar sus balas por encima de las cabezas de la arqueóloga, James Bond, el anciano y Omega.

Salomón se liberó del cuerpo del profesor en la calle, una vía bucólica flanqueada por dos canaletas de piedra, y que lo mismo que la montaña, bajaba a niveles más profundos, aunque era menos empinada y peligrosa.

—¿Dónde está el puente? —le espetó Delta a Rey.

—¿Cuál puente, por mi polla? —respondió el profesor a la vez que se quitaba el polvo que tenía pegado al pantalón, sin dejar de notar el sudor pegado al pecho, que no correspondía con sus propios fluidos.

—El Aljibillo, profesor —le recordó Luz.

—¡Oh, sí! ¡Puta memoria! ¡Tenemos que bajar por aquí! —dijo señalando la calle—. Unos doscientos metros más abajo.

Fue como si les hubieran dado el disparo de partida en una carrera de atletismo. Comenzaron a correr por el Camino de la Fuente del Avellano. Diez, veinte, treinta, cuarenta, cincuenta metros. Doblaron una curva a la izquierda, luego otra a la derecha. El profesor, cual niño que pasea por un parque con sus padres enamorados, iba agarrado de las manos de Luz y Salomón, jadeando a más no poder, pero aliviado por el torrente de aire que soplaba por la vía y también por la facilidad con la que sus piernas se dejaban llevar por las leyes de la física mecánica de Newton.

Los perseguidores llegaron al rellano rosáceo, oteando para todos los puntos cardinales en busca de sus presas. La telepatía empática que solo surge tras la confianza y el trabajo constante en conjunto los puso a divagar sobre las posibles opciones de escape de los norteamericanos y sus prisioneros errantes. Un ser vivo que quiere prolongar la vida y mantener su integridad física, indefectiblemente, como las leyes de la resistencia eléctrica, tomaría la ruta que le conlleva el menor esfuerzo posible. Y en ese punto, el instinto, tan subvalorado en las sociedades que se hacían llamar progresistas, solo indicaría una opción: descender por la vía artificial.

Así que se dispusieron a galopar por el camino inclinado.

Luz recuperó algo de la calma que había perdido en la Silla del Moro, cuando una pared blanca apareció al costado izquierdo del camino, por encima del cual se levantaban casas añejas y jardines inmaculados. Dos hileras de bolardos clavadas al suelo les dieron la bienvenida a un espacio mucho menos salvaje y montaraz que el del bosque que atravesaron a trompicones; una señal de que estaban cerca de la salvación. Los árboles ubicados a la derecha comenzaron a aparecer menos densos y más flacos, pero sin perder un milímetro de belleza, dejando traspasar la mirada hacia una explanada en piedra donde decenas de automóviles aguardaban por sus dueños.

Omega volteó a mirar y vio a los cuatro hombres que los asediaban. Venían a una velocidad superior a la que podían ellos mismos generar en compañía de un anciano, una arqueóloga y un oficinista sedentario.

«Nos van a matar», pensó el norteamericano.

El escuchador sacó un revólver y se dispuso a apuntar.

Un milagro se apareció en el camino.

Un trío de turistas, una mujer rubia, un hombre negro y un joven asiático subían por la ruta, desprevenidos e inmersos en una charla amena y desinhibida. Delta pasó primero al lado de ellos. Omega alcanzó a chocar con el joven de ojos rasgados y continuó su camino. Después pasaron Luz, Rey y Salomón. La terna de viajeros se detuvo un momento en medio del camino, tratando de entender la prisa de aquellos extraños.

El escuchador, a cuarenta metros de distancia, no tuvo más remedio que esconder su arma de la mirada de los turistas. No quería, no podía y no estaba definido en sus normas morales dispararle a un inocente ajeno a las situaciones que tenía entre manos.

«Un segundo más y los hubiera aniquilado», pensó.

Delta, sin parar de correr, vio la camioneta estacionada al final de la calle, en la intersección del Camino de la Fuente del Avellano y la Cuesta del Rey Chico. Se metió los dedos índice y corazón entre los labios y chifló tan fuerte que miles de palomas volaron de las copas de los árboles y del suelo de la calle. Unos pocos metros a la derecha avistó un pequeño viaducto, más arcaico de lo que se imaginaba. Una mujer de cabellera blancuzca se apeó del vehículo, abrió una de las puertas laterales y empezó a mover los brazos para indicarles que estaba lista.

Gamma vio a su jefe, a Omega, a la arqueóloga tomada de la mano del viejo y a este agarrado de James Bond. Todos venían más sucios, cansados e impacientes. Pero también tenían rostros más preocupados. Pronto observó el foco de aquella expresión siniestra, que no tuvo la oportunidad de reconocer en la cara de sus compañeros de lucha: un grupo de cuatro hombres, a unos treinta metros de distancia, venía a gran velocidad y parecía dispuesto a atacar.

Delta llegó al lado de Gamma, exhausto, esperando que los demás ingresaran a la camioneta. Omega se lanzó en palomita, como un jugador de fútbol que se abalanza a cabecear un balón para meterlo en la red, y se metió dentro de la camioneta. Luz lanzó al profesor al interior e ingresó después, al mismo tiempo que Salomón. Gamma reaccionó de inmediato, puso el silenciador a su revólver y apuntó al cuarteto perseguidor.

Disparó tres veces, obligando a los atacantes a parar y esconderse.

—¡Sube! ¡Nos vamos! —le dijo la mujer a Delta.

El escuchador se acomodó, se levantó y aguardó por su última oportunidad de detener a los norteamericanos.

Apuntó y activó el gatillo en cuatro ocasiones.

Delta se estaba metiendo al carro, en el puesto del copiloto, cuando sintió una punzada eléctrica en el gemelo derecho, antes de cerrar la portezuela. Otros dos fogonazos rebotaron en las latas del vehículo.

Gamma le dio la vuelta a la camioneta y se subió en el asiento principal.

Encendió el motor y arrancó despavorida.

Mientras las llantas chillaban y desprendían humo grisáceo, el escuchador ayudó a sus compañeros a ponerse en pie. «Los perdimos, maldita sea».

«Pero no será por mucho tiempo. Tenemos contactos».

Vieron cómo el vehículo que llevaba la clave del tesoro cruzaba el puente del Aljibillo y viraba a la izquierda por el Paseo de los Tristes, bordeando el hermoso palacio de La Alhambra.

«¿A dónde irán? ¿A dónde debemos ir?», se preguntó el escuchador.

—Casi nos matan —le dijo Delta a Gamma. Se palpó la pierna derecha y notó una humedad leve y dolorosa. Los dedos le quedaron impregnados de un tono escarlata; la herida no revestía ningún peligro.

Pasaron por la Plaza Isabel La Católica cuando Delta agarró un cuchillo y cortó el pantalón a la altura de la rodilla. Arrancó el pedazo inferior de tela y lo botó sobre el tapete del vehículo. La bala no había entrado en la carne, solo había rozado peligrosamente el músculo de la parte posterior de su pierna. Sacó una botella de whisky que siempre llevaba a sus aventuras y vació cincuenta mililitros sobre la herida superficial.

Se retorció de dolor. Era necesario sufrir para curarse.

Varios autos de policía, en sentido contrario, pasaron con las sirenas encendidas, sin duda para atender la emergencia que aún no terminaba en La Alhambra. Delta sacó una bolsa transparente repleta de un extraño polvo de color blanco. Luz, desde la parte trasera, vio cómo el hombre calvo metía un dedo en el paquete, que sacó saturado de esa harina indescifrable. Luego se metió el dedo a las narices y aspiró con vehemencia.

Delta repitió la esnifada tres veces. Ahora se sentía diferente. Mejor dicho, no sentía nada.

Cuando ya salían de Granada por la carretera A-92G, a la altura del municipio de Santa Fe, la mujer que iba al volante se dirigió a su líder:

—Por favor, encuentra El Dorado… y salva a nuestra nación.

Delta despertó de su hipnosis autoinfligida y no dijo nada. Un hilo rojo, delgado y misterioso brotó de la boca de Gamma. La mujer iba con la mano izquierda sobre el volante, la mirada fija en la carretera soleada y la mano derecha sobre la cintura. Una mancha negra crecía con lentitud, pero ya invadía la silla del conductor.

El hígado de Gamma fue el blanco del cuarto disparo del escuchador.

Escupió una bocanada de sangre coagulada cuando Delta metió su pie izquierdo en los pedales, por encima de su cuerpo, y la ayudó a frenar.

Cuando el vehículo se detuvo en la orilla de la carretera, Delta y Omega, con rabia en los ojos, ubicaron el cuerpo sin vida en la parte posterior, justo al lado del profesor Rey Benavides.

—¡Vayan a tomar por culo! —gritó entre miedoso y asqueado.

Rey entendió por primera vez que sus estudiantes no eran estudiantes.

Salomón sintió que el mundo se les caía encima.

Luz no lograba vislumbrar cuándo acabaría el suplicio.

Para bien o para mal, lo cierto es que todo, absolutamente todo en la vida tiene un principio y un final.

Facultad para quebrantar

Fue demasiado sencillo encontrar la Facultad de Ciencias Sociales, un edificio de última generación que tenía un aspecto demasiado irregular para el gusto de Omar Medina. Los vidrios de la fachada estaban inclinados hacia todos los ángulos posibles, formando una especie de construcción inspirada en el cubismo, que incluía la tecnología más avanzada de generación de energía a través de la captura de los rayos del sol. Si la incertidumbre, característica esencial (única) de la vida, enviaba un ambiente lluvioso o nublado, los cristales del edificio podían igualmente aprovechar el agua y la cinética del viento para crear energía.

Nadie hacía fila en la oficina de la secretaría en donde entregaban los certificados de notas y otra información de interés, lo cual le despejó el alma al director del Museo del Oro, pues odiaba hacer trámites presenciales que eran susceptibles de gestionarse a través de la tecnología virtual disponible.

Cuando se acercó al hombre que estaba detrás del vidrio de la oficina recibió una sonrisa como saludo:

—Buena tarde —el hombre del otro lado no se inmutó—. Llamé esta mañana para solicitar un certificado de notas de una persona que estudió arqueología.

—Sí, señor. Mi compañero que atendió la llamada me comentó. Debe diligenciar este formulario... —le acercó tres hojas repletas de campos vacíos.

Omar Medina tomó aire y le devolvió los papeles.

—Déjeme explicarle. Soy Omar Medina, el director del Museo del Oro, una de las instituciones más respetadas de este país. Y del mundo —el hombre empezó a ponerse pálido—. Todos los estudiantes de esta facultad quisieran entrar a trabajar en el Museo —golpeó tres veces la mesa que los apartaba con el dedo índice—. Sería una pena que por un papeleo innecesario deba hablar con el decano para decirle que no tendremos en cuenta a sus egresados, nunca más...

Mientras Medina hablaba, el hombre, con habilidad innata y sin quitarle la mirada de los ojos, digitaba en el buscador de internet que siempre tenía abierto, el nombre del personaje de pelo grisáceo que tenía al otro lado. Filtró el resultado para ver solo imágenes.

Todas las fotos corroboraban la identidad del sujeto.

—Nombre del estudiante, por favor —contestó.

Medina le susurró nombre y apellido. Un minuto después el joven le entregó tres páginas impresas; las recibió consciente de la ilegalidad y, sobre todo, de la falla ética que cometía con pedir lo que parecía el certificado de notas de la mujer que estaba investigando. Las hojeó en dos segundos.

—Necesito también el reporte de su salida de la universidad.

—Para eso necesitamos la autorización del decano... —dijo tembloroso.

Medina se quedó mirándolo con el ceño fruncido.

Su rostro quería decirle: «¿De verdad quiere que le repita quién soy yo?».

—Deme un minuto...

Y así fue: un minuto después le entregó una hoja con tres líneas impresas.

Medina salió por un pasillo donde estaban colgados los cuadros con las fotos de los egresados de la carrera de arqueología, un año tras otro. Las fotografías iban desde el marrón oxidado, pasando por el gris mate, hasta las gamas de colores más inverosímiles del mundo. Mientras caminaba, revisó el resultado de algunas asignaturas en el certificado de notas, que según entendió en el reporte se calificaban de cero a cinco:

Introducción a la arqueología mundial – 5,0

Teoría antropológica – 5,0

Perspectivas sobre la evolución humana – 5,0

Teoría de probabilidades – 3,0

Hominización y poblamiento del mundo – 5,0

Epistemología y sociedad – 4,9

Métodos y técnicas de investigación arqueológica – 4,6

Incertidumbre y azar: la vida humana – 4,2

Historia de las sociedades europeas – 5,0

«Ni siquiera yo sacaba esas notas», aceptó Medina.

Identificó el último semestre que cursó y el correspondiente año. Subió la cara para admirar uno de los cuadros de egresados. Volvió al informe y calculó en qué año se habría graduado Luz Morángel, si nada extraño hubiera sucedido. Encontró las fotos de los egresados de dicho período y tomó una foto con el celular. Eran trece personas. Después las analizaría.

Leyó el papel con las tres líneas impresas.

Algo muy raro se escondía en la última frase.

Apartada de la universidad por decisión del Consejo Directivo.

Guerra interna

Ahí, junto al cadáver helado de Gamma, Luz Morángel pensaba en todos los escenarios posibles que podían desencadenarse a partir de ese momento. Consideraba igualmente probable que desaparecieran de la faz de la Tierra muy pronto, que encontraran el tesoro o que fuera retenida junto a Salomón y el profesor por el resto de vida que les quedaba. Ya había perdido la cuenta del tiempo. El robo del poporo quimbaya sonaba como una noticia vieja y arcaica, un suceso de tiempos inmemoriales, pero la verdad es que solo habían transcurrido dos días, dos inusuales días, desde que las luces se apagaron y se desmayó en frente de la pieza más hermosa del mundo.

Luz, con la mente perdida en sus cavilaciones, no dejaba de divagar sobre una multitud de temas que se le arremolinaban en el cerebro: primero recordó las pinturas de Chiribiquete y cómo se comprobó, a través de análisis de estudios de Carbono 14, que los materiales usados para dibujar la vida indígena cercana a los tepuyes tenían más de veinte mil años, es decir, mucho antes del tiempo que se estimaba sobre la llegada del hombre a América. En la universidad debatió con ahínco estas teorías, lo que le significó otro cinco en la nota final, pues refutaban el origen del hombre americano.

Ese pensamiento la llevó al segundo, como una forma de escaparse de la realidad tan absurda, tan auténtica y tangible que estaba atravesando. En el proceso de conformación (¿creación?) del universo y de nuestro sistema planetario, millones de explosiones cósmicas y estallidos de estrellas gigantescas generaron lluvias de meteoritos incandescentes y dorados que se esparcieron por doquier, llevando consigo elementos extraños, literalmente caídos del cielo. Por los azares del destino, aquella lluvia cósmica arremetió contra nuestro planeta, pero con una mayor concentración en lo que hoy se conoce como el continente americano.

El oro, el metal adorado por los humanos, era extraterrestre. Tal vez por eso sea tan misterioso y por ende tan disputado. Aunque pensándolo bien, todo en la Tierra es extraterrestre. Todo fue originado afuera de esta burbuja insignificante.

La reflexión llegó a su fin cuando vio que dejaban atrás el aviso anaranjado y blanco que indicaba que debían girar a la derecha para volver al aeropuerto.

«¿No vamos al aeropuerto?».

—Necesitamos otro avión —le dijo Delta a Omega, que se encontraba ahora en la silla del copiloto. También había puesto cara de pasajero incrédulo, como cuando un taxista lo lleva por una ruta no planeada—. Y otro piloto. Mataron al nuestro.

—¿A dónde vamos? —repuso Omega.

—No te preocupes, ya todo está planeado.

Salomón y el profesor Benavides iban sentados y dormidos, uno encima del otro, cada uno con su propia saliva colgante en la comisura de los labios. La fatiga cerebral, más que la física, hicieron mella en los cuerpos de los dos hombres que Luz tenía como protección.

No podía dejar de mirar el cuerpo inerte de la mujer de cabello blancuzco. La cara estaba pálida y congelada en el tiempo, los brazos rígidos y espeluznantes, el torso hundido y manchado de sangre oscura y las piernas extrañamente torcidas, que vibraban al son del vehículo.

Fue en ese momento que Luz vio una oportunidad.

En el cinturón de cuero, colgado sobre el costado derecho, el cadáver de Gamma llevaba enfundado un revólver negro automático. Con mucha cautela, Luz interpretó la actitud de Delta y Omega, que estaban enfrascados en una discusión banal en su propio idioma. El arma de Gamma estaba más cerca de los pies de Salomón, por lo que era mejor que el hombre del esmoquin la tomara, pues si Luz se agachaba tanto para alcanzarla, corría el riesgo de ser descubierta y asesinada.

Levantó su pierna derecha con disimulo, sin despegar sus ojos brillantes de la parte delantera del vehículo. Le pegó una patada a Salomón, en toda la canilla izquierda. El financiero parpadeó y se limpió las babas de la boca. Vio al profesor sobre su hombro y le empujó la cabeza con suavidad para que se recostara sobre las latas laterales de la camioneta. Después se sobó la tibia, al mismo tiempo que cuestionaba a la arqueóloga con el ceño fruncido y los labios entornados.

«¿Qué pasa?», dijo mediante el lenguaje universal de las señas humanas, con las palmas de las manos apuntando al cielo y los ojos bien abiertos.

«Mira abajo», respondió Luz, silenciosamente, insinuando con los labios vueltos una flecha amenazadora.

Salomón reconoció el arma enseguida. Los nervios se le agolparon en la cabeza, obligándolo a reflexionar por varios segundos. Con ayuda de uno de sus zapatos desenfundó el revólver del cinturón, evitando que golpeara con la superficie metálica del carro, para lo cual puso el zapato izquierdo debajo de la pistola. Ya estaba afuera.

«¿Ahora qué?», preguntó Salomón con las cejas.

«Espera». Luz puso una mano, plana y rígida, mostrándole la palma a Gamma. «¡Ahora!», cerró la mano y puso el pulgar hacia arriba.

El auto estaba tomando una curva y Salomón se agachó ágilmente y agarró el arma con su mano izquierda. La puso entre las piernas y fingió seguir durmiendo. Abrió subrepticiamente un solo ojo para ver si la pareja de norteamericanos, piloto y copiloto, olía alguna pizca del plan que surgió de la nada.

El profesor Benavides roncaba cómodamente.

«¿Qué hago? ¿Qué hago?», pensaba Salomón.

«¿Qué haría James Bond?».

Ojeó el arma entre sus piernas. Era la primera vez, en toda su extraña y opulenta vida, que sentía el metal pesado y escabroso de un arma de fuego a través de sus propias manos. Una sensación extraña, como de vacío incómodo, le llenó el espacio de la caja torácica. Metió el dedo índice en el guardamonte, pensando que estaba colocándose un anillo nupcial, y lo dejó sobre el gatillo, sin quitarle la mirada al tubo alargado que hacía las veces de silenciador.

«¿Qué hago?», preguntó Salomón con un movimiento de los hombros.

«No sé... sácanos de aquí», contestó Luz, echando un vistazo a la pistola y pasando velozmente los ojos hasta los norteamericanos.

Salomón tomó una bocanada de aire y se decidió.

—¡Paren! ¡Detengan la maldita camioneta! —estaba ubicado detrás de Omega, lo que le facilitó la decisión de ponerle el cañón detrás de su cabeza. El hombre de los ojos rasgados no se movió y volteó a mirar a Delta, que seguía conduciendo como si nada. Las miradas de Salomón y Delta se encontraron en el espejo retrovisor. El norteamericano abrió los ojos para encogerlos de forma inmediata.

—¡Dije que paren, maldita sea! —Salomón repitió la orden—. ¡Por mi madre que le vuelo los sesos a este hijueputa!

Rey se despertó con la exaltación.

Delta entendió. No dejaba de mover su cabeza para enfocarse en la carretera y después en el espejo para ver los ojos asustados detrás de esas gafas averiadas. Sabía que un hombre novato bajo las condiciones más terroríficas de la vida no sería capaz de descargar un arma, ni siquiera contra un zancudo incómodo que revoletea sobre su oído en plena madrugada.

Movió su cabeza rapada en modo de asentimiento.

Luz se sintió salvada.

Un frenazo brusquísimo mandó a Salomón hasta la parte delantera de la camioneta, justo encima de la palanca de cambios. El revólver voló hasta caer sobre las piernas de Omega. Rey y Luz chocaron al mismo tiempo contra la parte trasera de las sillas del piloto y del copiloto, respectivamente. Cuando el vehículo se detuvo, Omega cogió la pistola y se la clavó en la frente a Salomón.

—¿A quién le ibas a volar los sesos? —Delta sonreía ante el espectáculo, pero sobre todo por la estimación correcta que había hecho de la situación futura que vaticinó con total precisión—. ¡Para atrás, hijo de perra! —Omega sacó un escupitajo enorme y baboso que le bañó el rostro a Salomón. El norteamericano sintió que ejercía una venganza dulce por los golpes que le había infligido en la cueva del sol, en Chiribiquete.

Luz se acomodó de nuevo en la silla, masajeándose el hombro izquierdo. Rey se estaba peinando el cabello y la barba blanca con los dedos de las manos. «Por mi polla... a estos críos les encanta conducir como bestias que lleva el diablo».

«¿Cuándo acabará todo esto?», se dijo Luz a sí misma.

Salomón retornó a su lugar, vilipendiado, derrotado y hecho una furia.

Delta arrancó de nuevo el vehículo, cuando el sol anaranjado empezaba a bañar de tonos rojizos y violetas todas las nubes del horizonte. La noche estaba por llegar de nuevo.

¿Qué sucedería en el nuevo día, al volver a alumbrar el sol?

—Tenemos que apurarnos —dijo Delta—. En una hora tenemos que estar en el aeropuerto de Málaga.

Luz vio a Salomón limpiando las gafas y su cara con la camisa blanca, ya desvencijada. Se notaba que sentía un dolor físico y un conflicto interno que le agobiaban el alma. El profesor Benavides dormía de nuevo, como un bebé, como si no le preocupara nada en la vida. «Alguna ventaja debe suponer el no tener memoria». Luz se sintió terrible al recordar a la esposa del profesor, Beatriz, que seguramente estaba destrozada y llena de angustia, esperando su regreso.

Luz volvió a reflexionar sobre la pregunta que se había hecho.

«¿Cuándo acabará todo esto?».

La pregunta correcta no era *cuándo*; las cosas tarde o temprano terminan.

La pregunta correcta era *cómo*.

Hacia lo desconocido

—Estamos abandonando Granada, Tutor.

El Tutor no aguantaba una decepción más. La oportunidad que le fue reportada unos minutos antes resultó convertida en un fiasco, un hecho improbable que sucedió de repente.

Quiso expresar toda la rabia que llevaba atorada en el pecho, pero la reprimió cuando reflexionó al instante, concluyendo que un fuerte regaño, vía telefónica, no cambiaría en nada el curso que estaba tomando su proyecto. Es mejor ocuparse que preocuparse.

—*Vuelvan al punto, el transporte los llevará a su nuevo destino.*

El subordinado tragó saliva.

—Sí, Tutor. Como usted diga.

Colgó e inmediatamente recibió un mensaje encriptado que titilaba en la pantalla del teléfono celular.

Lo abrió, ingresó la contraseña personal y leyó las dos solitarias frases que lo componían.

Era inevitable pensar en otra cosa.

Era una señal divina.

Itinerario divino

Volvían a navegar sobre tierra firme, en medio de la negrura, después de haber sobrevolado por el mar Mediterráneo, primero bordeando las costas australes de España y después surcando el litoral norte del continente donde nació la vida humana. Una y otra vez aparecían pequeñas penínsulas iluminadas por concentraciones de luces de todos los tamaños y colores, que intentaban aguijonear el agua salada; hasta que por fin el avión atravesó el espacio aéreo de Túnez, la capital de la república del mismo nombre.

Sin embargo, la inservible sensación de seguridad que ofrecía el terreno sólido pronto se desvaneció cuando las aguas brillantes del mar volvieron a aparecer en el horizonte.

Luz Morángel trataba de escudriñar el cielo de ébano que dominaba el cosmos estrellado. Cuando despegaron del aeropuerto de Málaga, el firmamento estaba pintado de tonos azules que se degradaban lentamente hacia un color púrpura transparentado, escoltando al astro rey en su descenso diario hacia las profundidades del otro lado del mundo. La mente ve lo que quiere ver. Así fue como Luz vio una circunstancia simbólica que parecía acompañarlos durante el camino hacia El Dorado: el aeropuerto de la ciudad de Málaga, lugar donde los esperaba un nuevo avión, idéntico al que utilizaron para viajar al Viejo Mundo, se llamaba Costa del Sol.

El nuevo destino se encontraba a cuatro horas de vuelo, del cual ya habían recorrido aproximadamente la mitad; Rey Benavides aprovechó para dormir profundamente. Salomón no había pronunciado una sola palabra desde el intento de escape en las carreteras de España que se convirtió en un fracaso rotundo y tempranero.

Luz conocía la ciudad objetivo: era un viaje obligado para los amantes de la historia y la evolución de las sociedades humanas, tanto occidentales como orientales. Nunca imaginó volver bajo la excusa utópica de estar buscando el tesoro más ambicionado por el hombre.

—Vamos a aterrizar en Tel Aviv —le dijo Delta a Omega al salir de la cabina del piloto. Luz mantuvo la cara clavada en la ventana que tenía junto a la silla, pero aguzó el oído para obtener toda la información posible. Cualquier dato podría ser relevante para encontrar una nueva oportunidad de escape.

Omega no contestó. Solo se limitó a beberse un trago de whisky, sin quitarle la mirada adusta a su jefe. Aterrizar allí implicaba un traslado terrestre, una situación que los haría vulnerables ante nuevos ataques.

—Cuestiones políticas —agregó Delta, con las manos abiertas y los labios apretados, ante la incredulidad de Omega.

Luz asintió para sí misma al recordar apartes de múltiples textos que leyó en su juventud para entender una de las situaciones geopolíticas más extrañas y desconocidas. Luz se consideraba a sí misma como un ser apolítico, pero la estrecha relación entre poder y territorio, presente durante toda la historia conocida, conectaba el estudio de las cuestiones arqueológicas con las leyes, el dinero, la jerarquía, las fronteras invisibles y la muerte. Quien se haga llamar experto en un asunto específico tiene que conectar muchas otras temáticas, en apariencia aisladas.

Berlín no fue la única ciudad que quedó dividida en dos tras la Segunda Guerra Mundial. En 1949, Jerusalén fue fragmentada bajo la odiosa, ignorante y eterna segmentación entre Oriente y Occidente. La parte oriental fue asignada a Jordania, mientras la occidental quedó en manos de Israel, país que la designó como capital, un año después.

Casi dos décadas más tarde, a finales de los años sesenta del siglo XX, Israel conquistó y anexionó la parte oriental, como resultado azaroso de la Guerra de los Seis Días contra los árabes. Este hecho, logrado por la fuerza y el derramamiento de sangre, fue legitimado en 1980, cuando se proclamó la Ley de Jerusalén, por medio de la cual se definía a la ciudad santa como la capital eterna e indivisible de Israel.

Unos días después, la mayor organización internacional del mundo (después de la FIFA), las Naciones Unidas (ONU), creada como cura preventiva de conflictos que nunca han dejado de estar presentes, tomó una decisión política amparada en su esencia pacifista: recomendó que todos los países miembros de la organización trasladaran sus embajadas a Tel Aviv, el centro económico de Israel. Desde aquel día, todos los países tienen sus sedes *diplomáticas* en esa ciudad, esperando que algún día se resuelva la situación de Jerusalén, el territorio más disputado del planeta.

«El fútbol superó a la vida en paz», decía Rey Benavides cuando explicaba a sus alumnos el tamaño de la FIFA y de la ONU, y el impacto real de las decisiones que ambas tomaban.

—Tranquilo, llegaremos al aeropuerto alterno de Sde Dov —remató Delta cuando se sentó para dormir un rato.

Los jefes de los norteamericanos no se inmiscuirían en más problemas, por lo cual era más conveniente arribar a Tel Aviv y no directamente en Jerusalén. Sería una afrenta directa e indeseada si lo hicieran a esta última ciudad.

El profesor se despertó, le sonrió a Luz y volvió a recostarse en el asiento.

La arqueóloga solo pudo recordar una canción que le llegaba al alma, sin quitarle la mirada al horizonte negro y diáfano:

Se alejó de mí en un atardecer,

Con un beso a flor de piel,

Y al decir adiós, poco antes de partir,

Me entregó su estrella de David.

El profesor tenía un apodo, mejor dicho, un nombre casi perfecto para la ocasión.

Jugando dos ases

Un muerto no significaba gran cosa comparado con la salvación de una nación, el mantenimiento de su imagen y el fortalecimiento de su poderío económico. Lo inquietante y perturbador consistía en que ese cadáver adicional representaba una reducción simbólica de la preponderancia de los líderes auténticos sobre sus seguidores acobardados pero útiles.

—Esto se está saliendo de las manos, Jason —comentó Pappett sentado en el sillón de su oficina.

El Secretario del Tesoro se refería a la caída de un nuevo miembro del equipo de búsqueda de El Dorado. La única norteamericana del grupo había sucumbido ante los proyectiles malditos de los rusos. El quinteto ahora era un simple dúo, superado en número por sus propios rehenes.

—Echarse para atrás sería un error mucho peor. No hay reversa —el director de la CIA le dio una chupada profunda a su pipa de madera. Esta vez aspiraba aromas impregnados de manzana deshidratada y granos de avena—. Los que quedan son mis mejores hombres.

—Si no encontramos nada en Jerusalén, tendremos que tomar medidas —respondió Pappett mientras se masajeaba las mejillas de su cara adusta.

McFee recordó el primer encuentro con el Secretario, cuando les notificó sobre los problemas de las reservas de oro del país y el plan que trazó con inteligencia.

—¿Dónde está Parker? No lo veo desde aquella vez en Fort Knox —preguntó con una nube de humo aromático en frente de la cara.

—No lo necesitamos aquí... puede ser un estorbo.

—Entonces, ¿por qué demonios lo invitaste a esa reunión?

—Digamos que es un as bajo la manga... —Pappett le sonrió por primera vez en la vida a McFee. Nadie en el Departamento le conocía ese gesto—. De eso no tengo la menor duda.

—O sea que tenemos dos ases por jugar.

Pappett se quedó pensativo. McFee le picó un ojo y le recordó el punto al que se refería. El Secretario casi lo había olvidado por completo.

—Tienes razón... tenemos todas las cartas a nuestro favor.

Calles eternas

Ubicado al costado izquierdo, Salomón Salas estuvo a punto de sufrir un infarto al miocardio cuando el avión descendió bruscamente en medio de una fuerte turbulencia. El estómago le indicaba con fidelidad que se encontraban en bajada continua, pero los ojos no lograban distinguir algún punto de referencia, allá afuera, en el mundo real, que confirmara esa sensación. Con todas sus fuerzas rasguñó los apoyabrazos cuando vio el reflejo de la luna en el mar.

Estaban condenados. Morirían como alguna vez lo imaginó, ahogados dentro de un avión accidentado en medio del océano.

El mar estaba cada vez más cerca; ya podía ver las ondulaciones acuáticas.

El chirrido del caucho rozando con el asfalto le devolvió la vida.

La pista del aeropuerto Sde Dov discurría de forma paralela a las playas del norte de Tel Aviv, separada solo por ciento veinte metros del mar Mediterráneo. Fueron esas arenas las que vieron nacer aquella hermosa ciudad fundada sobre dunas maravillosas a principios del siglo XX y que actualmente concentraba su magia en *apenas* 52 kilómetros cuadrados de historia, modernismo y cultura.

El mundo parecía conectarse por sí mismo de formas misteriosas, pues recorrían la calle Shlomo Ibn Gabirol justo después de salir del aeropuerto en una camioneta blindada y pesada. Por el medio de la amplia y solitaria vía había en fila unas palmeras gigantes que Luz no supo identificar, pero que le entregaron la emoción única que solo se puede encontrar en las ciudades costeras, cercanas o inmersas en el trópico, con sus playas blancas, su aire caliente y el ambiente con olor a mar terapéutico.

La calle fue bautizada así, en nombre de un poeta y filósofo judío que nació, vivió y murió en la España musulmana, al-Ándalus. Así que podría decirse que era judío por religión, español de nacimiento y árabe por influencia cultural. En definitiva, una mixtura bastante probable pero que sorprendía a cualquiera al que se le contara.

Cruzaron un puente en la calle HaTa'arucha, rumbo a encontrarse de nuevo con las costas y el mar. Los caracteres hebreos comenzaban a dominar las fachadas de los almacenes, las señales de tránsito, los avisos de los restaurantes y los nombres de los edificios circundantes. Para Delta y Omega no significaban nada en absoluto. Para ellos todo el mundo, todo el universo, estaba obligado a comunicarse en inglés, a las buenas o a las malas. Para los dos norteamericanos, una letra hebrea era exactamente igual a una del mandarín o del árabe. Solo les interesaba hablar otra lengua cuando el trono de su país estaba en juego, como era el caso del idioma español que chapuceaban para entablar conversación con su salvadora, Luz Morángel.

Tomaron una curva a la izquierda.

La zona se tornó más residencial, con casas cúbicas de baja altura que mostraban al mundo los equipos de aire acondicionado como a punto de caer, colgados frágilmente sobre las paredes. Luz siempre pensaba que debían existir muchas muertes por personas aplastadas ante la caída de esos aparatos, aunque no tenía datos para corroborarlo. «En este mundo moderno, alguien se habrá dedicado a calcular esa probabilidad».

Un pequeño bosque apareció a la derecha, junto a la carretera, y por fin sintieron la brisa del mar entrando por los ligeros espacios que dejaban los gruesos vidrios del automóvil en el borde de las ventanas. El Parque de la Independencia, un espacio sobrio y ameno, reflejaba la combinación perfecta entre el verde caluroso de un jardín despejado y el mar de matices esmeraldas y azules purpúreos que llegaba con calma al litoral, donde comenzaba, o terminaba, el propio parque.

Unos metros más adelante pasaron por el hotel Hilton, un alto edificio de color crema que semejaba desde la calle a un largo y pálido costillar de cerdo. Un *rack*, dirían los norteamericanos. Luz sintió un hambre atroz, como jamás en la vida. La actividad inusual en Granada no les dejó tiempo para alimentar el cuerpo y la mente. Repasó las últimas horas y cayó en la cuenta de que solo habían probado un sándwich y un jugo en el avión que los trajo desde Málaga. Se alegró cuando vio que Delta y Omega bostezaban al mismo tiempo, aunque no sabría si a causa del sueño o del apetito. Sin duda tendrían que resolver ese problema rutinario, pronto.

Atravesaron un lacónico túnel repleto de automóviles, pues un estacionamiento hacia parte de la misma infraestructura, y muy rápido salieron al otro lado, una zona a todas vistas pensada para albergar turistas. El mar ya se podía divisar entre el espacio que dejaba cada uno de los enormes hoteles, que para fortuna de Delta tenían nombres en inglés o, en su defecto, estaban escritos con letras del alfabeto latino.

El profesor Benavides roncaba sin piedad.

Hicieron el retorno a la altura de la calle Rehov Shalag y se internaron en la ciudad propiamente dicha, abandonando al sublime mar y las lindas playas, cuando giraron a la derecha en la vía J. L. Gordon, un camino angosto y acogedor circundado por construcciones caseras y hogareñas colmadas de tranquilidad, esa que Luz Morángel añoraba con tenacidad. Ver a esos hombres y mujeres que caminaban a esa hora por las calles, en ropas informales y veraniegas, sin ninguna aparente preocupación por las vicisitudes de la vida, le produjo envidia, pero de la buena, como solían decir. ¿En verdad existía envidia *de la buena*? ¿O sería un término acuñado para justificar su inminente e inevitable aparición?

Voltearon a la derecha en Dizengoff.

El ambiente se volvió más comercial. Miles de personas, en su mayoría extranjeros, revoloteaban por las calles iluminadas y abarrotadas de restaurantes, bares, comidas exóticas, música y fiesta. Otros tantos viajaban en bicicletas eléctricas, como una bandada infinita de pájaros terrestres, esquivando transeúntes, perros y vendedores ambulantes. La calzada se inclinó un poco hacia abajo para permitirles el paso por un desnivel que soportaba, en la parte superior, la famosa Plaza Dizengoff, una explanada circular rematada por una fuente dedicada al agua y el fuego.

Fue entonces, cuando salieron al otro lado, que arribaron a la Ciudad Blanca, un conjunto de edificios diseñados y construidos bajo el estilo Bauhaus, conformando la aglomeración más grande del mundo de este tipo de arquitectura. Judíos escapados de la Alemania nazi se encargaron de importar este concepto artístico ideado por un teutón, antes de que fuera pisoteado y eliminado por el régimen de Hitler.

Por cierto, la Ciudad Blanca de Tel Aviv fue declarada como Patrimonio de la Humanidad. Tal como Chiribiquete y La Alhambra.

—Por ahí —le ordenó Delta al chofer que los recogió en Sde Dov. La camioneta volteó a la izquierda, en las inmediaciones de un centro comercial de grandes proporciones. El profesor Rey Benavides se despertó súbitamente, como si su cuerpo presintiera que estaban cerca de su próximo destino, así como la persona acostumbrada a tomar el transporte público todos los días, de la casa a la oficina y viceversa, podía dormir plácidamente desde el momento de subir al vehículo o el vagón del metro hasta diez segundos antes de llegar al paradero correcto.

Dos cuadras más adelante el vehículo redujo la marcha y se metió en el garaje abierto de un hogar rústico y oscuro, ubicado en medio de una calle desolada pero atestada de carros a lado y lado de la vía. Un hombre de barba gris, con una barriga prominente y ovalada, les hizo un saludo militar y les indicó el ya sabido acceso hacia el interior del edificio.

La puerta de la cochera se cerró y todo fue penumbra.

—Bienvenidos —dijo en inglés un tipo alto, flaco y desgarbado que se acercó extendiéndole la mano derecha a Delta—. ¿Estos son sus *invitados*? —el hombre le picó el ojo con complicidad a Delta. El norteamericano de barba y cabeza rapada, con su pantalón cortado a la altura de la rodilla en la pierna derecha, asintió y sonrió. El anfitrión escrutó a la mujer que bajaba del vehículo: sus piernas torneadas, la cintura provocativa, el torso sencillo y frágil, el cuello esbelto y la cara pulida y fina, adornada con dos ojos azules como el mar de Tel Aviv. El deseo avivó su cerebro, pero pudo contenerse, gracias a los dos hombres que la seguían. Primero, un anciano de barba blanca, con los ojos hinchados, signo de pasar por una jornada extensa de sueño, miraba para todos lados tratando de entender en dónde se encontraba.

«¿Por qué hay tanta gente en mi casa? ¿Dónde estará Beatriz?», pensaba el profesor.

Después, un hombre delgado y espigado, vestido con lo que parecía ser un esmoquin trajeado y sucio, sin el saco, se apeó con lentitud mientras se acomodaba unas gafas de carey accidentadas sobre un rostro con una preocupación infinita. El anfitrión saludaba a Omega sin dejar de observar al tercer intruso. No pudo evitar el comentario:

—¡Cuidado! ¡Trajeron a James Bond en persona! —las risas estallaron entre los casi diez norteamericanos que ya llenaban la estancia. Salomón hizo una mueca de resignación y clavó los ojos en el suelo. Delta y Omega no podían parar, pues era más gracioso haber coincidido, sin planearlo, en el mismo apodo para el colombiano, que el mote por sí mismo. Después del alborozo, agregó:

—Pueden seguir al comedor. Deben estar muertos del hambre.

«Gracias a Dios». Salomón ya podía oler la cena.

Luz entendió que estaban en un lugar secreto perteneciente al gobierno de los Estados Unidos cuando pasó al lado de varios hombres que la miraban, unos, con ojos adustos, y otros, pasionales, que dejaban ver armas de fuego estrafalarias, cortes de cabello estándar y actitudes sin duda aprendidas en la academia militar. El aroma cálido de alimentos recién preparados le bañó la boca de saliva.

La mesa del comedor apareció y el anfitrión los hizo sentar.

—Nos quedaron varios platos del desayuno... pero comida es comida, ¿no es cierto, señor Bond? —le dio una palmada en la espalda a Salomón, cuyo genio ya empezaba a entrar en efervescencia. Otra vez los norteamericanos celebraron el apunte del jefe. Luz no pudo evitar soltar una leve carcajada.

Un cocinero trajo bandejas repletas de viandas que fueron arrebatadas con unas ganas tremendas por parte del quinteto visitante. Shakshuka, pan acompañado de pasta de garbanzo (humus), queso de cabra, ensalada de lechuga con nuez moscada, uvas pasas y tomate, tapenade, camarones con queso feta, tahine y un arroz con almendras que tenía en el fondo de la olla una costra crocante increíble. La infaltable pega o cucayo, como dirían en Colombia.

La bebida consistió en una cerveza roja a punto de congelarse. Y para rematar les acercaron un plato con varios especímenes de una fruta deliciosa: la granada.

El profesor Benavides, concentrado en devorar las mayores cantidades posibles de comida, utilizaba con precisión los dedos para acercar los diferentes platos y llevárselos a la boca. Mientras masticaba empezó a acordarse de que los judíos celebraban el año nuevo comiendo granadas, pues constituían un símbolo de amor y fertilidad. Por su parte, los cristianos, que sentían el mismo afecto por el fruto rojizo, habían incluido la representación gráfica de la granada en las vestiduras de sus sacerdotes. Lo cierto es que el fruto era originario de la región más fructífera del planeta, el Oriente: Persia, Siria y otros pueblos del Creciente Fértil cultivaron la granada, que después fue extendida al resto del mundo, incluidas las famosas Grecia, donde estaba consagrada a Afrodita, y Roma. Los árabes la adoptaron y la llevaron hasta al-Ándalus, donde incluso fundaron una ciudad con su nombre: la que acogía a La Alhambra.

Fueron los árabes quienes introdujeron en la Península Ibérica otras plantas desconocidas, producidas originalmente en Oriente, y que pronto se hicieron comunes en la vida española y más tarde, por extensión, en el continente americano, por ejemplo: el arroz y la caña de azúcar, solo por nombrar dos alimentos básicos y esenciales del mundo actual. Hoy en día, el arroz se consume diariamente en América, desconociendo que le debemos a Oriente este y otros alimentos primordiales.

Delta sacó a sus rehenes del momento de gloria nutritiva.

—Mañana salimos temprano hacia Jerusalén —se levantó de la silla y se fue. Antes de salir de la sala se detuvo en la puerta y se volvió hacia el trío de hispanohablantes—. Dulces sueños —dijo con una sonrisa burlona.

Luz sabía que sería una noche eterna.

La noche ayuda a encubrir

No importaba si era de noche o de día, si había lluvia o un sol inclemente, si soplaba la brisa o el aire parecía congelado en su mismo espacio, si el cielo se nublaba o permanecía diáfano como el cosmos más lejano. Tel Aviv nunca perdía su encanto.

La travesía ameritaba tomar un relajante.

Nada mejor que un whisky para lubricar el cansancio de los músculos.

—Estamos en la ciudad, Tutor —el hielo metálico chocaba con el vaso de vidrio, tintineando en la oscuridad. En la otra mano sostenía el teléfono celular.

—*Perfecto. Tendrán que ir directo al punto señalado.*

—Ahí encontraremos el objetivo, Tutor. No tenga la menor duda.

—*No hay más oportunidades. La noche ayuda a encubrir, pero el día lo revela todo.*

—Sí, Tutor. Mañana será otro día.

Monte sagrado

Un hilo grueso, transparente y salado que nacía en un lugar desconocido de la mata de cabello blanco bajó presuroso cerca de la oreja derecha y recorrió el cuello con piel arrugada, hasta llegar al borde de la camisa, donde se fundió con las fibras de la tela. Desde que salieron de la casa que les sirvió de sitio de descanso, el profesor Rey Benavides no dejó de sudar profusamente ante su exaltada negativa a activar el aire acondicionado del vehículo, obligando a los demás ocupantes a vivir la misma experiencia húmeda.

La carretera número 1, que conectaba a Tel Aviv con Jerusalén a través de setenta kilómetros de asfalto en medio de un paisaje llano y eterno, se confundía con la vegetación circundante y con el cielo amarillo producido por un sol gigante y esplendoroso que dominaba el espacio y que amenazaba con caer sobre la Tierra. Pasaban a toda velocidad junto al principal aeropuerto de la ciudad, el Ben Gurión, cuando Luz Morángel tuvo la sensación de que volvían a sumergirse en un ambiente natural y, por lo tanto, infinito, alejado de la mano del hombre, muchas veces provocadora de impactos adversos.

Aunque a veces el ser humano lograba ser inteligente.

Unos minutos antes, pocas cuadras después de haber subido al automóvil escoltada por Delta, Omega y sus dos compañeros-rehenes, cruzaron por el Bulevar Rothschild, una calle reconocida por ser la arteria creativa de Tel Aviv. Los edificios que flanqueaban la calle albergaban el ecosistema más grande y variado de emprendedores y compañías nacientes que buscaban cambiar el mundo, lideradas por jóvenes y personas experimentadas por igual. En Tel Aviv, por cada trescientos habitantes existía un *startup*, una empresa emergente; había allí la mayor concentración de emprendimiento del mundo.

Productos y desarrollos tecnológicos notables, reconocidos en todo el planeta habían sido concebidos en aquellas calles blancas de casas Bauhaus y en otras partes de Israel, por ejemplo, la aplicación de navegación más utilizada para combatir el tráfico pesado y el caos de las ciudades "florecientes", *Waze*; el primer dispositivo de almacenamiento de datos a través de una memoria flash, más conocida como memoria USB; las plataformas de programación para usuarios novatos; los tratamientos para convertir tumores de mama y pulmón en bolas de hielo; las tecnologías para la conducción autónoma de vehículos; los sensores de nanotecnología para analizar las partículas en la respiración y detectar enfermedades al instante o los materiales biodegradables para regenerar huesos.

La lista era interminable y maravillosa.

Salomón iba pegado a la ventana izquierda con el puño clavado en la cara, contemplando con aburrimiento y desazón los morros de puntas ovaladas, laderas verdosas y fondos grises con marrón. Estaba sentado detrás del conductor del vehículo, Omega, que de vez en cuando miraba por el espejo retrovisor para vigilar a sus inocentes y poco peligrosos prisioneros. Pero también aprovechaba que Luz estaba en la mitad de la silla trasera, entre Salomón y el anciano, para escrutarle la entrepierna con ayuda del cristal reflector.

Delta, en el puesto del copiloto, estudiaba un mapa a todo color, impreso en un pliego de papel brillante y grueso, intentando identificar las rutas, recovecos, atajos y puntos específicos que tendrían que sortear para llegar al lugar indicado. Era muy extraño, aunque nada improbable, ver esas reliquias antiguas (un mapa impreso), que ahora estaban, como casi todo, digitalizadas para ser accesibles desde cualquier parte del mundo, en cualquier momento, con un solo movimiento de las manos.

Luz seguía absorta en sus pensamientos, situación que le hizo olvidarse por completo del aire tórrido que embargaba el interior del vehículo, un factor incómodo que disfrutaba solitariamente el profesor Benavides. Trataba de entender el aburrimiento de su amigo Salomón, la maldad morbosa de Omega, la soberbia de Delta y la aparente tranquilidad peligrosa del profesor. Cuando sus ojos volvieron a posarse sobre su propia persona, después de repasar a los cuatro hombres, haciendo un círculo con la cabeza, se dijo a sí misma que era una mujer fuerte, un ser decidido a sobrepasar cualquier obstáculo que la vida le pusiera. Se convenció de eso.

El silencio fue el gran protagonista del viaje. Luz Morángel recordó las innumerables ocasiones, siendo una adolescente, en las que se sentaba al lado de su padre y podían estar callados durante horas, sin musitar palabra. Él, leyendo un libro, ella, dibujando o simplemente pensando. Sin embargo, en esos momentos no sentía ni una pizca de incomodidad. Al contrario, era como si un acuerdo tácito e ininteligible para los demás se hubiese establecido entre los dos. En cambio, con otras personas no podía soportar diez segundos de quietud vocal. Su padre decía que el silencio era el idioma de la verdadera confianza.

Cuando volvió a la realidad, la arqueóloga vio unas señales verdes y azules en el horizonte, en medio de un pedazo de la carretera que subía en pendiente. Sus ojos apuntaron de inmediato hacia una de las figuras del aviso ubicado más hacia la derecha. A medida que el automóvil avanzaba, vio aumentar el tamaño del símbolo: tres círculos concéntricos con un punto negro en el medio, sobre un fondo blanco. Era sin duda un dibujo muy similar al de los dos octágonos y el círculo interior que habían encontrado debajo de Dar al-Arusa.

—Se parece a nuestro símbolo... —susurró Luz.

Nadie le puso atención.

—... Y a la chacana —concluyó. Sintió que el tiempo voló. Las palabras blancas al lado del símbolo indicaban que esa era la ruta para llegar al centro de Jerusalén. En un abrir y cerrar de ojos estaban en una nueva ciudad.

Más adelante tomaron una curva a la derecha, para seguir subiendo por la carretera 436, una vía de cuatro carriles perfectos que los llevó hasta la parte baja de un gran puente que conformaba el intercambiador Golda Meir. La calle se hizo más angosta, pero les ofreció una vista de Lifta, una antigua villa árabe (palestina) desolada por la guerra civil de los años posteriores a la Segunda Guerra Mundial. El Bulevar Begin, aquella inédita carretera por la que se transportaban, no dejaba de subir y subir, escalar y escalar, pretendiendo tocar el cielo tan cercano e inalcanzable, que sin duda era atractivo para cualquier ser humano.

Edificios, casas y otras edificaciones empezaron a aparecer a la derecha, en el horizonte, avisando que se encontraban cerca de ingresar a la ciudad sagrada, cuando de pronto la oscuridad rellenó todo el espacio. Atravesaron un túnel de tres carriles, con paredes demacradas y luces amarillas y rectangulares, una cavidad de quinientos metros de largo que le produjo una somnolencia instantánea a Rey Benavides. Al retornar a la claridad, giraron a la izquierda, a la avenida bautizada con el nombre del osado primer ministro Isaac Rabin, que fue asesinado, irónicamente, en una marcha por la paz convocada por él mismo.

Es inverosímil que en un mundo que se hace llamar civilizado y evolucionado tengamos que luchar por vivir en paz, ante la costumbre arraigada de permanecer en estado de guerra. Son osados los que se atreven a transformar este mundo cuyo estándar es el caos, la violencia y la apatía.

Ingresaron por un nuevo túnel a la altura del Parque Sacher, mucho más corto y bello que el anterior. Al salir, tomaron la ruta de la derecha que bordea el gigantesco parque verdoso donde miles de turistas y habitantes de la ciudad hacían ejercicio, montaban en bicicleta, compartían alimentos sentados en la hierba y jugaban todos los deportes conocidos y desconocidos, cuyos cuerpos y sombras dejaron atrás cuando viraron a la izquierda por una vía con una pendiente considerable que trepaba por las montañas. Luz volvió a ver el símbolo de los círculos y el punto que marcaba el centro de la ciudad, acompañado de otro aviso que les mostraba el camino hacia el destino final.

El automóvil serpenteaba por las calles estrechas de lo que parecía un sector entre residencial y artístico, hasta que el panorama se despejó de nuevo cuando tomaron la calle Keren HaYesod hacia el suroriente, una recta infinita que lucía desierta como un pueblo fantasma. La única forma de vida que revoloteaba por aquellos parajes, aparte del automóvil conducido por Omega, consistía en un par de buses largos y pesados que se trasladaban a muy baja velocidad, como esperando a que algún pasajero desprevenido se decidiera a subir a los vehículos.

Sin notarlo, pues la recta era inmarcesible, entraron en la calle Rey David.

En ese momento, el profesor Benavides se despertó, al tiempo que se quitaba las lagañas de los ojos cansados. La calle partía en dos el Parque de la Campana de la Libertad, un terreno inmenso que, entre otras cosas, albergaba una réplica de uno de los símbolos de la independencia de los Estados Unidos, originalmente ubicado en Filadelfia.

Salomón, sin despegar la cara de la ventana, notó que muchos árboles dominaban las aceras y los jardines de las casonas que rebasaban con rapidez; una densidad vegetal muy superior a la del resto del camino que ya habían recorrido. Delta movió el mapa impreso, volteándolo ciento ochenta grados y le dijo a Omega unas palabras en inglés que Salomón no logró identificar, a pesar de estar plenamente capacitado para comunicarse en ese idioma.

Por fin acabó la recta y voltearon a la izquierda.

Y más adelante, de nuevo hacia el mismo lado.

«¿Nos estamos devolviendo?», pensó Luz Morángel. A continuación, su leve angustia se desvaneció cuando un letrero verde, con una flecha que apuntaba hacia arriba para mostrar que debían seguir en línea recta, confirmó en inglés y en hebreo que iban por el pasaje correcto. Ahora recorrían la vía Hebron, hacia el norte, hasta que giraron a la derecha en la calle HaMefaked, una bajada entre edificaciones de piedras envejecidas que marcaba un límite entre la ciudad moderna y la antigua.

Viraron a la izquierda, otra vez, para seguir descendiendo por una calle rústica, rodeada de arena, árboles desteñidos y rocas pálidas de laderas opacas y desérticas. Unas hojas verdes, conformando el Jardín Zurich, resaltaban en ese cuadro seco propio de las faldas del Monte Sion, el lugar que sirvió en otras épocas para referirse a la tierra prometida de Israel.

Una colina repleta de casas blancas y cafés surgió en el horizonte, en el punto donde terminaba la bajada. Delta señaló hacia la izquierda con el dedo y Omega metió el vehículo cuesta arriba, por la calle Ma'alot Ir David, que los introdujo a un barrio humilde de construcciones irregulares, de baja altura y con diseños personalizados, acompañadas de una que otra bolsa de basura en el frente y con puertas pintadas con grafitis en hebreo.

«Definitivamente estamos perdidos», concluyó la arqueóloga, inspeccionando los alrededores.

De pronto, una enorme muralla, al frente, surgió de la nada.

Omega estacionó el vehículo detrás de una hilera de buses y todos descendieron al instante.

Luz Morángel evocó las fotografías típicas de aquel sitio que circulaban por internet, en las revistas de los aviones y en cualquier publicación que se refiriera a la ciudad de Jerusalén. Todas mostraban una panorámica espléndida, repleta de luces, color y majestuosidad que lograban motivar hasta al más pesimista y tacaño de los humanos a meterse la mano al bolsillo para aventurarse a visitar esta ciudad.

Por eso se sintió insatisfecha al verse de frente contra una pared enorme que no dejaba nada a la simple vista. Salomón, que comenzaba a sudar en exceso, escrutaba el ambiente a su alrededor con los brazos en jarras. Delta y Omega preparaban sus armas de fuego, ocultándolas diestramente ante cualquier ojo indiscreto de los turistas circundantes.

—Vamos por ese tesoro —dijo Delta dirigiéndose al grupo.

El profesor se acercó a Luz con una sonrisa en la cara y gritó:

—¡Bienvenidos a la Ciudad Vieja de Jerusalén! ¡Por fin llegamos al sagrado Monte del Templo!

Por fortuna, y quizás por respetar la condición sacral del lugar, pensó Luz, el profesor no incluyó en la frase sus peculiares expresiones.

Nuevas ilaciones de Medina

Los datos de las calificaciones solo le fueron útiles para entender que Luz Morángel, para su propia desgracia, era una mujer muy inteligente. Demasiado, para su gusto. La última frase del documento contenía más dudas que certezas, pero brindaba un nuevo mundo de posibilidades que debía explorar. Y como todo en la vida, cuando alguien se enfoca honestamente en una tarea, más temprano que tarde encuentra las conexiones encubiertas que demarcan el camino hacia la solución de un problema.

Ese punto de inflexión estaba en la foto que capturó con su celular, la imagen de los egresados de arqueología que muy seguramente compartieron clases con Luz Morángel.

—Por supuesto que la recuerdo. Era la mejor en todas las clases —contestó la mujer que lideraba el departamento de investigación del Museo del Oro. Llevaba cinco años trabajando allí, pero Omar Medina le había dirigido la palabra menos de tres veces en la vida.

Cuando el director repasó los trece rostros de la fotografía, identificó la cara de Joana Pérez, una mujer cuyo rostro era inconfundible gracias a sus ojos negros vibrantes, su cabello café ondulado y su quijada puntuda y alargada.

—Me parece insólito que ella haya robado el poporo... aún no me cabe en la cabeza —le dijo Joana al jefe de su jefe. Medina odió el comentario.

—Si era tan buena, ¿por qué el consejo directivo decidió expulsarla? —Medina quiso retomar el rumbo de la conversación.

—En la universidad nos preguntábamos lo mismo. Todo pasó muy rápido.

—¿Qué quieres decir con *rápido*?

—Un día, de repente, Luz Morángel dejó de asistir a clases... y no regresó jamás.

—Alguna hipótesis, algún chisme tendría que existir sobre el asunto... Siempre los hay. Y siempre llevan una que otra verdad —Medina no se daba por vencido tan fácilmente.

La mujer entrecerró los ojos y se puso a pensar.

—Tal vez se hablaba de algo…

La esperanza se avivó en el alma de Omar Medina.

—La escucho.

—Se decía que la presidenta del consejo directivo odiaba a Luz por razones personales que no conocíamos… y fue ella la que aprovechó su poder para expulsarla sin razón aparente.

«Así como la culpan del robo del poporo», pensó Joana Pérez.

—¿Cómo se llamaba?

—Seguro la conoce. Guadalupe Alcalá.

Claro que la conocía. En los mundos académico, político y cultural, la señora Guadalupe Alcalá era un nombre reconocido. Su vida profesional había transcurrido como rectora de universidades destacadas, curadora de museos nacionales y extranjeros, columnista de revistas y periódicos y hasta modelo de pasarelas en su juventud. Actualmente era la Ministra de Educación del gobierno de Colombia.

Si la conjetura era cierta, Luz Morángel tenía una enemiga poderosa.

¡Oh! ¡El templo!

La Ciudad Vieja de Jerusalén estaba protegida por una fortificación de estilo otomano que recorría más de cuatro kilómetros y contenía a los barrios cristiano, armenio, judío, musulmán y al Monte del Templo, el asentamiento humano más diverso (más humano) del planeta. La imponente altura de las paredes, que rondaba los doce metros, y las ocho puertas de acceso le hicieron recordar a Luz Morángel, por segunda vez, a la increíble y enigmática Ciudad Amurallada de Cartagena de Indias, ubicada en las costas septentrionales de Colombia.

La entrada más cercana estaba a cinco minutos de caminata desde el lugar donde estacionaron el vehículo, una abertura cuadrada de bordes redondeados, coronada por un arco musulmán de dovelas perfectamente talladas. Por sus experiencias y estudios pasados, Luz sabía que cada puerta de la Ciudad Vieja de Jerusalén tenía un nombre concreto. El instinto, mucho más que el conocimiento, le trajo malos augurios al acordarse de que ese acceso en particular tenía un calificativo bastante elocuente:

La Puerta del Estiércol.

Al traspasar la pared gruesa de la entrada, los visitantes se hallaban en el barrio judío de la ciudad. Sin embargo, Luz, Salomón, Rey, Delta y Omega se encontraron de frente con una muchedumbre que iba y venía por las aceras que delimitaban la única calzada de asfalto que llegaba a la puerta por donde habían ingresado. Un guía turístico le narraba a un pequeño grupo de turistas asiáticos que, en el Antiguo Testamento, específicamente en el Libro de Nehemías, capítulo tres, versículos 13 y 14, se hablaba de una puerta por la cual se sacaban los desperdicios y las basuras producidas por el hombre.

«Ya todo tiene sentido», reflexionó la arqueóloga.

Siguieron subiendo por una vía inclinada, desde donde Salomón reparó, mirando al horizonte, hacia su costado derecho, en una cúpula oscura que sobresalía entre las paredes y edificaciones de la ciudad. Luz tomó de la mano al profesor Benavides, pues sintió un riesgo inminente de que el viejo se extraviara entre la multitud que merodeaba aleatoriamente por las calles. Delta y Omega escoltaban a los tres rehenes, manteniendo los cinco sentidos alertas para identificar cualquier amenaza que pudiera destruirles todos sus planes.

—Saca el dinero, tenemos que comprar las entradas —Omega le advirtió a su jefe cuando se fijó en la fila a la que se unieron para ingresar al Monte del Templo. Cuando la línea avanzó, Delta sintió un escalofrío al ver un aparato alto y rectangular por el cual cruzaban todas las personas de la hilera. Un bombillo en la parte superior titilaba cada vez que alguien cruzaba, ante la mirada de dos hombres fuertemente armados con atuendos militares. Un detector de metales, es decir, de armas. Luz reconoció la misma situación: el ingreso era gratuito, pero necesitaban atravesar el punto de inspección.

«Estamos salvados», una leve esperanza iluminó a Luz.

Luz pasó primero por el escáner, seguida del profesor y de Salomón. Un bombillo verde se activó tres veces, después de que cada uno traspasara el umbral. Delta y Omega se miraron el uno al otro, con un temor escondido que les brotaba por los poros.

—¡Rápido! ¡Sigan! —les ordenó uno de los soldados, en inglés.

«Los van a agarrar». Luz sonrió maliciosamente.

Omega puso un pie debajo del detector. Luego el otro.

Cerró sus ojos rasgados.

—¡Pase, pase! ¡Están retrasando a los demás! —el otro soldado lo arrió con la mano.

Delta hizo lo mismo y cruzó, encontrándose de nuevo con el grupo. Le devolvió la sonrisa a Luz, que estaba con la boca abierta y los ojos estupefactos y llenos de sinsabor. Omega le dio una forzada palmada en la espalda a Salomón y luego se acercó a la arqueóloga, le acarició la mejilla izquierda y le mandó un beso en el aire, con los labios retorcidos.

—Sentimos decepcionarte, muñeca —Luz le quitó la mano de un empujón y se alejó dos pasos.

«¿Cómo lo lograron?», pensó Luz con la boca abierta.

Delta apresuró el paso y les ordenó que lo siguieran. Cuando estuvieron lo suficientemente alejados de los soldados, miró a Luz y le mostró con el dedo un pequeño botón que tenía puesto en su propio chaleco. Luz volteó a ver a Omega e identificó el mismo dispositivo en su chaqueta. De inmediato cayó en cuenta. Era el mismo chip que le habían implantado a ella en el morral de *Darth Vader*, a las afueras del lejano Museo del Oro. Fue el mismo Delta, el hombre que la chocó *casualmente* en la carrera Séptima de Bogotá, quien le había instalado el aparato. Así pudieron sacar el poporo sin que fuera descubierto por los detectores.

Caminaron pegados a unas barandas de madera caoba, sobrepasando a todos los curiosos que les tomaban fotos a las paredes, a las casas del fondo, al cielo, al suelo y hasta imágenes de sí mismos que no mostraban ningún lugar en especial. Luz los hizo meterse por un pasaje de techo triangular y parales horizontales y vigas, también fabricadas en madera. La estrechez de la que en realidad era una rampa, hacía que la concentración de cuerpos humanos fuera insoportable en extremo. Parecía como si un millón de átomos se apretujaran en un tubo colisionador de partículas que los hiciera moverse en un solo sentido, gracias a una fuerza involuntaria y extraña. La masa de gente se movía hacia adelante, pero nadie hacia el menor esfuerzo por moverse.

Al alcanzar una altura de unos diez metros sobre el nivel del suelo, Salomón divisó un espacio que le resultaba muy familiar. Sin dejar de avanzar, vio, debajo de sus pies, una pequeña plaza donde se congregaban miles de personas que se dirigían, sin excepción, hacia la muralla que tenían al frente, una pared compuesta por piedras rectangulares de tamaños irregulares que mostraba espacios entre ellas, donde nacían retoños de arbustos y oquedades misteriosas. Aquellos que tenían la paciencia y la fortuna de tener el muro a escasos centímetros de la cara y las manos, rezaban con convicción mientras palpaban las piedras y metían rollitos de papel en las rendijas naturales.

Luz notó la expectación de su amigo.

—Es lo único que queda del antiguo Templo de Jerusalén —le dijo Luz a Salomón, al mismo tiempo que se desplazaban por la rampa.

—¿Por qué tanta veneración por una pared? —preguntó Salomón. Afortunadamente el profesor Rey Benavides no escuchó la pregunta; si lo hubiera hecho, no hubiera escatimado en insultos contra él.

—Hace tres mil años, aquí se construyó el primer santuario judío, el Templo de Jerusalén, el lugar destinado para el culto a Dios —Luz sentía los empujones de la muchedumbre—. Era un lugar impresionante y bello, según lo que dicen las historias y los escritos de la época. Tenía columnas de oro, jardines exuberantes y una arquitectura simple y majestuosa.

—En el templo se atesoraba el Arca de la Alianza —el profesor irrumpió en la charla al escuchar que hablaban de uno de sus temas favoritos. El nombre del arca le hizo recordar a Salomón una de las películas de *Indiana Jones*—. También estaban otros elementos del culto hebreo, como el candelabro de los siete brazos. ¡Venga ya, compae!

—¿Qué sucedió con el templo? —quiso saber Salomón, sin prestarle cuidado al viejo profesor.

—Los babilonios lo destruyeron unos cuatro siglos después, bajo el reinado de Nabucodonosor, que desterró a los judíos hacia Babilonia. La historia sigue repitiéndose y ensañándose con el pueblo de Israel —concluyó Luz—. Años más tarde, después del regreso de los judíos a su tierra, se reconstruyó el templo, que solo estuvo terminado hasta la época de Jesucristo. Este fue el Segundo Templo.

—Dios mío —repuso Salomón.

—Era la época de la dominación romana de Judea, que se rebeló contra sus gobernantes en el año 66 después de Cristo. Los romanos respondieron con brutalidad y reconquistaron la ciudad, que fue destruida casi en su totalidad. Y el Segundo Templo fue arrasado.

—¿Lo reconstruyeron?

—Precisamente, los judíos esperan que el Tercer Templo sea reconstruido, para lo cual oran todos los días a Dios —Luz estaba por terminar el último tramo de la rampa—. Su símbolo de esperanza es el único vestigio que se ha mantenido firme ante todos los ataques sufridos por este lugar.

—Este muro... —Salomón señaló con sus ojos, y con las gafas, la plaza que estaban por dejar de observar.

—El lugar más sagrado del judaísmo. El Muro de las Lamentaciones.

El quinteto atravesó el acceso donde terminaba la rampa, justo en la parte superior del Muro de las Lamentaciones, y se internó en el Monte del Templo.

—Luz, me queda una duda —salieron a un espacio mucho más amplio, una explanada llena de árboles, jardines y edificaciones eternas. El sol brillaba con una fuerza descomunal—. ¿Quién construyó el primer Templo de Jerusalén?

—Es curioso que lo preguntes —Luz le sonrió—. La persona que lo mandó a construir se hizo muy reconocida y eterna, como el propio templo. Fue el rey Salomón.

Paraíso y tinieblas

La sombra que se apoderaba de su cabeza y su cuerpo resultó ser una bendición del cielo, ya que el sol reverberaba en los confines del universo, calentando el aire y las piedras del suelo, que parecían vibrar, autónomas, gracias al vaho desprendido desde las profundidades de la Tierra.

Estaba estacionado debajo de tres arcos túmidos, que lo protegían del astro rey, sostenidos por dos columnas centrales y el mismo número de vigas laterales, más grandes y de perfil cuadrado.

—Estamos en el sitio, Tutor —habló con una voz fuerte, pero sin llegar a superar un volumen delatador. Necesitaba sobrepasar los miles de murmullos y evitar los oídos inquietos de los turistas a su alrededor—. Está repleto de gente.

—*El lugar es enorme. ¿Están adentro del monumento?*

—Aún no, Tutor. Estamos a unos pasos.

—*Ingresen al sitio; ahí tendrán que encontrar lo que buscamos. No pierdan más tiempo, por Dios.*

El hombre mantenía la mirada fija en la cúpula dorada que emitía un resplandor cegador y tranquilizante por toda la explanada. Se empinó un poco, sin soltar el teléfono celular, para evitar la multitud de cabezas multicolores que se movían como un tapete de hormigas heterogéneas. Debajo de las placas que recubrían el domo avistó los tonos y los mosaicos más hermosos que jamás hubiera visto, formados por paneles de mármol y azulejos dignos de la madre naturaleza.

—Sí, Tutor. Es hora de acabar con esto.

Después de colgar tuvo la sensación de que el cielo y la oscuridad, el paraíso y las tinieblas, estaban presentes aquí mismo, en el planeta Tierra.

Creencias: muchas y la misma

—¿Por qué demonios hay una mezquita en la principal ciudad cristiana del mundo? —Salomón Salas la soltó súbitamente, acomodándose los anteojos con rabia, cuando estuvo más cerca al edificio de cúpula oscura que había avizorado al pasar por la Puerta del Estiércol. Allí, dentro del Monte del Templo, en medio de árboles y turistas, tuvo un efímero ataque de ira y curiosidad que le generó aquella cuestión en su cabeza.

Los árabes conquistaron Jerusalén en el siglo VII, como la Península Ibérica, en su recorrido para expandir la nueva religión, el islam, por todo el mundo conocido. En el año 685, el califa Abd al-Malik, gobernante musulmán de Jerusalén, ordenó la construcción de un complejo religioso, un conjunto de varias mezquitas y santuarios islámicos sobre el antiguo Templo de Jerusalén. Una de las dos construcciones más significativas y simbólicas que se erigieron es aquella de cúpula negra, la más grande de Jerusalén, llamada Mezquita al-Aqsa.

—"El pueblo de Mahoma construirá el templo de Jerusalén" —susurró el profesor Benavides, con los ojos perdidos, mientras subían unas escaleras que estaban coronadas por una entrada triunfal de arcos y columnas islámicas. Salomón le lanzó una mirada de desprecio.

La Explanada de las Mezquitas, el otro nombre del Monte del Templo, constituía el lugar más importante del islam fuera de Arabia Saudita. Los templos de la Kaaba en La Meca y la mezquita del Profeta en Medina eran los únicos que superaban en sacralidad al santuario árabe de Jerusalén.

Luz, que tenía otra vez al profesor agarrado de la mano, lo ayudó a superar varios escalones de la trepada.

—Conquistar Jerusalén representaba el cumplimiento de una profecía, pues en este lugar se hallaba el Primer Templo judío —dijo la arqueóloga—. Por eso esta explanada fue bautizada por los árabes como Haram ash-Sharif, el noble recinto, el centro del mundo.

El centro del mundo.

Como Chiribiquete para los indígenas precolombinos.

Como el tepuy El Estadio.

Como la chacana.

Como indicaba el poporo quimbaya.

—¿Por qué el islam consideraría importante un lugar judío?

Inmediatamente después de que lanzó la pregunta, Salomón recordó el texto del salón octogonal que encontraron al correr por el túnel de La Alhambra.

Mahoma es un mensajero de Dios.

Cristo es un mensajero de Dios.

El profesor superó el último escalón acompañado de Luz Morángel. Delta y Omega llegaron justo detrás, con gotas de sudor en la frente, a causa del peso adicional de las armas que llevaban escondidas. Salomón, con los pulmones casi colapsados, arribó de último, ante la mirada inquisidora de una mujer pasada de kilos que parecía extrañada por su atuendo formal.

Una cúpula dorada apareció enfrente del quinteto.

Desde esa perspectiva lograron identificar tres paredes que soportaban el domo: una era totalmente paralela al grupo, y las otras dos estaban ubicadas en ángulos iguales con respecto a la primera. Todas estaban orladas con detalles, mosaicos y caracteres de fina expresión artística, con colores azules, verdes, blancos y caobas. Era la vista frontal de una figura geométrica básica: el octágono.

—¡Aquí es! ¡Por mi polla! —dijo el profesor.

—La Cúpula de la Roca —completó Luz Morángel. Las figuras del techo del Cuarto Dorado y del salón subterráneo de Dar al-Arusa tomaban aún mayor sentido.

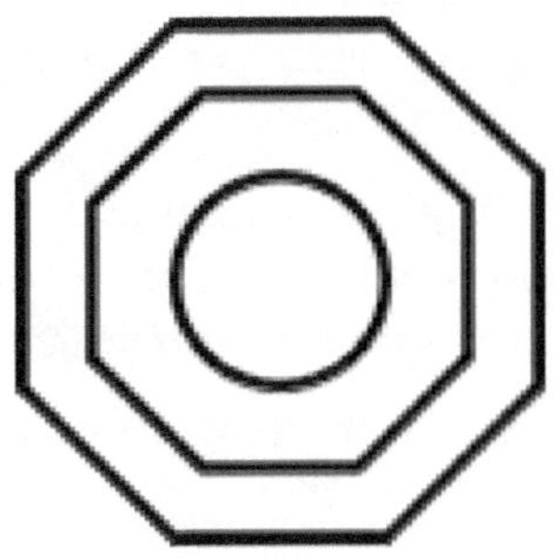

Construida en 691, la Cúpula de la Roca era una construcción octogonal coronada por un domo semiesférico y dorado a más no poder. Vista desde el cielo por el rey sol, se vería como la figura encontrada en los recovecos misteriosos y escondidos de La Alhambra.

—Dentro del templo se encuentra una piedra gigante, un saliente rocoso que tiene múltiples significados —Luz comenzó a dar una clase improvisada que iba dirigida a la pregunta que planteó, sin pensarla, su amigo Salomón.

Delta se apartó un momento del grupo y Omega se dispuso a escuchar la cátedra. Cualquier dato podría ser de utilidad en el futuro cercano.

—Para los judíos, esa piedra marca el lugar exacto donde Abraham realizaría el sacrificio de su primogénito, Isaac, para demostrarle a Dios el temor y el respeto que le profesaba —continuó Luz.

—¡Foh! A todo el mundo le sorprende saber que Abraham es un personaje central que comparten las tres religiones monoteístas: el judaísmo, el cristianismo y el islam —complementó Rey Benavides.

—Tanto así, que los cristianos también veneran la roca como el sitio del sacrificio de Isaac —decenas de turistas pasaban junto a Luz, que estaba absorta en sus cavilaciones—. Además de considerarlo el terreno donde Poncio Pilato interrogó a Jesús.

—¿Y los musulmanes? —preguntó el profesor. Se le había olvidado esa parte de la historia. Salomón tenía la misma inquietud.

—Desde la roca saliente, Mahoma subió al cielo acompañado del ángel Gabriel —Luz contemplaba la cúpula dorada, brillando en la eternidad—. Además, representaba un lugar de peregrinación alternativo a La Meca, que en aquellas épocas estaba gobernada por un califa rebelde, Ibn al-Zubayr.

Desde Chiribiquete también se asciende al cielo.

—¿Judíos y cristianos no se opusieron a esta construcción que profanaba el Templo de Salomón? —su compañero parecía tomarse como propio el nombre del antiguo rey judío y su templo.

—Todo lo contrario. Los judíos valoraron a la Cúpula de la Roca como la reconstrucción del Templo de Salomón, desde otro concepto artístico. Y, como ya habrás concluido, los cristianos la vieron de la misma forma.

—Es un lugar sagrado por las tres religiones ¡Ole tu polla!

—Por lo tanto, es considerada el ombligo del universo.

—Guau. Entonces, no entiendo por qué nos matamos entre nosotros mismos —remató Salomón.

Luz sintió una descarga de añoranza y melancolía que le hizo evocar una canción:

Does the crowd understand?

Is it East versus West?

Or man against man?

Al final no existían diferencias. El hombre es su propio enemigo.

Romper las reglas para volar

Un montón ininteligible de líneas de caracteres que parecían traídas de otra galaxia crecían y se reproducían de izquierda a derecha, de arriba abajo, conformando un lenguaje que solo podía ser entendido por un programa de computador que estaba fabricado bajo las mismas condiciones y configurado por mentes y manos humanas que aprendieron a comunicarse con las máquinas.

Uno de los desarrolladores, el mejor del país, se levantó del asiento que ya tenía tallado, para toda la vida, el contorno de sus caderas y sus glúteos. Se quitó los gigantescos audífonos que le ayudaban a concentrarse y se acercó corriendo a la pareja que lideraba aquella iniciativa relámpago.

—Esto es una locura —dijo, sosteniendo una hoja de papel que tenía garabateados unos dibujos básicos con unas palabras sencillas—. No existe la más mínima posibilidad de que esto sea aplicable.

Los dos hombres a los que se dirigía interrumpieron su conversación.

Kirk Black se sintió atacado, el corazón se le revolucionó como un motor desbocado y sus neuronas entraron en pánico. Su garganta no logró articular sílaba alguna que pudiera refutar al desarrollador de software que él mismo había contratado.

—¿Eres capaz de programar lo que está ahí? ¿Sí o no? —contestó Charlie Parker, tajante, ante el congelamiento de su amigo.

—Ya lo hice. Podría desviar todos los aviones que están sobrevolando el planeta, ebrio y en menos de seis horas, si quisieran —Parker no pareció sorprenderse.

—Nuestro objetivo no es cometer un delito —Parker lo atravesó con la mirada—. Estamos aquí para rescatar a nuestro país.

—Esto no cambiará nada... ¡Está en contra de todas las reglas establecidas!

—Por eso funcionará —por fin Kirk despertó.

—¡Esto no es dinero real! —dijo el hombre con la hoja de papel batiéndola en su mano. Los otros desarrolladores dejaron de teclear en sus computadoras.

Charlie respiró hondo y se le acercó lo suficiente para que sintiera su aliento.

—Óyeme bien, imbécil. En la vida real, esa que no conoces bien, cualquier cosa puede ser considerada dinero —Charlie le clavó un dedo índice en el pecho—. Las sociedades han usado sal, alimentos, oro, metales, monedas y papel para comerciar. El próximo paso es inevitable.

Una cosa solo tiene valor porque nosotros decidimos que lo tiene.

—El valor está basado en la confianza. Un concepto que se está derrumbando en nuestro sistema económico actual —complementó Kirk Black.

El desarrollador empezaba a entender.

—Y el *blockchain* está hecho para fortalecer la confianza y la transparencia —susurró entre dientes.

—La moneda digital basada en esta tecnología será más transparente: no será emitida por políticas monetarias corruptas; su valor dependerá de la oferta y la demanda, y tendrá existencias limitadas —concluyó Parker cuando ya le había pasado la rabia momentánea.

«Tal como el oro», pensó.

—Solo nos queda un obstáculo por sobrepasar —dijo Kirk. El desarrollador y Parker lo voltearon a mirar—. Necesitamos que sea aceptada como medio de pago, que alguien vea su valor real, que confíe en ella.

—La plataforma está en operación desde hace media hora —habló el desarrollador, esperando que eso sirviera para atacar el problema.

«¿Cuál es el maldito problema, entonces?», quiso gritarle Charlie.

Uno de los economistas del equipo de la Oficina de Gerencia y Presupuesto llegó corriendo a donde estaban Parker y Black.

—¡Tenemos a un proveedor en línea! —dijo con su respiración entrecortada—. Está interesado en hacer una transacción con el gobierno de los Estados Unidos a través de nuestra plataforma de *blockchain*.

—Problema solucionado —Parker le dio tres golpecitos a Kirk en la espalda.

—Nos queda una cuestión adicional —dijo el desarrollador—. Bautizar a nuestra moneda digital —«La que yo desarrollé», hubiera querido decir.

Parker ya había reflexionado sobre el asunto.

Todo este proyecto tenía en su esencia el problema del oro. *Gold*, en inglés.

Debían salvar a su nación, el país encomendado a Dios. "In *God* we trust".

Gold. God. Un parecido lingüístico que los humanos llevaron a la realidad.

—Dile al proveedor que negociaremos con nuestra nueva criptomoneda: *GO(L)D*.

Santo de los santos

Las escaleras eran menos extensas de lo que suponía llegar a las entrañas de la roca, el centro del universo. Un tinte escarlata contorneaba los bordes de los peldaños por los cuales descendía Luz Morángel tomada de la mano por el profesor Benavides, que empezó a toser a causa del violento frío que se encontraba encapsulado en las grutas inferiores de la piedra sagrada. El color del suelo hizo que Salomón recordara las pinturas de Chiribiquete.

«Estamos en el lugar correcto», pensó.

Ante la relajante ausencia de turistas y extraños, Delta desenfundó uno de sus revólveres y aprovechó la oportunidad para meterse en la nariz una pizca del polvo blanco que llevaba en la bolsa infaltable que siempre guardaba dentro del bolsillo del pantalón que tenía cortado a la altura de la rodilla, en el costado derecho, y que después hizo lo mismo con el izquierdo, fabricando unas bermudas improvisadas para no llamar la atención. Aún le ardía la herida de bala que le provocaron en la escapada en la que murió Gamma.

Omega volvió a cerrar la portezuela que restringía el acceso a las escaleras que conducían a la parte inferior de la Roca Fundacional, sin dejar de escrutar, mientras descendía, todos los rostros que alcanzó a ver en el primer nivel del templo, y escoltó al grupo. Antes de internarse en la penumbra, echó un vistazo al cielo y se encontró con la parte interior de la cúpula.

Cuando ingresaron al templo, unos minutos antes, agradecieron el ambiente fresco que ofrecían los altos techos, las imponentes columnas y la sombra que producían las hermosas paredes rectas del octágono exterior. En un abrir y cerrar de ojos, todo el contexto se transformó por completo, dándole paso a una estancia que era más amplia de lo que parecía desde afuera, repleta de gloria, misterio y sacralidad. Era increíble que el hombre hubiera podido construir, con tanta sutileza y magia, un recinto cuantioso de densidades de colores, tallados, mosaicos y representaciones infinitas de la vida humana; todo perfectamente armonizado de forma sencilla y elegante.

Primero se toparon con un par de columnas cilíndricas que escondían sus verdaderas tonalidades al limitado ojo humano; estaban coronadas por capiteles dorados que sostenían una viga horizontal que las conectaba a otros soportes verticales de mayor tamaño, que se correspondían con las puntas del octágono interior del templo. Luz recorrió las vigas con su mirada, poniendo especial atención en los arcos redondeados, cuya pared interna brillaba con el resplandor de los únicos rayos de sol que lograban ingresar por los resquicios del santuario. Ocho tramos rectos e interconectados a más de seis metros de altura conformaban la figura geométrica del símbolo de Dar al-Arusa.

Caminaron despacio entre la muchedumbre, sobre un suelo de tonos rojo y café claro que detallaban figuras representativas de columnas y cenefas abroqueladas con estrellas de ocho puntas ribeteadas con flores doradas. La arqueóloga supuso, sin tener total seguridad, que aquellos adornos del piso semejaban a la divina arquitectura que acababa de apreciar.

Fueron necesarios diez pasos, únicamente, para hallarse de nuevo frente a otro conjunto de columnas; en esta ocasión, conformadas por un trío hermano de las primeras, que estaban unidas en la parte superior por arcos de rayas verdes y plateadas y un tubo dorado que intercomunicaba los capiteles del mismo color. Dos postes enormes y cuadrados flanqueaban cada extremo del trío veteado con piedras grises, verdes y blancuzcas, desde donde partían otros grupos similares que al final conformaban un círculo perfecto.

La circunferencia interior.

Se acercaron a la valla de madera que estaba ubicada en toda la mitad del círculo y del templo, una barrera de metro y medio de altura que detenía el ímpetu de las personas que desearan, para bien o para mal, tener contacto directo con la Roca Fundacional, la piedra simbólica del trío de religiones con más adeptos en el planeta. El quinteto se detuvo junto a la valla, cada uno apoyando los brazos y las manos para aferrarse a la vida terrenal. El profesor, de menor estatura que el resto del grupo, tuvo que colocar la quijada sobre el borde de madera para vislumbrar, fugazmente, un trozo de la enorme piedra.

—Tiene que estar debajo —dijo Luz Morángel—. En el centro del mundo.

Como en El Estadio.

Antes de optar por buscar la entrada a las profundidades de la roca, Salomón se estremeció al observar la cúpula que le daba nombre al templo, ubicada en todo el centro y a una altura inalcanzable, como si estuviera vigilando desde lo alto aquella piedra tan significativa para la humanidad. Desde su punto de vista, se veía como un gran círculo dorado del cual emanaban sinuosidades rojizas sobre un lienzo de oro.

Un sol.

El profesor Benavides, furioso por no poder admirar la roca con paciencia, emoción que olvidó al instante, le explicó a Salomón que la cúpula estaba construida en madera, con un doble casquete, un método que es utilizado de forma inversa en la construcción de los barcos. La Alhambra tiene forma de barco, había susurrado Salomón, que por varios indicios concluyó que el viejo ya no estaba resentido. Lo que no sabía es que Rey Benavides también había olvidado ese incómodo sentimiento que tenía por él desde que puso en duda su traducción de las inscripciones árabes del cuarto subterráneo de Dar al-Arusa.

Una vez hallaron la portezuela sin protección alguna, ni humana ni artificial, la atravesaron con disimulo y se adentraron en las cavernas que se escondían debajo de la Roca Fundacional. Al terminar la serie de escalones se encontraron en una cueva de unos cinco metros de ancho y cuatro de largo, con un techo en piedra que los obligaba a todos, incluso al profesor, a agacharse un poco. Una fuente de luz era suficiente para alumbrar el lugar, una extraña lámpara ubicada en la cubierta de piedra, que desprendía unos rayos azules fosforescentes que no alcanzaban a llegar al suelo de la caverna.

—Aquí no hay nada —clamó Delta.

—Necesitamos una ayuda extra —Omega le guiñó el ojo—. Como en el Cuarto Dorado —sacó uno de los bolígrafos explosivos que le suministraron en la casa donde pernoctaron en Tel Aviv.

—¡Están locos! —gritó Luz—. ¡Ya destruyeron el poporo quimbaya y La Alhambra! ¡No van a acabar con la historia!

—¿Qué otra opción tienes, preciosa? —preguntó Delta, mostrándole la pistola.

—¡Miren! —Salomón pegó un alarido.

En un rincón de la cueva, oculta por la tenue oscuridad y por el paso del tiempo, una figura tallada en la piedra se camuflaba con las irregularidades de las paredes rocosas. Un rectángulo, de un metro de alto por cincuenta centímetros de ancho, reforzado con un borde grueso y adornado con mosaicos árabes, semejaba a una puerta aleada con la naturaleza.

Dos cosas resaltaban a la vista.

Un símbolo y un texto.

El símbolo, tallado en la piedra y situado en toda la mitad de la puerta, consistía en una fila horizontal de copas diminutas que estaban conectadas por tres arcos concéntricos que nacían, o morían, en un pilar central que bajaba hasta convertirse en un semicírculo, como un sol naciente en medio de las montañas.

—El candelabro judío, la Menorá ¡Vaya, polla! —fue lo que dijo Rey Benavides, rascándose la barba blanca.

Luz sonrió y abrazó al profesor.

—Aquí tiene que ser —se agachó para palpar el símbolo con sus suaves dedos—. El candelabro de los siete brazos es uno de los objetos que se resguardan, según la historia, en el Sanctasanctórum, el lugar más sagrado del Templo Judío. Esta puerta debería conducirnos a ese sitio...

—Estamos buscando El Dorado, no un sitio religioso de los judíos —interrumpió Delta.

—La leyenda cuenta que debajo del Sanctasanctórum existe una cueva gigante a la cual solo se llega a través de pasadizos enredados e indescifrables que conforman una red subterránea en toda la ciudad —Luz rememoró sus lecturas sobre el templo. Delta puso mayor atención—. Nadie la ha descubierto... hasta ahora...

—¡Por eso eres la mejor estudiante del mundo! ¡Por mi polla!

«El Dorado», pensó Delta.

«Una cueva; como en El Estadio», reflexionó Luz.

—¿Qué dice el texto? —Salomón quería acelerar el paso.

Todos se quedaron mirando al profesor Benavides. La frase, tallada con precisión y belleza, estaba escrita en árabe, una lengua muy familiar para el viejo, que se acercó a la lápida y repasó los caracteres.

Se levantó y dijo:

—*El peso de la verdad.*

Todos se apartaron cuando Omega lanzó un grito y transmitió todo el peso de su cuerpo a la bota de su pie derecho, con el cual le asestó una patada a la piedra, que se agrietó peligrosamente.

Tímpanos en alerta

El tímpano no dejaba de emitir aquel pitido fantasmal que le colapsaba todos los sistemas que conformaban su cuerpo e interrumpirle todas las actividades de la vida, llegando a tal nivel de desesperación que ya tenía la oreja rasgada por los innumerables intentos infructuosos de arrancarse el oído con las manos. Era increíble, y hasta maravilloso, que un órgano tan ínfimo, una tuerca dañada dentro de una gran maquinaria, pudiera generar tanto impacto.

«Van a morir, malditos cabrones», pensó el escuchador.

La multitud representaba una ventaja, más que un problema, ya que podían ocultarse sin mucho esfuerzo de las miradas adiestradas de los dos norteamericanos y sus rehenes.

—Ahí están —musitó el escuchador—. A la izquierda, contra la valla de madera.

Sus tres compañeros voltearon la cabeza para revisar con disimulo, como un trío de turistas inquietos que admiraba el techo de la Cúpula de la Roca. Iban vestidos con ropas comunes: vaqueros, zapatos deportivos, camisetas, gorras de béisbol y gafas oscuras. Sin embargo, bajo sus atuendos guardaban armas automáticas que ingresaron mediante métodos diplomáticos de disuasión económica.

—¿A dónde van? —comentó otro de los perseguidores.

—Vamos a averiguarlo —el escuchador asintió después de soltar la orden. El cuarteto avanzó, camuflándose entre la multitud.

Un laberinto
de muerte

Encontraron un par de teas alojadas en unos soportes metálicos que estaban incrustados sobre la pared rocosa del amplio espacio, una nueva caverna que localizaron al final del descenso de diez metros que iniciaba en la puerta destruida por Omega. Delta iluminó el lugar con un encendedor que usó para prender las antorchas llenas de polvo, las cuales iniciaron su fulgor con delicadeza, casi a punto de morir, para después resplandecer en un *crescendo* exponencial que reveló los rostros sucios del quinteto y una serie de aberturas en la roca que no podían entender.

—¿Cuál camino debemos tomar? —Delta, sosteniendo una tea, se acercó a una de las aberturas del tamaño de un hombre, tratando de inspeccionar los bordes filudos.

Luz Morángel seguía inerte en medio de la cueva, intentando pensar en una respuesta que los condujera por la vía correcta. La nueva caverna era mucho más amplia que la ubicada debajo de la Roca Fundacional, y parecía construida por manos adiestradas que confeccionaron aquel salón, en las profundidades de la Tierra, con un camino de entrada, pero con siete posibilidades de escape.

Siete puertas rectangulares rematadas por sencillos arcos.

Omega, con la otra antorcha, se quedó en la entrada de la cueva, por donde habían llegado en una correría peligrosa. Salomón, con los brazos en jarras y sudando como un caballo desbocado, se acercó a la primera oquedad y metió medio cuerpo en el pasadizo que comenzaba en ese punto. Se llevó las dos manos a la boca, formando un óvalo invertido, y pegó un grito inesperado que hizo saltar al profesor Benavides. «¡Hola!». El eco duró más de diez segundos.

—Este gilipollas espera que salga un mayordomo a recibirlo —susurró Rey.

Luz soltó una risa íntima con el profesor.

—Son pasadizos muy extensos... nos llevará una eternidad explorarlos todos... —fue la conclusión de Salomón al acercarse a sus compañeros rehenes.

Delta se aproximó al grupo.

—¿Por dónde debemos ir, maldita sea? —puso la llama a escasos centímetros de la cara de Luz, que tuvo que retirarse para evadir el calor abrasador.

—¡Vaya, polla! ¡Vas tú follao!

—¡No tengo la menor idea! —Luz apartó la antorcha con firmeza—. ¿Creen que tengo respuestas para todas sus locuras? —La arqueóloga ya estaba empezando a desesperarse con la situación, a tal punto que lanzó una inesperada grosería—. ¡Son siete putas puertas!

—¡Excelente! —celebró el profesor, aplaudiendo cual niño eufórico, como si también la expresión le hubiera enseñado a maldecir.

En ese momento, la mente de Luz retrocedió cinco minutos. Reprodujo en su memoria la imagen de la lápida que quebró Omega y un rayo de adrenalina ayudó a generar una conexión neuronal reveladora: el candelabro judío, el candelabro de los siete brazos. La mente ve lo que quiere ver. La figura del candelabro en realidad parecía un candelabro cuando alguien te lo enseñaba de esa forma, pero una persona que viera el dibujo por primera vez, sin ningún contexto específico, también podría pensar que se trata de un mapa de túneles, caminos y pasadizos que terminaban en un sitio central, en un tesoro.

Un mapa que comenzaba con siete orígenes distintos.

¿Por dónde iniciar?

El número de brazos del candelabro se conectó, en su cerebro, con otra información.

El peso de la verdad, decía en la lápida.

Sus ojos claros se abrieron e iluminaron la cueva con una mayor intensidad que las teas crepitantes. Sus pupilas reflejaban las llamas y las siete aberturas que tenía al frente. Sus labios se movieron con suavidad para dibujar una sonrisa que atrapó y sedujo por un momento a Salomón y a Delta.

—Esto es... increíble —dijo Luz.

—Di algo, por favor —le respondió Salomón.

Parpadeó muy despacio, ordenó sus ideas y contestó:

—La clave de El Dorado estaba en la pieza más hermosa del mundo, aquella que nos llevó a Chiribiquete, el centro de la vida: el poporo quimbaya.

Nadie le refutó nada.

—El poporo tiene la llave de la verdad —prosiguió—. La verdad de la ubicación del tesoro más misterioso, más dramático y perseguido. El poporo quimbaya es la clave... ¡Lo sabía!

«Omar Medina debe estar retorciéndose de envidia». Luz no supo cómo vino esa idea a su memoria.

—El poporo fue destruido... estamos perdidos —Salomón les recortó las esperanzas. Delta se sintió estúpido.

—No lo necesitamos —dijo Luz Morángel, que comenzó a caminar en círculos, mirando siempre al suelo—. El poporo tiene un número mágico asociado, la clave que nos ayudará a encontrar El Dorado.

Luz se detuvo y observó al cuarteto de hombres.

—El poporo quimbaya tiene (tenía) un peso exacto de 777,7 gramos.

Siete brazos del candelabro.

El mismo número base que fue utilizado para fabricar el poporo.

El peso de la verdad, el peso del poporo.

—¿Y eso qué significa? —agregó Omega.

—El poporo nos muestra el camino que debemos tomar a través de los pasadizos, a través de las redes de túneles ubicados debajo de la Cúpula de la Roca. Este es el inicio... —Luz señaló las siete puertas—. El peso del poporo es una guía: primero entraremos por la puerta siete, después por la siguiente, ubicada en la posición siete...

—¿Después? —preguntó Delta.

—Cada puerta debe conducir a un túnel con más puertas, las cuales tendrán más rutas y accesos, y así sucesivamente, hasta crear un entramado de vías imposible de explorar sin la guía apropiada.

Delta se quedó mirando a Luz fijamente. Después puso los ojos en Omega, que le devolvió un gesto que decía «No perdemos nada».

—En marcha —ordenó al fin.

—Primero por la séptima puerta —Luz señaló la última abertura de la derecha.

Delta salió corriendo hacia el objetivo, seguido de Salomón, Luz y el profesor. Omega se mantuvo en la retaguardia; así tendrían claridad al principio y al final del pelotón. Uno por uno fue internándose en el pasadizo que iniciaba en la abertura del extremo derecho de la caverna. Luz agarró a Rey Benavides de la mano y empezaron a caminar por el túnel que olía a humedad y tierra seca. Delta se encontró, quince metros más adelante, con un acceso: una puerta a la derecha que comunicaba con otro túnel.

La arqueóloga tenía razón.

Omega estaba ingresando por la séptima abertura, escoltando al profesor, cuando una chispa retumbó sobre su cabeza, acompañada de un estruendo chirriante. Sin duda era un disparo. Luz se paralizó, el profesor se congeló y Salomón se frenó.

—¡No paren! ¡Corran, corran! —gritaba Omega a la vez que respondía a los disparos provenientes de la entrada de la cueva de las siete puertas. Se resguardó en el túnel de acceso y descargó una de sus pistolas automáticas contra las cuatro siluetas que identificó en la oscuridad. Cada vez que se asomaba por el borde de la puerta veía cuatro fogonazos que brillaban a lo lejos y que finalizaban en estallidos que herían las paredes de roca.

Ya tenía bien identificadas las ubicaciones de los agresores. Respiró, con la espalda adherida contra el muro interior del túnel, y esperó a que cesaran los disparos atacantes y salió a toda velocidad. Disparó en cinco ocasiones y volvió a resguardarse.

El escuchador se lanzó al suelo ante el fuego enemigo. Oyó un golpe seco, como un árbol gigante que cae en medio de la selva y optó por arremeter contra el norteamericano que los agredía desde el acceso del extremo derecho de la caverna. Cuando sus pupilas se adaptaron a la oscuridad, reconoció a uno de sus hombres, tendido y con un hilo de sangre que le brotaba de la cabeza.

Delta seguía galopando por su vida. Pronto encontró la segunda puerta, ubicada a su izquierda. Las ráfagas se oían en el más allá, cada vez más lejanas, pero igual de amenazantes. «¿Cómo nos encontraron? ¿Son los mismos asesinos de Beta y Gamma?». De eso no le cabía la menor duda.

Cuando Omega reconoció la caída de uno de los gigantones que los perseguían, le dedicó el triunfo temporal a Beta, su compañero caído en combate allá en La Alhambra. Su jefe y sus tres rehenes se alejaban deprisa. Aprovechó la coyuntura y el consejo de la arqueóloga para empezar a correr en busca del segundo número siete. Además, tenía otro motivo: volver a degustarse con las piernas y el culo de Luz Morángel.

Dejaron la tercera puerta, al costado izquierdo.

Diez pasos más adelante estaba la cuarta, al mismo lado.

El escuchador se puso en pie, le tomó el pulso a su amigo muerto, por puro instinto, y con un gesto del rostro le ordenó al par restante de sus compinches que debían emprender la persecución. El trío de perseguidores activó las linternas e inició la caza del malnacido de los ojos rasgados y el bigote irregular.

La séptima puerta estaba al costado izquierdo. El segundo número siete del peso del poporo. El primer túnel continuaba en la inmensa oscuridad, pero decidieron confiar en la conjetura de Luz Morángel. Delta se limpió el sudor de su calva brillante y se introdujo por el nuevo pasadizo. Salomón casi se pasa y sigue de largo, pero frenó en el momento preciso, guiado por la luz escarlata de la antorcha del norteamericano. Luz y el profesor tropezaron con Salomón y los tres ingresaron por el callejón subterráneo que descendía a partir del séptimo orificio.

Omega notó las luces blancas que venían detrás y envío un mensaje amenazante que intentaba retrasarlas: tres disparos casi perfectos que rebotaron en los pies de los perseguidores. El escuchador y sus acompañantes se refugiaron tras una de las puertas del camino y respondieron al instante con una andanada de proyectiles dirigidos a la antorcha que brillaba en la distancia.

Luz contó en su mente la cuarta puerta del nuevo túnel. Iban descendiendo por un terreno peligroso atestado de piedras salientes, arena negra y algunas gotas de agua pura. Salomón resbaló y viajó, durante quince metros, sentado sobre el suelo, como en un tobogán arcaico, que lo llevó hasta la sexta puerta. Por fortuna no perdió el instrumento que le permitía ver con nitidez. Delta le tendió la mano y lo ayudó a levantarse.

El escuchador vio que el norteamericano, el último integrante del grupo, desaparecía como por arte de magia. Predijo con exactitud el sitio por donde había ingresado e imitaron su comportamiento. Se internaron en un nuevo callejón con infinitas salidas y fue ahí que el escuchador comprendió que sería un enorme problema regresar sobre sus pasos para encontrar la salida.

Luz Morángel, exhausta y aferrada a la mano del profesor, ingresó por el portón número siete, el tercer siete del poporo quimbaya. Solo quedaba un último dígito para llegar a la ubicación del tesoro más sagrado de la humanidad. Delta, escoltado por Salomón, corría a unos diez metros por delante, con la mente puesta en enumerar las entradas que aparecerían a ambos lados de las paredes.

Luz descendía y descendía, y su corazón se aceleró cuando no reconoció, como en los túneles anteriores, ni una sola puerta que condujera a otros recovecos de la red de caminos subterráneos de Jerusalén. ¿Se había equivocado en la relación entre el peso del poporo y la clave para encontrar el tesoro escondido debajo de la Roca Fundacional? El pasadizo era un tubo límpido, perfecto, sin una sola abertura que contar.

Al fin alcanzó a Salomón y a Delta, que veían con consternación el nuevo paraje con el cual se toparon.

—¿Qué... es... esto? —murmuró Delta.

Un puente de madera sobre un abismo insalvable conectaba el suelo que pisaban con otro extremo en donde se extendía un claro de piedra, a unos veinte metros de distancia. Al otro lado del viaducto entablado se alzaban cinco aberturas, iguales a las ya innumerables puertas que habían dejado atrás.

—Deberíamos entrar por la séptima... pero solo hay cinco entradas...

—El cuarto y último número siete —dijo Luz entre dientes—. Dios mío, ¿y ahora? Debe haber un error...

Omega alcanzó al grupo y reaccionó con temor ante el panorama que se desplegaba. El cielo raso era mucho más alto en aquel punto, permitiendo que una corriente de aire interna le refrescara los pulmones que se estaban adaptando al ambiente enrarecido de las cavernas.

—Vienen tres hijos de puta detrás de nosotros... ¡Corran!

Delta, con el revólver en una mano y la antorcha en la otra, fue el primero en pisar las tablas empolvadas y amarradas con cuerdas enclenques que conformaban el puente. Su mirada se dirigió casi que automáticamente hacia el precipicio, un despeñadero infinito que terminaba en el centro de la Tierra. Salomón corrió detrás del norteamericano de cabeza brillante. No quiso escrutar el barranco rocoso, pues sentía el estómago vacío y retorcido muy cerca de su garganta, por lo cual enfocó su vista hacia un punto fijo: la pierna derecha de Delta.

Luz no sabía si comenzar a correr o ponerse a vislumbrar el camino que debían tomar para no perderse. Afortunadamente, el profesor la obligó a tomar la primera opción cuando este la empujó hacia adelante y la miró con ojos de desfallecimiento, en busca de compasión. La arqueóloga lo tomó de la mano e iniciaron la huida, atravesando aquella antigua armazón de madera que quizás no había recibido visitantes en cientos de años. Los muslos se le entumecieron ante el terror que le producía la oscuridad eterna del desfiladero; entonces decidió ocupar su mente en descifrar el próximo paso.

Omega escoltó al profesor, manteniendo la mirada puesta en la entrada por la cual habían llegado. Corría hacia adelante con la cabeza alarmantemente volteada hacia atrás. La cercana claridad de la antorcha le nublaba la visión por momentos, por lo cual cerraba y abría con rapidez sus pequeños ojos rasgados. Estaban llegando a la parte media del puente cuando Luz tuvo una visión.

777,7. El poporo. El candelabro judío.

777,7. Un detalle mínimo, casi imperceptible, acompañaba a los dígitos.

El separador decimal del peso del poporo estaba en la cuarta posición del número. Y solo existían cinco accesos al otro lado del puente.

—¡Por la cuarta puerta! —gritó Luz.

Los disparos aparecieron de nuevo.

Luz Morángel no quiso saber quiénes los atacaba. Sus ojos estaban fijos en el otro lado del puente, aún lejano para su cerebro. Delta llegó al suelo llano de piedra, seguido por Salomón, y de inmediato se resguardaron en la abertura número cuatro. Desde ese punto, Delta se acomodó y recargó su arma, la cual descargó con furia contra los tres hombres que los perseguían otra vez.

El escuchador se protegió detrás de una depresión natural de las paredes de piedra, aguardó el siempre previsible espacio de tiempo entre descarga y recarga de balas de su enemigo y apuntó hacia la luminosidad que parpadeaba y se movía por el camino entablado.

Obturó cuatro veces el gatillo y regresó a su sitio seguro.

El primer proyectil astilló una de las decenas de tablas del puente, partiéndola por la mitad. El segundo entró en la pierna derecha de Omega, por la parte posterior de la rodilla, y salió por delante, destruyendo la rótula en mil pedazos. El norteamericano se derrumbó como un edificio que ha perdido una de sus columnas principales. El dolor lo obligó a soltar la tea, que cayó sobre el puente. El tercer disparo se incrustó en su cadera, destrozándole el hueso ilíaco, explotándole la próstata y despedazándole los testículos, antes de salir de su cuerpo.

Omega se fue de bruces, en cámara lenta, sintiendo el peso frío de la muerte en su ser. Una punzada de dolor insoportable e inhumano le atravesó la espalda y le llegó a la cabeza. Era hora de morir. El revólver se le escapó de sus manos y la visión comenzó a fallarle en medio de su caída estrepitosa. Delta gimió como un niño abandonado, al ver a su fiel amigo desplomarse en medio del puente.

Sin embargo, Omega vio una leve salida a su suplicio.

Con su brazo derecho alcanzó a agarrar el pantalón del profesor Benavides, del cual se aferró con la fuerza de una tenaza hidráulica. El viejo también cayó sobre las tablas, por el lastre humano que lo halaba hacia la muerte. Omega, que no tenía control sobre sus propios miembros inferiores, se fue deslizando hacia el abismo. Tenía medio cuerpo en el aire, descolgado del puente, solo sostenido con la mano izquierda sobre una tabla frágil y con la mano derecha en el pantalón del profesor, que se escurría, milímetro a milímetro, para hacerle compañía al norteamericano en la eternidad.

Las llamas crepitaban y consumían el puente.

Los perseguidores seguían disparando, esta vez contra la otra antorcha, la que estaba escondida en un túnel del otro lado del abismo. Delta respondió la ráfaga con más ira que precisión, siendo testigo de cómo la pierna derecha de Omega se bañaba en sangre y su cuerpo estaba destinado a caer en descenso hacia los socavones del inframundo.

El profesor gemía, aterrorizado ante la amenaza de caer al precipicio. Luz se le acercó agachada para evitar las balas que iban y venían. Las cuerdas empezaron a soltarse ante el calor incontrolable que se expandía por la madera, un combustible eficiente. Le agarró los dedos a Omega, tratando de zafarlos del pantalón del profesor, pero la fortaleza física del norteamericano era inviolable.

—¡Suéltalo, maldito animal! —comenzó a azotarle los brazos para que se fuera al otro mundo. Rey se aferró a una tabla que se partió con solo tocarla. Luz le lanzó a Omega un puñetazo a la cara, pero lo resistió con masoquismo, pues le devolvió una sonrisa inquietante. Entonces, la arqueóloga, aprovechando que el hombre herido tenía sus brazos ocupados sosteniéndose para no morir, le metió las manos en el chaleco que llevaba puesto, en busca de un arma para finiquitarlo de una vez por todas.

El puente se estremeció y se ladeó ligeramente.

—Eso, muñeca... méteme la mano por donde quieras... —Omega carcajeaba estruendosamente. Parecía estar preparado para morir entre tanto placer.

Luz no encontró pistolas ni cuchillos.

Pero halló un elemento que le pertenecía.

Le sacó del chaleco un pedacito de tela negra, la desenvolvió y Omega sonrió. Era ropa interior de Luz que el norteamericano se había guardado como un trofeo. La arqueóloga desenredó los hilos de la tanga, se la enrolló en el cuello a Omega, hizo un nudo movible y comenzó a halar con todo el peso de su cuerpo. Los ojos rasgados del norteamericano comenzaron a brotársele, a punto de salirse de las cavidades orbitarias, y su piel morena se degradaba lentamente hacia un púrpura mortuorio.

Diez segundos después, Omega relajó las manos y la oscuridad se lo tragó.

—Vamos… —le dijo Luz al profesor, tendiéndole la mano, al tiempo que se levantaba—. El puente va a colapsar…

El profesor se agarró de su alumna y gritó.

Logró ponerse en pie y Luz le pasó la mano por debajo de los brazos para ayudarlo a caminar. Sintió la mano mojada. Cuando vio el tono escarlata manchando la palma de su mano, una lágrima se le asomó al rostro. Contempló la cara del profesor, que también lloraba.

—¡Malditos gilipollas! ¡Son unos hijueputas! —por primera vez, Luz vio un desconsuelo en el rostro de Rey Benavides—. ¿Dónde está mi Beatriz?

El cuarto disparo del escuchador se había alojado, sin querer, en la parte baja de las costillas del viejo profesor. Luz logró llevarlo hasta el otro lado, justo antes de que el puente cediera y cayera al abismo. Se desmoronaron sobre el suelo de piedra, exhaustos, mientras Delta seguía disparando contra los asesinos de Beta, Gamma y ahora, Omega. En el ajetreo bélico no se dio cuenta de que Luz fue quien remató al último de sus compañeros.

—¡Vámonos! —ordenó Delta.

Luz intentó ayudar al profesor, que no respondía. Lo estrujó, lo empujó, lo arrastró, lo remolcó, pero el cuerpo del anciano no se movía. Un disparo rebotó en el suelo, haciendo despertar a la arqueóloga de su letargo. Soltó la mano del profesor, de piel dura y ajada pero llena de ternura y tranquilidad. Se deslizó por el suelo y se metió al túnel. Cuando pudo sentarse, Salomón notó su rostro bañado en llanto.

—Perdóneme, querido profesor —susurró mientras las lágrimas le inundaban hasta los labios.

Vuelve a acertar Medina

De repente, cuando menos se lo imaginaba y antes de lo esperado, todo volvía a su estado normal. Estaba seguro de que la resiliencia era la virtud clave de las personas que podían transformar el mundo. Los extensos grupos de técnicos electricistas, arquitectos y obreros de construcción que empañetaban, pintaban y finalizaban los últimos retoques, iban poco a poco reduciéndose a la par de los materiales, los escombros y el desorden propio de una remodelación.

El Museo del Oro volvía a colmarse de elegancia y realismo mágico, aunque aún faltaban dos elementos esenciales: primero, los visitantes que pronto recorrerían de nuevo las instalaciones del museo más bello del mundo, y segundo, el poporo quimbaya, una pieza irremplazable que estaba extraviada y sobre la cual se tenían más dudas que certezas.

Todo por culpa de Luz Morángel y su obsesión intelectual.

Omar Medina decidió escarbar en la información que acababa de recibir de Joana Pérez. Nada perdía con seguir un rastro de antaño, una posibilidad que nadie había explorado, ni siquiera la policía. Es más, estaba segurísimo de que sus contadas pero efectivas investigaciones habían logrado mejores indicios que los obtenidos por la inteligencia policial que llevaba el caso.

Sentado en su oficina, ingresó al navegador de internet y tecleó dos palabras:

Guadalupe Alcalá.

Miles de artículos aparecieron en los resultados. Revisó la galería de imágenes asociada con la búsqueda y se topó con cientos de miles de fotografías de todas las épocas, sabores y colores. Eso no le decía nada. Decidió agregarle un término a la búsqueda. El nombre de la universidad donde estudió Luz Morángel.

Los resultados fueron igual de abrumadores.

Sin embargo, el cerebro audaz de Medina reconoció un patrón en varias de las imágenes: un hombre de cabello plateado y tez morena acompañaba a Guadalupe en la mayoría de las tomas. Al escudriñar en los datos específicos, reafirmó lo que había concluido. Era el esposo de la actual Ministra de Educación.

El nombre del tipo se referenciaba en casi todos los retratos.

Su mente ató un millón de cabos en menos de un segundo.

Era una coincidencia imposible de evadir.

¿Estaba seguro de lo que estaba pensando? ¿Cómo saldría de la duda?

Tenía la respuesta al alcance de su mano.

Modificó la búsqueda. Mantuvo el nombre de Guadalupe Alcalá, pero le agregó una palabra, un concepto olvidado e infravalorado en el mundo progresista. Un término que representaba la base de la sociedad y de la vida en comunidad. Una palabra que muchos usaban y que pocos en realidad tenían: familia.

A pesar de ser una figura pública, Guadalupe Alcalá era una persona bastante reservada, según lo demostraban los poquísimos resultados que obtuvo. Sin embargo, la teoría de Medina fue comprobada con total efectividad.

—Esto no puede ser una coincidencia —dijo y salió corriendo hacia la sala de monitoreo del Museo.

¿Dónde está El Dorado?

El don de la ubicuidad, considerado divino y mitológico, era una propiedad intrínseca del cerebro humano, una habilidad desarrollada, como todas, para hacernos menos frágiles frente a las complejas realidades del universo. El cerebro podía llevarnos a viajar por los mares claroscuros de la memoria, haciéndonos evocar historias y acontecimientos que se reproducían con fidelidad en la pantalla mental y, al mismo tiempo, era capaz de mantener las funciones vitales del cuerpo: regular los latidos del corazón, la frecuencia respiratoria y activar pies y manos para alejarnos del peligro.

Luz Morángel estaba experimentando, sin saberlo, esa división cerebral que originaba la sensación de tener dos almas en un solo cuerpo. Su mente estaba enfocada en reconstruir episodios cercanos y lejanos, capítulos diversos e inverosímiles que estaban almacenados en la infinita red neuronal de su cabeza: las clases inolvidables que Rey Benavides ofrecía en la universidad, la noche de celebración de El Dorado en el parque Santander, el poporo quimbaya frente a sus ojos, el fuego y el olor a pólvora, los mareos impredecibles, El Estadio y la cueva del sol, los militares abatidos, Granada y La Alhambra, la librería y la esposa del profesor, Jerusalén y la pérdida del viejo más sabio que haya conocido. Su cuerpo se movía, guiado por el instinto, por un camino desconocido, un pasadizo inexistente en su mente que jamás lograría recordar.

La mente viajaba al pasado. El cuerpo mantenía su andar en el presente.

Como sus pensamientos estaban centrados en todas las muertes que había presenciado en esos tres días, algunas de ellas provocadas por ella misma, según concluyó, no tuvo conciencia cuando Delta arribó a la séptima puerta, la correspondiente al último dígito del peso del poporo, después de una corrida de más de mil quinientos metros en bajada. El oxígeno empezaba a hacerse escaso, condición que era indiferente para la arqueóloga, ya que su cabeza y su cuerpo estaban en modo piloto automático, lo que implicaba un consumo mínimo del combustible vital.

Salomón agarró a Luz por la cintura para redirigirla hacia el nuevo pasadizo que se iniciaba en ese punto. El fuego de la antorcha de Delta le ayudó a reconocer sobre el rostro de Luz ese líquido brillante y de transparencia única que, aunque siendo siempre el mismo, podía expresar el júbilo más emocionante, así como la tristeza más destructiva. Sin duda, esas lágrimas abundantes que bajaban por las mejillas de la arqueóloga llevaban impregnadas el dolor más visceral que un ser humano podía contener en su alma.

Salomón prefirió no interrumpir el ensimismamiento de Luz y empezó a descender por el túnel que debía ser el último tramo para encontrar el lugar que resguardaba a El Dorado. La parte superior de la gruta empezó a hacerse un poco más alta con cada paso raudo que daban, un embudo invertido que los transportaba de la estrechez incómoda a la amplitud necesaria para sentirse menos amenazados por los millones de toneladas de piedra, tierra y agua que se hallaban por encima de sus frágiles cuerpos.

La desesperación y el intenso deseo de llegar eran directamente proporcionales a la longitud del camino, que parecía dispuesto para cultivar la paciencia en los valerosos, afanados y obligados exploradores. A diferencia del único norteamericano sobreviviente, Luz Morángel no mostraba ningún tipo de avidez ni expectación por llegar, por fin, al sitio que guardaba el tesoro más codiciado y que salvaría al país de Delta.

Salomón miraba hacia adelante para no perder de vista a Delta e inmediatamente volteaba hacia atrás para asegurarse de que Luz venía caminando cerca de él, cabizbaja y compungida. Cada cinco segundos repetía el ritual, hasta que su cuello protestó y decidió ubicarse al lado de su amiga, acompañándola en la caminata sin mirarla a la cara, sin hablarle y sin encontrar un motivo para alentarla.

Después de dos kilómetros de marcha forzada, el pasadizo finalizó.

Un círculo perfecto, de unos cinco metros de diámetro, delineaba el perfil del suelo y las paredes del punto final del camino. Delta ingresó a la circunferencia y alumbró con la antorcha la inmensa y elegante puerta que se encontraba empotrada en la piedra plateada que era característica de los estratos más hondos estudiados por el ser humano.

Luz fue interrumpida por el resplandor fulgurante, cómodo y revitalizador que expelía el portón de tres metros de altura, enchapado en oro puro y que tenía grabadas unas hileras complejas pero sencillas que nacían en los bordes e iban a terminar en el centro del acceso, semejando a un sol soberbio y majestuoso. En ese punto estaba tallado un círculo diminuto repleto de piedras preciosas, demasiado pequeño con respecto a la puerta, que pasaba inadvertido a primera vista. Luz solo pudo pensar que la fuerza del sol no tenía comparación con su monstruoso tamaño; en realidad, su influencia, sus rayos invisibles, podían atravesar el universo infinito y llegar a los sitios más recónditos e impensados.

Tal era su influencia.

Luz se limpió las lágrimas y dejó ver una sonrisa verdadera.

Habían encontrado la entrada a El Dorado.

Delta reconoció la satisfacción en el rostro de la arqueóloga y no pudo disimular la sed de poder y lujuria en su propia cara y en la vibración de su cuerpo, cansado y exhausto. Salomón, con la boca abierta, decidió acercarse a la puerta dorada para palpar el metal, las piedras del centro y los finos tallados que semejaban los rayos del astro rey.

—Lo encontramos... —susurró Luz Morángel. Las lágrimas volvieron a sus ojos, solo que en esta ocasión reflejaban una rara mezcla de emotividad, por hallar el tesoro y por la triste certeza de verse secuestrada. Mostró sus dientes con sencillez. El instinto hizo que se abalanzara sobre Salomón y le diera un fuerte abrazo. Salomón le devolvió el gesto, agradecido, y la apretó fuertemente con sus brazos cansados. No importó el sudor, la suciedad, el polvo. Se fundieron en un apretón de cuerpos que representaba un bálsamo en medio de esta violenta aventura.

Al retirarse suavemente, aún con la emoción a flor de piel, encontraron a Delta fisgoneando con los dedos las piedrecitas preciosas incrustadas en la puerta. El norteamericano se lamió sus propios labios con la lengua sedienta y de paso los gruesos pelos del bigote y la barba. Movió la muñeca, rotándola sobre su propio eje en el sentido de las manecillas del reloj. Las entrañas de la Tierra retumbaron en el más allá. Un movimiento telúrico parecía inminente. Delta había accionado aquella perilla camuflada que tenía la clave de entrada hacia el otro lado.

Cuatro golpes secos, profundos y trepidantes se reprodujeron en medio de las paredes de piedra, uno por uno, espaciados por intervalos iguales. Una vez finalizaron, la puerta dorada tembló y se separó en dos. Un resquicio longitudinal de dos centímetros de ancho les indicó que la puerta se había abierto.

Delta haló la compuerta del costado izquierdo; Salomón, tratando de ayudar, se dispuso a imitar la acción del secuestrador con la del otro lado, logrando un éxito parcial, pues Luz tuvo que ayudarlo a conseguir que la pesada puerta se abriera totalmente. Una vez el acceso estuvo libre, el trío ingresó con precaución, veneración y anhelo.

Todo era absoluta oscuridad.

Sin embargo, no se apreciaban, a primera vista, paredes cercanas, lo cual representaba una buena señal: el lugar podía ser de gran tamaño, por lo menos para el sentido de la vista.

Luz dio tres pasos, los más conscientes y lentos de su existencia. El suelo era totalmente diferente al del resto de túneles y pasadizos por los cuales habían trasegado. Era plano, cuidadosamente trabajado y pulido por manos adiestradas; estaba repleto de figuras de animales, arabescos, estrellas, jeroglíficos, símbolos y representaciones de todas las culturas conocidas y por conocer.

—Aquí hay algo… —se sorprendió Salomón.

La arqueóloga se acercó y reconoció de inmediato la singularidad detectada por él, que increíblemente no paraba de sudar, ni siquiera con el frío que soplaba en aquel recóndito lugar. Un muro de medio metro de altitud, gris como el asfalto recién fabricado y colocado en una nueva carretera, formaba una barrera franqueable y débil que no podía representar un simple límite. Luz siguió caminando pegada a la tapia diminuta, intentando hallar otra rareza, el punto de inicio de algo más.

Tres metros más adelante, su búsqueda resultó fructífera.

Una columna de metro y medio de altura emergía del muro; era un poste circular de piedra rodeado por matas, arbustos y serpientes. Afortunadamente todos esos seres vivos estaban esculpidos en la roca y no mostraban el más mínimo signo de deterioro. Pero lo que llamó la atención de Luz fue el reflejo de Delta y su antorcha sobre una gran bandeja de oro, un plato hondo que coronaba la columna. Insertó la mano en el recipiente, notó una sustancia extraña aposentada en el fondo y se untó los dedos de un líquido viscoso y negro.

—Es combustible —dijo Delta al acercarse.

Luz lo palpó entre los dedos y se los llevó a la nariz. Olía a una mezcla de gasolina, querosene y brea, aunque no tenía ni idea de cómo era la brea. Delta se apresuró a meter la antorcha en la bandeja de oro, empujando de paso a Luz Morángel.

El fuego inició una explosión mágica.

Las flamas se alzaron sobre el plato de oro, cual llama olímpica victoriosa, y viajaron controladamente por un canal estrecho que nacía bajo la columna. Las llamaradas bajaron alineadas con el caminito de piedra, que empezaron a formar una luminosa red estructurada sobre las paredes de la cueva, que fue poco a poco haciéndose visible para los exploradores. Luz veía cómo iban desvelándose, con lentitud parsimoniosa, todos los recónditos espacios que albergaba la gran cueva. Por un momento tuvo la sensación de estar presenciando una sinapsis de una gran red neuronal que en vez de dendritas se intercomunicaba por la luminosidad cálida y ceremonial del fuego acanalado.

Delta encontró otra columna, idéntica a la primera, a cinco pasos de distancia y entendió que estaban parados sobre la entrada triunfal del lugar al activar el combustible de la bandeja dorada que también remataba el poste minuciosamente tallado. El fuego repitió la acción reveladora y el inicio de un nuevo develamiento fulgurante equilibró la claridad requerida para examinar el tesoro que se abría ante sus ojos.

Salomón Salas estaba boquiabierto, limpiándose con las manos el sudor que bajaba por su frente y despegándose la parte trasera de la camisa que se le adhería constantemente a la espalda, transmitiéndole un gélido choque de temperaturas a la espina dorsal. Su boca se expandía más y su corazón incrementaba las pulsaciones con cada expansión del resplandor. No lo podía creer. Estaban frente a un descubrimiento inusitado.

El norteamericano de la barba espesa bajó las pocas gradas que terminaban en el inicio del conjunto de piezas, anaqueles y esculturas que dominaban todo el espacio. Caminaba instintivamente, sin mirar hacia abajo, y manteniendo los ojos clavados en el horizonte. Luz y Salomón emularon a su secuestrador y descendieron con la misma sensación de estupefacción y alelamiento pasmado.

El trío llegó al nivel principal.

—¿Qué demonios es esto? —dijo Delta con tono indignado.

Con la antorcha alumbró el primer armario que tenía a la derecha, luego se giró e iluminó el de la izquierda. Iba y venía, de un lado para el otro, tratando de buscar una explicación que le arrebataran el peso de la desgracia y la sensación de derrota que se fueron anidando en su pecho. Sacó una de las bolsitas de polvo blanco que llevaba en sus pantalones, la destapó y se embadurnó los dedos de la mano derecha con esas partículas efímeras y pegajosas. Como un desesperado se metió los dedos a la nariz y se esparció la droga por media cara. Parecía un mimo alistándose para su próxima función. Aspiró y se lamió los labios, y repitió la acción unas cinco veces en menos de un minuto.

Salomón no se atrevió a tocar ninguno de los objetos expuestos en los anaqueles; solo se limitó a rebuscar con los ojos algún signo de riqueza, algún rayo dorado que revelara el tesoro precolombino. Por su parte, Luz Morángel, arrebatada e inquieta, comenzó a hurgar entre los miles, cientos de miles, millones de rollos de papel que estaban excelentemente ordenados en esa biblioteca gigantesca, la más grande que la arqueóloga había visto jamás, fuera en directo o a través de fotografías.

Pudo identificar textos en árabe, copto, arameo, hebreo, tigriña, griego. Y su excitación se acrecentó cuando también encontró documentos en lenguas quechuas, los idiomas de los pueblos originarios de América. Aquellos que crearon la leyenda de El Dorado. Aquellos que adoraron Chiribiquete. Aquellos que construyeron el poporo y otras miles de piezas fantásticas de orfebrería. Aquellos que honraron la humanidad antes que la riqueza. Aquellos que cultivaron las virtudes para buscar una vida buena. Aquellos que fueron borrados del mapa por avaricia y sed de poder.

Luz volvió a derramar una lágrima, esta vez cargada de felicidad.

—¿Dónde está el oro? —Delta se fue lanza en ristre contra Luz, la agarró de la camiseta y la arrinconó contra los estantes—. ¡Aquí solo hay papel!

Salomón se adelantó y separó al norteamericano, cuyos ojos inyectados en sangre podían atravesar cualquier alma indefensa. El James Bond criollo empujó al secuestrador y se paró enfrente de Luz para evitar un contrataque. Delta volvió a impregnar sus fosas nasales del polvo de su bolsa narcótica y comenzó a darle patadas a todos los objetos que encontró a su paso.

—¿Dónde está El Dorado? —preguntó Salomón dirigiéndose a su amiga.

—¿No lo ves? —Salomón volvió a escudriñar el ambiente para cerciorarse de que no se había perdido algo importante—. Este es El Dorado... —Luz asintió para ella misma, sin dejar de llorar.

Delta escuchó el comentario y se acercó de nuevo.

—*¡Bullshit! ¿Where is the fucking gold?* —carraspeó y sacó un escupitajo hediondo que le cayó en la cara a Luz—. *¡Shut the fuck up, you cunt!*

Luz se limpió el rostro, como si nada. Estaba exultante ante la vistosa decepción de su secuestrador, que no se esperaba topar, nunca, jamás, con el panorama descubierto en esa cueva. El escupitajo representaba la derrota de la fuerza ante la inteligencia, de la soberbia ante la humildad, de la ambición ante la comunión, de la complejidad ante la sencillez, de la violencia ante el respeto, del individualismo ante la humanidad.

No puedes tener el oro de nuestro pueblo y poseer el tesoro al mismo tiempo, le había dicho Atahualpa a Francisco Pizarro. Para los pueblos indígenas de América, el oro era un objeto ritual, símbolo y representación del dios Sol. El tesoro correspondía a otra cosa, algo mucho más significativo, más valioso, más simple, más trascendental y, por lo tanto, casi imposible de entender, fácilmente ininteligible para los seres humanos.

—La leyenda es cierta... —susurró Luz—. El tesoro no está compuesto de oro ni piedras preciosas... el tesoro conserva algo en realidad importante: la historia de la humanidad.

—Eso es inaudito —comentó Salomón. Luz se repuso del ataque de Delta y siguió caminando entre los rollos de papel. Delta se alejaba, agarrándose la cabeza y pateando cualquier artefacto que se atravesaba en su camino.

—La leyenda sirvió para alejar a los conquistadores, ocuparlos en una tarea infructuosa. Ellos venían por recursos para sostener su imperio, sin entender la veneración ritual y la sabiduría que nuestros indígenas profesaban por la vida humana —Luz hablaba sola, aunque Salomón creyó que le estaba narrando una historia—. Los indígenas entendieron la ceguera intelectual de los españoles y los desviaron hacia la búsqueda del oro. Lo que no sabían los europeos es que los indígenas protegían el conocimiento ancestral, la filosofía de la humanidad.

Acarició algunos de los rollos que aparecían al ritmo de sus pasos.

Salomón vio que Delta se había detenido en medio de un espacio circular, a todas luces el centro de la caverna del conocimiento. Gritaba como un desquiciado, profiriendo una sarta de groserías y blasfemias en inglés, a la vez que se zampaba manotadas del narcótico blanquecino en la cara enrojecida y con las venas de la frente a punto de estallarle.

Luz se internó en el círculo, asustada ante la actitud del norteamericano, un poseso incontrolable que estaba en todas las condiciones y la disposición para acabar con todo. Incluso con ella y Salomón. Caminó despacio, echándole un vistazo a los grabados del suelo, que dibujaban unas líneas que terminaban en una circunferencia central, sobre la cual se encontraba Delta de pie. En ese momento, la arqueóloga identificó una oportunidad, otra vez.

Se acercó a Delta, sin que este lo notará, y se ubicó detrás, a unos dos metros de distancia, por precaución.

Luz se metió la mano a la parte trasera de sus *jeans*.

Delta, en medio de su lucha interna, dejó caer su bolsita mágica.

La arqueóloga desenfundó un revólver y lo alistó, sin hacer ruidos delatadores.

Una nube de polvo blanco invadió los pies de Delta.

Luz dio un paso y quitó el seguro, tal como había visto tantas veces en esos días. Apuntó a la cabeza del norteamericano.

El hombre se agachó en busca de su más preciado tesoro.

Luz no sabía qué decir.

—Llegó tu hora, maldito hijo de puta —fue lo único que se le ocurrió. Delta estaba agachado, palpando el suelo en busca de la bolsa, la cual esperaba que no se hubiera vaciado con la caída. Volteó la cara y reconoció un cañón apuntándole a la frente.

«Es el arma de Omega», supo al instante.

Luz la había encontrado sobre el puente que fue la última estancia de Omega en este mundo. La agarró, aprovechando el alboroto y la guardó para utilizarla en el momento correcto, el cual había llegado más pronto de lo que esperaba.

Delta vio la muerte cayéndole encima.

Pero antes sintió un escozor en su pierna derecha. El polvo químico le había salpicado la piel y se la estaba carcomiendo. No resistió y comenzó a rascarse la pierna con todas sus fuerzas. No le importó que el movimiento fuera interpretado por la arqueóloga como una amenaza tal que provocara un disparo fulminante.

Luz sintió el gatillo en su dedo índice y apretó, poco a poco.

Al ver la rasquiña desesperada de Delta, la mente la llevó a otro lugar.

No era posible.

Volvió en sí y se dispuso a acabar con el norteamericano.

—Suelta el arma —dijo una voz de barítono, inconfundible.

Escuchó el sonido único de preparación de un arma.

Luz sintió un cañón metálico y frío al lado de su sien derecha.

—Por favor, suéltala —le ordenó de nuevo.

Olfato de rayos X

El encargado de la sala de monitoreo no dejaba de bambolearse en su silla reclinable, creando un chirrido metálico que estaba enloqueciendo a Omar Medina, que tenía el corazón en la boca ante la posibilidad de descubrir la solución a un problema que le roía el alma. Si la pesquisa que estaba iniciando no daba ningún resultado, tendría que concebir un nuevo plan de acción; esta situación lo estresaría mucho más: odiaba tener que repensar sus propias ideas.

—La policía ha revisado estas imágenes un millón de veces —dijo el encargado ante la solicitud de Medina—. Incluso usted mismo vio el momento del robo...

—¿Escuchaste bien? Es una orden —respondió Medina. Una vez terminó la frase, se arrepintió de haber sido tan hosco—. Muéstrame de nuevo la Sala de la Ofrenda, antes del apagón.

El hombre tecleó unos comandos en el computador y buscó en una serie de archivos almacenados en el servidor de seguridad del Museo. Oprimió *Enter* y un segundo después se reprodujo un video en una de las veinte pantallas gigantes empotradas en las paredes.

Una mujer de aspecto deportivo estaba muy cerca del poporo. Luz Morángel. Detrás, más distante, un hombre de esmoquin parecía acompañarla. Un grupo grande de personas admiraba la balsa muisca. Un hombre de abrigo se acercó, miró a la mujer y se retiró. Después todo fue oscuridad.

—Retrocede —ordenó el director del Museo.

El hombre no dudó y se devolvió en el tiempo. En la pantalla aparecieron cientos de personas caminando hacia atrás, realizando movimientos antinaturales que eran generados por acciones naturales. Morángel estaba sentada en la parte de atrás del auditorio, cuando Medina realizaba el acto de apertura de la noche de El Dorado. Ordenó retroceder más.

Luz Morángel y su acompañante estaban recorriendo la sala *El trabajo de los metales.* En una parte del video, la arqueóloga frustrada se acercó a una niña que admiraba un caracol dorado. Se aproximó para hablarle a la pequeña que sonreía, ilusionada y extasiada ante la explicación de la mujer vestida inapropiadamente para la ocasión.

Ordenó retroceder más.

En la entrada del Museo, un guardia le revisó la maleta negra a Luz, de donde sacó una caja cilíndrica que contenía una botella con una tapa negra.

—¿Esa noche teníamos las cámaras exteriores que les pedí?

—Sí, señor. Pero nadie las ha revisado. Solo se han concentrado en las del Museo.

«Excelente», pensó.

Ordenó ver las imágenes captadas en los exteriores del Museo, justo desde el momento en que la arqueóloga ingresaba. El encargado de la sala buscó con habilidad otros archivos en su computador. En otra pantalla comenzó a ejecutarse un video a blanco y negro.

A pesar del aspecto monocromático de la escena, Omar Medina pudo reconocer la amplia gama de colores que revoloteaban por encima de la fachada de mármol del Museo del Oro y que invadían los troncos y el suelo del Parque Santander. Luz Morángel se acomodó sobre uno de los bordes de la fuente de aguas doradas que estaba a espaldas de Francisco de Paula Santander. El hombre del esmoquin pidió una bebida y se la entregó a la mujer. Parecía llevar un periódico en la mano, el cual le servía para rascarse la pierna derecha.

Ordenó retroceder más.

Luz ingresaba al parque Santander a través de los escalones de acceso, pasando en medio de réplicas enormes de las piezas más representativas del Museo. Miró al cielo para obnubilarse con la gran esfera dorada que dominaba el espacio, un tributo al sol.

Ordenó retroceder más.

La fila para ingresar al parque comenzaba a acrecentarse de forma exponencial, por una persona que discutía con el joven que recibía los boletos. Esa persona llevaba un morral negro y unas ropas que no estaban alineadas con el respeto y la majestuosidad del evento.

—No llegó acompañada… Estaba sola —musitó Medina.

De pronto, un hombre de esmoquin llegó de sorpresa; eso se notó en la cara de la mujer; se saludaron y se dieron un fuerte abrazo. Él empezó a hablarle al joven de la entrada, que dudó unos segundos, pero al final los dejó pasar.

Ordenó retroceder más.

Estaba de pie, sobre las antiguas vías del tranvía que circulaba por la carrera Séptima. Se hallaba sola y parecía desubicada. «¿Luz no sabía nada?». Súbitamente, arrancó a caminar, llena de motivos desconocidos y presa de una decisión resuelta, pero su correría fue interrumpida por un transeúnte de cabeza rapada y barba espesa. Estrellaron sus cuerpos. El hombre quedó noqueado.

Quiso confirmar su teoría.

—Vamos a seguir la nueva pista. Vuelve al momento del ingreso al parque —Medina estaba a punto de morir de nerviosidad. El estado de estrés le hizo revolver el estómago y los intestinos. Unas ganas inmensas de ir al baño lo pusieron a sudar frío. Aguantó con todas sus fuerzas para no perderse de nada.

Ordenó retroceder desde ese punto, usando otras cámaras.

El hombre del esmoquin aparecía corriendo por la Avenida Jiménez, de oriente a occidente. Charlaba a través de su teléfono celular, manoteando de vez en cuando con actitud autoritaria y demostrando una vehemencia perturbadora. Llevaba el mismo periódico enrollado en la mano derecha, con el cual se rascaba y rascaba la pierna del mismo lado.

Ordenó retroceder más.

Se encontraba sentado al borde de un jardín que rodeaba la estatua central de la Plazoleta del Rosario, un espacio colonial cercano al Banco de La República y al Museo del Oro. Medina sabía que aquella efigie representaba al fundador de Bogotá, Gonzalo Jiménez de Quesada. El jardín, adorno primoroso, orlaba el pedestal, una estrella de ocho puntas que marcaba el sitio de reunión entre el hombre del esmoquin y tres personas más: un gigantón, una mujer de cabello blanco y otro personaje de cabeza rapada y barba abundante.

—¡Detente! —el director escrutó la imagen—. El calvo es el mismo tipo que chocó con Morángel... —puso el dedo amenazante sobre la pantalla.

—¡Y el grandulón es quien estaba al lado del poporo al momento del apagón! —gritó el encargado de la sala de monitoreo.

El cuarteto charlaba animosamente en la plaza, revisando algunos papeles imposibles de reconocer con las cámaras exteriores al Museo. Lo que sí se podía ver era una bolsa pequeña de aspecto fantasmal que utilizaba el hombre de la barba, que parecía dirigir la discusión. El tipo metía y sacaba la mano de la bolsa para después esnifar lo que sea que contuviera.

De repente, el hombre elegante, lleno de furia, le arrebató el paquete, que se estrelló contra el suelo. Después de que la nube de polvo se deshizo, el hombre calvo reprendió al del esmoquin, que comenzó a limpiarse los restos que le cayeron en la pierna que su pantalón dejó descubierta debido a la posición de sentadilla en la que se encontraba. Cogió un periódico que estaba abandonado en el suelo y nunca paró de rascarse.

—Creo que lo encontramos —concluyó Omar Medina.

Yo lo hice

Todo lo que sucede entre el momento del nacimiento y la hora de la partida inevitable se compone de situaciones aleatorias y eventos improbables que le dan a la vida un sabor particular que resulta adictivo para la gran mayoría de los seres humanos. Es inmensamente extraño, aunque admirable, dada su naturaleza, que la mujer y el hombre, la sociedad, la civilización, se enfrasquen en trabajar por legar un mundo mejor a las siguientes generaciones. Saben que de un momento a otro, más temprano que tarde, su cerebro se apagará, y aun así luchan por vivir una vida buena.

Aunque no todos tienen el mismo concepto de bondad.

Todo lo imaginable fue recreado por la mente de Luz Morángel durante aquellos tres días tortuosos y a la vez vibrantes. Tenía claro que las experiencias humanas, buenas y malas, tenían un principio y un final, lo cual reconfortaba su alma y su pensamiento. Pero también era cierto que el cerebro humano nunca sería capaz de predecir los hechos que marcaban el curso de la historia: lo absurdo, lo irracional, lo impensado, lo incoherente, lo ilógico, lo estúpido.

El arma en su sien era una opción descabellada, impredecible.

Volteó la cara para confirmar lo inconfundible.

La confianza se derrumbó con estrépito.

—¿Qué estás haciendo? —dijo con voz temblorosa.

—Suéltala —respondió Salomón—. Te lo ruego.

—¡Apúntale a este imbécil! —señaló con los labios a Delta, agachado en el espacio circular—. Por favor...

Salomón cerró los ojos y tomó aire.

—Lo siento mucho. De veras —alistó el gatillo. Sus pupilas estaban vidriosas y su boca se torció hacia abajo, deformándole la cara. La tristeza le anegó el rostro, pero no llegó a doblegarle el espíritu—. Se suponía que esto no debía terminar así —miró de reojo a Delta, con furia contenida.

—¿Terminar así? —contestó Luz sin soltar el arma.

—¡Se suponía que encontraríamos El Dorado! ¡Se suponía que todos nos iríamos a casa a vivir tranquilamente! ¡Se suponía que estos tarados serían capaces de lidiar con esta búsqueda! —volvió a retar a Delta con la mirada—. Se suponía que nos ayudarías... se suponía que conquistaría de nuevo tu corazón...

Luz creyó escuchar erróneamente. Las lágrimas brotaron de los ojos oscuros de Salomón. Las lentes de sus gafas se le empañaron en el acto. El James Bond colombiano se limpió las mejillas con la manga de la camisa, sin quitarle la mirada a Luz, que temblaba de terror.

—Te amo, Luz —Salomón mantenía el revólver apuntándole a la arqueóloga—. Nunca he dejado de pensar en ti, ni un solo segundo, desde aquella vez...

Luz Morángel no resistió la conmoción y dejó caer el arma.

Miles de imágenes se agolparon en su cabeza, como si su cerebro estuviera retrocediendo a la velocidad de la luz toda la película de su vida. Aquella vez. El rollo cinematográfico de sus neuronas se detuvo en ese episodio escondido bajo capas de recuerdos más felices. Cuando se encontró con Salomón en el ingreso al evento del Museo del Oro había recordado por una milésima de segundo aquella vez a la que hacía referencia su acompañante. ¿Había sido un encuentro fortuito? ¿Estaba premeditado? Un hombre podía olvidar fácilmente ese tipo de situaciones, tan instintivas y básicas para su género, pero una mujer nunca podría eliminar de su cabeza los sentimientos, las sensaciones y las emociones detalladas que implicaba un acto apasionado y liberador.

Al parecer, Salomón Salas no era un hombre común y corriente. Aunque también cabía la posibilidad de que ese episodio lo hubiera marcado para siempre. Aquella vez. Luz era una estudiante de arqueología, igual que Salomón, empeñada en convertirse en la mejor del mundo, como su padre le inculcó. Tuvo una discusión con su novio, el que actualmente era su esposo, que los llevó a tomar la decisión implícita y nunca acordada de separarse y tomar nuevos rumbos en el difícil camino del amor. En medio de la pena y el dolor, otro hombre le prestó su hombro para que apoyara su cabeza y derramara sus lágrimas. El mismo con el que decidió, en un acto de locura pasajera, escapar de la realidad, huir del libreto de la vida. Una noche, aquella vez, le entregó su cuerpo, no su mente afectada, a Salomón Salas.

—Eres un demente... eso fue un error...

Delta se levantó sonriente pero angustiado y se sacudió el pantalón.

—¡No! ¡Mentira! —con la misma mano con la que sostenía el arma golpeó a Luz en el rostro, haciéndola tambalearse sobre sí misma—. Tú me amaste... ¡Me tienes que amar!

Luz Morángel se repuso. Un hilo de sangre brotó de su boca.

—Larguémonos de aquí, Salomón —propuso Delta—. No hay nada, no hay oro. Ya no la necesitamos. Mátala y regresemos.

—¡No tenemos a dónde regresar! —respondió Salomón sin quitarle la mirada a la arqueóloga—. Tengo un acuerdo con Pappett y no he cumplido mi parte. Él acató sus responsabilidades al ponerte a ti y a tu equipo en esta misión.

—Y todos están muertos. Tú conseguiste a la persona que debía descifrar el camino hacia El Dorado —Delta no dejaba de rascarse la pierna.

—¡No hay oro, maldita sea! —Salomón estaba agobiado; al borde de la exasperación—. ¡Vete ya! Te alcanzo después. Necesito terminar este asunto con ella, a solas.

Delta se quedó quieto, mirando por todas partes.

—Busca una salida. Tiene que existir algún camino alterno —le dijo Salomón ante la duda evidente del norteamericano. Delta le hizo un saludo militar, a modo de despedida, y salió corriendo en medio de uno de los corredores formados por las estanterías llenas de escrituras y rollos antiguos.

Luz no lograba aceptar que todo el tiempo había estado acompañada de su verdugo, del hombre que se alió con los asaltantes del Museo, con sus secuestradores, con los asesinos de gente inocente, con los imbéciles que mataron al profesor Benavides.

—¿Qué pensabas hacer cuando encontráramos el supuesto tesoro? ¿Robarlo e irte a vivir a una isla privada? ¿Me obligarías a casarme contigo? ¡Le ibas a entregar todo a los norteamericanos! ¡Eres un puto demente!

—Sería el hombre más rico de este planeta, con el poder necesario para tenerte a ti y cualquier cosa en el universo... ¡Y todo eso se ha ido a la mierda! —Salomón escupió al suelo—. Pero aún puedo tenerte...

—Tengo una familia. Un esposo y una hija. No sigas con esto, por favor...

—¿Por qué volviste con ese imbécil? Rompieron su relación y fuimos felices por dos semanas... ¡Me abandonaste! ¡Yo te amo!

—¡Volví con él porque es el amor de mi vida! ¡Lo tuyo fue una aventura pasajera... un maldito error! El hecho de que saliera de la universidad me sirvió para dejar de sentir vergüenza. Me expulsaron unos días después de nuestro error, pero...

Luz se detuvo. Una conjetura, una coincidencia llegó a su cabeza.

—… No es posible… no tuviste algo que ver con…

Salomón explotó en una carcajada que retumbó en la caverna.

—No podía permitir que me dejaras así, sin más. Por lo menos arruinaría tu vida profesional… que al final afectaría toda tu vida…

—¿Qué hiciste? No lo entiendo, eras un simple estudiante… un orate…

Luz frunció el ceño.

—Mucho gusto. Mi nombre completo es Salomón Salas Alcalá, hijo de Guadalupe Alcalá.

Salomón apretó los labios, levantó las cejas y le hizo un guiño a Luz.

La arqueóloga lo comprendió todo al instante.

Un disparo retumbó en la cueva.

El sonido de carne herida y huesos rotos perforó el espacio circundante.

Zozobra

Su mente aun no asimilaba los resultados obtenidos, bastante distantes del plan trazado con toda la experiencia adquirida a través de meses y años de batallas campales, riñas callejeras y asesinatos a sangre fría. La arqueóloga logró llevarlos hasta El Dorado, un tesoro que no tenía nada que ver con riquezas materiales y metales preciosos que salvarían a su nación y de paso lo convertirían en un héroe que se jubilaría joven y acaudalado. Esa mujer, ayudada de un anciano decrépito, fue capaz de sortear todos los obstáculos posibles. Por el contrario, el equipo elite que él comandaba, su equipo, había sucumbido, uno por uno, ante las adversidades de la búsqueda.

Era un resultado inadmisible.

Las preocupaciones, que originaron en su cabeza un montón de imágenes y recuentos de los sucesos de los últimos días, hicieron que el camino de regreso fuera percibido como un viaje expedito, una ruta tan corta como el orgullo que se le desvanecía y se alejaba de su cuerpo.

Delta había encontrado una abertura, al final de uno de los corredores de la cueva, por donde decidió ingresar para hallar una salida. Tuvo la somera sensación de que iba por el camino correcto, pues a diferencia de la ruta que los llevó hasta El Dorado, aquella vía angosta y rústica se empinaba, obligándolo a gastar toda la energía que reposaba en sus piernas y pulmones.

Después de quince minutos de caminata explosiva, el camino se cerraba con una puerta metálica adornada con miles de caracteres árabes que lógicamente no pudo entender. Hizo girar cuatro pomos ancestrales y una rueda oxidada clavada en la mitad del portón, que le desataron unos crujidos crepitantes pero esperanzadores. Abrió la puerta, continuó la marcha y solo cinco metros más adelante halló otra compuerta. Afortunadamente funcionaba con el mismo mecanismo de seguridad.

Cuando pudo desatrancarla y pasar al otro lado, se halló en medio de una sala pequeña y muy oscura. Sin embargo, escuchaba miles de murmullos, muy cerca de allí. Estaba cerca de la salida o, por lo menos, se encontraba ya a un nivel normal para un ser humano, lejos de las profundidades infernales de los pasadizos y cuevas construidas bajo la Cúpula de la Roca.

Descubrió un pórtico que le pareció elegante y ceremonial, y corrió con suavidad la pesada hoja metálica. Una intensa luminosidad entró a la sala y cegó su vista acostumbrada a la penumbra misteriosa. Las voces se hicieron más fuertes y cientos de figuras borrosas aparecieron en el horizonte, moviéndose de forma extraña. Cerró y abrió los ojos más de diez veces seguidas y poco a poco fue recobrando la capacidad visual de distinguir los objetos cercanos.

Un mar de personas revoloteaba por doquier, charlando en voz alta y admirando las paredes y los techos del edificio con las cámaras fotográficas de los celulares. Delta dio tres pasos y se mezcló con la multitud, camuflándose como cualquier otro turista común y corriente, caminando al mismo ritmo de la muchedumbre sobre un suelo de figuras rojas y bordes marrón claro. Por un momento creyó estar de vuelta en la Cúpula de la Roca, pero no vio el domo central, ni la Roca Fundacional, ni las paredes que formaban octágonos.

Decidió salir de allí.

Cuando estuvo afuera, bajo el sol inclemente, volteó la cara y vio la fachada de una construcción de un solo piso cuya entrada estaba adornada por siete arcos musulmanes. Por los comentarios de algunos visitantes y guías turísticos supo que se trataba de la mezquita de Al-Aqsa. Cuando volvió a tomar su ruta de escape reconoció a lo lejos la cúpula dorada del templo que los recibió inicialmente y que marcaba la ubicación del tesoro más grande del mundo.

«Todo está interconectado», pensó.

Retomó los pasos por donde habían ingresado. El Muro de las Lamentaciones, el puente elevado, la entrada (esta vez salida) al Monte del Templo y la Puerta del Estiércol. Cuando llegó a la calle, sacó su teléfono celular y llamó al número de siempre.

Le contestaron después del primer timbrazo.

—No hay ningún tesoro —habló Delta.

Un silencio eterno se produjo en la llamada.

—Llegamos al sitio indicado, pero solo encontramos rollos y libros viejos —continuó.

Delta reconoció el vehículo estacionado a unos veinte metros, en el mismo lugar donde lo habían dejado.

—*Esto no puede estar pasando...* —contestaron del otro lado.

—Los he perdido a todos.

—*¿Todos están muertos?*

—Salomón está con la arqueóloga. Nos esconderemos en algún lugar, después de que se deshaga de ella.

—*Nunca contemplamos una ruta de escape. No era necesario.*

Un puñetazo, seguido de cristales rotos, retumbó en el oído de Delta.

—Lo siento mucho, señor.

—*Le hemos fallado a la nación* —repuso William Pappett.

El secretario colgó.

Delta, apesadumbrado, triste y solitario, siguió caminando con los ojos clavados en el suelo opaco de las calles exteriores de la Ciudad Vieja de Jerusalén, mientras su mente volaba por los confines del cosmos, tratando en vano de buscar una explicación lógica a las consecuencias ya sabidas de su fallida exploración dorada. ¿Qué demonios sería de su futuro? Como casi siempre sucedía en esos casos, tendría que esconderse por algún tiempo, mínimo seis meses, esperando a que baje la marea mediática, pasando incomodidades y convirtiéndose en otra persona. El gobierno lo contactaría mucho después de manera subrepticia y lo llevarían de nuevo a su casa, lo remitirían a un tratamiento psicológico inefectivo y volvería a una nueva misión planeada por los dueños del poder político y económico.

La perspectiva no lucía nada mal. El futuro siempre traería algo mejor.

Decidió aguardar por Salomón dentro del vehículo. Se acercó al automóvil y se dispuso a abrir. Respiró hondo al no escuchar el tintineo característico de unas llaves bailando dentro de un bolsillo. Omega, el chofer, estaba muerto. Otra vez recordó su caída desde el puente colgante. Las llaves del vehículo debían estar acompañándolo en las grutas más recónditas del mundo.

«*I'm fucked*», concluyó.

Puso las manos sobre el capó hirviente como una sartén recién usada, cerró los ojos y aspiró una bocanada de aire. Los asesinos de Omega, Gamma y Beta no tendrían salvación. Los buscaría por cielo, mar y tierra para darles su merecido.

—No se mueva —dijo una voz con un acento familiar. No era ruso; era norteamericano.

Delta abrió los ojos, giró la cabeza y reconoció a su interlocutor.

Un revólver le apuntaba a la cabeza.

—Está detenido —habló otra persona.

Dos de los perseguidores lo desafiaban con sonrisas burlonas.

—Todo ha finalizado —concluyó el primero que habló.

Delta suspiró y desconfió de su futuro.

Adiós, adiós

Luz perdió la noción del tiempo y del espacio. El horizonte se hizo irreconocible, difuso, apagado. Parecía que sus ojos se anegaban con lágrimas y polvo, pues su visión fue disminuyendo lentamente. Sus energías vitales estaban extinguiéndose, su cerebro estaba dejando de dar señales. ¿Así es como se sentía la muerte antes de la muerte? Los latidos del corazón, como explosiones en sus oídos, no dejaban de reducir su frecuencia amenazadora. Comenzó a desmayarse, a colapsar, cuando una frase le inyectó el cerebro de adrenalina.

—Este zoquete siempre me dio mala espina. ¡Por mi polla!

El profesor Benavides revisaba el arma humeante con tanta curiosidad, que Luz no sabía en dónde se encontraba ella misma. ¿El cielo? ¿El infierno? ¿Estoy soñando? El ruido del disparo no agujereó su cuerpo, pero sí su mente, que trabajó en cuestión de milisegundos para hacerle creer que el proyectil se había incrustado en ella, la única persona que estaba siendo amenazada por un arma, según el entendimiento de sus ojos hermosos pero de limitado alcance, como los de todos los humanos.

Las gafas trastabillaron por el suelo del espacio circular una vez la cabeza de Salomón cayó con un golpe seco. El cuerpo espigado y sudoroso se derrumbó como un poste gigante y delgado, herido de muerte por la espalda, desde donde brotaba un chorro escarlata que nacía a la altura del corazón y que tiñó de rojo la elegante y sucia camisa blanca. El pecho de Salomón rebotó tres veces contra el piso antes de quedar inerte, en todo el medio de la cueva que resguardaba a El Dorado.

Luz Morángel corrió hacia el viejo salvador.

No aguantó el júbilo y le dio un fuerte abrazo que casi le rompe sus débiles huesos. El profesor soltó el revólver y le devolvió el gesto a su antigua alumna que lloraba como una niña encima de uno de sus hombros. Rey le acarició el cabello y le dio cuatro toquecitos sutiles y tiernos sobre la cabeza.

—Gracias, profesor —logró decir entre sollozos.

El profesor emitió un ligero lamento.

Luz se retiró de sus brazos y su felicidad temporal volvió a decaer.

—Solo vine a salvarte.

De la parte baja de las costillas seguía manando el fluido vital. La herida ocasionada por los perseguidores que le dieron caza a Omega y que sin proponérselo lastimaron también al profesor. Rey se puso la mano sobre la lesión mortal, pero la sangre no paraba de abandonar su cuerpo. El flujo no era tan caudaloso como cuando Luz lo dejó en la orilla del puente, pero seguía siendo letal, más para un hombre de su edad.

Rey Benavides se sentó en el suelo, apoyado en una de las estanterías.

Sonrió y sus ojos comenzaron a cerrarse.

—¡Profesor!... ¡No!... ¡No se muera!

Intentó agarrarlo y llevarlo consigo, pero la carga era pesada.

—Me hiciste muy feliz, Luz... volví a ser un niño... gracias por hacerme parte de esta búsqueda...

Luz Morángel sonrió.

Se agachó y le acarició el rostro al profesor, que cerró los ojos.

Se enjugó las lágrimas que bañaban su rostro.

Volvió a levantarse y decidió salir a contarle al mundo lo que había descubierto.

Pero antes de partir vio el arma al lado del viejo.

«¿De dónde la habrá sacado?».

Breve intercambio

Todo sucedió unos minutos antes, en el puente.

Una vez más se habían escapado, pero no todos resultaron ilesos. Omega, el norteamericano que escoltaba al grupo sucumbió ante los disparos efectivos del escuchador. Uno, dos, tres, cuatro. Estuvo colgando durante algunos segundos, aferrado al pantalón del anciano, en un intento infructuoso por salvar su propia vida, ya sentenciada. La arqueóloga luchó por deshacerse del hombre que sangraba profusamente, y por fin lo logró. Cayó, herido de muerte, a los socavones del inframundo.

Por desgracia, el puente fue consumido por las llamas.

Las balas cesaron. El escuchador aguardó, sigiloso, ante la posibilidad de que sus enemigos estuvieran esperando el momento correcto para atacarlo. Oteó hacia los accesos con la pistola entre las manos. El líder del grupo se había esfumado, así como el hombre y la mujer que tenía raptados. Sin embargo, el anciano yacía bocabajo sobre el suelo llano de piedra, junto a las aberturas que mostraban el inicio de nuevos pasadizos.

«Está muerto», se lamentó el escuchador.

—Los perdimos —uno de los perseguidores salió de entre las rocas y le habló al escuchador con la mirada fija en el cuerpo del viejo. Decidieron devolverse por el camino que los había conducido hasta allí. No había otra opción, ya no existía nada por delante. El problema radicaba en recordar los recovecos exactos por donde debían internarse.

Comenzaron a caminar de vuelta, resignados.

—Esperen... —advirtió el otro perseguidor.

El escuchador volvió a mirar hacia el otro lado del puente derruido y notó un movimiento leve y cadencioso. El viejo se estaba poniendo en pie. Estaba vivo. Herido, pero aún con vida. El escuchador se acercó a la orilla y lanzó un grito:

—¡Señor! ¿Cómo salimos de aquí?

El profesor, aturdido y tocándose la herida, aguzó la vista.

—¡Vaya polla! ¿Quiénes son ustedes?

—Venimos a ayudarlo —dijo el escuchador a modo de distracción. Tuvo una idea arriesgada—. Le puedo regalar una herramienta para hallar la libertad —el escuchador le mostró el revólver—. Si nos dice cómo salir...

El profesor no entendía a qué se refería el hombre que le hablaba. Solo recordaba el candelabro de los siete brazos, la Cúpula de la Roca, el peso de la verdad y a Luz Morángel. Simplemente quiso ayudar, como siempre lo hacía. Desinteresadamente. El profesor alzó la voz y les contó el método que debían utilizar para regresar al punto inicial, guiándose de forma inversa por los dígitos que indicaba el peso del poporo quimbaya.

El escuchador agradeció. Atenazó el revólver y lo lanzó por los aires.

El profesor Benavides vio aquel pájaro metálico acercándose. Cuatro segundos después, el artefacto cayó junto a sus pies, lo que le causó un susto que lo hizo brincar. Lo recogió y reconoció lo que en realidad era.

—Se fueron por la puerta número cuatro —dijo el escuchador antes de partir.

Rey guardó el arma en su pantalón y se internó en el pasadizo.

—No importa a dónde los lleven los túneles. Tendrán que salir a la superficie —susurró el escuchador, recordando La Alhambra, el Cuarto Dorado, el Generalife y la Silla del Moro, en el Cerro del Sol.

Tenía que existir algún lugar marcado en la historia que les diera alguna pista.

La esperanza aún sobrevivía.

¿Cómo salgo de aquí?

Estuvo explorando durante varios minutos las rutas y caminos que formaban las miles de estanterías del tesoro de El Dorado, el tesoro del conocimiento humano, el tesoro de la iluminación. Las llamas de las paredes y el techo seguían sin ningún deterioro alumbrando todos los rincones de la cueva con una documentación histórica jamás vista.

«¿Cómo salgo de aquí?», se dijo a sí misma.

Tenía que contarle al mundo lo que se encontraba en esa caverna misteriosa. De nada servía haber hallado el tesoro si nadie era consciente de su existencia. Luz recordó una clase en la universidad, liderada por el profesor Benavides, cuando este les dijo que el trabajo del arqueólogo era similar al de un chef. Un cocinero puede vender miles de platos de comida, lo cual sin duda lo ayuda a pagar sus deudas y sobrevivir. No obstante, su mayor satisfacción consiste en ver que la loza utilizada para servir los platos que diseñó y cocinó queda vacía, gracias a la respuesta de los comensales agradecidos. Asimismo, un arqueólogo no encuentra felicidad en hacer un descubrimiento arqueológico, sino en entregárselo al mundo para transformar la visión de la vida humana.

Por la mente de Luz Morángel pasaron todas las imágenes que sus ojos capturaron durante la búsqueda: la cueva del tesoro, los pasadizos alineados con el candelabro hebreo, la Cúpula de la Roca, el Monte del Templo, Tel-Aviv, viajes aéreos, disparos, sangre, el Cerro del Sol, Dar al-Arusa, explosiones, el Cuarto Dorado, La Alhambra, Granada, la Librería El Rey, octágonos y estrellas de ocho puntas, fuego, El Estadio, la cueva del sol, Chiribiquete, el Museo del Oro. El poporo quimbaya.

El poporo los había conducido desde el principio.

¿El poporo podría también guiarla hasta la salida?

Volvió al centro de la caverna del tesoro. El profesor seguía sentado, inmóvil, apoyado sobre una de las estanterías. Se acercó al centro del espacio circular, a la representación del astro rey, y confirmó sus sospechas. El cuerpo de Salomón Salas estaba estirado y rígido en toda la mitad del círculo. Tomó tres bocanadas de aire y se dispuso a ejecutar su plan.

Agarró de las dos manos al cadáver. Estaban heladas y tiesas, por lo que decidió tomarlo mejor de las muñecas cubiertas por las mangas de la camisa blanca que ya estaba casi negra por la mugre. Cerró los ojos para no retener esa imagen que podía asustarla en las pesadillas de sus futuras noches y haló con todas sus fuerzas restantes. Pudo trasladarlo, o mejor, arrastrarlo dos metros que le parecieron kilómetros. La sangre ya había dejado de fluir. Lo soltó y dejó el cuerpo en su postura mortuoria original.

No había un charco de sangre en el suelo. La sangre derramada del cuerpo de Salomón había desaparecido casi por completo. Luz se agachó para contemplar el punto exacto que marcaba el centro del círculo y no pudo reprimir una sensación intensa de alivio. Un pequeño agujero estaba drenando el líquido rojo, una abertura diminuta que servía de sifón, aunque aquel no era el objetivo pensado para esa oquedad.

Alrededor del hueco estaban labrados cuatro círculos, cada uno tocando los bordes del par que tenía a lado y lado. Las cuatro esferas del poporo quimbaya. Una argolla metálica clavada en la piedra a modo de aldaba cruzaba por encima del agujero. El poporo, el descenso al centro del mundo.

Luz agarró la argolla y haló.

No requirió mucha fuerza para desacoplar y correr la tapa de piedra que estaba incrustada en el suelo. Dos empujones fueron suficientes para dejar libre el acceso a un nuevo túnel que descendía en medio de la cueva del tesoro. Se sentó, agotada, y se puso a pensar. Salió corriendo y localizó una tea que prendió en las bandejas de la entrada a la cueva.

Regresó al acceso del nuevo túnel y se lanzó al pasadizo.

El primer tramo era un terreno plano de unos cien metros de longitud, de terreno fangoso y aire cálido y húmedo. La impaciencia empezaba a multiplicarse en la arqueóloga, que inició una maratón con rumbo desconocido, como si de esa forma pudiera encontrar la salvación en menos tiempo. Después el túnel se convirtió en una pendiente incesante y extrema, pero los músculos de Luz estaban sobrecargados de la energía de supervivencia inyectada por la sección primitiva de su cerebro.

Pasaron diez minutos.

Arribó a una explanada tan alta y amplia como una capilla.

Una cueva diminuta; más vacía que el aire.

Un resplandor conocido por Luz era el único elemento que rompía la vacuidad de la sala.

Era la brillantez inigualable del oro.

Luz se aproximó a la fuente de tal luminosidad y se arrodilló involuntariamente.

Volvió a llorar, esta vez de alegría.

Sobre un sencillo pedestal de piedra, un poporo reinaba en la habitación.

Era idéntico al quimbaya, el símbolo del Museo del Oro.

Lo acarició y sintió la felicidad más grande de su existencia.

Al final del camino lo había recuperado.

Lo levantó del pedestal para sentirlo en sus manos.

Apenas lo removió de su sitio, el piso y las paredes comenzaron a temblar.

«¿Y ahora? ¿Un terremoto?».

Luz devolvió el poporo a su lugar, pero el movimiento no cesó.

Una de las losas del techo de la pequeña cueva comenzó a derrumbarse, dejándole el paso libre a los rayos claros del sol. Luz tuvo que taparse los ojos ante la ceguera temporal que le ocasionó el contacto con la fuente de la vida. Unos segundos después, cuando pasó el temblor, alcanzó a ver el cielo azul, límpido y hermoso, adornado por una fila de árboles frondosos de tonos verdes y blancos.

Luz supo que había salido por un antiguo acceso a la Ciudad Vieja de Jerusalén que estaba sellado desde 1541, pues se creía que por esa puerta entraría el Mesías. Su mente, adaptada para asociar símbolos e historia, quiso creer que el tesoro de El Dorado, el tesoro del conocimiento debajo de la Cúpula de la Roca, podía ser una clave para abrirle la mente al mundo, para salvarlo.

Luz Morángel salió por la Puerta Dorada de la Ciudad Vieja de Jerusalén a recibir un baño de sol.

Un hombre apareció al frente, de la nada.

Le parecía familiar, tenía algo previamente percibido por sus ojos.

Quiso desfallecer.

Los mareos regresaron y se desvaneció.

Antes de que sus ojos se cerraran y su cuerpo cayera, escuchó unas palabras:

—Tranquila, vengo a rescatarla. Soy del Ejército de los Estados Unidos —dijo el escuchador.

Dualidad redentora

La transferencia se ejecutó con éxito rotundo y en menos de un segundo. Todo fue tan rápido y sencillo que la incredulidad se retrató en las muecas retorcidas de las personas que estaban reunidas viendo la pantalla del computador. Un símbolo verde notificó la aprobación satisfactoria de la transacción. El mundo acababa de transformarse. ¿De verdad lo habían logrado? Parecía inconcebible estar de pie frente a una nueva forma de pago; un nuevo elemento valorado por los seres humanos.

El proveedor, una reconocida compañía global de productos farmacéuticos con sede central en Europa, recibió una cantidad específica de *GO(L)D* que correspondía con el total de la deuda que el gobierno de los Estados Unidos le debía hasta ese minuto salvador.

—No sé cómo le diré a los accionistas que recibimos un pago a través de una criptomoneda y no en dólares —el vicepresidente financiero de la compañía había mostrado cierta duda unos minutos antes.

—Cuando recibes dinero en tu cuenta, ¿ves algún billete? ¿Algún papel? —Kirk Black lo retó asertivamente. Escuchó el silencio que indicaba que su interlocutor estaba procesando la información y modificando sus ideas preconcebidas—. Solo ves números. En tu celular o en el computador. Si confías en esos números virtuales, ¿por qué desconfiar de una moneda virtual amparada por el Estado más poderoso del mundo?

Charlie Parker, de pie junto a Kirk, estaba atento a la llamada.

—Okey, es un buen punto —respondió el proveedor.

—Y cuando transfieres dinero a otras cuentas estás enviando datos entre sistemas informáticos mucho más débiles que el *Blockchain*... nunca envías papel moneda —Kirk lo remató.

—El mundo sabrá que fuiste el pionero de este cambio —complementó Charlie.

Cinco segundos de pausa fueron suficientes.

—Okey, hagámoslo —todos los presentes en la sala saltaron y gritaron sin emitir sonidos. Charlie cerró su puño derecho con fuerza.

«Lo hicimos».

El teléfono celular vibró en su pantalón.

Revisó la pantalla y reconoció el número.

Se apartó del grupo y de la algarabía y se fue a un rincón solitario.

—Lo escucho —dijo Charlie Parker.

Escuchó con atención el reporte que le entregaban.

De nuevo apretó el puño y emitió una expresión de triunfo que no llegó a expresar con la voz.

—Excelente. Es una gran noticia —respondió el afroamericano—. Llévatelos y ayúdalos, con discreción. Yo me encargo del secretario. Después le contaremos al mundo lo que ha sucedido.

Recibió su confirmación desde el otro lado de la línea.

—*Con mucho gusto, Tutor* —respondió el escuchador.

¿Escapatoria?

No tenía cabeza para ocuparse de limpiar el desastre que causó en su propia oficina, acción deliberada que sus manos le obedecieron a su cerebro envuelto en un estado de pánico insoportable. Los cristales de los vasos estaban repartidos por todo el piso, generando un campo peligroso, incluso para quien llevara los zapatos con las suelas más gruesas.

El equipo de búsqueda de El Dorado quedó desmantelado. Cuatro muertos y un capturado. Delta sobrevivió, pero cayó en manos de un equipo de operaciones especiales del Ejército. Se enteró de su detención cinco minutos después de que tuvo la última conversación con él.

«Alguien sabe que yo estaba detrás de esto».

El tesoro que salvaría a su nación no existía, por lo menos tal y como se lo imaginaba en sus sueños dorados. Cuando quiso reportarle la espeluznante situación al director de la CIA, Jason McFee, no hubo poder humano ni tecnológico que lograra localizarlo. La inspección que envió a la residencia del director arrojó datos desalentadores: los vecinos, siempre atentos a la vida de los demás, confirmaron haber visto a la familia McFee subiendo a toda prisa a un vehículo de vidrios oscuros con un montón de maletas de viaje.

Abrió el cajón escondido y camuflado en su biblioteca.

El paradero de Salomón Salas también era desconocido. Lo último que supo a través de Delta es que estaba con la arqueóloga. No sabía si era mejor que estuviera vivo o muerto. En cualquiera de los dos escenarios, podrían rastrear fácilmente los vínculos que había establecido con ese tipo. Cuando lo conoció, un año antes, en aquella reunión global de directivos de bancos centrales, no se imaginó que se necesitarían el uno al otro. Entre trago y trago, whisky y whisky, infaltables en esas reuniones de ejecutivos, Salomón le confesó, ya con unas copas de más en la cabeza, cómo era el amor frustrado de su vida, la única mujer que había amado de verdad: Luz Morángel. Le llegó incluso a narrar sus obsesiones precolombinas y le resumió los artículos que ella escribió sobre El Dorado.

En esa época, Pappett ya olfateaba la crisis económica. No echó en saco roto el contacto y la relación con Salomón. Cuando se enteró de la auditoría al oro estadounidense, supo cómo utilizar la locura pasional de Salas para estructurar un proyecto de salvación. Una iniciativa ilegal, eso lo tenía claro. Pero lo que le importaban eran los fines, no los medios. Acordaron los términos: Pappett conseguiría los recursos y Salomón a la pieza clave y a su intérprete. El Secretario del Tesoro de los Estados Unidos obtendría la salvación de su nación y por ende la gloria. El jefe de la Unidad de Asuntos Internacionales del Banco de la República adquiriría unos cuantos millones de dólares y la posibilidad de reconquistar a su antigua y fugaz novia.

Sacó el artefacto del cajón y lo contempló con serenidad.

Nada salió según lo planeado, pensó.

A excepción de Parker.

Cuando McFee lo cuestionó por invitar a Charlie Parker a Fort Knox, consciente de que no aportaría nada en la búsqueda de El Dorado, el secretario había contestado acertadamente que era un as bajo la manga, tal como Salomón. Sin embargo, era un plan de contingencia legal, pues conocía a profundidad los comportamientos y los valores del afroamericano. Sabía que al plantearle el plan ilegal, Parker pensaría en otras opciones.

Y así fue.

Charlie creó una criptomoneda, un nuevo medio de pago, un nuevo símbolo de valor para la economía decadente. De eso también se enteró por medio de las noticias económicas que estaban transmitiendo en el televisor de su oficina. William Pappett se sintió orgulloso de haber utilizado a Charlie Parker como salvavidas de la nación. El proyecto del Director de la Oficina de Gerencia y Presupuesto representaba una luz de esperanza para mantener el orden mundial, a pesar de que mellaba algunas de las estructuras políticas y económicas más tradicionales y poderosas: los bancos centrales, las entidades financieras y las redes de pagos de tarjetas de crédito y débito.

Eso significaba que su propio cargo estaba en peligro. No se necesitarían más organismos políticos que regularan el dinero y eso incluía al Secretario del Tesoro y a unos otros tantos cargos que manejaban la economía, esa materia tan impredecible que los estudiosos creían poder predecir.

Preparó el aparato que sacó del cajón.

Antes de tomar la decisión final se puso a reflexionar. ¿Cómo supo el Ejército de la operación liderada por Delta y su equipo? Los perseguidores no eran rusos. Eso significaba que tenían un enemigo en su propio país. ¿McFee? No, su fanfarronería no llegaba al límite de atravesársele a la redención de la nación.

Solo quedaba un candidato. El mismo Charlie Parker. ¿Tenía tantos tentáculos? ¿El maldito negro logró detenerlos?

Unas sirenas interrumpieron su cavilación.

Se asomó por la ventana de la oficina, en el tercer piso. Cinco automóviles frenaron y varios uniformados descendieron con estrépito. Todos miraron hacia donde se encontraba Pappett. Estaba sentenciado. Dos segundos después el teléfono repicó. Se aproximó lentamente y alzó la bocina. «Vienen por usted, señor secretario», le advirtieron.

Volvió a la ventana.

El sol le alumbró el rostro apesadumbrado.

Respiró hondo y se puso el revólver en la boca.

Entrecerró los ojos para poder apreciar el sol incandescente.

Un millar de golpes sonaron en la puerta de su despacho.

Apretó el gatillo.

Su alma, si es que tenía una, viajó a un lugar ininteligible.

Epílogo

Coro # 1

En alguna parte del planeta Tierra.

70.000 años antes del presente.

Las hojas, que formaban un tapete natural sobre la tierra virgen, crujían con cada una de las pisadas expertas del hombre que rastreaba, con sus oídos aguzados, el sonido celestial de una corriente de agua cercana. Mantenía un paso firme y pausado, contemplando en absoluto silencio la música innata, mágica e inigualable que producían las aves, el viento, los árboles, los animales terrestres, los insectos y las nubes.

Su cuerpo esbelto y tonificado recibía toda la vitalidad del sol que brillaba, como todos los días, desde las alturas inalcanzables del cosmos. Apoyaba la asta de madera, coronada con una punta de piedra filosa que le llegaba a la altura de los ojos, cada vez que daba dos pasos hacia adelante. El terreno cambió para darle paso a una mezcla de arena y piedrecillas lisas, unas texturas que las plantas de sus pies identificaron al instante.

Un río cristalino le mojó los pies.

Se agachó y metió una mano en el agua helada. La sensación le alegró el alma. Hizo una cuchara con la palma de la mano, sin soltar la lanza de la otra extremidad, y bebió el líquido varias veces, saboreando la sazón pura e imparcial de la fuente de la vida. Se humedeció el rostro barbado y el cabello largo y enmarañado. Cuando se sintió mejor, cerró los ojos, respiró hondo y volvió a abrirlos.

La naturaleza y sus espíritus se manifestaron.

El agua cristalina dejaba ver el lecho del río, que relucía con los rayos del sol. Miles de puntitos dorados resplandecían en sus ojos, traspasando la claridad absoluta del día. El hombre soltó la lanza y se sumergió en el río. Introdujo las manos en el caudal y las bajó hasta tocar la tierra húmeda y fangosa. Sacó un pequeño montículo de barro, que fue limpiando con la misma agua del río. La tierra fue desapareciendo lentamente de sus manos hasta que no quedó nada.

Tres pepitas doradas permanecieron en su piel, reluciendo con intensidad.

El hombre miró hacia el sol, pero su poder sublime le cegó la vista. Volvió a contemplar las piedrecitas doradas, que no les causaron ningún daño a sus ojos, aunque parecían ser hermanas del mismo astro rey. Sonrió y saltó de júbilo al caer en cuenta de que la naturaleza había bajado parte de la estrella luminosa para engendrar a sus hijos en la faz de la Tierra y regalárselos a él y a su tribu, un grupo de doscientos hombres y mujeres, niños y ancianos que estaban muy cerca de allí.

Durante varios minutos se divirtió en el agua buscando otras pepitas doradas.

De pronto vio una silueta similar a la suya, unos metros más abajo, a la orilla del mismo río. Era un hombre de idéntico aspecto, pero que no pertenecía a su tribu. Nunca lo había visto. Dos cosas llamaron su atención: ese hombre parecía tener la cabeza más pequeña, un cráneo diferente. No le importó. Lo que más le llenó el cuerpo de furia fue advertir que aquel hombre también había encontrado los visos dorados debajo del agua, pues estaba con las manos llenas de tierra y la cara repleta de reflejos luminosos.

Se acercó de nuevo a la orilla y asió la lanza.

Pegó un grito en su propio dialecto y el otro hombre se detuvo y volteó a mirar.

Sus miradas se encontraron.

Cogió la asta con todas sus fuerzas descomunales y lanzó el arma.

La punta se clavó en el pecho del visitante, cuyas manos aún tenían tierra y pepitas doradas que fueron regresando al río mezcladas con la sangre que brotaba de su corazón. Se desvaneció y se hundió en el riachuelo.

El otro hombre estaba congelado.

No entendía qué había hecho.

El oro moldeó su cerebro.

¿Acaba la búsqueda?

Despertó después de un largo y profundo sueño, justo en el momento en el que su cuerpo era tragado por un agujero negro, un cono deforme, una espiral interminable que parecía descender al más allá, donde se lograban conocer con detalle las diversas versiones del infierno imaginadas por el ser humano. El primer instinto obligó a Luz Morángel a tantear con afán la superficie acolchada sobre la cual descansaban su carne y sus huesos magullados. La imagen borrosa de sus ojos inició una adaptación lenta a la claridad leve de la habitación, un cuarto modesto y limpio, rodeado de paredes blancas y muebles del mismo color. Intentó reconocer el sitio a la mayor brevedad, pues la incertidumbre de la desubicación le estaba oprimiendo el pecho y dejándola con el mínimo nivel de aire para respirar tranquilamente. Las manos le comunicaron que estaba sobre un colchón que moldeaba perfectamente su figura atlética, información que se combinó con las formas y los reflejos que identificaban sus retinas y con la memoria de sus experiencias previas, para concluir, con avidez precipitada, que estaba en un hospital. «¿Tal vez en una clínica de Jerusalén?», pensó la arqueóloga. Un pitido rítmico y maquiavélico sesgó su cerebro y le confirmó la hipótesis: aparatos médicos estaban cumpliendo su labor de vigilancia y alerta temprana.

Lo último que recordaba con mediana precisión era la cara de un norteamericano que la estaba esperando a la salida de la Puerta Dorada de la Ciudad Vieja de Jerusalén. Entrecerró los ojos, tratando de evocar más detalles, mientras se limpiaba con las sábanas el sudor que empapaba su frente, pues el que bajaba por la espalda ya había encontrado alojamiento en la tela del pijama, que por fin se detuvo a observar.

Con sus dos manos haló la camisa hacia delante, bañada de azul claro con pepas blancas, para ayudar a sus ojos a revisarla con mayor efectividad. Sentada sobre la cama con la quijada clavada en el esternón y aprovechando el viento refrescante que ingresó a su pecho, reconoció el atuendo de inmediato. Volteó a mirar a su izquierda. La otra mitad de la cama, dispuesta para alojar a una pareja, estaba destendida y solitaria. Las formas del cuarto tomaron un sentido diferente: el de un escenario familiar y cálido que le revolvió la mente, pero le entregó una tranquilidad extraordinaria. De inmediato puso los pies en el tapete que cubría el suelo y detuvo con rabia el reloj despertador que vibraba sobre la mesita que hacía guardia al lado de la cama.

La asaltaron dos sentimientos opuestos. Estaba en su casa, en Colombia. Cansada, exhausta, destrozada, pero al fin de cuentas estaba con vida. Después de haber enfrentado a la muerte en el Museo, en la selva colombiana, en Granada y en Jerusalén, habían descubierto el tesoro más importante de la humanidad. Se frotó los muslos, que seguían tensos por el esfuerzo de los últimos días. Respiró hondo. Por otra parte, tenía demasiadas dudas que no eran secundarias. ¿Quién era ese extraño que la estaba esperando a la salida de la Puerta Dorada? Recordó que después de ser rescatada, el hombre le explicó que hacía parte de un equipo de operaciones especiales del Ejército estadounidense, cuya misión consistía en hacer fracasar el proyecto ilegal de Delta. Fue lo único que pudo desenterrar su mente.

¿A dónde la llevaron después? ¿Cómo la hicieron retornar a su país de origen? ¿Dónde estaría Delta, el último sobreviviente de sus secuestradores? ¿Sabría Amelia y su esposo por todas las aventuras y peligros que pasó? Y el tesoro, ¿lo habrán sacado a la luz, a los medios de comunicación? Luz sentía que había dormido durante días, incluso semanas, lo que inevitablemente creó un boquete insalvable en su débil y fantástica memoria, aquella que nos lleva a probar la muerte cada vez que dormimos profundamente.

De pronto se llevó las manos a la boca, tratando de contener un lamento.

A su mente llegaron dos pensamientos imposibles de negar: Salomón era el destructor de su vida profesional, el artífice de la búsqueda sangrienta de El Dorado, el autor solapado de un plan que acabó con muchas vidas y el factor determinante para truncar los sueños profesionales y académicos de Luz. Merecía estar en otra dimensión, en las brasas del cuarto círculo del infierno, aquel que Dante dedicó a los avaros, a los condenados a soportar el peso del oro durante la eternidad. De inmediato, unas lágrimas bañaron el rostro de la arqueóloga cuando sintió el vacío que dejó el profesor Benavides en su corazón, en su mente. ¿Sabría Beatriz sobre el triste fin de su esposo, ese ser inigualable, irrepetible, lleno de cordialidad y humildad sin límites? Era injusto. Luz no pudo contener el llanto y los sollozos al darse cuenta de que ella misma había involucrado al anciano bonachón en todo ese embrollo sinsentido.

Decidió levantarse del todo, volver a ver a su esposo y a su hija para abrazarlos y aprovechar para despejar sus dudas, si es que ellos podrían saber algo que ella desconociera. Un terrible mareo la atacó de nuevo, esta vez con más fuerza; tuvo que sentarse otra vez en la cama. Tomó tres bocanadas de aire y se puso de pie, animada y revitalizada al escuchar una voz proveniente del primer piso, un chillido infantil que jugaba y retumbaba, pero que en esos momentos le pareció a Luz un canto celestial.

La intriga no la dejó descender en ese instante, pues se encontró con la entrada a su guarida ritual, el centro de su trabajo, aquel que había sido inspeccionado por policías y periodistas. Oprimió el botón debajo del cuadro de Paul Rivet, el único retrato de la biblioteca. Abrió la puerta secreta e ingresó a su oficina privada, el lugar que dio origen a todas sus reflexiones, sus conclusiones, sus resultados teóricos. Y también a su desgracia, tenía que reconocerlo. Los libros, el computador, los cuadernos, la mesa, las repisas: todo estaba tal cual lo recordaba antes de viajar al Perú. Los afiches y fotos del poporo estaban más vivos que nunca. Incluso tomaban vida y la ovacionaban con estruendo. El ruido triunfante se convirtió en tormenta, después en lluvia leve, hasta que desapareció repentinamente. Luz se limpió sus nuevas lágrimas, salió y cerró la puerta con fuerza descomunal, con una potencia casi destructora.

Mientras bajaba por las escaleras seguía pensando en el destino del cuerpo del profesor, en la tristeza de su esposa, en el lío judicial que podría enfrentar ella con todos los estragos, muertos y violaciones cometidas, no importaba que hubieran sido ejecutadas bajo la obligación de las armas y la conciencia de estar más cerca de la muerte. No lograba recordar nada de su aventura dorada. Su mente la llevó a pensar en el Museo del Oro y en Omar Medina. ¿Estaría enterado del hallazgo del nuevo poporo? ¿Qué pensaría él, ahora que Luz Morángel demostraba tener la razón, la cual podía restregarle en el rostro para siempre?

Cuando puso los pies en el primer nivel, todo fue alegría.

Amelia abandonó los crayones con los que dibujaba sobre un papel, sentada en el suelo, al lado de la mesa central de la sala, y saltó como una loca feliz, si es que estas dos palabras no son redundantes. Luz expresó una sonrisa descomunal, de aquellas que no se pueden fingir. Se agachó para recibirla al mismo nivel y los cuatro brazos se enredaron sobre dos corazones inflamados en llamas reconfortantes. Luz bañó con millares de besos la frente y las mejillas de su tesoro más preciado, que reía con entusiasmo genuino.

—¡Mami! ¡Mami! —gritaba Amelia en medio de los abrazos.

—¡Estás gigante! —le respondió Luz, apartándola un poco para observarla mejor.

—¡Te estaba esperando! —dijo la niña con ansias—. Dormiste dos días seguidos —ambas estallaron en carcajadas de amigas y cómplices.

—Tuve un viaje muy agitado, Amelia —Luz lo expresó con cierto orgullo, extendiendo la palabra *muy* y guiñándole un ojo. Sabía que no era la ocasión para entrar en más detalles. Tal vez no era bueno que su hija supiera todas las desventuras, miedos y peligros que había vivenciado en los últimos días. Amelia volvió de inmediato a su labor de dibujante. El televisor de la sala estaba encendido en un canal infantil en el que varios personajes fantásticos jugaban en un lugar inverosímil.

Luz ingresó a la cocina. Quería servirse un café; era lo que más añoraba.

—¿Dónde está tu papá? —preguntó desde la distancia, mientras calentaba el agua en la olleta.

—En el supermercado —los niños parecían saberlo todo—. Está comprando leche y huevos para el desayuno —Luz seguía trabajando arduamente para desenterrar los recuerdos de la aventura de El Dorado mientras contemplaba el agua a punto de bullir—. Te dejó una nota al lado del salero.

Luz volteó y vio un papel blanco y cuadrado debajo del utensilio con bordes de aluminio. Al lado del papel, un frasco blanco de plástico que no pertenecía a la cocina le llamó la atención. Tomó la nota con la mano derecha y comenzó a leer. Eran dos breves líneas. *"Encontré tus pastillas. Tómate un par apenas te levantes. Las necesitas"*. Y un verso al final. *"Te amo"*.

Cogió el frasco con la otra mano y leyó la etiqueta del medicamento. Tenía su nombre y apellido grabados al lado de la denominación química del elemento que sonaba como una maraca dentro del frasco. En letras diminutas leyó la dosis, que concordaba con la recomendación de su marido, y también el diagnóstico que se suponía sería curado o, por lo menos, retardado con el tratamiento que incluía aquellas tabletas.

El corazón quiso detenérsele y la respiración se le aceleró. El agua hirvió y se derramó en toda la estufa. El sonido reverberante del agua la sacó de su ensimismamiento y lanzó un grito de alerta ante el vapor que inundó la cocina. Amelia escuchó el barullo y se acercó con cuidado a la entrada de la cocina. Luz estaba limpiando el desastre, sin dejar de pensar en lo que acababa de leer.

—¿Estás bien, mami?

—Sí, tranquila, preciosa.

—Mi papi dice que debes tener cuidado. Al bisabuelo le sucede lo mismo —añadió riendo. Luz escuchaba con atención mientras llenaba otra vez de agua la olleta. Amelia seguía hablando mientras caminaba, imitando a los personajes del programa televisivo, y hacia su tarea de dibujo—. Se le riegan las cosas y olvida el nombre de todo el mundo —se sentó a colorear y seguía hablando consigo misma. Luz se asomó a la sala con disimulo.

No lograba asociar la idea que acababa de expresar Amelia con sus propios recuerdos. Preparó el café mientras trabajaba con ardor en su mente, intentando entender la situación. Se sirvió en un pocillo negro y miró el frasco. También puso agua en un vaso de vidrio y se tragó las dos pastillas. Salió a la sala con el delicioso aroma del café desprendiéndose del pocillo que llevaba y empezó a caminar alrededor de la estancia, sin quitarle la mirada a su hija.

—¿Conoces a mi abuelo, Amelia?

—¡Claro, mami! —no despegaba los ojos ni las manos del dibujo—. Esta mañana llamó por teléfono, pero nunca se acuerda a dónde está llamando —Amelia reía y coloreaba—. ¡El bisabuelo Rey es muy chistoso!

Luz tuvo un mareo y casi se desmaya.

El café estuvo a punto de caérsele de las manos.

Con el rabillo del ojo derecho vio una mancha negra al lado del sofá. Se acercó, después de dejar el pocillo en la mesa donde trabajaba Amelia, y reconoció el morral con la máscara de *Darth Vader*. Se sentó y lo abrió con desespero. Revolvió toda la ropa, la que había utilizado en Perú y que pensaba desaparecida, junto con el morral, en medio de su aventura. Encontró todo. Su ropa interior completa e incluso un recipiente cilíndrico y plateado. Lo extrajo con miedo y lo puso en su regazo. Cerró los ojos y respiró hondo varias veces. Incrustó las uñas en el borde de la tapa y la fue sacando lentamente. El brillo inundó su cara. El sol que entraba por el ventanal de la sala se reflejaba en el contenido y le iluminaba el rostro. Dejó el recipiente sobre el suelo, abierto.

El programa de televisión terminó y dio paso al noticiero.

Luz se estremeció cuando escuchó en los titulares introductorios de las noticias más importantes, acerca de la celebración de El Dorado, un evento que se llevaría a cabo en el Museo del Oro de Bogotá, esa misma noche. Un hombre de cabellos grisáceos llamado Omar Medina decía en frente de varios micrófonos que la colección más grande de oro precolombino por fin vería la luz; que era la primera vez que el Museo del Oro presentaba su colección completa al mundo.

La arqueóloga escudriñó en su cartera que estaba sobre el sofá, junto a la chaqueta de cuero. En menos de tres segundos halló la invitación. Aparte de describir los detalles del evento del Museo, rezaba una regla de oro: "Traje formal". Luz contrastó la fecha impresa en la invitación con la que se proyectaba en el borde superior derecho de la pantalla del televisor. Eran iguales.

—¿Te tomaste las pastillas, mami? —Amelia la sacó de la oscuridad—. Mi papá dice que tienes que cuidarte, porque la enfermedad del bisabuelo se pasa a sus hijos y a sus hijos y a sus hijos…

Era el diagnóstico que decía en el frasco: Alzheimer.

Se levantó para revisar unas fotografías que le llamaron la atención, ubicadas sobre una repisa que descansaba encima de la chimenea. De inmediato reconoció a Rey junto a una mujer, Beatriz, que estaban de pie en el patio de una casa grande. Los acompañaban cinco personas que a todas luces debían ser sus hijos, pues la fraternidad de sus gestos traspasaba la quietud fría de la foto.

—Mami, yo estoy dibujando a mi familia para una tarea del colegio. El bisabuelo Rey y la bisabuela Beatriz son los papás de Alfonso, Baltasar, Gemma… —Luz seguía la narración de Amelia en concordancia con la imagen que barría con la mirada, identificando a cada uno de los personajes. Por ejemplo, Gemma, de cabello blanco como la nieve— …Delio, y el último, que es Octavio. Gemma es mi abuela, la mamá de mi mamá…

Luz creyó entenderlo todo.

Le echó una mirada fugaz a la botella resplandeciente de pisco tirada en el piso, asomándose por el recipiente cilíndrico y plateado.

Amelia despegó la vista del papel y la miró con sus ojos color miel. Sus miradas se encontraron y Luz imaginó que iba a ser una joven muy delgada y espigada como su padre. Ojalá su mente fuera brillante y lúcida, una mente feliz. Y ojalá no sufriera de la vista y tuviera que usar gafas. Y si las tenía que usar, que no fueran de carey.

Acarició la foto de su familia materna y lloró desconsolada.

Se acercó a Amelia y la estrechó en sus brazos.

La memoria y la mente le habían dado fantasía, aventura, miedo, felicidad y recompensa.

La memoria y la mente, frágiles compañeras, le dieron vida. Para el cerebro no había distinción entre sueño y realidad, si es que existe algo verdadero.

El olvido le entregaba lo más importante: su casa, su hija, su familia.

Eso era todo lo que necesitaba.